コクと深みの名推理⑪

謎を運ぶコーヒー・マフィン

クレオ・コイル　小川敏子 訳

A Brew to a Kill

by Cleo Coyle

コージーブックス

A BREW TO A KILL
by
Cleo Coyle

This edition published by arrangement with
The Berkley Publishing Group,
a member of Penguin Group (USA) Inc.
through Tuttle-Mori Agency, Inc., Tokyo

挿画／藤本 将

本書を、ニューヨークの街をフード・トラックとカートで走りハードワークに励む路上のシェフたちに捧げます。

皆様が末永く走り続けられますように！

コーヒー……それは政治家を賢明にする、
そして目を半ば閉じたままであらゆることを見抜く。

アレキサンダー・ポウプ『髪盗人』

謎を運ぶコーヒー・マフィン

登場人物

クレア・コージー……………………ビレッジブレンドのマネージャー
マテオ・アレグロ……………………同店のバイヤー。クレアの元夫
マダム・デュボワ……………………同店の経営者。マテオの母
エスター・ベスト……………………同店のセカンド・アシスタント・マネジャー。詩人。大学院生
ダンテ・シルバ………………………同店のバリスタ。画家
マイク・クィン………………………クレアの恋人。ニューヨーク市警の警部補
リリー・ベス・タンガ………………管理栄養士。フード・トラックの仲間
ケイリー・クリミニ…………………カップケーキ・クイーンのオーナー
ヘレン・ベイリー＝バーク…………ニューヨーク・アート・トラストの特別資金援助の責任者
メレディス・ベイリー＝バーク……ヘレンの娘
ジョシュ・ファウラー………………ダンテのアーティスト仲間
マックス・バックマン………………ニューヨーク市警ＡＩＳ（事故捜査班）捜査官
ドミニク・チン………………………ニューヨーク市会議員。市長選候補者
グウェン・フィッシャー……………医師。ドミニク・チンの婚約者
タニヤ・ハーモン……………………ニューヨーク市アドボケート。市長選候補者
アミナ・サライセイ…………………リリーの母親。アミナズ・キチネット経営
テリー・シモーネ……………………看護師。リリーの友人
ハリー・ランド………………………医師。ベター・ユー美容整形センター経営。グウェンの元夫
エマヌエル・フランコ………………ニューヨーク市警の巡査部長。マイクの部下

プロローグ

なんだかわたし……今夜は犯罪に浸ってしまいそうな気がする。
アガサ・クリスティ「二人の老嬢」より

汚れで曇《くも》ったフロントガラス越しにドライバーはあたりをうかがう。街灯のハロゲンライトで照らされた通りに目を凝らし、動いているものはなにもないと確認する。自動車も。歩行者も。第三者の目はない。いるのは自転車に乗った彼と、彼をひそかに追うこの車だけ。完璧だ。

信号が赤から青に変わり、自転車が西二十丁目を走り出す。彼が身につけている光沢のある赤いスパンデックスのウェアが夜明け前の霧のなかに消えていく。ドライバーは十まで数えてからくたびれたバンを発車させ、彼を追う。

距離を詰め過ぎてはいけない。いまはまだ……。

自転車の男は一心不乱にペダルを漕ぐ。背後から容赦なく追ってくる二本の光にはまったく気づいていない。彼が向かっているのはハドソンリバー・グリーンウェイ。ハドソン川に沿ってマンハッタン島を南北約五十一キロメートルにわたって延びる歩行者と自動車のための専用道路だ。完璧な肉体をめざす彼は目標実現へのルートとしてこの道を選び、週に三回のトレーニングを欠かさない。

ドライバーも目標を実現するためのルートを定めていた。具体的な方法は数ヵ月前に、構想は数年がかりで練りあげた。

自転車がスピードをあげる。見失うな……。

気持ちを高ぶらせながらアクセルを踏んで加速する。そこへいきなり、暗がりから人が飛び出してきた。ジョギングする若い女性だ。形のいい足が元気よく上下に動く。ドライバーは口汚く罵《のの》り、ブレーキを踏んだ。

自転車の男はスピードを落として若い娘にねっとりとした視線を向ける。しかしドライバーはこの男の本性を知っている――欲に眩んだそのまなざしも。彼は若い娘の欠点だけに注目する。胸が小さい、鼻が大きい、腹部の贅肉《ぜいにく》のかすかなふくらみ。どれもかんたんに解決できる――それなりの対価を支払えば。

美しいランナーが角を曲がり、ふたたび道路には誰もいなくなった。ドライバーは彼との距離をじりじりと縮めながら最後にもう一度、間合いを計り、卑劣漢がふり返ってこちらを見るのを待つ――自分の身になにが迫っているのかを彼が正確に理解するのを。

エンジン音がとどろき、タイヤの回転数があがり、バンが前に飛び出す。ゴツッというおぞましい音とともに、疾走する二トンの鋼鉄の塊は男を自転車もろとも押しつぶした。

「まだまだ。こんなのでは全然足りない！」

ドライバーはブレーキを踏み込み、ギアをバックにいれてふたたびアクセルを踏み込む。もう一度ゴツッという音がして車体が揺れる。しばらく間を置き、今度は前方に急発進する。

「思い知ったか、ドクター！　このスリー・イン・ワンの感想は？」

バンはそのまま猛スピードで駆け抜け、車体から散った火花が筋となって尾を引く。ぶらさがっていたマフラーが、とどめを刺すように落下した。ドライバーはそれどころではない。これから先の段取りで頭がいっぱいだ。

つぎは皆が見ている前で殺す。かなりのリスクを背負うことになるが、それは計画の一環であり、すでに計画は実行に移されている。悩む余地はない。少しでもいい場所をめざしてこの道を走り出したのだ。行く手を遮るものがあれば選択肢はふたつ――。

車線を変更するか、さもなければ轢《ひ》く。

固い決心をしたうえでの選択だった。

「いまさら引き返すことはできない。死ぬべき人間に同情などしない……」

I

危機的な局面に置かれた時、たいていの人はどうしてもこれが欲しくなるらしい——熱くてうまいコーヒー。

アレキサンダー・キング『アイ・シュッド・キスド・ハー・モア』

「こういう時はね、リスクをとらないことが最大のリスクなのよ、クレア」カフェテーブルのひんやりとした大理石の天板を挟んでマダム・ドレフュス・アレグロ・デュボワの、スミレの花のような色の目がわたしを見据える。

「あなたもそう思うでしょう?」

ええ、もちろんですとも。大声でそう叫びたかった。リスクとは昔から切っても切れない長いつきあいだ。わたしの雇い主である八十歳を超えたマダムだってそれは百も承知のはず。

「だからこそコーヒー・トラックに投資しようと考えたんです」コクのあるエスプレッソをひとくち飲んで、わたしはさらに続けた。「われながら名案だと思っています」

「そうね。あとは、彼さえ説得できれば」

〝彼〟とはマテオ・アレグロ——一時間以内に到着することになっている。マテオはビレッジブレンドのコーヒーのバイヤーで、世界を股にかけるコーヒー・ブローカー。マダムの一人息子で、わたしの元夫で、わたしのだいじな一人娘の父親。

「お話ししたように、説得は試みたのですが……」（そう、まずはメールを半ダースほど出して「試みた」。効果がなかったので国際電話をかけた。毎回、長い通話となった。電話会社の利益には貢献できたけれど、けっきょく説得はできないまま）。「彼は聞き入れようとしなくて、ただただ頑固なんです」

マダムはシルクの藤色のマンダリンジャケットに包まれた細い肩を小さくすくめた。「しかたないわね。あれは父親譲りだから。情熱的で、激しくて、しぶとくて——」

「しぶといというより、石頭です」テーブルのサンゴ色の天板をわたしはコンコンと叩いた。「この大理石だって割れるくらいカチカチですよ」

「それはどうかしら。なにしろこれはイタリア産の大理石ですからね。しかも、ひじょうに古いわ。だいたいにおいて、古いものほど固いと決まっているのよ。あなたが思う以上に」

わたしはカフェチェアに深く座り直した。ブルージーンズを穿《は》いた太腿を両手でなでて呼吸を整え、落ち着こうとする。が、なかなかそうもいかない。日が落ちたいまも、わたしたちのコーヒーハウスはまだまだにぎわっている。カフェインが欠乏したお客さまの列がカウンターから延びて大きくあいたフレンチドアの外にまで続き、歩道に並べたテーブルではラテを愛する人々が談笑している。

街全体が初夏の心地よさを満喫している。湿度はまだ低く日中はよく晴れてさわやかで、夜になっても快適だ。真夜中になれば冷え込むが、いまは昼の暖かさが残っている。太陽が今日の役目を終えた後に残る魔法のような光が、切れ味鋭いニューヨークの街を少しだけふんわりとしたものにしている。

その穏やかさと静けさに浸ろうとした。今日は一日ずっと立ち詰めでバリスタ同士の口喧嘩をいさめ、お客さまの複雑な注文をこなし、在庫の補充に追われていた。アシスタント・マネジャーのタッカーが出勤してようやく重荷から解放され、ビレッジブレンドのエプロンを外し、ローストしてカラメル化《キャラメリゼ》したコーヒー豆の風味を熱々で味わいながら黄昏《たそがれ》時のひんやりした空気を楽しもうとしていた。

あいにくエスプレッソ一ショット分のカフェインでは足りなかった。宵闇よりもはるかにどす黒いものが行く手に立ちはだかり、殺人事件に翻弄《ほんろう》されることになるのだから。けれども、いまはまだ目の前の（事実であり比喩でもある）コーヒーが問題の焦点だ。これからの一世紀、引き続きコーヒーをお客さまに提供する事業を継続するにはどうしたらいいのか。

わたしのやり方をマダムは支持してくれている。それはそうだろう。マダムはパークアベニューで暮らす上流階級にふさわしい気品と静かな威厳を漂わせているけれど、ボヘミアンの心を持ち続け、型にはまらず常識にとらわれない生き方を尊重する。本物を追求することはマダムにとってお金よりもはるかに重要なのだ。慣習に従わないことは美徳、リスクをとることは強み、という人なのである。

じっさいにこんなふうに話してくれたことがある。

「戦争で難民になったら、チャンスをしっかりつかみ、境界線を越えることを学ぶわ。生き延びるにはそうせざるを得ないから……」

マダムはマンハッタン島に上陸した時から並ではない苦労を重ねてきた。ミルのなかでコーヒー豆が砕かれるように、お行儀のいい幼い少女はニューヨークの街で過酷な試練を味わい、鍛えられ、懸命に働くだけではじゅうぶんではないと悟ったのだ。

イタリア出身の夫がまだ若いうちに亡くなってしまうと、残されたマダムはしたたかに戦略を練る術《すべ》を身につけた。悪い人間たちが仕掛けてくる計略にだまされてつぶされないために相手を出し抜き、自分と息子、そしてだいじな店を守った。マダムはみごとに勝ち抜き、一世紀の歴史を誇る事業はいまも健在だ。

わたしは戦争で難民になった経験はない。ペンシルバニア西部の工場がひしめく小さな町で育ち、ニューヨークにやってきた。けれども、あえて大胆な選択をするという点はマダムと共通している。だから、昔から「リスク」という文字と切っても切れない人生だった――マダムはそれをよくよく承知のはず。

十九歳の時、美術を勉強していたわたしは学校をやめて赤ちゃんを産んだ（思いがけない妊娠だった！）。リスクをおそれず自分の未来に賭けたのだ。二十九歳の時には、どうしようもない未熟さを抱えた夫と別れた。安定した日々を失うというリスクを負っての決意だった。三十九歳でこのコーヒーハウスのマネジャーに復帰する際には、元夫とともに働くことに自分が耐えられるかどうかというリスクに直面した。四十歳になってからも、友人、家族、店の従業員（わたしにとって彼らは身内同然だ）が無事でいられるよう、さらに積極的にリスクを引き受けている。

　とはいえ、いまそんなことをわざわざ持ち出したいとは思わない。せっかくの良質なカフェインがもったいないというものだ。カップを小さな磁器製のソーサーに置き、別の方向からのアプローチを試みた。

「わたしがなにを考えているか、わかりますか？」

「いいえ。心を読むのは週末だけにしているわ」

「いちばんかんたんな解決法をわたしたちは見逃しているのではないでしょうか」

　マダムはエレガントな内巻きスタイルにした銀髪を揺らすように頭を傾げて説明をもとめる。

「ビレッジブレンドのオーナーはいまでもマダムです。母親として息子に毅然とした態度でお話ししてくだされば、彼の気持は変わるでしょう。お願いします。彼がここに来たら懇々《こんこん》といってきかせてください」

「母親であることはまちがいないし、あの子はわたしに一目置いているわ。だからやろうと思えば、できるでしょうね――」

「ありがとうございます」

「でもそうするつもりはないわ」

「どうしてですか？」

「この先いつまでもわたしがいられるわけではないのよ」

「やめてください。またそんな――」

マダムは品よくウィンクして片手を揺らし、わたしの言葉をさえぎる。

「いつの日かあなたとマテオはこの建物と事業を受け継いで共同オーナーになるの。彼の扱い方をいまからマスターしておく必要があるわ」

「マテオ・アレグロの扱い方を〝マスター〟ですか？　わたしは十九歳の時からあなたの息子さんとはずっとつきあってきました！」

「それはあくまでも若者として、そして一人前の男性としてでしょう。恋人であり配偶者でもあった。その後、離婚して彼は再婚したけれど、それでもあなたは彼ととてもうまくやってきたわ。でもね、同じ男性でも愛情がらみのパートナーと事業のパートナーとでは、扱い方がまったくちがってくるのよ」

反論しようとしてわたしは口をひらいた――が、なにもいわずに閉じた。

元の姑が貫禄たっぷりに首を横に一度ふれば、異議を唱えようとしても無駄だとわかっている。少人数だけれど個性豊かなアレグロ家（わたしの娘も含め）の一員として長年過ごし、わたしはとうに悟っていた。気が遠くなるほど昔の大理石よりも固い石頭の持ち主は、マテオひとりだけではない。

「憶えておくのよ、クレア。お金についての話し合いに感情が絡むと、かんたんにはいかないわ。そしてビジネスを通じた長期の人間関係にはかならず感情が関わってくるの。いくら良好な人間関係であっても、ものごとが楽に運ぶわけではないのよ」

「そうなんですか？」

「ええ」

「では、どうなるんですか？」

「ましな程度になるの」

息をふうっと吐きながらわたしは立ち上がり、カフェインの追加を持ってくることにした。「話し合いには立ち会ってくださいね。それくらいは、お願いします」

マダムはわたしにカップを渡し、にっこりして意味深な言葉を返した。

「いまのところはまだ、いなくなったりしませんよ」


「正気なのか、クレア！　きみはマネジャーだというのに、いったいなにをいいだすんだ！」

マテオ・アレグロは憤然としてイタリアンローストのコーヒー豆と同じ色の目を大きく見開き、叫んだ。店のバリスタたちが驚き、夕刻の店内の平穏なムードがかき乱された。

「おおげさよ、マテオ。落ち着いて」わたしはそこで声を一オクターブつまり十二半音下げて、彼がそれにつられるのを期待した。「あくまでも事業の展開よ。やるしかないの」

「苦労して稼いだ資本をフードカートの購入に充てるなんて、金をドブに捨てるようなものじゃないか⁉」

わたしは長々と息を吐き出し、絶望的な表情を彼の母親に向けた。〝助けてください〟。テーブルを挟んでマダムはわたしと目を合わせてくれたものの、口元はまったく動く気配がない。

〝ちゃんといったはずよ。本気でこの事業に乗り出すつもりなのでしょう？　それならば相手にもそう思わせなくては。彼をうまく乗せてごらんなさい〟。

わたしは身体の向きを変え、マテオを真正面から見据えた。

彼は顔にかかった黒い髪をさっと払い、まっすぐこちらを見つめ返す。元夫は長年、シザーカットの短髪で通してきた。ところが最近は三銃士よりも長く伸ばしている。今回、コーヒー豆を調達する出張から帰ったマテオの髪は伸び放題で絡まり、なんともむさ苦しく、おまけに髭もぼうぼうに生やしている。

暑い気候の土地では髭を剃りたがらないのは知っているけれど、ここまで放置すると「極悪人」といわれてもしかたない風貌だ。きちんと整えていたはずのヤギ髭は石器人の顎《あご》髭かと思うほど伸び放題。スーツケース爆弾を仕掛けようとする人物に疑われたとしても、それは彼の勝手だけれど、そろそろ床屋――さもなければ草刈り業者――の予約をしてもいいころだ。

髪はそんな具合ではあるけれど、マテオの体軀《たいく》は確実に前よりも引き締まっている。デニム地のオープンシャツの下に着た身体にぴったりした白いTシャツは、広い肩と筋肉の盛り上がった胸の輪郭をなぞっている。片方の手首には革を三つ編みにしたブレスレット。これはエクアドルのコーヒー生産者から贈られたものだ。もういっぽうの手首には高価なブライトリングのクロノメーターをはめている。

マテオ・アレグロという人物は、いま挙げた一つひとつの要素が材料となってできあがっているといっていい。コーヒーを求めて勇ましく山地を旅する一方、国際的なコーヒー・ブローカーとしての如才ない一面もある。ほかにもいろいろ挙げることはできるけれど、矛盾したものが混じり合い、絶妙な魅力となっている。十九歳のわたしはそんな彼に夢中になった。けれど四十歳を迎えるころにはすでに、医師が処方する大きな丸薬よりもはるかに受け入れ難い存在となっていた。

「もう一度いいます。だからよくきいてちょうだい。わたしはトラックに投資をしたの。トラックよ。カートではありません。そのトラックでグルメコーヒーとマフィンを——」

「きみは資本を浪費しているばかりか事実上の〝負債〟を抱え込んで、存在しているかどうかもわからない魅力的な顧客層とやらをつかもうというのか。そんなのはまちがいなくリスクがある。リスクがあるし無謀だ！」

そのひとことをきいて、わたしの腹が据わった。マテオは頑固で、いったんノーといいだすと頑として譲らない質《たち》ではあるけれど、リスクがあるから賛成ができない？　アフリカの無法地帯の奥深くを旅するのは朝飯前、中央アメリカの土砂崩れ地域をトレッキング、ハワイの火山のそばの崖から飛び込むのも平気な人から〝そんなセリフ〟をきかされるとは。

「ビレッジブレンドのコーヒー・トラックはすでに稼働しているわ。走り始めてほぼ一ヵ月経つけれど、どうなっていると思う？　わたしたちは無一文にはなっていない――」

「いまのところはな」

空になったエスプレッソのカップを脇に寄せてわたしは片方の肘《ひじ》をテーブルの大理石の天板にのせた（彼の石頭ならきっとこの大理石も割れるにちがいない）。

「いまは競争が激しいのよ。事業の展開をしていかなければ消滅してしまうわ」これ以上対立するのはやめようと伝えるために、彼の筋肉質の肩に片手を置いた。「信じて。わたしはビレッジブレンドを救いたいだけ。絶対に失敗したりしない」

そっと触れた手が効果を発揮したらしい。力んでいた彼の身体がやわらかくなっていく。とどろくような声はまあまあ標準的なデシベルのレベルにまで落ちた。

「クレア……事業の展開なら以前にトライしたじゃないか。高級な服を扱うブティックにぼくがキオスクを出店したのを憶えているだろう？　ぼくにとっては懐かしい思い出なんかじゃない。あれで大金を失った」

「確かに、わたしたちは一度失敗している。だから顧客の開拓には再チャレンジしない、なんていってられないわ」

「宣伝すればいいだろう？」

「広告やキャンペーンを打っても、その場限りの効果しかない。ビレッジブレンドが必要としているのは現代の市場で通用する長期的な戦術よ――専門的にいうと〝ポスト・ポストモダン〟のいまの時代に……」

彼に集計表を一枚渡した。彼の一家がいとなんできたコーヒーハウスにわたしがマネジャーとして入ってからの利益を追った統計データだ。気を引き締めて骨身を惜しまず働いてきた甲斐あって経費を低く抑え、店のレジがチンと音をたてるたびに最大限の利益を生み出してきた。バリスタを丁寧に育て、彼らのおかげでお客さま一人ひとりへの売上は増えている。が、顧客全体の数となると、増えてはいないのだ。

「二軒目の店を出すことも考えたけれど家賃は目の玉が飛び出るほど高いのよ。それにトラックなら、出店の場所に失敗したり、人気のスポットだった界隈がさびれたりする問題とは無縁でいられる。ある地域でお客さまが順調に増えないとわかったら別の場所に移動すればいいのよ」

マテオがデータをもう一度眺めて、息をふうっと吐いた。

「きみの戦術とは?」

疑うような彼のまなざしを見てみぬふりをして、わたしはあくまでも物腰はやわらかく、けれど毅然と答えた。店に紙コップを納める業者が短期間に三度目の値上げを宣言した際に、こんな口調だった。

「布教」

「それはビジネス戦略なのか?」

「理念であり、ビジネス戦略でもあるわ。わたしたちはこのビレッジブレンドの価値を信じている。コーヒーの品質の高さ、お客さまへの心からのもてなし、一世紀にわたって家族でいとなんできた伝統は本物だと信じているわ。それを広く伝えたい」

「どうやって?」

集計表を裏返した。そこにはニューヨーク市の地図をプリントしておいたのだ。

「あなたも知っているように、ビッグアップルには五つの区があるわ」

「確かに、そう記憶している」

「いくらこの店がすばらしいといっても、ニューヨークのすべての人々がここマンハッタンまで足を運ぶのは無理よね。だからわたしたちのほうから、マフィンミューズのトラックで出かけていくの。その日程と時間割をエスターとわたしで組み立ててみたのよ。朝の通勤時間帯、夜の帰宅ラッシュをターゲットにするの。週末には公園、催し物、フリーマーケットの会場。それぞれの地点での収益を検討して毎日新しい場所を試して――」

「プラン自体は悪くなさそうだ……」譲歩を示すような反応だ。

わたしはちらりとマダムのほうを見た。すばやいウィンクが返ってきた。マテオがマダムのほうを見たので、マダムは素知らぬふりをしてデミタスカップを持ちあげ、エスプレッソを飲む。

「その理論を実践に移すにはほかにも方法があるだろう。もっと安上がりな方法が。いくらなんでも十万ドルちかくフード・トラックに投じるなんて」マテオがむさくるしい頭を横にふる。

「信じて、費用の平均値と予想収益はきちんと弾き出してみたうえでいっているの。頭から否定しようとしないで、少しは信頼したらどうなの。今回の件に関しては、まちがいなくあなたよりわたしのほうが的確な判断をくだせるわ」

「きみのほうが？」

「ええ、そうよ。おたがいに得意分野があるということ。コーヒーを調達する方法について、わたしはあなたに指図しようとは思わないわ」

「きみはコーヒーの調達について知らないからな」

「そしてあなたは小売店の経営についての知識がない」

「なんだと！」

マテオはふたたびとどろくような声を出して、今度は自分の母親のほうを向く。

「今夜はいやに静かじゃないか。なにかいってくれよ。誰か彼女に懇々といいいいってきかせてくれないか!?」

おやまあ。いまからほんの小一時間前にそっくり同じことをわたしはマダムに懇願していた――彼にいってきかせてください、と。

やきもきしながら待っても、マダムは平然として座ったまま。一分間が過ぎ、わたしはしだいに気弱になってきた。マダムは彼の側に立つつもりなのかしら？　マダムがデミタスカップを置くのを、はらはらして見守った。

「小売業についてあなたが経験不足であるというクレアの指摘はまちがっていないわ」

マテオはあぜんとした表情だ。

「九歳の時からぼくはこの店で働いてきた！　テーブルの食器を下げたりエスプレッソを抽出したり。いちばんの腕前になれと仕込んでくれたじゃないか」

それをきいてマダムの表情がなごんだが、きっぱりした口調は変わらない。

「あなたは一流のコーヒーのバイヤーで、すばらしいバリスタでもあるわ。でも店のマネジャーとしてはクレアにはかなわない。クレアは日々、店を切り盛りして、しかもつねに新しいことを取り入れようとしている。従業員と取引先にはフェアで毅然としているわ。でも本質的にはアーティストよ。要するにものを見抜く目ときく耳があるということ」

思いがけない手放しの称賛に、わたしは一瞬茫然としてしまった。けれどマテオはすぐに反応した。

「ちゃんときいているじゃないか！」

「でも受け止めようとしていないでしょう。同列に並べることはできないわ。それにクレアはしたたかな批評家としても一流よ」

「アーティストでしたたたか？　意味不明だ。そんな経営専門用語があるのか？　ヴィンセント・ヴァン・ゴッホとドナルド・トランプを足して二で割ったみたいだな」

「洞察力についての話よ……」マダムが続ける。「あなたは腕利きのコーヒー・ハンターとして世界を股にかけて活躍することにやり甲斐を感じている。でもこの小さな土地に必要なのは統治者であってマゼランではないわ。クレアはここでがんばっているのよ、来る日も来る日もね。いまのところ店の経営は順調だとしても、毎月のように新しい問題に直面するわ。それに店を取り巻く社会の経済情勢も、いつどうなるかわからない」

「その通りだ。この地球上どこにいっても情勢は厳しい」マテオの表情が翳《かげ》る。「それは誰よりも痛切に感じている――」

ほんの一瞬の表情の変化を、わたしは見逃さなかった。元夫のことなら、よくわかっている。これは絶対になにかある。それを追及しなくてはと思ったとたん、とんでもないボリュームの音がしてマテオが話を中断した。あまりの音量でフレンチドアの汚れひとつないガラスがガタガタ揺れ、夕暮れ時を楽しんでいたお客さまがびっくりしている。

「ショコラ！　ウーッラ、ショコラ！」

耳をつんざくような音量のメロディ――シャンソンのファンが好みそうな懐かしい名曲「ラ・ヴィ・アン・ローズ」を金属音が奏でる――にあわせて、フランス人の女性がわざとらしく子どもっぽい声で歌っている。といってもカップケーキのメニューをずらずら読みあげているだけだ（歌詞などという代物ではない……）。

「ストロッベリー！　レーモン！　バッタークリーム！」

虹色に彩色したフード・トラックがあらわれて、わたしたちは三人そろって視線が釘づけになった。長い車体はキラキラ光るライトで飾られ、屋根にはラスベガスにぴったりなエッフェルタワーをのせている。トラックは角を曲がってハドソン通りに入り、店の前の歩道に並べたカフェテーブルの脇で停まった。

マテオがわたしのほうを向く。「なんだ、あれは?」

わたしは目を閉じた。なんと答えようか? 「新しい大敵」などといってしまったら、いままでの主張に説得力がなくなる。

「ウーラッラ! ショコラ!」

ホオジロザメが餌をもとめるようにケイリー・クリミニの有名なカップケーキ・カートが一日二回のおぞましい餌取りにやってきた、とマテオには説明した。

「餌取り? 餌ってなんのことだ?」

こたえるのはつらいけれど、マテオには知っておいてもらわなくては。

「うちの店のお客さまよ」

2

「いったいなにごとだ、これは……」

　マテオは驚愕の表情で、店の前で始まった光景を見つめている。トラックの車体の窓がガチャガチャとあき、車内のスタッフにまじってハチミツ色の巣箱のようなものが動いているのが見える。ビーハイブヘアに高く結いあげたケイリー・クリミニの頭だ。いきなり、『トワイライトスペシャル、五〇％引き！』という表示が出た。

　値引き販売が始まると知って、通りすがりの人々が行列をつくり始めた。

　フランス語もどきの歌は音量が小さくなったけれど、相変わらずトラックのスピーカーから流れ、耳障りなメニューの列挙が続く。「フレッパー・フォ・ヴ！　ショコラ・ファーッジ！　ショコラ・シーップ……」

　ビレッジブレンドのなごやかなムードは台無しになってしまった。十人余りのお客さまが本やノートパソコンを閉じて帰り支度を始めた。マテオがあぜんとして視線を向ける先では、帰宅とちゅうの人々が足を止めてわいわいとにぎやかにカップケーキを買っている。

「またもや彼女の襲撃です」ナンシー・ケリーがエスプレッソのお代わりを運んできた。

ナンシーは店のバリスタでいちばん若く、店に加わってからの日もいちばん浅い。洗い立てのような清潔感のある彼女は「あちこち」で暮らしたことがあるそうだ。ナンシーには安心して開店準備をまかせられるし、いつでも朗らかで周囲を明るくしてくれる——これは貴重な能力だ。なにしろ動きのめまぐるしいこの街ではお客さまの要求は厳しく過剰にピリピリしているので、丁寧な接客をする女の子が泣かされる場面が少なくない。ナンシーが空のカップを片付けてお代わりのカップを置くと、マテオはボクシングのジャブを繰り出すようにいきおいよく腕を突き出す。

「あのトラックは……この店の真ん前でペストリーとコーヒーを売っているじゃないか！　いったいどういうことだ？　あれは何者だ？」

ナンシーがわたしに代わって答えてくれた（ことさら激しくまばたきをして睫毛《まつげ》をバサバサさせているのは、さりげなく恋心を伝えるためだ——彼女の恋煩いをいったいどうしたら癒してあげられるのだろう）。「彼女はわたしたちの宿敵なんですよ、マテオ……じゃなくて……」ナンシーが少し焦ったような表情でマテオに微笑みかける。「ええと、ミスター・アレグロ」

「宿敵？　なんだかさっぱりわからないな、ナンシー」

「うちの店のマフィンミューズがグルメのブログで大評判になったものだから、ケイリー・クリミニが嫉妬の塊になっているんです。彼女のカップケーキがとんと話題にのぼらなくなりましたから」

マテオがぽかんとした表情になる。「マフィンミューズ?」

「わたしたちのコーヒー・トラックの名前よ。さきほどの説明には耳をふさいでいたのかしら? パワーポイントで説明すればよかったかしら」わたしが感情を交えずにいうと、ナンシーがさらに続けた。

「つまりですね、ビレッジブレンドのエスプレッソ・ドリンクとマフィンが最高にすばらしくて、カップケーキ・クイーンが得意とする勝負で彼女をワンツーパンチで打ち負かしてしまったんですよ」

「ゲーム? なんの勝負だ?」

「移動販売の勝負よ。ケイリー・クリミニのカップケーキ・カートは昨年の夏、フード・トラック界のスターだった。でも今年はわたしたちに注目があつまっているの」

「そうなんです!」ナンシーが小麦色の三つ編みをいきおいよくふってにっこりする。応援する地元チームが優勢でうれしくてたまらない、といった表情だ。「ケイリーが浴びていたスポットライトをわたしたちが奪ったんです。カッコイイでしょう?」

「われわれは彼女からスポットライトを奪った。だから彼女はわれわれの客を奪う、そういうことか?」マテオがわたしに顔を向ける。「たいしたものだ、クレア。フード・トラックを走らせたら捕食動物がひっかかったというわけか?」

「仲間よ。ケイリーは同業者。大都市に掃いて捨てるほどいる競合相手のひとりに過ぎないわ。そしてこの街にはまだまだ無数の潜在的なお客さまがいるのよ。彼女だってきっと成長するでしょう。いつまでもこんな子どもじみた真似は続けないはずよ」

少なくとも、わたしはそう期待している。

店の正面のドアの鈴がまた鳴ったが、今度はお客さまが出ていったのではなかった。魅力的な女性が入ってきた。彼女の名はリリー・ベス・タンガ。フィリピン系のリリーは新しく始めた事業の仲間だ。

リリーは三十代後半でわたしと同じような背格好だ。小柄で均整のとれためりはりのある身体がジーンズに格好よくおさまっている。彼女はハードワーカーで、つねにエネルギーとアイデアにあふれている。アーモンド形の美しい目の輝きを見れば、まだまだいくらでも湧いてきそうだ。

「またしてもケイリー・クリミニ！」リリーが大きな声でいいながら、にこやかな表情でわたしたちのテーブルに向かって歩いてくる。「まったくなんてことかしら《ジョス・コ》」とタガログ語でおどろいてみせ、こう続けた。カップケーキ・クイーンはきっとわたしをつけているのよ。糖尿病性昏睡《こんすい》に一直線の商品を満載したトラックで！」

リリーは愛情を込めてわたしとマダムをすばやくぎゅっと抱きしめ、さっそく椅子を引いてわたしたちに加わった。彼女を迎えてわたしはうれしくてたまらない。店に立ち寄って欲しいと、今日電話をかけたのだ。マフィンミューズ・トラックにマテオをうまく乗せるための（要するに、そういうことだ）説得に協力して欲しいと頼んだ。こうして砂糖使いの女王が駆けつけてくれたのだから、これでもう万全だ。

「また会えてうれしいわ、リリー。パズは元気?」マダムが声をかける。

「あいかわらずいろいろやっています。やっと五年生を終えたばかりなのに、ネットワーク・テレビの番組づくりにはまってしまって。友だちに手伝ってもらって毎週、休み時間にバラエティ番組をやっているんです」

マテオが思わず笑みをもらす。「で、きみは?」魅力的な女性の登場で、あきらかに彼の気分はよくなっている。

「こちらはリリー・ベス・タンガ」わたしはすかさずふたりを引き合わせた。「彼はわたしのビジネス上のパートナー、マテオ・アレグロ。リリーは――」

「フィリピンの方かな?」マテオが握手しようと片手を差し出す。「こんにちは《マガンダン・アーラウ》、ミズ・タンガ」

リリー・ベスはマテオと握手しながらこたえる。

「ちょっと待ってください《サンダリ・ラン》、ミスター・アレグロ。ぜひともわたしの母と話すことをお勧めします。わたしはジャクソン・ハイツ生まれなので、タガログ語はとても下手なんです」

「それはおたがいさま。ぼくもすっかり下手になってしまった。憶えているのは〝サラプ・ニト〟くらいだ」

「〝サラプ・ニト〟? フィリピンの料理を楽しんでくださったようね」リリー・ベスは首を傾げて微笑む。無邪気な笑顔に少しだけ艶かしいものが混じる。「それとも料理以外のことを指しているのかしら?」

なるほどそういうことかと、わたしは片方の眉をあげた。〝サラプ・ニト〟とはタガログ語で「おいしい」という意味だとリリーからきいたことがある。直訳すると「いい気持ち」。食堂以外での感覚的なよろこびを表現する時にも、この言葉を使うそうだ。

わたしの元夫マテオは婚外恋愛オーケーの結婚をしている。新しい友人リリーには前もって知らせておいた。でも彼女はそれをきいていなかったのか、あるいは毛むくじゃらでも筋肉質で魅力的な彼をひと目見て、首尾よく説得するには少々男女の駆け引きの要素を取り入れるのがいちばんだと判断したのかもしれない。

わたしは咳払いをした。「リリー・ベスはおいしいものに関してはエキスパートなのよ。お母さんのアミナはクイーンズで人気のフィリピン料理店を経営しているわ。リリーは管理栄養士でもあるし。それでうちの仕事をお願いすることにしたの。うちの店で人気のペストリー類の脂肪とカロリーを少しカットするために、ベーカリーも交えてリリーと検討しているというわけ」

「クレアとマダムに試食してもらおうと思って新しいサンプルを持ってきたわ……マテオもぜひどうぞ。せっかくごいっしょできたのだから……」

リリーがふたたび魅力的な笑顔をマテオに向ける。考えてみればわたしたちは〝マテオを骨抜きにしてしまう〟ことをめざしているのだから、この路線はなかなか有効かもしれない、とわたしは自分にいいきかせた。

「どうぞ、マテオ」リリーがトートバッグから小さなケーキの箱を取り出す。「このドーナッツを試食していただきたいわ。味はシナモンシュガーとパンプキンスパイスの二種類。ローファットのモカマフィンもどうぞ。とろけるチョコレートクリームチーズを詰めて、外側はチョコレート・〝ファージ〟・フロスティング……」彼女がわたしにウィンクして見せる。

いよいよ試食を開始し、しばらくは食べることに没頭した。そして、たがいに顔を見合わせた。

「これ、ほんとうに低脂肪なの？」口いっぱいに頰張ったままわたしがきいた。

リリー・ベスがうなずく。「このドーナッツ・バイツは揚げるのではなく、焼いてあるわ。それからモカマフィンにはスキムミルク・リコッタを使って脂肪分をカットしたの。中身には低脂肪のクリームチーズと上質なココアパウダーを使っているのよ」

「このチョコレートファッジ・バタークリームは？」わたしはさらにたずねた。

リリー・ベスが微笑む。「バターは使っていないわ」

「まさか」

「セミスイートチョコレートを溶かしたものに濃厚なギリシャヨーグルトとバニラ少々を加えて、塩をひとつまみふって味を調えたの」

「いいだろう、どれもうまい」マテオがドーナッツ・バイツをもうひとつ食べようと手を伸ばす。「だがこの〝ヘルシー〟なものは、果たして売れるのか？」

わたしはきっぱりとうなずいた。「わたしたちが売っているケーキレット・アンド・クリーム・サンドイッチと〝ヘルシー〟・ブルーベリーパイ・バーはグルメ・ブログ界で大評判よ。トラックに積んだ分はあっという間に売り切れてしまう」

「渦巻きヌテラのバナナ・マフィンと低脂肪ストロベリー・ショートケーキも大人気」リリーがいい添える。「こういう、新しいタイプのドーナッツ・バイツは人気急上昇中よ。ちかごろはベビーカーを押してお出かけしたり、公園や遊び場で子どもを遊ばせたりしている親やナニーが大のお得意さまなの。子どもたちにぴったりのサイズで、脂肪やカロリーが控えめでバターやショートニングを摂り過ぎる心配がないから」

「気をつけたほうがいいぞ、クレア。ダイエット食品のトラックというレッテルを貼られたりしたら、きみとしては不本意だろう」マテオは心配なのだろう。

「あなたは未開の森の奥地に長くい過ぎたようね。ニューヨーク市のレストランは法律でカロリー量の表示が義務づけられているのよ。連邦政府の規制も進んでいるから、フード業界でも意識が高まっているの。おいしさと栄養価を両立させる方法を模索して誰も彼もが頭を働かせているわ――」

「そうじゃない人もいるみたいだけど」リリー・ベスが親指で外の大騒ぎを示す。「彼女は今日、わたしの息子の学校の前にあのトラックを停めていたのよ。〈三匹の子豚〉なんて名前をつけているけれど、彼女が売り歩いているあの商品は緩慢な死をもたらす怪物そのものの！」

「〈三匹の子豚〉？　なにかしら。ベーコンが入っているの？」

「いいえ。メイプル・ベーコン・カップケーキよ。つくる工程の最初のところでベーコンの脂身を固めたものをバターに混ぜ込んでいるの。〈三匹の子豚〉は巨大なココナッツ・カップケーキで、チーズケーキをなかに詰めて、上にチョコレートファッジ・カップケーキをのせてホイップクリームをトッピングし、プラスチックの小さなピンクのブタを飾っているのよ」手の施しようがないとばかりにリリー・ベスが大げさな身振りとともにつけ加える。「法律で規制するしかないわ！」

マテオが腕組みをする。「法律で縛るっていうのはどうかな——もちろん、カップケーキ・トラックがうちの店の前に居座るのは迷惑に決まっている。とはいえ彼女が売り歩いているものは大量の砂糖とバターに過ぎないんだろう？　ペストリーにベーコンの脂を使うといったが、ぼくがよく出張で行く海外の土地でも伝統料理にラードが使われている……商品にLSDで風味をつけているというのならまたちがってくるが」

「そういう犯罪的な快楽の追放を提案しているわけではないわ」リリーがわかりやすく説明する。「あなたやわたしはおとなだし、知識を身につけてそれに基づいた意思決定をすることができる。でもケイリーがターゲットとして狙う客層は小学生なの。そして〈三匹の子豚〉というカップケーキはまったく信用ならない商品よ。あたりさわりのないスナックに見えるけれど、脂肪とカロリーはダブルチーズバーガーと特大サイズのフライドポテトを合わせたよりも多いのだから」

マテオがわたしをちらっと見る。「うちではそういうものは売ってないんだろうな？」

「わたしたちは標準の数値を守っているわ。なかには退廃的な味わいのペストリーもあるけれど、うちのメニューにはかならずカロリーの数値が記載してあるし、トラックにも明記してあるわ」

「今日、ケイリーに直談判したのよ。おかげでパズの学校の前で大騒動になったわ。構うものですか。じつはね、市長の声かけで発足した栄養学意識向上協議会のメンバーになったのよ。彼女にはそのことを伝えて、彼女のビジネス戦略についてのわたしの見解をとくといってきかせたわ」

マテオはわたしとリリー・ベスをじっと見つめている。「ということは、いまカップケーキ・クイーンはきみたちボブシーきょうだい《ボブシー・ツインズ》探偵団に対して憎悪をたぎらせているわけか」

ボブシー・ツインズ？　いきなりいわれて、一瞬、わけがわからなかった。そしてすぐにあっと思った。こうして並んで座っているのを少し遠いところから見ると、リリーとわたしは二卵性双生児といっても通るかもしれない。

ひとつには、今夜はおそろいといってもいい格好をしている——デニムのパンツに黄色いノースリーブのコットンのブラウス。わたしのブラウスはトウモロコシでつくったポレンタのような淡い黄色で、リリーはもう少し濃いレモンカードの黄色にちかい。そしてふたりとも肩までの髪をポニーテールにしている。これも遠目では同じような黒っぽい色だ。リリーの髪の毛はスパニッシュローストのコーヒー豆のような色。わたしの髪はウィンナーローストの色にちかくてシナモンの色のハイライトが入っている。

ふたりともどちらかといえば浅黒い肌だ。リリーの顔は完璧な美しい卵形で、わたしはハート形にちかい。目の色はまったくちがう。何年も前に(つまりずっと昔)、マテオはわたしの明るい緑色の目を「グィネビア(中世の騎士道物語『アーサー王物語』に登場する王妃)のような目」だと褒めてくれた。リリーのアーモンド形の目は黒く、うるんでいてとてもエキゾチックに感じられる。「ふたご……なんだか、彼の下心を感じない?」リリー・ベスはちらりとわたしを見てからマテオにウィンクした。

マテオはそのひとことですっかり機嫌がよくなったらしく、なにかいおうと口をひらいた。が、なにもきき取れない。ケイリーのトラックの音声が突然、大音響で襲ってきたのだ。フランス語もどきのメニューの羅列が——。

「フレッバー・フォ・ヴ! ショコラ・ファーッジ! ショコラ・シーップ……」

あまりの音量に窓枠が揺れ、テーブルのデミタスカップがガチャガチャと音をたてた。しかしそれ以上に、元の義母の様子がわたしにはショックだった。

マダムは半世紀にわたり、混乱と変化に満ちた世の中で懸命にこの店を守り、試練を乗り越えてきた。飢えたアーティストを食べさせ、酔っ払った戯曲家の介抱をし、文無しの詩人を支えてきた。世界大戦を生き延び、愛する夫に先立たれても必死に生き延びた——その夫の家族が十九世紀末に興した事業を守り抜いてきた。

いまマダムはつらそうな表情で店の前の歩道を見つめている。お客さまが無造作にカフェテーブルを離れ、きれいに毛繕いしたハゲワシからお菓子を買い求める光景をじっと見ているのだ。

「こんなことは止めろといってこよう」マテオはすでに立ち上がろうとしている。

「いいえ」わたしは冷静さを取り戻し、静かだが有無をいわせない口調で彼を引き留めた。

「ここにいて」

これまでほぼ二週間ちかく、わたしはこの状態を無視し続けてきた、自然に解決するのではと期待をかけていたから。でもさきほどマダムと話をして、自分はマテオ・アレグロのビジネス上のパートナーとしてどう行動すべきなのかという自覚が芽生えていた。

「このコーヒーハウスの責任者はわたしよ。だからわたしが決着をつける」

彼女を始末する。最後の部分は声には出さなかった。残っていたエスプレッソをひと息に飲み干すと、わたしはドアに向かって大股で歩き出した。

3

カップケーキを求める行列を横切って、トラックの車体のカウンターの真ん前に立った。

「スピーカーの音を止めなさい」

ここグリニッチビレッジの界隈——曲がりくねった小道、ひっそりとした庭、趣のあるビストロ、フェデラル様式のタウンハウスなど歴史がそのまま息づいている——は四十年以上も前から法律で保護され守られてきた。刺激と喧噪だらけのこの街のなかで、ここだけはネオンサインすら禁じられ、絵のように美しい別世界が残されている。

でも、今夜はちがう。

ケイリーのトラックの車体にずらりと並ぶ電球が万華鏡のように光り、ビレッジブレンドの前の歩道を妖しく照らす。いつもの静けさがすっかり吹き飛んでしまっている。バンパーにはＬＥＤ電球で『やったわ！　優勝よ！』という文字が並んでキラキラ光っている（市のストリート・シェフを表彰するヴェンディ賞は毎年恒例のイベントで、彼女は前年にデザート部門で優勝し新人賞も射止めた。わたしはそれをけなすつもりはない）。

ライトだけならまだいい。彼女のトラックから流れる耳障りな「ラ・ヴィ・アン・ロー

ズ」の曲と気取った発音で「ピーナッツバター！　カラメッル！　バニッラー！」と延々と続くのをきいていると、ラテ用のスプーンで鼓膜を掘り出してしまいたくなる。

わたしが来たことでトラックのなかではちょっとした騒ぎになっているようだが、ケイリー・クリミニ本人が不敵な笑みを浮かべて姿を見せた。これまでに何度か遭遇した際には、おそらく二十代後半だろうと当たりをつけていた。でもこうして口を結んで意地悪そうな目つきをしている彼女を見ると、中年にさしかかった年頃のように見えないこともない。気難しくてきつい人物という印象だ。彼女は車からこちらに身を乗り出していらいらとした様子で小さく頭をふった。さらにマルセル・マルソーのパントマイムのようなしぐさで耳に片手を当てて、わたしの声がきこえないというジェスチャーをする。

ケイリーとは街なかでたびたび顔を合わせている。いい香りを漂わせストロベリー色のグロスを塗ったりしているけれど、彼女はサメそのものだ。有害といっていいほど競争心が強い。同じハイスクールに通っていたなら、彼女はカフェテリアで、風采のあがらない「変わった」子の足を自分の仲間がひっかけてつまずかせるのを見てハイエナのように笑うくせに、自分こそ世界一慈悲深く、寛大で、高潔な人物だと思う、そんなタイプだったにちがいない。

いっぽうわたしは、おとなしく「目立たない」生徒で、いじめられている気の毒な子を助けてめちゃめちゃにされた昼食をいっしょに片付け、不利な立場へと自分を追い込んでしまうタイプ。台無しにされた食べ物を、ずるくて意地の悪いハイエナたちのほうに投げつけてやろうと提案するにちがいない。

「あのCMソングを止めろといったの」

今度はわたしがパントマイムをしてみせる。右手で喉《のど》を切りつけるジェスチャーを――世界共通の〝やめろ〟というしるしだ。すぐそばにあるステンレスの刃物をケイリーの喉に切りつける場面がありありと浮かぶ。

ケイリーはつんとした態度を崩さず、髪にピンで留めたピンク色のティアラの位置を直すかのように手を伸ばす。彼女のハチミツ色の金髪はコーンにアイスクリームを縦にふたつ盛ったように――あるいは砂糖衣まみれのメニューに載っているカップケーキのように――高く結いあげてあり、そこにパリをイメージした紙製のティアラをつけているのだ。ティアラはカップケーキ・クイーンの王冠のつもり（らしい）。なにしろそこには〝カップケーキ・クイーン〟と堂々と書いてある。

しかしケイリーのそっけない様子は長続きしなかった。サッカリンの女王は不機嫌な表情を浮かべ、横柄なスタッフたちのなかのひとりに向けて指をぱちんと鳴らす。

指示を受けたスタッフは、やはりピンクの紙の帽子をかぶった細身のアジア系の若者で、贅肉のついていない筋肉質の腕にはドラゴンが巻きついたような中国風のデザインのタトゥをしている。彼はわたしを睨《にら》みつけ、スイッチを切った。CMソングがやんで重い幕がかかったように静けさが訪れた。

「いらっしゃいませ」ケイリーはピスタチオを連想させる目をぎらつかせる。「新作のエスプレッソ・カップケーキのお味見をいかが？　ゴッサム・ビーナリーのジェリー・ワンがローストした極めつけのコーヒー豆を使ったものですよ」

「この駐車スペースは貸し切りよ。トラックをどけなさい」

ケイリーはビニールの手袋をはめたまま、わざとらしく指を顎に当てて思案するようなしぐさをする。「それはできないわ。目の前にこーんなにたくさんのお客さまがいるんだもの。はい、つぎの方！」彼女はわたしの後ろの男性を呼ぶ。

「そうはいかないわ」わたしは両手を広げて男性を押し戻す。「さっさと店じまいしなさい。いますぐこのトラックで立ち去りなさい。急いで」

ケイリーの返事を封じるように、いきなりクラクションの音が響いたのでわたしまであわててしまった。が、すぐにほっとした――よく知っている音だ。

ビレッジブレンドのマフィンミューズが戻ってきたのだ。ボックス型のフード・トラックは店の前の歩道に出したテーブルの前の専用の駐車スペースに入ろうとしているが、ケイリーが無断で占拠しているので立ち往生している。

ディーゼルエンジンのトラックの運転席ではダンテ・シルバが顔をしかめている。頭髪を剃りあげ腕にタトゥをした彼はファインアートの画家でもある。めったにお目にかかれないナイスガイで、彼がつくるエスプレッソのクレマは彼の人柄を映してじつに優雅だ（近所の大学に通う女子学生たちはそれをよく知っていて、彼に夢中だ）。

ダンテの隣にはルーベンスの絵を思わせる豊満なスタイルにゴスファッションのエスタ

ー・ベストが座っている。ビレッジブレンドになくてはならないエスター（もともとベストヴァスキーという苗字を彼女の祖父が縮めてベストにした）は地元の詩の競技会《ポエトリー・スラム》で活躍する有名人であり、ニューヨーク大学の大学院生。彼女のラテアートの技は国内でも有数のレベルだ。いまではセカンド・アシスタント・マネジャー（彼女のファンがおおぜい店にやってくるという功績もじゅうぶんに考慮して抜擢《ばってき》した）としてハードワークをこなし、すばらしいアイデアを提供してくれている。彼女はダンテよりも型破りなタイプで、決して人当たりがいいとはいえない——しかしながらニューヨークの小売業界では、彼女のようにクセのある性格が重宝することが多いのだからおもしろい。

道幅の広いハドソン通りにクラクションの音が鳴り響き、エスターがこぶしを握った手をふりまわす。「わたしたちの場所なんだから、どきなさい！」

ケイリーは澄ました顔で指のネイルを点検している。

「あなたのお客さまが交差点をふさいでいるわ。あれでは危険よ。移動させたほうがいいわ」

わたしの忍耐も、もはやここまで。

「いいからききなさい。停止している状態でCMソングを流しているのだから、あなたが大枚はたいて手に入れた『三匹の子豚』号はひっぱっていかれても文句はいえないのよ。それでいいというのなら別だけど、嫌ならとっととここを立ち去ることね！」

「わたしを脅そうったってそうはいかないわ」

「脅すまでもないでしょう」凝った虹の模様にふちどられたカウンターにもたれて車内にぐ

っと身を入れる。「ここにおおぜい証人がいるわ。あなたがやっている愚かで子どもじみた、たび重なるばかげた行為の……」

ニューヨークを走る五千のフード・トラック業者のひとつとして、わたしのもとにも騒音問題に関する文書が届いている。そこにEPA（環境保護局）の規制が明記されていて、彼女も承知しているはずなのだ。「だから警告しておくわよ。このつぎ、あなたがうちの店の前に停めるのを見たら、わたしは三一一番（ニューヨーク市の苦情受付電話）に電話などしないで六分署に出向き、複数回にわたる騒音という違反行為をしたとして、このド派手な車を市のレッカー車で排除するよう警察官に要求するから憶えておいて」

「きっぱりいってやってください、ボス」エスターがわたしのすぐ後ろに立っている。豊満なヒップに両手を当てた彼女は、じつに頼りがいのある助っ人だ（彼女に誘導されて、歩道からわたしたちの店へと人の流れができているのだからたいしたものだ）。

「しっかりとデミタスカップを握っていなさいよ、コージー」ケイリーがいい返してきた。「そのオンボロな店は大弱り？　さっさと閉めれば問題なし」彼女がふたたび、嫌味たっぷりの薄ら笑いを浮かべる。「どう？　まるぽちゃでゴス趣味のおたくのバリスタの詩なんて、こんなものでしょう？　わたしのお客さまからブーイングが出る前に、あなたのほうこそとっとと失せたらどう？」

いい返そうとした時、エスターに止められた。

「わたしが受けて立ちます」彼女が前に歩み出た（こうなると、気の毒なのはカップケーキ・クイーンかもしれない)。

周囲に小さな人だかりができた。そのなかからスリムな若者がこちらにちかづいてきた。アクアマリン色のスパンデックスのスポーツウェア姿だ。ビレッジブレンドで何度も見かけたこの若者は熱心なサイクリング愛好家で、自分は事実上ハドソンリバー・グリーンウェイに住んでいるようなものだといっていた。全米でもっともよく利用されているこの歩行者と自転車のための専用道路の入り口は、ビレッジブレンドからほんの数区画先にある。

サイクリング愛好家の若者は目にも留まらぬすばやさでスマートフォンを取り出し、録画ボタンを押した。わたしの〝まるぽちゃ〟バリスタは彼にもっとちかくに寄るように合図する。つまり、インターネットを通じて世界中の人々がこれからエスター流の詩のパフォーマンスを視聴できるというわけだ。

黒ぶちのメガネの位置を調整して咳払いをすると、エスターの口が威勢よくあいた——。

「そこの頭でっかち、ちゃんときこえている? よおくおきき! ここがどこかご存じ? まさかカンザスだとでも? とんでもない、ここは〝あたしの〟庭も同然……」

「おおっ!」観客から歓声があがる。

「あなたのカップケーキはパッサパサ、ほんとうのファンなどひとりもいない、CMソングはあまりに幼稚でりっぱな公害大迷惑!」

「わー!」

「ええそうですとも、わたしは〝まるぽちゃ〟。ええそうですとも、わたしは巨乳。ヒップだってこれこの通り、彼氏をクラクラさせられる……」

「彼女にもっといってやれ、エスター！」

「〝おしゃれでかわいい〟と売り込んでいるけれど、笑顔は安っぽくて薄っぺらいし、真心なんてこれっぽっちもない。けばけばしくて下品なだけ。砂糖衣は缶詰だって？　それからコーヒー豆を使っているって？　まともなコーヒーなんて、つくれるはずがないでしょ！　バタークリームまみれのお尻でいつまでここに居座るつもり？　わたしの庭から出ていってくれ、ぐずぐずしてたらこの黒いブーツであんたの――」

ビーッ！　ビーーッ！

運転席のダンテがとうとうしびれを切らしてマフィンミューズをじりじりと前進させ、カップケーキ・カートの後部のバンパーを軽く突いた。

とたんにケイリーが金切り声をあげる。「彼がわたしたちにぶつかってきたわ！　見た？　見たでしょう！　警察を呼ぶわよ、コージー。警察を！」

「どうぞ。ついでにレッカー車も要請しなさい」

「ついでに救急車も」エスターがつけ加え、腕時計を指し示す。「あと三十秒であなたはわたしのブーツの下敷きだからね――除去する手術が必要よ！」

群衆がどっと沸く。

ケイリーのトラックのなかから、腕にドラゴンのタトゥをいれた若者がすさまじい怒りを込めてエスターを、そしてわたしを睨みつけている。彼がケイリーを脇にひっぱり寄せてなにやらひそひそ話をしている。さきほどまで行列をつくっていた人たちはすでにトラックを遠巻きにしてぽかんと眺めたり、笑ったりしている。わたしたちのコーヒーハウスのなかから見物している人たちも同じ反応だ。

「動くわよ」ケイリーはきっぱりと宣言し、それから接客用のカウンターに覆いかぶさるようにぐっと身を乗り出して小声で脅し文句をささやいた。「この街には友だちが何人もいるわ――彼らはいくらでもわたしを守ってくれる。わたしの邪魔をしたことを後悔しても遅いわよ」

「その情報をそのまま〝しかるべき人〟に知らせておくわ。さあ、消えてちょうだいケイリー」わたしは数歩下がり、彼女のトラックの前方のがらんとした通りを指さした。「さっさと車を出しなさい！　ただちにここから立ち退きなさい！　ぐずぐずしないで！」気分はすっかりニューヨーク市警の交通巡査だ。

トラックの窓がガチャンと閉まり、エンジンがかかり、のろのろと移動を開始した。

「ショコラ！　ウーッラッラ……フレッバー・フォ・ヴ……」

あつまった人たちもそれぞれ動きだし、ざわざわしたなかで拍手の音がきこえた。ふりかえるとマテオだった。海賊みたいな髭のあいだから真っ白な歯をのぞかせてニコニコしている。

「じつに見ごたえがあった。そして愉快だった」

「ええ、みごとだったわ」マダムが相づちを打ち、遠ざかっていくトラックに軽蔑《けいべつ》の表情を向けた。「あんな安っぽい物売りがこの街を走りまわっているとはね」

リリー・ベスも愉快そうに笑っている。「つぎに彼女を追っ払う時にはフランス式に〝ヴ〟と呼びかけようかしら」

低くうなるような音とともに、わたしたちのマフィンミューズがゆっくりと停車位置におさまる。ダンテがエンジンを切るとトラックは一度咳をするような音をたて、排気ガスを吐き出した。わたしたちは祝福を受けるようにまともに浴びてしまい、エスターは鼻をつまみ、マテオは後ずさりし、マダムはむせて、リリー・ベスはビレッジブレンドのなかに入っていった。

「すみません」ダンテが謝りながら降りた。「なかの構造をまだいじっているとちゅうなんです。でも排ガス検査は確実に通ると思います」

「ええ、きっと通るわ――あなたが検査官を買収すればね」エスターは容赦ない。

ダンテは剃りあげた頭をふり、「何本か電話をかける必要があるので」といい残してビレッジブレンドのなかにすたすたと入っていった。

マテオがわたしたちのトラックを見て顔をしかめる。

「これはいわゆるミニマリズムっていうやつか?」

マテオにしては穏やかないいまわしだ。トラックの車体は白一色に塗られ、角張ったブロック体の文字でマフィンミューズと描かれている。ケイリーのトラックがラスベガス調の派手なみかけだったので、ことさらさっぱりして見える。

「心配いらないわ」マダムがマテオにウィンクした。「うちの店専属の〝アーティスト〟が明日、車体に絵を描いてくれるのよ。ダンテが絵を完成させたら、わたしはローラン・ペリエ・グラン・シエクルのボトルでお祝いするつもりよ。船の進水式みたいにね！」

「あまり強く叩かないでくれよ。瓶かトラックか、どちらが割れるのか心配だ」

「ま、バカなこといって。あのトラックは岩のように頑強よ。内装はすっかり新しくしてあるし」

「そうなのか？」マテオはいま一度トラック全体をしげしげと眺め、わたしのほうを向いた。「それなら、われわれの投資内容をじっくり見せてもらおうかな」

「文句をつけるためだけなら、お断り」

「人の意見に耳を傾ける意思はある」

十分後、わたしたちはふたたび歩道に立っていた。

「なかなかしっかりつくってある」マテオが認めた。

「ええ」

マダムがわたしたちのほうにやってきた。

「明日になれば、わたしたちのマフィンミューズは内側と同様に外側もすてきになるわ」

ちょうどその時、リリー・ベスの姿が目に入った。ビレッジブレンドの紙コップを持って歩道のカフェテーブルのあいだをすり抜けるように歩いている。

「リリー」彼女に手をふった。「明日のトラック・ペインティング・パーティーに来てくれるわね？　絶対に来てちょうだいね！　パズもいっしょに。彼の好物を用意して待っているわ」

「そうしたいのは山々だけど、今週末は仕事なのよ」

「市長主導の例の仕事?」

「いいえ、別件なの。高級スパの話を確か、あなたにしたでしょう? ハンタードン郡のスパよ」

「ええ、憶えているわ。すてきなところだそうね」

「そうなの。とても牧歌的でね。仕事をするには申し分ないのだけど、息子と離ればなれになるのがつらいわ。パズはジャクソンハイツで母と留守番よ。それに、あそこからでは息子に電話もできないのよ。『デジタル・デトックス』なんていうクレイジーな規則があるスパだから」

「デジタル・デトックス? はて、スマートフォン依存症の治療法か?」マテオが笑う。

「まさしくその通り。脱デジタルよ」

「脱デジタル?」マテオがにこやかな表情のままわたしに視線を向けた。「初めて耳にする言葉だ」

「携帯電話、PDA、タブレット、ノートパソコンといったデジタル機器の使用が全面的に禁じられるの」リリーは自分のスマートフォンを揺らしながら微笑む。「全員、フロントデスクで預けてチェックアウトの時まで受け取れないのよ。もちろんスタッフもね」

マテオはうなずきながらPDAを取り出した(たぶんそうするだろうと思った)——無理矢理引き離されると想像するだけで、いとおしさが増すらしい(まあ、そういう性分であるのはわかっているけれど)。

リリーが腕時計を確認する。「もう行かなくちゃ。クイーンズに帰って坊やを寝かしつけて、夜明けにはニュージャージー行きの定期バスに乗る予定だから」

「パズに、ブルーベリーパイ・バーを取っておくからと伝えてね。それから――」わたしはリリーだけにわかるように、ようやく意見を変えたマテオのほうに向けて小首を傾げた。

「ありがとう、立ち寄ってくれて」

「どういたしまして」

リリー・ベスはわたしをぎゅっと抱きしめ、最後に一回手をふってから歩き出し、マフィンミューズの向こう側に姿を消した。

「きみの新しい友だちが気に入ったよ」マテオの視線はまだ携帯電話のメールに向いたままだ。

「でしょうね。でも気に入るのも〝ほどほど〟にしてね。ややこしいことになるから」

「ややこしい？　どうして？」

「だって、アインシュタイン――」

その時、エンジン音がとどろいてわたしの返事は飲み込まれた。喉の奥から出てくる低いうなり声のようなその音はドラッグレース用の改造車がエンジンを吹かす音に似て、大音量の振動でわたしの身体までブルブル揺れた。つぎにキーッとタイヤがスピンする音がした。

その後にきこえたのは、おぞましい記憶を引き出す音――何十年も前にわたしの父親がペンシルバニア西部の田舎道でシカを轢いた時に耳にした（そして決して忘れられない）鈍く、破壊的な音。

ぞっとする衝突音に続いてエスター・ベストのおどろおどろしい悲鳴が響く。

「エスター！　どうしたの⁉」

「ああ、どうしよう」エスターは両手を頭に当てて叫ぶ。

心臓の鼓動がおそろしく速くなるのを感じながら、わたしはマフィンミューズの向こうへと急いだ。マテオが追ってくる。わたしたちはほぼ同時に止まった。

もう一歩足を踏み出せば、カオスが始まる。けれどこの一瞬、すべての感覚が失われ、世界は動きを止め、わたしの身体は固まり、視界は限りなく狭まった。

友がそこに横たわっている。いっしょに笑い、わたしを抱きしめた彼女は道のまんなかに無惨にも打ちつけられ、体の下半分はねじ曲がり痙攣《けいれん》している。

目の前の光景はあまりにも暴力的で残忍だ——そしてあまりにもしんとしている。一瞬の間に刃《やいば》がふりおろされた、あるいは雷に打たれたようにすべてが過ぎ去り、後にはピカソの『ゲルニカ』のような悲惨さだけが残されている。でもこれは戦争が引き起こした荒廃と苦しみを描き出した絵とはわけがちがう。いま現実に起きていることなのだ。

リリーは上体を起こそうとして懸命に片手を伸ばしている。見えない天使に触れようとするみたいに、天国に救いを求めて合図を送るように。

「リリー・ベスが轢かれた！」そう叫ぶとともに、仰向けに倒れていくリリーに向かって全速力で走った。「九一一番に通報して！」

4

リリーのところに駆けつけた時には、彼女は通りに仰向けに横たわっていた。まだ意識はある。わたしは両膝をついた。

「リリー、きこえる？」

彼女の目があいてくちびるがかすかに動くが、声は出てこない。咳き込んだ拍子に泡状の血液があふれてくちびるを赤く染める。「クレア……」

「動かないで」

「わかっていた……」痛みのあまりうめき声をもらしながら、彼女が続ける。「こうなると、わかっていた……」

わかっていた？　彼女の澄んだ目はしっかりと焦点を結んでいる。

「車が走ってくるのを見たということ？」

「そうじゃないの」ほとんど荒い息遣いの下からかろうじてきこえる。「あなたは知らない。こうなって当然なの。わたしがそれを招いた。わたしの過ち……」

「しゃべらないで」

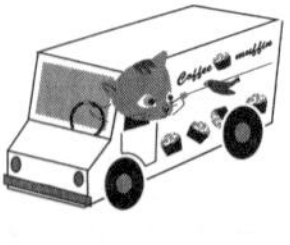

けれどリリー・ベスのくちびるがふたたび動く。

「わたしの過ち……わたしのせい……わたしは大きな過ちを犯した……」

その言葉にわたしははっとした。これはうわごとではない。リリーはわたしと同じくカトリック教徒として育てられた。この言葉は、教会の懺悔《ざんげ》の儀式を連想させる。彼女がそんな言葉を口にした理由はひとつしか考えられない。それは彼女が終油の秘跡、つまり臨終の秘跡を望んでいるから。

歩道に視線を走らせたけれど聖職者の姿は見つからない。リリーの苦痛を少しでもやわらげたくて、わたしは必死にささやいた。「主よ、おゆるしください……」

リリーもわたしといっしょに言葉を唱え、睫毛がはらはらと揺れたかと思うと彼女の瞳は焦点を結ばなくなり、痛みのために虚ろなまなざしになった。そのまま意識を失ったのはむしろ幸いだった。それほどまでに彼女は重傷を負っている。

明るい色合いのブラウスと青いデニムには赤い筋が走り、表現主義のどぎつい油絵のよう。じっさいにぱっくり口をあけている傷が見えたり、動脈からどくどくと血が流れ出たりしているところが見えるわけではない。けれど、生き生きしていた彼女の顔からどんどん血の気が引いていくのがわかる。車のヘッドライトの強い光を浴びて、リリーの身体から色もぬくもりも失われ、魂までもがアスファルトへと流れ出ていってしまいそう。

すぐそばで車がアイドリングしているのでまともに排気ガスがかかるが、それどころではない。ジーンズ越しにとがった小石が足に当たり、小さなナイフを突き立てられるようだ。

それでもわたしは膝をついたままリリーのぞっとするほど冷たい手を握り、祈り続けた。

そのあたりからわたしの身体の震えが始まった、激しい震えが手の先から両手から腕へ、さらに全身へと広がる。両目を閉じて力をくださいと祈ろうとした時、肩越しに大きな人の気配を感じた。見上げると、意外にもマテオがいた。

きちんとたたまれたエプロンを大量に抱えている。

「これを使って彼女がショック状態に陥らないようにしよう」

「救急車は？」彼を手伝ってエプロンでリリーの身体を覆っていく。

「こちらに向かっている。彼女を動かしてはいけない」

「ええ。それから？」

「誤嚥《ごえん》に気をつけるんだ。仰向けの状態だからな。喉を詰まらせるおそれがある」

「でも動かすわけにはいかないし——」

「ログロールしよう」

「ログロール？」

マテオは何十年もかけて世界各地の発展途上の地域を旅してまわるうちに、イーグルスカウト並みの応急手当をこなせるようになっている。

「どうしたらいいのか教えて……」

マテオは両膝をついて、リリーの首と頭を固定させる方法をしてみせた。わたしたちはリリーの様子を見守り、ひたすら待った。歩道ではエスターが通りすがりの人に向かって半狂乱で呼びかけている。

「医師の協力を必要としています！　どなたかいませんか！　看護師はいらっしゃいませんか⁉　誰か！　キャンディストライパー（ボランティアの看護助手）でもガールスカウトでも、コニーアイランドのライフガードでも構いません、お願いです！」

　数区画先でサイレンの弱々しい音が一度鳴った。それにこたえる遠吠えのような音がいくつも鳴る。通りにいた男性が大きな声を出して数台の車に縁石のほうに寄れと指示し、緊急車輛のためのスペースをつくった。

　リリー・ベスのことにかかりきりになっていたので、肩に誰かの手がふれた瞬間、驚いて悲鳴をあげそうになった。

「替わります」

　ネイビーブルーのシャツを着た消防署の救急医療班の隊員がふたり、リリーの傍らにすばやくしゃがんで毛布代わりにしていたエプロンをはずした。わたしとマテオはじりじりと脇のほうに追いやられる。続いて、折りたたんだストレッチャーとバックボードを運んできたふたりの隊員が加わった。

　わたしは両手をぎゅっと握って静かに祈りを唱え、彼らがリリーの意識を回復させようとするのを見守った。一分ほど経っただろうか。とうとう彼女が身動きして目をひらいた。

　救急隊員たちの処置は続く――ひとりはリリーの腕に針を刺して点滴を開始し、ふたりが彼女をバックボードに固定する。準備しておいたストレッチャーに三人で彼女をのせ、そのまま救急車に向かって押していく。

わたしも同行するつもりで乗り込もうとしたが、救急車のスタッフに断られてしまった。

「いっしょに連れていってください。付き添っていきたいんです！」

マテオがわたしの両腕をつかむ。

「落ち着け」

「行かせて」

「クレア、よくきけ。きみの友だちには信頼のおける専門家がついている。きみが病院にいったところで、なにもできやしない。うろうろと歩きまわって待つだけだ。ほんとうにリリー・ベスを助けたいなら、きみにできることはあそこにある」

「なんのこと？」

彼が指さしたのは、ビレッジブレンドの前の歩道のカフェテーブルのあたりだ。赤い光の点滅でエスターの顔が照らされている。彼女を挟んで制服警官がふたり立っている。

「エスターは調書を取られている」

「あのふたりなら知っているわ。店のお得意さまよ」

「あそこに行こう」

わたしはうなずいた。まだ全身が痺れたように無感覚の状態で歩き、警察官が容赦なく質問する声がきこえるところまでちかづいた。

焦点がピンと合うように感覚が戻った――〝一瞬のうちに〟。

5

「もっとなにか話してください、ミズ・ベスト。あなたは自分で目撃者だと主張しているじゃないですか」

「〝主張〟じゃないわ。事実よ。わたしは目撃者として見たことはすべて話したわ」エスターはメガネを乱暴にはずしてシャツのすそでレンズを猛然と拭き始める。「バンだった。窓のない車種。ドライバーに関してはまったく目に入らなかった」

　いま彼女と話している警察官はラングレー。長身で血色のいい彼は六分署に勤務している。アイルランド系のラングレーとくらべると相棒のデミトリオスは小柄で肌が浅黒い。そのデミトリオスが事故報告書の用紙に書き込みながらたずねる。

「ナンバープレートはどう？　見えましたか？」

「見えるはずないでしょう！　いきなり飛び出してきたんだから！」

　通りの反対側ではネイビーブルーのシャツの制服警官たちが事故現場への立ち入りを封じるために黄色いテープを張ったり、目撃者さがしをしたりしている。あれほどおおぜいいたやじ馬たちはあっという間に少人数になっている。彼らが逃げ出すすばやさときたら、分娩

後のスーパーモデルが元の体形を取り戻すのと同じくらいのスピードだ。そんなことにいちいち驚いてはいられない。

事故というものはどうしても人を興奮させ、好奇心を満たそうとするやじ馬を引き寄せる。立ち止まって見る分にはいいが、そこに巻き込まれるとなると——そしてニューヨーク市警に調書を取られるとなると話はちがってくる。宣誓供述書が作成され、場合によっては出廷させられる。光の速さにちかいスピードで動くニューヨーカーにとっていちばんの苦痛といえば自分の時間を削られること……それは最大の損害にあたる。

ローマ人の格言には「共通の善は個人的な事柄よりも重要である」という内容のものがある。しかしいまの時代、具体的な形で報われない限り、人はそうそう犠牲を払おうとはしない。

そんな悲しい現実を思うと、エスターがただ威勢のいいバリスタではないとしみじみ痛感する。この犯罪現場で、もしかしたら彼女は唯一の好意的な目撃者かもしれない。ラングレーとデミトリオスもきっと同じように考えているのだろう。だからますます徹底的にきき出そうと執拗になっている（もちろん、それはこの状況ではまちがった対応ではない。けれどもエスターという人物をよく知っているわたしにいわせれば、彼らのやり方はひじょうにまずい）。

「ハンドルを握っている人物に関しては、まったく気に留めなかったのですか？」ラングレーがエスターとの距離を詰めながら確認する。

エスターは避けるように少し動く。「その質問には答えたはずだけど」

「ナンバープレートについてなにも思い出せないというのは、まちがいありませんか？　たった一文字、たったひとつの数字も？」デミトリオスは顔と顔がくっつきそうなほど接近して念を押す。

「ええ、残念ながら」

「ナンバープレートの色はどうです？　州が判別できるかもしれない。さあ思い出してみて！　ニュージャージー、ニューヨーク、コネティカット――」

「メインとかアラスカって可能性もあるわよ！」エスターが叫ぶ。「五十州すべてが候補よ。だってわたしはなんにも憶えていないんだから！」

あまりの気迫に呑まれたように、ラングレーとデミトリオスはすぐには返せない。でもわたしにはわかる。エスターのとげとげしさは決して彼らへの悪意から出たものではない。そう断言できるのは、彼女の性質をわたしなりによく呑み込んでいるから。つい先日、彼女は店でいちばん若いバリスタのナンシーと、真実の愛の本質について（なんとまあ）議論を始め、ひと筋縄ではいかない思考回路が本人の口から語られた……。

「一瞬の化学反応だと思うわ！」エスプレッソを抽出しながらナンシーは主張した。「理想の王子さまがあらわれて、たちまち夢中になる。相手もこちらに夢中になるの。そしてふたりは永遠に結ばれる」

「そうねその通りよ、シンデレラ。離婚するまではね」エスターが答えた。

ナンシー「そんなにシニカルに構えていたら、恋愛なんてできないわ」
エスター「わたしは現実主義者なの。恋愛と現実主義は両立する。むしろ両立させるからいいのよ」
ナンシー「どういう意味なのか、さっぱりわからない！　ボリスと恋愛しているんでしょう？」
エスター「ええ、恋愛しているわ。でも彼を愛してもいる」
ナンシー「なにがちがうの？」
エスター「『恋愛』は名詞——動きに乏しいわ。そこへいくと『愛している』は動詞だから動きがある。言葉の上だけではなく、日々の暮らしにおいてまったく別物なのよ。理論と実習が決定的にちがうようなもの」
ナンシー「どういうこと？」
エスター「具体例ね。ボリスがベーカリーでアシスタントとして働いているのは知っているわね？　彼はとんでもない時間に起床して出勤するのよ。昨夜わたしはこの店の戸締まりをして夜遅くに彼のところに行った。で、浅はかにもバスルームのラジオを、音量を確認しないままつけてしまった。大音響が鳴り響いて彼を起こしてしまった。彼のレム睡眠を乱してしまった自分に腹が立ってしかたなかった。だから彼に、なぜ音量をあげっぱなしでラジオを止めたのかと怒りをぶつけた。彼は怒鳴り返さなかった。彼はもっと利口なの。わたしという人間をよく理解しているのよ。

ベッドにおいで、ぴったりくっついて眠ろうといってくれた。つまり、そういうことよ。それが愛しているということよ。おわかり？」

ナンシー「すごく屈折していると思う。その自覚はある？」

エスター「それは、わたしにとってはりっぱな褒め言葉だわ……」

エスターは確かに屈折している。そして賢くてユーモアがあって、勇敢だ。時間さえかければ、彼女を理解する（あるいは愛する）ことは決して難しくはない。

轢き逃げ事故に遭遇して誰もが動揺している。感情が高ぶるのも無理はない。エスターは捜査に役立つ情報をふたりの警察官に提供できない自分自身にいらだっているのだ。自分を責める気持ちがあまりにも強くてコントロールできなくなり、そばにいる人にぶちまけてしまっている。

あいにくラングレーとデミトリオスは彼女のボーイフレンドではない。だからエスターの気性まで考慮に入れたりしないだろう。単に非協力的な目撃者が逆切れしているとしか思わないのではないか（警察バッジをつけて拳銃を携帯している人物にそう思われてしまうのは、あまり有利ではない）。

「こういってはなんですが、そんな調子では話が進みませんよ」デミトリオスがいう。

「そんな調子？　あなたたちのほうこそ、どうなの？」

「われわれですか？」

「任務を果たしていますよ。見ての通り」

「えらそうにいわないで！　わたしが轢き逃げを起こしたわけではないのだから！」

ラングレーが相棒に話しかける。「どう思う？　彼女には分署で話をきいたほうがいいんじゃないかな」

〝ああ、やっぱりそんなことに……〟。

「そうだな、取調室で五時間か六時間過ごしたら落ち着いて話をしてもらえる――」

「あの……」わたしは彼らにちかづいた。「わたしが力になれると思うわ」

気まずい沈黙が流れる。でも少なくとも口論にはなっていない（あるいは事実上の逮捕にも）。ならばひとまず危機は脱したといえるだろう。

「なにか証言できることがあるということですか、ミズ・コージー？」ラングレーはきつい口調だ。

「はい。でもその前に五分だけ時間をいただきたいわ」

「化粧室ですか？」

「いいえ」わたしはエスターのほうに顔を向けた。

彼女は腕組みをしたまま、足から根が生えたみたいに突っ立っている。身体中に力が入ってコチコチの状態だ。これでは思い出そうとしてもなにも出てはこないだろう。

わたしは深呼吸をして彼女の肩に片手を置いた。そしてマイク――マイク・クィン刑事はニューヨーク市警が誇る敏腕取調官だ――になったつもりで静かに話しかけた。

「エスター、目を閉じてみて」

「どういうこと？」

「わたしのためだと思って。そう……リリー・ベスのためにも」

エスターはため息をついたが、いわれた通りにした。

「身体の力を抜いて。いい？　リラックスして……大きく息を吸って。そう。吐いて。そうね、その調子……」

デミトリオスとラングレーは警戒するような表情で顔を見合わせている。でも（ありがたいことに）止めようとはしない。

「わたしの声に集中してちょうだい。ほかのことは考えないで。いまは放っておいて。身体から力を抜いてみて。そうして頭のなかに、ある特定の場面を再生してみてほしいの。それだけ。わたしのためにやってみてくれない？」

エスターがうなずく。「やってみます」

「バンがリリー・ベスにぶつかるのを見たのね？」

「ええ。窓のないバン……」

「ではその衝突の様子を頭のなかで再生してみて。ビデオに録画したものを映し出すようにね。見える？」

「見えるわ」

「バンは何色？」

「白……といえば、いえるような……」

といえば、いえるような？

「バンは汚れていたの？」

「そう！　汚れていた。ルーフは白というよりも灰色で、ハトの糞がたくさんこびりついてそのままカラカラになっていた」

「いいわね、その調子……」いつの間にか、ラングレーとデミトリオスがせっせとメモを取っている。

「このあたりを走っているバンといえば、ほとんどが商用車ね。その車にはなにかマークがついていた？　衝突の瞬間を再生してみてちょうだい。会社のロゴとか、なにか文字はついていない？」

「ロゴはない……なにか描いてあるけれど……読み取れない！」

「大丈夫よ、エスター。それでいいの……文字は何色かしら」

「黒。黒で、太くて、醜かった……でも、そんなの変よ！　あんなものを商用のバンにつけておくなんて」

「考えようとしなくていいわ。ただ映像を再生してみて。ぶつかった瞬間を……文字の形が見える？」

「ひとつは〝C〟かしら……あ、ちょっと待って！　文字はスプレーで描かれている。落書きよ！」

どんな落書きだったのかを説明し終えてエスターが目をあけた。きっと、さきほどよりもぐんと満足そうなデミトリオスとラングレーの表情が見えたにちがいない。

デミトリオスが咳払いをした。最後にもうひとつ、質問をするつもりなのだ。肝心なことを確認するために。

「ミズ・ベスト。そのバンをもう一度見たら、同じものだと特定できますか？」

「ええ、まちがいなく！」エスターが力強くうなずく。

デミトリオスが相棒にいう。「この証言に基づいてBOLO（全パトカーに流される捜索指令）を流そう」

「よし」ラングレーがこたえるとデミトリオスはパトカーに走っていった。

「あなたはどうです、ミズ・コージー？　その車を見ましたか？　ナンバープレートの一部だけでも」ラングレーがたずねた。

「いいえ、見ていないわ。でも、参考になる情報を提供できると思う」

「運転していた人物をちらっと見ましたか？」ラングレーの口調には期待がこめられている。

「いいえ。ですから、なにも見てはいないの。きいたのよ」

ラングレーが首を傾げる。「きいた……」

「そうよ、独特のエンジン音だった。とても大きくて、ドラッグレースで改造車がエンジンを吹かすような音。それをきいたのは、リリーがマフィンミューズの向こう側から通りを渡ろうとした時――」

「続けてください」ラングレーがメモを取りながらうながす。

「タイヤがキーッという音もきいたわ」

ラングレーがうなずく。「ドライバーはおそらくブレーキをかけようとした――」

「ちがうわ」わたしはきっぱりと否定した。「タイヤの音がしたのは、エンジンを吹かした後よ。その数秒後に衝突音がしてエスターの悲鳴がきこえた」

「それから？」

「リリー・ベスの姿が見えたわ。そこに横たわっていた――」さきほどまで膝をついていた
あたりを指さす。

「ということは、いまミズ・ベストが説明した窓のない汚れた白いバンを、じっさいには見ていないということですね。現場から逃走したと思われる車をいっさい見ていない。そういうことですね？」

「視界がふさがれていたし、すぐにリリー・ベスに注意がいってしまったから」

戻ってきたデミトリオスが大きな声で周囲に呼びかけた。

「目撃者はいませんか？」

通りの向かい側では六分署から駆けつけた警察官たちが歩行者をつかまえて調書を取ろうとしているが、答えているのはほんの数人だけだ。そのうちのひとりはビレッジブレンドの長年の常連客だ。しかし首を横にふって肩をすくめている。

「どうですか、なにか見ましたか？」ラングレーはマテオにペンを向けてたずねている。

マテオが反射的に身をこわばらせるのがわかった。

「うちの店のトラックで視界をさえぎられていたから事故は見えなかった。ぼくの後ろにいたお客さんたちも同じ状況だった」

「そうですか。それではなにか〝ききましたか〟?」

「いや、メールを読んでいたんだ。それに気を取られていた」

ラングレーの視線は、マテオの傍らに立っているマダムに向けられた。マダムは厳しい表情だ。「どうでしたか? やはりトラックが邪魔して見えなかったのですか?」

マダムが口をすぼめるようにしてこたえた。

「ええ、そうだったのよ。わたしもなにも見えなかった。でもね、ちゃんと見ているべきだったわ!」

わたしはマテオの腕に触れた。

「あなたのお母さまを落ち着かせてあげないと」

マダムはひどく取り乱している。それよりなにより激しく憤っている。リリー・ベスはマダムの目と鼻の先で無惨にも轢かれ、卑怯《ひきょう》なドライバーは現場から逃走した。それなのになにも協力できないという強い憤りを感じているにちがいない。

「マダムを店のなかに連れていってカウンターでコーヒーを出してさしあげて。お願い」マテオにささやいた。

「名案だな……」マテオはうなずき、母親の腕をやさしく取るとふたりの若い警察官に宣言するようにきっぱりといった。「失礼する」

元夫は警察嫌いなので、この場を離れるきっかけができてほっとしているにちがいない。

ラングレーはマテオを引き止めはしない。けれどもわたしを解放するつもりはないらしい。

「あなたにはまだここにいていただく必要があります、ミズ・コージー」

「わかったわ」

ちょうどその時、ラングレーの背後から浅黒い肌のラテン系のパトロール警官がちかづいてきた。見覚えのない顔だ。その人物がラングレーの肩をぐっとつかんだ。

「悪い知らせだ。今夜、街頭では近視が大発生している」

「おいおい、ペレス、収穫ゼロか？」ラングレーがききかえす。

「調書が全然取れていないのか？」デミトリオスだ。

「これはと思えるものはない。それに見ての通り、すでにＡＩＳが来ている」

ラングレーの顔がくもった。

「ＡＩＳが？」

「そうだ、よりによってマックス・バックマンのチームだ」

ラングレーがため息をつき、通りに視線を走らせる。

デミトリオスが相棒を肘で突いた。

「俺たちはとことんツキに見放されているってことか？」

ペレスがデミトリオスを安心させようとして笑顔を浮かべ、その拍子に金歯がのぞいた。

「ピリピリする必要はないさ。道路は封鎖して車も歩行者も迂回《うかい》させ、事故現場は保存されている。すべて所定の手順通りだ。もちろん、現場にまっさきに駆けつけた〝きみたち〟が手柄をものにすることができる」

「どやしつけられるのも込みでな。なにしろ相手がマッド・マックス——そして彼が率いる『非情なレースギャング』だからな」

「ああ、まったく運が悪い」

わたしはラングレーの肩を軽く叩いた。

「きいていいかしら、そのＡＩＳというのは?」（ニューヨーク市警に勤務するマイク・クィンと親しくつきあっているうちに、警察関係のアルファベットの順列組み合わせにはかなりくわしくなっている。でもこのＡＩＳというのは初めてきく）。

「ＡＩＳは事故捜査班のことです」

「なるほどね……」ニューヨーク市警には数多くの局、課、班がありバルカン諸国の小国の警察に匹敵するほどの規模だから、これまできいたことがなくても不思議ではない。「そのバックマンという警察官は……扱いにくい相手のようね。ちがう?」

ペレスが低いうなり声を出して苦笑する。

「扱いにくい相手ですか。それは、かなり丁寧ないい方だな」ラングレーがこたえる。

「そうなの?」

デミトリオスが大きく吐息をつく。

「いけ好かない野郎ですよ、ミズ・コージー。おっと、はしたない表現で失礼」

「その程度ならかわいいものよ……」（マテオの口からはもっとはしたない表現をしょっちゅうきかされている）。「でも、その人と話をしなくてはならないから、もう少し具体的に知っておきたいわ」

「具体的に？　どれくらいいけ好かない野郎なのかを知りたいんですか？」ラングレーがいう。

「なにか参考になる情報を教えて」

デミトリオスが首筋をさすりながらこたえる。「やつは女嫌いなんです」

「それは性的な対象という意味で？」

「関係は持ちますよ。でも好きにはならないってことです」

話しているところに葉巻の煙の嫌なにおいが流れてきた。においはどんどん強く、きつくなる。道路に膝をついた時に排気ガスをじかに吸ってしまった記憶がよみがえった。

周囲を見まわすと嫌なにおいの源が判明した。暗がりに半分身体が隠れているが、クマのように大きな男性が葉巻を吸っているのが見えた。警察のバンが運んできた投光器のすぐ脇なので、かえって目につきにくい。黒いスラックスに青いナイロン製のジャケットという服装だ。彼の周囲には制服姿の警察官があつまっている。

彼らの肘章のワッペンは車輪をかたどったデザインなのでハイウェイ・パトロール隊なのだろう。おそらく有能な警察官にちがいない。けれど、ベルトつきの革製のジャケット、オートバイ用ブーツ、軍隊調の乗馬ズボンのようなものを身につけている姿を、夜のこんな時間帯に見ると、ポーランド侵攻を企てている兵士のようだ。

デミトリオスのほうを向いてたずねた。「あそこで葉巻を吸っている男性。彼がバックマン？」

「彼です」

ちょうどその時、バックマンはわたしの視線に気づいたらしい。安物の葉巻をくわえて、彼もじっとこちらを見る。そしてつぎの瞬間、こちらに向かって大股で歩き出す。巨体の持ち主が迫ってくる威圧感に負けないように、わたしは歩道の暗がりに立ったまま身を固くした。

ＡＩＳの捜査官である彼は、この事件の捜査の責任者となるのだろう。それは予想がついた。しかし自分が早々に彼に辟易《へきえき》させられるとは、ましてこの〝マッド・マックス〟・バックマンという人物が最大の味方になるなどとは予想もつかなかった。

6

「じゃ、報告をきこう」煙がたちのぼる葉巻をくわえたままバックマンが話しかけた。

ラングレーかデミトリオスがこたえるのだろう。そう思って、わたしは煙が目に入らないようにパチパチまばたきしながら待った。バックマンも待っている。

「淑女諸君！」彼の大声がとどろきわたる。「きみたちの報告をきくといっているんだ！」

反射的にわたしはびくっとしてしまった。若いラングレーとデミトリオスは心配そうな表情で顔を見合わせている。おたがいに、相手が返事をするのを期待していたのだ。

「轢き逃げです！」ふたり同時に口をひらく。

「そんなことはわかっている。それ以外の情報は？」

ラングレーが咳払いして報告する。

「白いバンです。ドラッグレースの結果と思われます」

それをきいてバックマンの眉がぐいとあがる。わたしの眉も。

ラングレーはなぜドラッグレースの結果などといいだしたのだろう？　わたしはそんなことはいっていない！　抗議しようと口をひらきかけたが、舌を噛んでこらえた。なにかいえ

ばバックマンはわたしに事情をききたがるだろう。それではだいじな常連さんを上司の前で追いつめることになってしまう。

「きみが腕に挟んでいるのは、事故報告書の用紙か？」バックマンがラングレーに向かってぐいと片腕を突き出す。「見せてもらおう」

定型の用紙に記入された事故記録と事故報告にバックマンがくまなく目を通すあいだ、わたしは彼をじっくり観察した。年齢は五十歳くらい。もう少し上かもしれない。タカのような鼻、よく張った顎、灰色の目。目玉が飛び出しそうなほど真剣な表情で読んでいる。黒々とした濃い眉毛、寄る年波で肌はゴツゴツとした感じだ。そしてクルーカットの短髪。

店の近所にも短髪にしている俳優はいるけれど、ジェルでツンツンと立たせた最新流行のスタイルだ。バックマンはそれとはちがって剛毛を短く刈り込んだヘアスタイルで、どう見ても海兵隊の新兵、あるいはポリスアカデミーの床屋で仕上げたような印象だ。もしかしたら彼は二十歳でこの髪型にして以来三十年間、頑《かたくな》にそれを変えずにきたのではないか。それが第一印象だった。

髪の色は歳月とともにすっかり変わったにちがいない。眉毛は黒いままだが、ごま塩頭で左右の耳の上は真っ白だ。ちょうど頭全体が左右対称のデザインになっているので改造車を連想してしまう。

今夜は車のことばかり考えていたからだろうか。でもひょっとしたら彼の身体の中身は内燃機関とそっくり取り替えられていて、葉巻の悪臭はじっさいに排ガスなのかもしれない。

「バン？」ラングレーの怒声がふたたびとどろいた。彼はバインダーの用紙に指を突き立てている。「このバンというのはどういうバンだ？　ＢＭＷか？　高価なＳＵＶか？　ドラッグレースというからには、そうにちがいない。白いバンなどということはありえない」

「でもあれはＳＵＶではなかったわ！」エスターが前に歩み出た。「ごくふつうのバンよ。毎日通りで見かけるようなたぐいの。荷物の配送やフード・トラックに使われているような車よ」

バックマンがエスターのほうを向く。「エクスプレス・カーゴバンということか？」

エスターが肩をすくめる。「それが正式名称なら、そうだと思うわ」

バックマンが怪訝《けげん》そうな表情でラングレーを横目で見る。「エクスプレス・カーゴバンでドラッグレースなどしないだろう？」

「わたしはあくまでも証人の発言を記録したまでです。ドラッグレースの車といったのはミズ・コージーです」ラングレーがこたえる。

ああ、やっぱり。「お話し中すみませんけど」わたしはできる限り穏やかな調子で切り出した。「わたしはドラッグレースがおこなわれたなんて、ひとこともいっていません。車の音をきいて、そのエンジン音が独特だったので、ドラッグレースをする改造車のような音だと思ったのです」

バックマンの視線がわたしに向けられる。そのまま上から下まで丹念に観察していく。その時間が無限に続くように感じられる。警察官が相手を値踏みする時の視線だ。年齢、人種、社会経済的地位、証人として活用できるのか（そして利用価値がどれだけあるのか）、なにより、どれだけ信頼できそうなのかを見積もっている。

　わたしは腕を組んで彼をじっと見つめ返した。

「確かに改造車の音でしたか？」ようやく彼が口をひらいた。

「わたしは工場だらけの町で育ちました。近所には車好きの人がたくさんいて暇さえあれば愛車のボンネットをあけていじっていたし、毎晩のようにマッスルカーのエンジン音が谷にこだましていました」

「わかりました。ミズ・コージー、あなたがきいたとおっしゃる音についてくわしくきかせてください。時間をかけて、できる限りつぶさに語っていただきたい」

「お腹に響くようなとても大きな音でした。通常のバンよりもずっとうるさくて。ドライバーがエンジンを吹かし、タイヤがキーッと音をたてて、その数秒後にわたしの友人をはねたのです」

「わたしの友人」という言葉をきいてバックマンが目をしばたたかせ、報告書をちらっと見て、ふたたびわたしを見た。重要な事実を理解してもらった、と感じた。この事件の被害者はわたしがよく知っている人物で、見も知らぬ歩行者とはわけがちがう。わたしのとても大切な人が犠牲になっているのだ。

　ポニーテールにまとめていた髪がほどけ、シュシュがはずれて肩から歩道へと転げ落ちた。それを拾おうとかがんだ拍子にジーンズに筋状の汚れがついているのが目に入った。道路に膝をついた時のものだ。トウモロコシでつくったポレンタのような黄色のブラウスにも染みがある。頬には乾いたばかりの涙の跡、そして（決まりが悪いことに）鼻水が垂れている。わたしは立ち上がり、シャツのすそで顔をぬぐった。

ふいに真っ白なハンカチがひらひらとあらわれた。驚いたことにバックマンが差し出している。

「大丈夫ですか？」さきほどまでの厳しい口調が嘘のようにやわらいでいる。

わたしはうなずいてハンカチを受け取った。

「このまま動かずに、ミズ・コージー。もう一度戻ってきます……」

バックマンは歩道から車道に降り、手を振ってハイウェイ・パトロール隊員を呼び寄せるとナイロン製のジャケットを脱いで渡した。なんと、バックマンは身体じゅうに大量の金属製品をくりつけていて、まるで小さな機械工場がひらけそうだ。何本ものストラップが胸でクモの巣状に交差し、マカロニ・ウェスタンの無法者が弾帯をたすきがけしている姿に似ている。ストラップには弾ではなく、ありとあらゆる工具が収まっている――小型のハンマー、モンキーレンチ、名前のわからない大量の道具類が。

ハドソン通りが二区画、それに脇道も含めてすでに封鎖され、両端にパトカーが停まっている。通りには私服の捜査官が四人、バックマンと同じような装備で舗装道路を這《は》うように動いている。

彼らはおそらく、〝マッド・マックス〟・バックマンが率いる「非情なレースギャング」なのだろう。といってもメガネをかけた四人組の彼らはどちらかというと工学系の教授といった印象だ。

四人のうち三人は一心に懐中電灯で通りを照らしていく。それぞれがたびたび足を止めて片方の膝をつき、光を反射するテープでアスファルトの路面に印をつける。その印を追いかけるように四人目の男性――背が低く、ベビーフェイスに細いメタルフレームのメガネをかけている――が、長い柄とゴム製の小さな車輪がついたプラスチック製の黄色い箱を押して移動する。ジョイが五歳のころに、これと似たおもちゃの芝刈り機で遊んでいた。

作業を見守っていたバックマンが四人を集合させた。彼らはなにかを話し、うなずき、指をさしている。しばらくするとバックマンは彼らを残して、わたしたちがいる歩道へと戻ってきた。

「そこのあなた！」彼がわたしに向かって葉巻をふる。

「わたしですか？」

彼の灰色の目がわたしをじっと見つめる。「そう、〝あなた〟……ちょっとついてきて」歩き出す前にラングレーに指示を出した。「残りの証人は帰していい」

「しかし、刑事……」ラングレーがエスターを指さす。「この若いレディは車輛を目撃しています」

エスターが片方の眉をあげる。「若い〝レディ〟？」

バックマンが足を止めた。「いいか、ミズ・ベストが見た車はシボレー・エクスプレス・

カーゴバンである可能性が高い。1500か2000、あるいは3500だろう。一九九六年式から二〇一一年式までのいずれかだ。参考までにつけ加えておくが、こうした車輛はマンハッタン区だけで二万九〇〇〇台登録されている。その半数はノーザン・ブルバードのビリー・アンド・レイ・クラインで売られている。ちなみにほぼそっくりのフォード・エコノラインは五つの区を走りまわっているが、これは勘定に入っていない。アジア製のイミテーションも少数うろついているが、もちろんこれも数量外だ」

エスターが腰に片手を当てて猛然としゃべり出す。

「ずいぶんとまあ車にくわしいようね。わたしはメーカーやモデルにはうといけれど、まちがいなくあのバンを特定できるわ。車体の黒い落書きが目印よ。ルーフには鳥の糞、それから――」

「それはすべてあなたからきき取って記録済みです」バックマンが彼女をさえぎる。「ご協力に感謝します。われわれがその車輛を突き止めるにあたり、目撃者としてのあなたの証言は確実に助けとなるでしょう。しかし……ここで起きた犯罪の真相を物語るものではない」

「それならいったいどうやって真相を突き止めるというの?」

「〝耳できいた〟証人がいます」バックマンがふたたびわたしをじっと見据えた。「ミズ・クレア・コージー」

7

「いっしょにきてください」

そういうなり、バックマンは歩道の暗がりから車道へと歩いていく。犯罪現場用の投光器がさきほど到着して、がらんとした通り一帯は目が眩むほどの明るい光に照らされている。

不気味な舞台のセンターを照らすスポットライトに入ると、無数の視線が自分に注がれるのを感じた。ハイウェイ・パトロール隊？　バックマンの「非情なレースギャング」？　地元のマスコミ関係者？　たくさんの小さな太陽の光をまともに浴びた状態では確かめようがない。かろうじて複数のシルエットが見分けられる。ぶつぶつとささやく声もきこえる。ブロードウェイの劇場で幕があがるのを観客が心待ちにしているような雰囲気だ。

バックマンも舗装道路のスポットライトのなかに入った。わたしがリリー・ベスを介抱していた場所だ。いまはテープで人の輪郭がおおまかに描かれている。バックマンは急に立ち止まり、こちらを向いた。わたしはごくりと唾を飲み込み、もう一度気力を奮い立たせた。

「あなたがきいた音にわたしは関心があります、ミズ・コージー」

「ええ」

「これから質問をします。よく考えてこたえていただきたい」

「やってみます」

彼はがっちりとした骨格の顎をこすって、質問を始めた。

「巨大な吸気装置と高性能の排気装置を取りつけた車の音だった可能性はあるだろうか？　その手の車は山ほど走りまわっている。あるいは本物のレーシングカー、またはスタントまがいの運転をしたがる輩《やから》がボンネットのなかにシボレー454スモール・ブロック（エンジン）を取りつけて走らせたという可能性はどうだろう？　その場合はひじょうに独特の音がする……もう一度きいたらかならずききわけられる。もしくは、排気音の爆音だった可能性はあるだろうか？」

わたしは目をパチパチさせた。

「あの、そこまでくわしい自動車の専門用語はわかりません」

バックマンは葉巻を噛み、青い煙をくゆらせる。

「かまいません……あなたがそのうちのどれかをきいたとは思っていませんから」

「というと、わたしはどんな車の音をきいたことになるのでしょう？」

「あくまでも推測ですか？　マフラーがはずれたオンボロのカーゴバンでしょう」

「マフラーがはずれた――」

まさしくそれだ。そう確信した。おそろしくやかましい音を全身で浴びた瞬間、さして華やかなこともなかった若いころに全盛を誇ったマッスルカーの音がよみがえったのだ。だからレーシングカーのエンジンだと錯覚した。

「きっとその通りです。でも、それならなぜわざわざここに？」

「なぜなら……」バックマンが人さし指を自分の片耳に当てる。「あなたがなにをきいたのか、正確に知るためで――」

「あなたはもうわかっているのでしょう？　エスターの目撃証言もあるし。わたしがきいたのは、マフラーがはずれた車のエンジン音だったはず」

「最後までいわせてもらえますか」いかつい顔の頬のあたりにかすかに笑みのようなものがあらわれる。「あなたがなにをきいたのか、どんな順序できいたのかを知りたい。なんとか願いを叶えてもらえませんか。正確な順序はとても重要なので」

わたしはふうっと息を吐き出した。

「やります。お役に立てるのならいくらでも。それから、クレアと呼んでください」

「では、クレア。わたしのことはバックマン刑事で結構です」

彼は車道に視線を落とし、円を描くようにゆっくり移動する。ひとまわりして足を止めた。「よく見てほしい、クレア。ここにタイヤのスリップ痕はあるだろうか？　ゴムで擦った痕はあるだろうか？」

わたしは首を横にふる。「いいえ」

「そう、わたしも同感だ。表面に大量のオイルは付着しているが」

「どういう意味なのか、さっぱり――」

「まあ、ちょっとつきあってみてほしい。これから『ハイウェイ・フーディニ（抜け出す術を得意とするマジシャンの名前からきている）』をやってみよう」

「いま、なんて？」

彼が接近してくる。「わたしを信頼して、やってみてほしい、クレア」

「やってみるわ」

「よし。ではまず目を閉じて――」

さっき自分が口にしたセリフにそっくりだ。おそらくこれは、わたしがマイクから学んだ取り調べのテクニックと同様のものなのだろう。でも安心とはほど遠い心地だ。

「あの、目をあけたままではいけません？」

「あなたは犯人の車の音をきいた。そうでしょう？」

「はい」

「見てはいないわけだ」

「ええ」

「それなら、思い出すためにはその美しい緑色の目は必要ない。ちがうかな？」

拡声器を通したように大きかったバックマンの声は、なだめすかすような調子に変わってきている。それがどうにも心地悪くて、その場でためらっていた。

「クレア、あなたにもこの事件にピリオドを打ちたいという気持ちがあるでしょう？」

「はい」

「それなら、目を閉じて」

わたしは吐息をひとつついて、いわれた通りにした。周囲の暗がりから漏れていたぼそぼそという声が、数秒のうちに小さくなっていくように感じられた。気のせいだろうか？　それとも影のなかで見守っている人たちも、耳を傾けようとして静まり返ったのだろうか？

「リラックスして。頭のなかを空っぽにしてみよう。できるかな？」喉を鳴らすような甘いささやきが、耳元といっていいほど近いところからきこえる。「心を煩わせていることをすべて忘れて……わたしへのいらだちもいっさい忘れて……」クスリと低い声で笑いを漏らし、バックマンは続ける。「意識から考えごとをすべて取り払ってみよう……空っぽにして……」

本気になるのもバカらしいと思い、彼の言葉に従うふりをした。腹が立つので薄目をあけて睫毛を透かして彼を観察してみる。彼は沈黙し、そこから二分間辛抱強く待った——いつしかわたしの呼吸はゆっくりしたペースになり手足の緊張はとけていた。

「さあいいかな。では事件の少し前の時点に戻ってみよう」

彼の声をききながらわたしは目をしっかりと閉じ、驚いたことにあのぞっとする瞬間へと意識が戻った。

「分析したり解釈したりしなくていい……いっさいなにも考えないで……ただ、きこえたことをそのまま話してみよう。耳でとらえたことをそっくりそのまま。さあ、いちばん最初になにがきこえたのか、思い出してみよう……」

事故の詳細をゆっくりと、慎重に、記憶している順番で再現した。リリーが苦しい息の下から彼女にとっておそらく最後の言葉を口にする瞬間までのことを、目をぎゅっと閉じたまま語った……彼女は、自分がこんな目にあうのはわかっていたといったのだ。

すべて話し終え、正確な証言を提供できたという満足感に浸りながら深呼吸をひとつして目をあけた。するとそこにはバックマンひとりではなく、ハイウェイ・パトロール隊の警察官三人と事故捜査班の捜査官ふたりが加わっていた。

わたしがなにもかもいい切ったのだと見た彼らは、なんとパチパチと拍手を始めた。バックマンにいたっては片腕を伸ばして芝居がかったお辞儀までしている。

「いったいどういうつもり⁉　あんなおそろしいことが起きたというのに、あなたたちはそれを楽しめるの⁉」

「とんでもない」バックマンはツールベルトから小型のデジタル式録音機をひっぱり出し、いま録音したわたしの話を再生した。

「あなたがいまおこなった事故の描写は、われわれがあらかじめ推論したものと完璧に一致していた。そして、あなたがラングレーとデミトリオスに述べた内容の正確さも完璧に証明された」

バックマンは録音機をツールベルトのポケットに押し込んだ。

「それにしても、交通事故を目撃した人のうちの半数でもいいから、あなたが耳でとらえたくらいしっかり〝見て〟ていてくれたら助かるんだがな。あなたはわれわれにとって完璧な証人だ。頭の回転が速く、率直で、ぶれない。陪審は皆あなたにイチコロだ」

「見た目もピカイチですしね」刑事のひとりがバックマンに向かっていうと、ほかの刑事たちがクスクス笑う。

わたしは腕組みをした。

「まじめにいっているの？」

葉巻の煙が立ちのぼり、青い後光のようにバックマンの角刈り頭を包んだ。

「大まじめだ」

「安心したわ。あなたたちのチームは『非情なレースギャング』と呼ばれているそうね。もしかしたら、あなたたちの強烈な魅力のせいでそう呼ばれているのかもしれないわ」

「おもしろいことをいうんだな、クレア……つまりどういうことかな？」

「さっきからこの一帯を、ゴールドラッシュの探鉱者たちよりもひたむきにくまなく調べている。いったいなにをさがしているの？　それはドライバーに法の裁きを受けさせる決め手となるものなの？　バンは見つかるの？　さがし出すための心当たりはあるの？」

「証人にしては質問が多い」

「友だちが被害にあっているのだから——他人事《ひとごと》ではないの。それに、うちの店のお得意さまには警察の方もいるから、事件の捜査についていろいろきくのがごく自然なことになっているのかしら」

バックマンが葉巻を噛む。

「そういうことなら……もう少しいっしょにいてもらうことにしよう。まだ力を借りることがあるかもしれないし、あなたの知的欲求も満たせるかもしれない」

8

バックマンはたちまち行動を開始した。手をふって部下を呼び寄せ、奇妙な黄色い道具——おもちゃの芝刈り機を連想させた、さきほどの器具——を手に入れた。地面に貼った反射テープの位置にゴム製の小さな車輪を合わせ、ハンドルのスイッチをパチンと入れるとバックマンはキビキビした足取りで進む。

「距離を計測しているのね？」急ぎ足で追いつきながらたずねた。

「そう。この小さい装置はローラテープという。巻き尺の測定器と似ているが、もっと正確だ」

約6メートル進んだところで彼は足を止めた。そしてわたしも。バックマンのチームの三人目と四人目がそこにいる。ひょろっとしてフクロウのような分厚いガネをかけた、目つきの鋭い人物が、三脚にのせた小さな空飛ぶ円盤のようなものを立ったままいじっている。

「衝突が起きたのはちょうどこのあたりです」分厚いメガネの男が目線をあげないまま、続ける。「被害者はここから持っていかれた、もしくは引きずられた、あるいは飛ばされた。そして、あの地点に倒れた」

バックマンが葉巻を嚙む。

「あたりにタイヤのスリップ痕は？」

「ブレーキを踏んだ形跡すらありません。レーザー照射と赤外線照射でなにか見つかるかもしれません。しかしそれは疑わしい《ロ・ドゥード》」

バックマンがくわえた安物の葉巻がまた小刻みに動く。その姿はどう見ても、煙を吐き出すピストン装置の風刺画だ。角刈りの頭のなかで歯車がブーンと音をたててまわっているところを想像してしまう。

「向こうに、真新しいタイヤ痕がいくつかあります」四人目の刑事が地面に膝をつき、薄くなった頭をぐいと動かしてカナル通りのほうを示す。

「被害者の衣類は？」

「確保しています。それからこの区画の歩道に面して監視カメラが三台あるのを確認しています。そのうちの一台は期待できそうです。設置されている店名と住所は記録済みです」

メガネをかけた捜査官は三脚を調整し、これでよしという調子でうなるような声を出して立ちあがる。

「ひとまずは監視カメラの録画データと、このＴＬＳの結果しだいです」

ＴＬＳ？　つぎつぎにアルファベットが登場する……。

「すみません、その装置は――」

「地上型レーザースキャナ」バックマンが顎で三脚を示しながら説明する。「この３Ｄスキャナ技術を活用して事故の再現を試みる。有罪判決に持ち込むにはひじょうに有効だ。法廷でのたわごとが省ける」

「たわごと？」

「飲酒や刑法上の過失を犯しているのを棚にあげて、事故の原因は道路に落ちていた破片のせいだ、道に穴があいていたからだ、見通しがよくなかった、信号に不具合があった、蝶の羽がひらひらしたせいだ、と加害者が主張する」

「そうです」四人目の捜査官が加わった。「それ以外にもアクセルペダルが動かなくなっただの、ブレーキをかけようとしたのになぜかきかずにスリップしただの、ひと芝居もふた芝居も打つんです」

バックマンがうなずく、「このスキャナとここにいるバーニーが被告側のそういうたわごとにストップをかける——もう少しましな表現があるのだろうが」

「表現なんてこの際、どうでもいいわ——ご説明に感謝します」

「どういたしまして。行こう」

バックマンがまた歩き出し、車道に貼りつけた二本の長い反射テープの前で足を止めた。ナイロン製のジャケットを着た警察官がカメラで写真を撮っている。

「あそこだ。あなたがきいたエンジンを吹かす音とキーッというタイヤの音はあそこで発生している」

バックマンはローラテープのスイッチをオフにして肩にかついだ。彼の視線の先をたどると、舗装道路にタイヤ痕が見える。そして黒っぽい染みらしきものも。

「そいつはこの地点でアクセルを踏み込んでエンジンの回転数をじゅうぶんにあげ、タイヤのゴムをべったりと残してカーゴバンを発進させた。マフラーのない屑鉄みたいな物体は停止状態からいきなり全速力で飛び出した」

彼がこの筋書きを組み立てる材料としたものを確かめようと、わたしは地面をじっくりと観察した。

「では、あなたはこれが計画的だったと？　さっき目を閉じていた時に、わたしがいったのを憶えているかしら？　リリー・ベスが意識を失うまぎわの言葉。彼女はゆるしを求めていた……これは自分の過ちで、こうなって当然なのだと。もしかしたらほかにもそう思っている人物が……」

バックマンが自分の首筋をごしごしこすりながらこたえる。

「いいたいことはよくわかる。しかし、そういう時に出てくる言葉というものを、わたしはあまり重視しないことにしている。以前にこんなことがあった。炎上している車から男をひっぱり出すと、彼はビジネス・パートナーを激しく罵っていた。とにかくもう、ひたすら罵り続けた。救急車を待つあいだも、火傷《やけど》治療室に運び込まれる際も。てっきり、喧嘩をしてそれが原因で衝突事故が起きたのだと考えた。ところがなんと、そのビジネス・パートナーは二十年前に死亡していた。そして当の男性は火傷を負っただけではなく脳に損傷を受けていた……」

「確かにそういうケースもあるでしょう。でもそれとこれとはちがう」

「あなたの友人の精神状態は小学校三年生の時のクラブツリー先生の教室に逆戻りしていたのかもしれない。チョコバーのつまみ食いでもしたのかもしれない」

いまはまだ、反論はしないでおこう。なんといっても彼はプロなのだし、少しばかり奇異に感じるところはあっても、腕は相当よさそうだ。

「スピードはどのくらい出ていたのかしら?」

「断言はできないな。各種のデータを分析し、病院から被害者の負傷に関する報告を受け取れば、かなりはっきりするが。ところでミズ・タンガとはかなり親しい間柄だった、ということで合ってますか?」

「彼女について話すなら現在形でしていただきたいわ。わたしを怒らせたくなければ」

一瞬、バックマンが意外な表情を浮かべた。驚きとこちらへの敬意が入り交じった表情だ。

「わかった。そうしよう」

「質問にこたえます。リリー・ベスとは数ヵ月前に知り合ったばかり。でもいっしょに仕事をするようになってから、たちまち意気投合したわ」

「彼女もコーヒー関係の仕事を?」

「いいえ。もともと看護師だったけれど、進路を変更していまは管理栄養士。フリーのコンサルタントとして活躍していて、うちの店も彼女と契約を結んでメニューの一部の脂肪とカロリーをカットするためのアドバイスをしてもらっています」

「ほかにはどんなクライアントがいるのだろうか？」

「ハンタードン郡のスパについて話していたわ」

「そのクライアントとの仕事内容は？」

「料理と栄養についての教室をひらくとか……それから市長の肝いりで発足した特別プロジェクトの一員として、市内の子どもたちが健康的な食生活を送れるようにサポートする仕事も。リリー自身、シングルマザーとして子育てを……パズという名前の男の子を……」

「なるほど、ではミズ・タンガには夫はいない。恋人は？」

喉になにかがつかえたように感じ、投光器の光がぼやけた。愛くるしい男の子のことが頭に浮かんだ。このまま彼は孤児になってしまうの？

「ミズ・コージー！」バックマンがうながす。

「ええ、リリーには夫はいないわ」わたしは涙をぬぐった。「息子さんがまだお腹にいた時に亡くなったそうよ。彼はアメリカ沿岸警備隊の救命士で、名前はベニー・タンガ。ニュージャージーの沿岸での救助活動中に命を落とした。ヘリコプターの墜落事故で……」

バックマンがわたしの言葉を咀嚼《そしゃく》するようにしばらく押し黙った。

「惜しいことに」

「ええ」

「現在あるいは過去に交際していた男性は？」

「いまはいないと思う——彼女からきいた限りでは。過去の交際については、わたしではお役に立てないわ。テリー・シモーネのほうがくわしいと思います、彼女はうちの店のお客さまで、リリーとのつきあいはわたしよりもずっと長いので。看護師の学校時代に知り合ったときいているわ」

バックマンが名前を走り書きする。

「ミズ・シモーネの勤務先は？」

「ベス・イスラエル・ホスピタル。それからリリー親子はリリーの母親アミナ・サライセイといっしょに暮らしているんです。アミナはクイーンズのウッドサイドでアミナズ・キチネットという食堂をいとなんでいるわ。アミナに知らせなくては」

「わかった。それはこちらでやろう」

「ほかにはなにも思いつかない。もっとなにかできることがあるはずなのに……」

焦るばかりで力になれない自分が情けない。

「落ち着いて、クレア。あなたはじゅうぶんな情報を提供してくれた」そこで少し間を置いて、バックマンが唐突にたずねた――「警察官というと？」

「え？」

「店の得意客には警察官がいるといっていた」

「ええ……」彼が純粋に興味を抱いたのか。それともわたしの涙を止めるためにわざと話題を変えたのかはわからない。でも、どちらでもかまわない。気を取り直して彼とのやりとりに注意を集中させた。

「たとえば？　知り合いかもしれない」

「エマヌエル・フランコ巡査部長はご存じ？」

「フランコか！」バックマンがゲラゲラ笑いだした。「あのバカか。ああいうがさつなタイプが好みとは意外だ」

「それをいうなら、ああいう〝がさつ〟なタイプを好んでいるのはわたしの娘のほうです」

「それは気の毒にな」わたしがイーベイでブルックリン橋を落札してしまったときいて同情するような表情でバックマンが首を横にふる。

「ロリ・ソールズとスー・エレン・バスとも、とても親しくしています」

バックマンがにやにやと笑う。

「彼女たちに気に入られるタイプとは意外だ」

「それはどういう意味かしら？」

「他意はない。ちょっとした冗談だ」

バックマンがわたしの指のクラダリングを指さした。

「結婚指輪とはちがうようだ」

「ええ。ある警察官から贈られたものです――彼は単なるお客さま以上の存在」

「なるほど、とうとう有益な情報が手に入った。彼の部署は？」

「六分署でタスクフォースの責任者を務めています。名前はマイク・クィン」

「クレイジー・クィンか？」

クレイジー・クィン？　わたしのマイクが？

「クィンちがいではないかしら」

「マイケル・ライアン・フランシス・クィン、だろう？」

「ええ、でも……彼にはクレイジーなんて当てはまらないわ」

「信じられないかもしれないが、以前の彼は警察内で〝クレイジー・クィン〟で通っていた。誰にも手がつけられないほど危ないやつだった」

「それは、わたしが知っているマイク・クィンではないわ」

「あの下着モデルの女房からうまく逃げおおせた後に、いい調教師に出会えたのかもしれない。女にあれだけ嘘をつかれて欺かれれば、男は常軌を逸して危険な方向に突っ走りたくなる――弾丸を発射させたり」バックマンはそこで言葉を切り、ふたたび続けた。「そうか、きみはクィンと。ふうむ。カエルの子はカエル、ということか」

「なにがいいたいのかしら？」

「娘さんがフランコと親しいときけば、そう思いたくもなる」

「ねえ刑事さん、ここで脱線している場合ではないわ。リリーの件がどうなっていくのか、気になってしかたなくて。なにかお考えはあるんでしょう？」

「そうだな。ではきいてもらおうか……」安物の葉巻を一度ふかしてから、バックマンは話し始めた。「白いエクスプレス・カーゴバンというだけでモデルやライセンスはまだ特定されていないが、とにかくその運転席に座っていた何者かがイグニッションキーをまわしてエンジンを始動させた。そしてドライバーはアクセルペダルを踏んだ。ちょうどここで、車輪がスピンするほど強く……」封鎖された車道を彼が指し示す。「そのままどんどん加速しながら車はハドソン通りを走行し、あなたの友人ミズ・リリー・ベス・タンガに襲いかかるまでブレーキはいっさい使用されていない」

バックマンはそこで言葉を切り、口にくわえた葉巻を親指と人さし指ではずした。ぎゅっと強くひねって火を消してから、そばの下水溝の格子に向かって強く放った。

「別の言葉でいうと、単なる業務用車輌を何者かが凶器に変えた」

「つまり誰かが〝故意に〟リリーをはねた、と。殺人未遂ということね？」

「事実はいまいった通り。轢き逃げ事故があり、それは今年この街で起きたおよそ三百件のうちの一件だった。意図的な悲惨な犯行であるのか、それとも薬物やアルコールの乱用によるものであるのかは、まだはっきりしたことはいえない。ここの現場から収集したデータすべてをじゅうぶんに検討するまでは〝仮説〟を立てるつもりはない」

「では、いつになったら？」

「率直に明かすか？　バンを見つけてからだな」

「もしも見つけられなかったら？　干し草の山から針をみつけるようなものだと、さっきいったばかりでしょう？」

「じつは手がかりがある。それをもとにさがす。トラックの車体の落書きはギャングのマークである可能性があるな。そうであれば、かなり具体的に場所と時間を特定できる――」

「つまりその車がどこにあったのか、どこから来たのかが突き止められる。そういうことね！」ついつい期待があらわになってしまう。「きっと見つけてくださるわね？」

「がんばってみよう」

「がんばる以上を期待しています、刑事さん。チームの皆さんのためにわたしでなにかお役に立てることがあれば、どうぞおっしゃって」

彼がわたしに自分の名刺を差し出した。

「これがわたしの携帯電話の番号。いつでも遠慮なくかけて欲しい。ほんとうに。時間は気にせずに」

「ありがとう」

「いや」彼がつかの間、わたしをしげしげと観察する。「もう大丈夫なのかな？」

「ええ、たぶん……卑劣な犯人をあなたたちがつかまえてくれたら」

その言葉をきいてバックマンの険しい表情が少しやわらぎ、代わってかすかな微笑みらしきものが浮かんだ。どうやらわたしは解放されたらしい。彼は向きを変えて大股で歩き出し、存在感のあるシルエットは投光器の光のなかに消えていった。

9

マイクに会いたい。そう思いながら、それからの数時間は茫然とした状態で動きまわっていた。彼の声、彼の強靭《きょうじん》な精神力、愛情のこもったまなざしで心から安心したいと痛切に願った。彼にベッドまで運んでもらい、彼の身体に覆われてなにもかも忘れられる深い眠りへと安らかに落ちていきたかった。

けれども今夜、マイク・クィンは別のベッドで眠る予定だ。ごわごわした冷たいシーツがかかり、毎晩ターンダウン・サービスがある場所で。彼の声がきけるのは、寝る支度を整えて自分のベッドのカバーを取る頃。

それまでにリリーの容態を確認することにした。

まず病院に電話するとリリーは「手術中」であると告げられた（それ以外のことはほとんど教えてもらえなかった）。つぎに、リリーと長いつきあいのテリー・シモーネに電話してみた。彼女はただちにリリーの母親とベス・イスラエル・ホスピタルに連絡を入れてみるといってくれた。テリーは看護師なので、きっとわたしよりもうまく情報収集ができるだろう。

いっぽう、ビレッジブレンドの店内はまだにぎわっている――お金をいただくお客さまといただかないお客さまの両方で。というのは、ナンシーに指示してバックマン刑事と彼のチームにコーヒーをふるまっていたから。エスターも手伝うといってくれた。でも彼女はあまりにも疲労が激しくて立っているのもやっとの状態だったので、無理矢理タクシーに押し込んだ。

ちょうどそのあたりでマテオが助っ人として加わった。

母親のマダムを五番街の住まいに送り届けてから店にとんぼ返りしたマテオは、ベテランならではのてきぱきとした仕事ぶりで活気づけてくれた。頃合いをみてナンシーも帰宅させた。マテオはわたしにも上の階の住居に引きあげるようにと勧めた。

長いシャワーを浴びると、ようやく息を吹き返したように感じた。もうベッドに入ろうかとも思ったけれど、二フロアを占める住居は寒々として妙にわびしい。それにまだ神経が高ぶっているので、眠れやしない。だからきれいなジーンズにはきかえ長袖のTシャツを着て店におりていった。

マテオは店の煉瓦《れんが》造りの暖炉に火を熾《おこ》していた。それがとてもありがたかった。ハドソン川から流れてくる夜の空気は冷たくなるいっぽうで、パチパチと音を立《た》てて燃えている炎は肌だけではなく心まで温めてくれる。

閉店の時刻となり、マテオとわたしは片付けをした。在庫品の補充、外に出したテーブルの点検をすませ、最後のお客さまにおやすみなさいの挨拶をした。それから正面のドアにカギをかけて照明を落とし、フレンチドアの戸締まりをして、ゴールの要塞のようにわたしたちの砦《とりで》をぴたりと閉めた。

店にはマテオとわたしのふたりきり。昔のように彼がカウンターに手招きする。暗くなった店内のテーブルと椅子のあいだを縫うようにしてわたしは歩いていった。

足元の厚板張りの床が力強く頼もしく感じられる。ちかちかと弾ける鮮やかな炎の光と、店に漂う豆の濃く甘く深い香りに胸が締めつけられた。

死が窓をガタガタと揺らしドアの隙間から片足を入れている。そんな時には自分のなかでこれまで閉じていたものがぱっとひらき、色はよりいっそう鮮やかに、鋭角はいっそう鋭く、音はいっそう大きく感じられる。それはアドレナリンの作用だとマイクはいう。叩きあげの刑事である彼にとっては、そうなのかもしれない。でもわたしの場合はそれだけとは思えない。

スツールに腰かけると、マテオがクリーム色のデミタスカップをカウンターに置き、磨きあげられた青い大理石の上ですっと滑らせる。苦悶《くもん》に満ちた彼の表情を見たら、なにもいえなくなった。

ドッピオをゆっくりとひとくち飲んで目を閉じた。温かい涙が冷たい頬を伝い落ちる。同時に身体の内側では、溶けた溶岩が北極の絶壁を流れていくようにダブルエスプレッソのカラメル・チョコレートの味わいが広がっていった。

炎と氷、夏と冬、昼と夜、生と死。あべこべのものが手を取り合うように存在するのは、人間にとってごく自然なこと。カップ一杯のコーヒーだけでも、心が落ち着くと同時に元気づけられる——マテオとわたしの関係もそれにちかいのかもしれない。いつしか物思いにふけっていた。

バックマンという変わった刑事もやはり、あべこべの要素に満ちていた。「ハイウェイ・フーディニ」の際の声は、ゴロゴロと喉を鳴らすようなやさしいものであったけれど、わたしの気持ちをリラックスさせなくてはという職業意識が伝わってきて、よけいに強いストレスを与えたのは皮肉なものだ。すっかり消耗しきった頭のなかに彼の言葉がまだ鮮明に残っている。

「リラックスして、頭のなかを空っぽにしてみよう……」

「リリー・ベスの件だが……」マテオの声でわれに返った。

わたしは目をさらにぎゅっと固く閉じた。「あまりにもひどすぎる」

「これまでいろんな国を旅して、なかには信号の止まれが提案程度にしか扱われていないところもたくさんあった。が、今夜のリリーのように歩行者があんなふうにはねられるなんて、一度も見たことがない。悲惨な事故というしかない」

わたしは目をあけた。「でも、ちがうのよ」

「なんだって?」

「あれは事故ではないと彼はいった」

「彼？　DIY用のツールベルトをつけたふざけたやつか？」

「バックマン刑事はふざけてなんかいないわ。おそろしいほど真剣よ。バンを運転していた凶暴な人物はリリーを故意に轢いた疑いがある。バックマン刑事と自動車事故を専門とするマッドサイエンティストのチームはそう考えている」

「なにか根拠があるのか？」

「人をはねたと気づいた時、たいていのドライバーはブレーキを踏む。だから警察官が調べると衝突地点のそばのどこかにタイヤのスリップ痕がみつかる。でもリリーをはねた人物はブレーキを踏んでいない。バックマンが発見した唯一のタイヤ痕は、ずっと遠く離れた地点にあったわ。タイヤがキーッと音をたてるほどの猛スピードでバンが発進した際にできたもの」

「ということは、そいつは加速してリリーをはねて、そのまま逃走したのか？」

「それを〝事故〟と呼べる？」

「わけがわからないよ、クレア。彼女みたいに魅力的なフィリピン人の栄養士を轢こうなどと、いったいどこの誰が考えるんだ？　しかし……」マテオが黙り込んで髭でぼうぼうの顔をかきむしる。「彼女の魅力ゆえなのかもしれない」

「どういう意味？」

「ふられた恋人、別れを恨みに思っている元夫の存在だ。きみと大の仲良しのデカ足のデカによれば、犯罪の動機のグラフでトップに来るのは痴情のもつれじゃなかったか？」

「バックマン刑事もそれを考えていた。でもリリーには恋人も別れを恨みに思う元夫もいないわ。それからマイクの足はいまのところただのデカ足ではなくて、きれいな土踏まずがあってすてきな足よ」

「ぼくが彼の足の心配をしていると思うのか？」

「いいえ。でもあなたがデカ足なんていい出すから。彼の靴のサイズはあなたよりも大きいけれど、それをあげつらうのはどうかしら。男性の靴のサイズがなにを象徴しているのかはわかっているわよね？」

マテオがにやにやする。「彼のトランクスの中身とぼくのボクサーパンツの中身について、なにかいいたいのかな？」

「いまはリリー・ベスの話でしょ」

「男っ気がまったくないなんて、信じられないな」マテオは筋骨たくましい腕を組む。「あれだけ思わせぶりな態度をぼくにまで示していたんだからな」

「彼女はなんとかしてあなたを説得しようとしていただけ。わたしが頼んだの。コーヒーのトラックの件であなたの賛同を取りつけるために協力してもらったのよ。さっき電話でリリーと親しい友だちと話して、男性との交際についてきいてみたわ。ここ数年でふたりの男性とつきあったことがあるけれど、ごくあっさりした交際だったそうよ。ここ最近は誰ともつきあっていなかったとテリーはいっている」

「ここ最近というのは、具体的には？」

「さあ。長くは話さなかったから。彼女は急いで病院に行こうとしていたの。とにかくリリーからは異性関係のトラブルなんてきいたことないわ。誰かに脅されているなんてこともね。わたしが知っている彼女は温かくて寛大で、愛情深い母親で美しい人だった――内面も外面もね。そのリリーをこの世から消し去りたいと願う人がいるなんて、信じられない」

マテオがふうっと息を吐く。「全米豚肉生産者協会とか？」

「なによ、それ」

「いや……ただ、ケイリー・クリミニのメイプル・ベーコン・カップケーキと三匹の子豚カップケーキをリリーが非難するのをきいたら、飲酒運転根絶をめざす母親の会の抗議を思い出した」

「確かに、それくらいすさまじい熱意だと思うわ。彼女はね、子どもの2型糖尿病の増加をなんとか食い止めようと必死なのよ。とりわけ、低所得者層とマイノリティのコミュニティで暮らしている子どもたちを救いたいとがんばっている」

「ということは、彼女はよき母親であり、人としてもりっぱである――さらに、人々の健康を守るために専門家として情熱を傾けている。彼女は今日、パズの小学校でひと悶着あったといっていたな。ケイリーという腹立たしい人物と、公衆の面前で言い合いになったといっていたじゃないか」

「ええ。でもたかが一度の言い争いが殺人未遂につながるとは思えないわ。それにわたしとあなたの目の前でケイリーはあのド派手なトラックに乗っていってしまった。だから、バックマン刑事には容疑者の可能性がある人物として彼女の名前は出さなかったわ。彼の時間が無駄になると思ったから。だって彼女にできるはずがない……」断定してみたものの、ふと考え直してカップを置いた。「ただし……」

「ただし？」

「ただし彼女が近くにあのバンを停めておいて、それに飛び乗っていたなら、あるいは別の人物にやらせたなら、話はちがってくる」

「なんだと？　殺し屋か？」

「轢き逃げを請け負う人物」

あっと思うと同時に全身が粟立つような感覚をおぼえて、スツールにじっと腰かけていることができない。「ビレッジブレンドの前でケイリーは派手な騒ぎを起こしたわ。憶えているでしょう？」

「もちろんだ」

「仮に、あれがすべて仕組まれたことだったとしたら？　彼女はわざとわたしを挑発しておおぜいの人の目をあつめ、皆が見ている前で車で走り去るつもりだったとしたら？」

「だとしたら、ずる賢いやり方だ。しかしケイリーはリリーがうちの店にいたと知っていたのか？」

「さあ、知っていたかどうか。でもね、カップケーキ・クイーンとわたしたちはずっと険悪だったから、彼女の狙いはビレッジブレンドの外でうちのお客さまを轢くことだったのかもしれない」

「なんのために？」

「わたしたちへのみせしめ」

「みせしめ？　それじゃ暴力団と同じじゃないか？　テロリストか？」

「そうよ！」

マテオがじっとこちらを見つめる。「カップケーキとコーヒーをめぐる争いか？」

「お金と地位よ——彼女の結いあげた頭のなかの脳みそはそういうふうにとらえるの」

彼が後頭部を掻《か》く。「こじつけのようにきこえる」

「この街では病的な人間がもっとずっとくだらない理由で人を殺しているわ。そのうちマイクと話して直接教えてもらうといいわ。ともかく、有力な手がかりになるかどうかわからないけれど、バックマン刑事に知らせておくべきね……」

わたしは迷うことなく携帯電話を取り出した。が、そこで指が止まる。

「なんといったらいいのかしら？」

「知るか。街を走りまわるバタークリームとの闘いで初の犠牲者が出た、とでもいうか？」

10

完全に筋は通っている（少なくてもわたしには）とはいえ、いざ自分の口から伝えるとなると——とりわけ、相手がケイリーの腹黒さを知らないとなると——確かに奇想天外ではある。

バックマン刑事は笑うだろうか。それとも耳を傾けるふりだけはするだろうか？　気にしても始まらない。そう思って彼の名刺を取り出した。数時間ぶりにようやく気持ちがしゃんとした。〝ハイウェイ・フーディニ〟刑事がわたしのことを、頭がイカれていると思いたければ、そう思えばいい。わたしが伝える情報の裏づけ捜査さえしてくれれば、なんといわれてもかまわない。

携帯電話をひらき、ふたたびわたしの指が止まった。新しいメールが届いている。パリから。

「マテオ、ジョイからメールよ」

「ジョイから？」

わたしたちの娘からのメールは一杯のエスプレッソと同じで、矛盾した反応をいやおうなく引き起こす——ほっとする温もり、そしてどきっとするほどの高ぶりを（あの子は無事な

のかしら？　なぜメールを？　もしかしたら、悪い知らせ⁉）。

マテオがすばやくＰＤＡを取り出す――シリコンバレーのありったけの技術を詰め込んだ多機能の超高級機種だ。

これは彼の妻、ブリアン・ソマーからの贈り物。しかし「贈り物」とは本来、買い物にいって購入するという意味合いを含んでいるはずだが、ブリアンの場合はちがう。彼女は流行の最先端をいく《トレンド》誌の編集長を務めるファッショニスタ。仕事柄、試供品やサンプルが山のように手に入る。わたしの前回の誕生日に彼女から贈られたのは高級ブランド〈フェン〉のゴージャスなスカーフだった――添えられたカードには、「ぜひ、粋に着こなしてください、ブリー！　アデルより愛をこめて」と書かれていた。

「こっちにも届いている」マテオがいう。

「花嫁の登場です……」わけがわからない。

「ダン、ダン、ダ、ダン……」続きをマテオが読みあげて、じっとわたしの目を見据える。困惑し、恐怖におののいているまなざしだ。

「いったいぼくはなにを読んでいるんだ。きみとぼくの娘は駆け落ちでもしたのか⁉」

わたしは宙をにらみつけ、情報を処理する。

「写真を送ったと書いてある！」マテオが叫ぶ。

「落ち着いて」

「添付ファイルがひらけない！」

「親指を突き指してしまうわよ」マテオから携帯式のキーボードをひったくった。放っておいたらいつまでも、ミニサイズのボンゴを叩くみたいな凄まじいいきおいで叩き続けるだろう。

「わたしのノートパソコンで見てみましょう」

「いいね」気分はよくなさそうだ。「いったいなにがどうなっているんだ？　そんなこと、ひとことだってきいてないぞ！　なにか心当たりがあるか？　ぼくたちの娘はまたもやフランス料理のコックにひっかかったのか？　それともバックパッカーにだまされたのか？　クレア、どうしてもっと早く教えておいてくれなかったんだ？」

「とにかく落ち着いて。そんなに興奮して過剰反応しないで。これはあの子のジョークに決まっている……」

といっても、断言できる自信はない。

足をあちこちぶつけながらふたりで錬鉄製の階段をのぼっていく。娘がどうぞ軽率なことをしていませんようにと祈った――損な役回りを押しつけられませんように。

わたしが知る限り、ジョイはいまもエマヌエル・フランコ巡査部長と相思相愛の仲で、ハバネロのように火を噴きそうなほど熱々のはず。ただしフランコは仕事も生活もニューヨーク、ジョイはフランスで料理の修業をしている。

ふたりが交際を始めたと知って、長続きしないのではないかと思った。きっとどちらかが、キラキラした魅力たっぷりの異性と出会って、そちらに惹かれるのではないか、さもなければ遠距離恋愛がしだいに重荷になって気持ちが冷めてしまうのではないか……。

けれどもわたしの予想はまちがっていた。

電子メール、ソーシャルネットワーク、カメラ付き携帯電話といったコミュニケーションツールを駆使して、ふたりの情熱は高いままキープされている。ジョイはチャンスを見つけてはニューヨークに戻り、フランコは時間外手当を資金にして定期的にパリに——よりによって、この世でもっともロマンティックな街に——飛んでいる。彼はハイチ人が多い地域で育っているのでフランス語はお手のもの。

ジョイがフランコと駆け落ちなんてするだろうか？　その可能性は、ある。しかし、そんなことをいいだしたら、ある朝、ニューヨークを地震が襲う可能性だってなくはない。わたしにとってはどちらも、ちかい将来に起きて欲しくはない。なにが厄介といって、大の警察嫌いの元夫に知れたら、ただではすまないだろう（ラテ用のカップが大量に割れてその後始末をするだけではすまないはず）。

少し前のことになるが、マテオはニューヨーク市警に逮捕された経験がある。取調室の金属製のバーに手錠でつながれ、暴行の罪で起訴するとフランコ巡査部長に脅された（いまはくわしくは触れないけれど）上に、さんざん感情を逆撫でされた。

でもフランコについて知るにつれて、わたしは彼に好感を抱くようになった。マテオに対する荒っぽい取り調べのテクニックはニューヨーク市警のＳＯＰ（標準作業手順）であることもわかった。けれども当のマテオはそうそう納得はしない。よりによってそのフランコが、銃を携帯し髪を剃りあげ、腹筋が六つに割れてふてぶてしい態度のブルックリンの住人である彼が愛娘と親密であると知ったらどうなるか。ふたりの仲が発覚する日をわたしはおそれている（いっそ、街が瓦礫《がれき》の山と化してしまうほうがまだましのような気がしてきた）。

階段をのぼりきって、そのまま店の二階のフロアを歩いていく。ここは心地よい居間のような空間で、カフェテーブル、フランスのフリーマーケットで手に入れたシャビーシックなソファ、座面に詰め物をした肘かけ椅子、好ましくミスマッチなランプがそこここに配置され、暖炉もある。

それだけではない、ここの空気、飾られている芸術品、剝《む》き出しの煉瓦の壁には、目には見えないけれど確かに宿っているものがある……。

マテオの母親は何十年間もこの空間でグリニッチビレッジのボヘミアンたちを守り育んできた——マダムが彼らに与えたものはフレンチローストした黒い豆でいれた熱いコーヒーだけにとどまらない。マダムはあらゆるアーティストを心から歓迎し寛大な心でこのフロアを開放した。詩人は新しい作品を詠唱した。ジャズのミュージシャンはつくりかけの曲を試しに演奏した。実験的な脚本家は読み合わせをおこなった。マダムのフロアランプは、即興のスタンダップコメディのスポットライトとなった。ソファはアパートを追われた売れない画家の仮宿泊所となった——酔っ払って自分のアパートに帰れなくなった画家もここに泊まった。

その有名なフロアにいま人影はなく、照明は薄暗く、アヴァンギャルドの幽霊は鳴りを潜めている。でもマテオが半狂乱でがなり立てるので、いまにも死者を起こしてしまいそうだ。

「ぼくが目を離した隙に口のうまいパリジャンがぺらぺらとジョイを口説いたにちがいない！　ずうっと前から、あれほど口を酸っぱくしていいきかせてきたというのに――」

「あなたみたいな男性に気をつけろと？」

「そうさ！」

　このやりとりはいままでに飽きるほど繰り返したので、わたしはあえてなにもいわず、年季の入ったドアのカギをあけてのオフィスに入り、ノートパソコンを起動させた。こちらにも短いメッセージが届いていた。〝写真を添付しました。またすぐに会いましょう！〟

「大急ぎでやってくれ！」

「はいはいお父さん、落ち着いて……」

　添付ファイルをダウンロードして解凍した。キャプションつきの写真が約一ダース。ざっと眺めてほっと胸をなでおろした。フランコは写っていない。彼以外にも〝男性〟と名のつくものはまったく写っていない。おとぎ話に出てくるようないろいろなお城の前でジョイがルームメイトのイベットといっしょにポーズを取っているものばかり。

「ああ、そうだったわ。やっと思い出した……」

「なにを？」

「ジョイのルームメイトは結婚するのよ。何週間か前にジョイがいっていた。イベットの家族はアイスクリームのフランチャイズのオーナー。ふたりは車であちこちまわっているのよ。ジョイは花嫁の付添人を頼まれているの。長い週末休みをロワール渓谷で過ごして披露宴の会場さがしをするそうよ——中世のお城を利用したホテルとパーティー会場とか」

「なんてことだ」

「どうしたの？　安心したんじゃないの？」

「座らせてくれ。いや、横にならせてくれ」

マテオはふらつく足取りでオフィスから出ると、ソファにどさりと倒れ込んだ。わたしは写真をくわしく見てみた。

「これを見て、マテオ。ふたりともとてもきれいに撮れている！」

彼のうなり声しか返ってこない。

うれしいことに写真のジョイは健康そのものに見える。フランスの田舎の光を浴びて笑っている彼女のハート形の顔は金色に日焼けし、緑色の目が輝いてほんとうに美しい。いつものかさばる白いシェフコートではなく、水玉模様のすてきなサンドレスとヒールのあるサンダルという姿。カメラに向けた笑顔と栗色の長い髪の毛をかきあげるしぐさから想像して、おそらくフランコにもこの写真は送られているにちがいないと気づいた。

思わずため息が出る。またもやあべこべのふたつが対になっていると痛感する。よろこびと憂い。ジョイはきっと美しい花嫁になるだろう。でもそれが実現するのは、あと何年か先のことであって欲しい。だってわたしにとってあの子はいつだって、三つ編み姿のおてんば娘で、乳歯がところどころ抜けて、ハローキティのバックパックを背負っているままだから。

きっとマテオも同じ気持ちなのだろう。時の流れをわたしよりも痛切に感じているにちがいない。だからこそ、いったんジョイが心を決めたなら直接ジョイの口から父親に話してもらうしかない。花婿はフランコだ、と。

「ここでこのまま寝てやる!」

「背中が痛くなるわよ!」

画面の写真をもう一度見ながらぼんやり考えた。「これはきっとイベットのデジカメで撮ったもの。ジョイが携帯電話で撮って送信してくる写真はたいていピンぼけで——」

携帯電話で写真を撮る。そうよ……。

「マテオ!　きいて!　あの子は携帯電話で写真を撮るのよ!　携帯電話で!」

「なんだと?　誰に電話するって?」

「目撃者よ!　カメラ付き携帯電話という目撃者!」

すさまじいいきおいでキーボードを打つ。いまさっきひらめいたことを確かめようと、インターネットで「エスター・ベスト」のビデオを検索した。たちまち何百件もヒットした。街のいたるところでおこなわれるポエトリー・スラムの催しに登場するエスターの姿をアマチュア・カメラマンが撮影したものだ。

ああ、こんなにある。どうやって絞り込めばいいの？　そうよ！　日付で分ければいい！　インターネットにアップされた最新の「エスター・ベスト」のビデオは、一時間以内に撮影されている。検索結果のなかから小さなサムネイルをクリックした。あらわれたのはユーチューブの動画。ビレッジブレンドの前で録画されたものだ。

「ビンゴ！」動画を見ながら声が出た。まちがいなくあの場面だ。

「そこの頭でっかち、ちゃんときこえている？　よおくおきき！　ここがどこかご存じ？　まさかカンザスだとでも？　とんでもない、ここは〝あたしの〟庭も同然……」

「それはエスターの声か？」マテオが大きな声でたずねた。群衆が喝采する音で彼は身体を起こし、ふらふらと歩いてオフィスに戻ってきた。

「エスターよ。彼女のファンが今日これを撮影して……」

「あなたのカップケーキはパッサパサ、ほんとうのファンなどひとりもいない、CMソングはあまりに幼稚でりっぱな公害大迷惑！」

「あーあ、クイーンに対してまったく容赦していないな」

「この程度ですんでよかったわ。ケイリーはエスターの体重のことを揶揄《やゆ》したのよ。エスターはそんなくだらないレベルでやり返したりしなかったけれど」

「『くだらないレベルでやり返す』？」

「ケイリーは冬に鼻の美容整形をしたのよ。エスターはそのことには触れなかった」

「ええそうですとも、わたしは〝まるぽちゃ〟。ええそうですとも、わたしは巨乳。ヒップだってこれこの通り、彼氏をクラクラさせられる……」

「シェイクスピアとはずいぶんちがう」

「まあね。もし彼女がシェイクスピアと同じ弱強五歩格の詩のスタイルに変えたら、きっと画期的なケイトが誕生すると思う」

「ほう？『キス・ミー・ケイト』の『じゃじゃ馬ならし』か？」

「彼女にはヒップホップのペトルシオが似合うわ。ぴったりなのはエミネムね」

「ボリスは悲しむだろうな」

「砂糖衣は缶詰だって？　それからコーヒー豆を使っているって？　まともなコーヒーなんて、つくれるはずがないでしょ！　バタークリームまみれのお尻でいつまでここに居座るつもり？　わたしの庭から出ていってくれ、ぐずぐずしてたらこの黒いブーツであんたの――」

「クレア、もう真夜中を過ぎている。なぜいまこれを見る必要があるんだ？」

「勘が働いたの。がまんして見ていて」

エスターのラップが終わると、撮影者はカップケーキのトラック全体を映し出す。それからパンしてやじ馬たちの映像。そこでわたしは一時停止のキーをクリックした。

「あそこにいる！　見て！」

「なにが？」

「バンよ！」

「どこだ？」

動画をフルスクリーンに拡大する。カーゴバンはビレッジブレンドのすぐそばに、餌を待ちかまえる白鯨のように停まっている。車のフロント部分と側面の一部は見えるが、運転席にいる人物はよく見えない。フロントガラスに薄く色がついているのかもしれない。宵闇がつくり出すたくさんの影のせいなのかもしれない。

「あのバンなのか？　なにか根拠はあるのか？」

「絶対とはいえないけれど。でもこの動画の撮影者をさがし出して、ほかにも撮影していないかどうかきけばいいわ。事故の瞬間になにか撮っていた可能性もある。もしかしたらナンバープレートの一部でも、ドライバーの姿の一部でも写っているかもしれない。撮影者のユーチューブのチャンネルを確かめて、ほかにアップしている動画を見てみる……」

「ユーチューブに交通事故がアップされているというのか？」

「いくらでもあるわ」

でも今回の事故に関してはみつからなかった。

撮影者のユーザーネームは「Homers_HomeBoy」。ファーストネームも名字も含まれていない。ウェブサイトもブログもみつからない。

「メールアドレスはあるはず……」

「ホームボーイ」のチャンネルページをチェックして、メールアドレスをひとつ見つけた。どうせなら電話番号か住所を突き止めるほうがバックマン刑事の貴重な時間を無駄にしないはず。こういう時にはマイクから習ったテクニックを試してみるに限る。メールアドレスをグーグルの検索ワードの欄に打ち込んでみた。

「みつけた！」

「誰を？」

検索の結果、撮影者のメールアドレスが含まれているサイトの一覧が表示された。半ばあたりの項目をクリックしてみると、そのメールアドレスが掲載されているページに飛んだ。マンハッタンのダウンタウンを本拠地とする「ファイブ・ポインツ・アーツ・コレクティブ」のプロフィール欄に記載されている。

「ファイブ・ポインツなら知っているわ！　うちの店のダンテが所属しているグループ

よ！」

思いがけない幸運だ。そのプロフィールは匿名ではなかった。電話番号も住所もないけれど姓名が表示されている。カルバン・ヘルメス。

「こんにちは、ホームボーイ！」

すぐにうちの店のバリスタ兼芸術家に電話してみた。最初の呼び出し音で彼は出た。

「ふぁい」

「もしもし、ダンテ？」

「すみません、ボス。マスクをかけているのをすっかり忘れてました」

「マスク？　なにをしているの？　酒屋に強盗にでも入っているの？」

「ナディンといっしょに塗料を混ぜていました。ちょうどジョシュも来たところです。これからトラックの下地塗りに取りかかります」

そうだった。すっかり忘れていた。ダンテは明日のパーティーに備えてマフィンミューズに下地を塗るつもりだといっていた。

「どうしてもきいておきたい大事な用件があるの。カルバン・ヘルメスという人物を知っている？」

「ホームボーイですか？　知っていますよ」

「朝いちばんにカルバンに連絡を取ってもらえないかしら。今夜ビレッジブレンドの周辺で彼が録画したものをすべてニューヨーク市警のバックマン刑事に送って欲しいと伝えて。すべてのデータをね……」

経緯をダンテに説明してからバックマン刑事の連絡先を彼にメールで送信した。それからバックマン刑事にもメールを書いた。証拠となるデジタルデータがカルバンから届くので待っていてほしいと。

そこまで書いたところで指が止まり、キーボードの上で浮いたままになった。ケイリー・クリミニが疑わしいと思っていることも書くべきだろうか？

やめておこう。そう決めた。もうこんな時間だし、バックマンはおそらく床に就いているはず。フード・トラック同士の争いを書き送っても、妄想やいいがかりにしかきこえないだろう。もっと冷静に、筋道立てて、彼の質問にも答えられるように準備してから説明したほうがいい。そのためには直接会って、それが無理なら電話でじかに話して、わたしなりの仮説をきいてもらうことにした。

お時間のある時にお電話をいただくか、あるいはこちらに立ち寄っていただけますか。仮説を立ててみましたので、きいていただきたいと思います。

よろしくお願いいたします。

クレア・コージー

これならまともに受け止めてもらえるはず。

送信ボタンをクリックしてから、一時停止させていた動画を再生した。ふたたび激しい憤りがこみあげてきた。

「見て。金属の怪物があそこで待ち構えている。ビレッジブレンドから出てくる人物を襲うチャンスを狙っている……」

「それがまちがいであることを望むよ。それにしても、まさか店の前であんなことが起きるとはな、きみをここにひとり残していきたくない……」

「ご心配ありがとう」

「きみはぼくの娘の母親だ。パートナーだ。友だちだ。絶対にきみを危険にさらしたりしないよ」彼は微笑み、それから腕時計を見た。「それはそうとデカ足のあいつは今夜どこにいるんだ？　張り込みか？」

「マイクはワシントンDCよ。数日間向こうにいるわ」

「なんの用事があってワシントンに？」

「連邦捜査局（ＦＢＩ）との情報交換。向こうから要請があったの。彼は出張に乗り気ではなかったわ。無意味だ、電話一本で事足りるはずだといって。でも彼の上司たちがどうしてもというから」

「そういうことか。政治的な駆け引きもあるんだろう。時間の無駄だな」

「マイクも渋々応じたのよ。仕事の一部としてやむを得ないと判断したのね。彼は仕事を愛しているから。ちょうどあなたから政治的な駆け引きの話が出たところで――」

「別に持ち出したわけではない」

「ちょっとお願いがあるの。明日のパーティーで〝とても重要な人々〟をおもてなしするのに協力してもらえないかしら」

マテオが眉をしかめる。「なんのパーティーだ？」

「わがビレッジブレンドのトラック、マフィンミューズのペイントをするのにあわせてイベントを開催することにしたのよ。名づけて『アート・イン・ザ・ストリート』パーティー。ラップ・アーティスト、音楽の生演奏あり。チラシはバリスタたちに配布してもらっているわ……」

デスクに積んであったものから一枚を取って彼に渡した。

「気が利いているでしょう？　ダンテがつくってくれたの」

小さなチラシに描かれた愉快なポップアートを見てマテオがうなずく。

「ダンテはトラックになにを描くんだろう」

「それはお楽しみ。有名な絵のパロディということしか、わたしも知らないのよ」

「コーヒーという要素さえ入っていれば、ぼくとしては満足だ」

「わたしも彼にそういったわ――コーヒーとマフィンね。《タイム・アウト・ニューヨーク》誌のイベントページに掲載されているから、もしかしたら〈ニューヨーク・ワン〉の記者が取材に来るかもしれない」

「数百人はあつまりそうだな」

「きっとね」

「会場は？　まさかこの店の前か？」

「いいえ。ブルックリンよ」

マテオの表情が硬くなる。

「ブルックリンのどこだ？」

「あなたの新しい倉庫」

「なにをいいだすんだ？　あの倉庫は温度と湿度が調節されている！　なかでパーティーをひらくなんて無理に決まっている」

「落ち着いて、黒髭さん。あなたのコーヒー豆の貯蔵室には誰も足を踏み入れません。パーティー会場は駐車場。なにもかも手配済みよ——許可は取ったし、簡易トイレも——」

「簡易トイレだと？　ちょっと待ってくれ……」

「ひょっとしたら費用の心配をしているの？　店のトラックのために大金を投じるから？　じつはこのパーティーは財務上の負債がふくらむのを少しでも抑えるためのものでもあるの。市が交付する夏の助成金を得ることが、このイベントの狙いのひとつなの」

「助成金？」むっとしていたマテオが、俄然、興味津々の表情になる。

「よし、きかせてくれ……」

「エスターのアイデアよ。彼女はニューヨーク大学の実習科目の一環としてスラム街の子どもたちを対象に活動を続けてきたの。まず、子どもたちに絶大な人気のヒップホップとラップを取りあげて、それぞれに作品を書かせてみた。それから詩の歴史のなかで彼らの作品づくりがどんな意義を持つのかを理解させた。さらに、新しい形の詩を教えたり賞をとっている詩を読ませたり、子どもたちがさらに詩で自己表現するためにはどんなふうに公立図書館を利用すればいいのかを教えたの」

「りっぱな活動だと思うよ。しかし、それとコーヒーのビジネスがどう関わってくるんだ?」

「マフィンミューズは街の子どもたちがたまり場にしている公園や歩行者専用の遊歩道を定期ルートに組み込んでいるの。エスターはわたしたちのトラックを活用した夏の企画を立てているのよ——詩を通じた地域活動の第一段階として」わたしはノートパソコンの画面に視線をもどした。「ファストフード・ラップを見たことある?」

「なんだって?」

もう一度ユーチューブの画面を出して検索欄に「ファストフード・ラップ」と打ち込むと、何百件も表示された。

「ラップでファストフードの注文をするのが、いまやこの国の若者のあいだで大流行なのよ。自分たちがラップで注文しているところを録画してこうして投稿しているわ。とにかくすごいの。これをきいてみて……」

いくつか再生してマテオに見せた、彼は大笑いだ。

「まいったな。タコベルの窓口でヒップホップで注文をする動画が六百万回も再生されているなんて、信じられない」首を横にふりながらマテオがいう。

「これはドアのわずかな隙間。エスターはそう表現しているわ。詩という表現活動に対する興味がようやく芽生えた段階で、そこからさらに伸ばしていこうと彼女は考えている」

「そうか。具体的にはどうやって？」

「トラックの注文窓口の脇に録画装置を取りつけて、子どもたちが自由に注文のラップをパフォーマンスするところを撮影し、ストリーミング配信する。オリジナリティがあってよくできているとエスターが判定したら、子どもたちは無料でマフィンをもらえる――そしてつぎのステージに招待される。いまわたしたちがいるビレッジブレンドの二階で毎週ポエトリー・スラムを開催するの。ひと夏かけて、全米ポエトリー・スラムに参加するチームを結成すると彼女は自信満々よ」

「そこまで打ち込んでいるのか？」

「ええ。エスターは、やる気と才能のある子たちを見つけると意気込んでいるわ。彼女は子どもたちの未来を切り開こうとしている。それに協力しない手はないでしょう？」

「よしわかった。納得した。誰をもてなせばいいのかな？」

「まずはドミニク・チン。彼は市会議員で次期市長の有力候補――」

「ドミニクなら会ったことがある。安心した。彼は好人物だ。ほかには？」

「市のアドボケート《提言者》」

「くそ……」マテオは目を閉じて首を横にふる。

「どうかした？」

「タニヤ・ハーモンか？」

「ええ。その人」

マテオの表情が一変して、どこか後ろめたそうな、しょぼんとした様子になる――こういう表情は過去に何度となく見てきた。

「いわなくてもわかる。あなたと彼女は……？」

「ずいぶん昔のことだ。ぼくたちが離婚した直後だった。おふくろが主催した寄付金あつめのパーティーで出会ったんだ。確か、大量のシャンパンを消費した状態だった。『欲しいと思ったらそれに向かって進むのよ、わたし』とかなんとか彼女はいっていた。そしてあの晩、それはぼくだったというわけだ」

「気まずい別れ方ではなかったんでしょうね」

「そう思っている。なにしろ、大量のシャンパンを消費した状態だったからな」

「とにかく明日はがんばってね。ただし彼女と厄介なことにはならないでちょうだい」

「信じてくれ、それだけはない」

「わたしが用心しているのは政治がらみのもめごと。ドミニクの周囲にはじゅうぶん目を光らせて、何事も起こらないようにしなくては」

「なにか起きる可能性があるのか？」

「タニヤもつぎの市長選に出馬すると表明しているのよ」

「そうか。ドミニクは身に憶えのないことをいわれないように気をつけないとな」

「政治家である限り、中傷や誹謗《ひぼう》と無縁ではいられないでしょうけれど」

「あとは？　ほかにもてなすべき相手は？」

「もうひとりいるわ。女性よ――ヘレン・ベイリー＝バーク」

　マテオが伸び放題の顎鬚を掻きむしる。

「もう少し情報が欲しい」

「彼女は四十代後半。アッパー・イーストサイド在住。離婚歴あり。ニューヨーク・アート・トラストの特別資金援助の責任者。彼女が首を縦にふるかどうかがカギとなるの。だから楽しませてあげてね」

「お安いご用さ。女性を楽しませるのは得意中の得意だ」

「知っているわ。それでさんざん泣かされましたからね。あなたの眼中にあるのは複数形、つまり女性たちだから。でも妻というのは単数形なのよね」

「ブリーから文句は出ていない。だから放っておいてくれ」

「わたしはつらかったわ」

「わかった、なにも今夜話し合わなくてもいいだろう」マテオは髪が伸びてむさくるしくなった頭をふり、あくびをした。

「もうくたくただ」

「わたしも」

パソコンの電源を切り、オフィスのドアのカギを閉めた。

「アップタウンは別世界だな。このソファで寝てしまってもいいか？」

「ブリーが寂しがるんじゃない？」

「今週、彼女はミラノだ」

「留守なのね。明日はあなたには万全な状態でおもてなしをしてもらわなくては。このソファで寝たらきっと背中を痛めてしまう。それよりも上に行って客用の寝室で寝たらどう？」

「ではそうさせてもらおう。助かるよ」


存在感たっぷりのマテオ・アレグロが同じ住空間にいるという状態はずいぶんひさしぶりだ。正直いって、少々決まりが悪い。でも彼はまったくそんなことはないらしく、すっかり羽根を伸ばしている。

「シャワーを浴びるよ……」

「新しいタオルを持ってくるわ」

マテオが浴室に向かい、わたしは廊下のクロゼットのところに行こうとした。が、そこでマテオがまたもやマイクのことをいいだしたのは意外だった。

「それで、連邦捜査局はきみの彼氏にいったいどんな用件があるんだ？」

「くわしいことはわからないわ。大規模なおとり捜査に踏みきろうとしている連邦検事がいるらしい――インターネットを通じた麻薬の不法取引を摘発しようという動きのようね。マイクが率いるOD（薬物過剰摂取）班はつねにDEA（麻薬取締局）と連携しているから、助言者として白羽の矢が立ったのではないかしら。でも、ほんとうのところはそれは問題ではないの。この出張そのものが潤滑油の機能を果たすのだと彼は考えている」

「潤滑油？」

「相手になにか別の目的があって、それを〝円滑に〟実行するための道ならしよ。今回彼が呼ばれたのは、ほかの誰かが指揮をとる作戦をスムーズにするためだと彼はいっていたわ」

「ややこしいな」

「あえてマイクに『助言を求める』という形で、マイクに仲間意識を持たせようとする作戦よ。なわばり争いでマイクを敵にまわさないためにね」

「なわばり争いか」またもやマテオが伸び放題の髭を掻きむしる。「きみと同じような問題を抱えているわけか――砂糖衣があるかないかのちがいだな」

「ねえ……マテオ？」

「なに？」

「マイクは髭剃りの道具を洗面所の棚のなかに置いているわ。シェービング・フォーム、血止めスティック、剃刀《かみそり》……」

　マテオはまたうなるような声を漏らし、タオルを受け取ってドアを閉めた。

　ピンときてくれただろうか？　髭剃りなんて生易しい表現ではなく、草刈り機というべきだった？　くどくど考えながら主寝室に向かった。

12

「もしもし？」

鼻にかかったような、少しくぐもった声になったのは、顎の下でふわふわのネコ二匹が喉をゴロゴロ鳴らしているせいだ。

「もう忘れられたかな？」

「マイク？」

腕で支えてがばっと身を起こした。急に動き過ぎたようでジャヴァとフロシーが控えめに抗議しながら滑り落ちた。マイク・クィン警部補からも苦情が寄せられた。

「『おやすみのキス』の電話はどうなってしまったのかな？」

「ごめんなさい、マイク……知らないあいだに意識を失っていた……」

ちらっと窓のほうを見る、まだ暗い。元夫がシャワーを浴びるために（たぶん髭も整えると思いたい）バスルームに入った後、テリー・シモーネに電話をしたが留守番電話だったので、リリーの容態をたずねるメッセージを残した。それからアンティークの四柱式のベッドに横になり、目を閉じて友のためにお祈りを唱え、電話が鳴るのを待っていた。

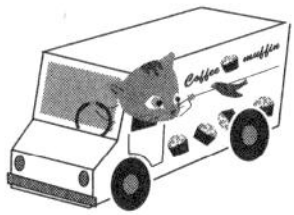

うとうとしてしまったらしく、マイクの電話で目が覚めた。

「こちらからもっと早くかければよかった。でもあなたの夕食会が終わる時間がわからなかったから。どうだった？」

「順調だ。ジョージタウンに連れていかれた。いいレストランだ。コーヒーはまずかったが」

マイクが紺のサージのスーツ姿でテーブルクロスのかかった食卓の前に座っているところを想像してみた。外科用のメスのように鋭い彼の青い目は、スーツの紺色でいっそう深みを増すだろう。短く刈ったダークブロンドの髪はいかにも精悍《せいかん》な雰囲気を漂わせ、顎がしっかりと張った顔は髭の剃り跡も清々しい。連邦捜査局の捜査官たちと会話をかわしてうなずき、コーヒーに眉をしかめているところが目に浮かんだ。

自然と顔がほころぶ。

「連邦捜査局が飲み代を持ってくれるというのにコーヒーを飲むの？」

「ピストルを携帯していたからね。そういう場合には酒を飲まないときみも知っているだろう」

「いまはもうはずしている、そうでしょう？　ホテルの部屋に無事に戻ってきたのね？」

「惜しい。バルコニーにいる。目の前はポトマック川のいい眺めだ。暗い水面にきれいな光が浮かんでいる……」

グラスに氷が当たる音がきこえた。ソーダ水にたくさん氷を入れた時のガチャガチャという無粋な音ではなく、粋なチリン、チリンという音。グラスのなかで強い酒がゆるりと渦を描いているのだろう。マイクがひとりで飲むなんてめずらしい。なにかストレスを感じているにちがいない。

「とてもロマンティックな眺めだ。きみもこちらに来られたらよかったのにな」

「そうね。心底そう思っているわ……」

ふと思いついた。もしもわたしがワシントンＤＣに同行していたなら、リリーはビレッジブレンドには来なかっただろうし、あの金属のホオジロザメが誰かをはねようと襲ってきた時に通りを渡るようなこともなかった……。

「クレア？　どうかしたか？」

わたしは涙を呑み込み、彼にすべてを話した。ケイリーと移動販売をめぐって口論したことから、事故捜査班の到着まで。そこで彼が話をさえぎった――。

「ＡＩＳが派遣されたのか？」

「めずらしいこと？」

「いや。ただ、彼らが来るのは被害者が……」彼の声がとぎれた。

「リリーが〝死ぬ〟と見込まれたから、そういおうとしたのね？」

「落ち着くんだ。それ以外の理由がある可能性も考えられる」

「たとえば？」

「憶測するのは意味がない」

「いいえ、わたしには意味がある。なにをいわないつもり？」

「わたしがいうべきことではない。責任者の名は？」

「バックマンという刑事」

「マッド・マックスか……」マイクが長いこと押し黙っている。時間をかけて記憶をつなぎあわせているのか、それとも言葉を慎重に選んでいるのか。

「いい人のようね。ちょっと変わっているけれど」

「それは控えめな表現だな」マイクはふたたび沈黙し、それからはっきりとした口調でつけ加えた。「マックスは長いあいだ狂気に取り憑《つ》かれていた」

「なにか理由はあるの？　それとも、ただの変わり者というだけ？」

「理由はある。警察内では伝説となっているくらい有名だ」

「ききたい。知っておけば、やりとりするのに役立つかもしれない」

「マックス・バックマンは愛する妻を轢き逃げ事故で失った」

「まあ……どれくらい前のことなの？」

「十五年ほど前だ。当時、彼はまだ若くてブロンクスで刑事をしていた。事故の捜査はハイウェイ・パトロール隊が担当したが、彼らは適切に証拠を収集しなかった。運転者は切れ者の弁護人をつけた。有罪判決にはならず被告は責任を問われることはなかった」

「ひどい……」

「そうだ、きみならわかるはずだ。バックマンは子どもの時からの恋を実らせた。彼と妻は魂のレベルで結ばれていた。その相手を失ってしまったんだ。彼は一年ちかく休暇を取った。そして……」

たびたびマイクが話を中断するので、それがしだいに気に障るようになってきた。

「マイク、なにをわたしに隠そうとしているの？」

「ともかく、彼は〝立ち直った〟後、ハイウェイ・パトロール隊に移り捜査の手法を改善し、捜査技術の向上に取り組んだ。応用物理と機械工学の学位を取得し、つねに最新の技術を導入し自前の道具まで製作した。彼が身につけているツールベルトを見たか？」

「ＤＩＹの弾帯？」

マイクがクスクス笑う。

「いいネーミングだ。あれも彼の設計だ。あれをチーム全員が装備していれば、いちいち確認する手間が省ける。必要な道具をつねに使える状態で携帯していられるから安心だ」

「そういう奥さまがいらしたとは、なんだか奇妙な感じがするわ」

「なにがどう奇妙なんだ？」

「ラングレーとデミトリオスはバックマン刑事が女嫌いだといっていたの」

「ソウルメイトの妻を彼はとても愛していたんだ。その彼女を失うということは羅針盤を失うにも等しかった。その後、彼は何度も結婚してそのたびに失敗した。わたし自身の経験からも、それはよくわかる。自分に合っていない女性といると、どうしたってクレイジーになっていく」

「それであなたはクレイジー・クィンと呼ばれるようになったの？　バックマン刑事からき

いたわ」

　マイクが静かな声で悪態をつくのがきこえた。

「マイク？」

「口の悪い男だ」

「ほんとうなのね？」

「ずっと昔の話だ、クレア。大昔だ」

「わかっている。だから彼にもわかってもらおうとした。いまのあなたは慎重で、冷静に事を運ぶし失敗をしてもあわてたりしない。『クレイジー』というあだ名がつくなんて、いったいなにをしたのかしら？」

「今夜はそんな話をするつもりはない、調査官殿」

「でも――」

「いいんだ、そんなことは。いいか、今夜きみは大変な経験をしたんだから、少し休息を取るべきだ。電話を切る前に、轢き逃げに関してほかに気がかりなことがあったらきかせて欲しい。バックマンの捜査方法についてなにか疑問は？」

「すべてはそのバンを突き止められるかどうかにかかっているといったわ」

「そうだな。バンは、いわば凶器だ。わたしにとって銃やナイフが凶器であったように、彼には車が凶器だ。運転していた人物を特定し、車が事件に使われたと特定できれば、バックマンの勝ちだ」

「そうね。わたしにとって疑問なのは、なぜあの車にマフラーがなかったのか。轢き逃げを企てて、わざわざマフラーのない車輛を使うかしら？　変だと思わない？」

マイクの氷がふたたびチリンと音をたてた。

「思いつきだが、ふたつの可能性がある。ひとつ、犯人がそのバンを盗んだ時にすでにそういうひどい状態だった。マフラーは落ちてしまっていたが計画を変更するには遅すぎた。だから彼あるいは彼女は計画通りに犯行に及んだ」

「ふたつ目は？」

「犯人は車に注意をあつめたかった。車の側面に落書きがあったといったね？　ギャングのシンボルか？　ドライバーは事故の目撃者をつくろうとしていたのかもしれない。バンにギャングのマークがついていれば、メッセージを送ることができる。この事故は自分たちからのメッセージだとライバルに伝わる。きみの友人のリリーはギャングとなんらかの関わりがあったのか？　ドラッグのディーラーはどうだ？」

「絶対にないわ」

「そういうやつらが最初はどれほどまっとうに見えるか、きみが知ったら驚くだろう。感じがよくて親切だ。彼らは周囲にふんだんに金をまき散らす。シングルマザーの彼女と子供に高額商品を贈るなど朝飯前だ。ここまで残忍なやり口から考えて、リリーはディーラーやギャングの一員と知らずに交際していた可能性があるのではないだろうか？」

「可能性というなら、なんだって考えられるわ。あなたはこの事件を見る際に自分が率いる

ＯＤ班の鏡を持ち出して、そこに映し出しているという可能性だってあるでしょう？」

マイクの笑い声がする。

「同意するよ。コージー刑事。しかし、現になわばりをめぐる抗争を目の当たりにしているからな。なんの罪もないガールフレンド、子ども、家族が巻き込まれてディーラー同士の威《い》嚇《かく》の材料にされている」

「わかるわ――考えるだけでぞっとする。でもそういうケースとはちがうという気がするの」

「仮に、ギャングによる凶悪犯罪だったとしたら、バンはとっくに始末されているだろう。燃やされ、物的証拠はすべて破壊される。その場合には、残念だが……」

マイクの声がまた消えてしまう。氷がチリンと鳴る音。ボトルから注ぐ音。もう一杯飲む必要があるということだ。

「残念だが？」最後までいって欲しい！

「凶器が車となると、殺人の罪から逃れる方法はたくさんある」

わたしは目を閉じた。彼の言葉を受け入れたくない――少なくともリリーの事故に関しては。でもそうして否認することはわたしを疲弊させ、かろうじて残っていた気力が尽き果ててしまった。

「ごめんなさい、マイク。わたしもうへとへと……」

「そうだろうな」彼の声がやわらかくなった。「そばにいたいと思うよ」

「わたしも」

「あとほんの数日のことだ。そうしたら元通り、楽しいいつもの暮らしに戻れる」

「もうわたしのコーヒーが恋しくなったのかしら」

「きみに関することはすべて恋しい」

「うれしいわ」

「愛している。いい夢を見るんだよ」

マイクにおやすみなさいといってベッドに入った。ふわふわの二匹の女の子たちもいっしょに。ひとりはアラビカ種の豆をミディアムローストにした色、もうひとりはカプチーノの泡のように真っ白。

両側からジャヴァとフロシーにぴたりとくっつかれて、ふと考えた。マテオがここに来ているといい忘れた。それがなぜかとてもひっかかる。

マイクにいうべきだった……。

こんな状況だからきっと理解してくれるはず。けれどもそこであくびが出て、後でいうことにしようと決めた。彼がニューヨークに戻ってきたらいおう。直接会って、説明したほうがいいだろう。

灯りを消そうとした時――。

タッタッタッタッタ……。

ゆっくりと寝室のドアがひらく。

「眠れないのか？　まだ灯りがついているのが見えたから」マテオだ。

「いま消そうとしたところ」

元夫はまったく頓着しないでずかずかと部屋に入ってきた。筋肉質の胸があらわで、贅肉のついていない腰にはふわふわした白いタオルをゆったりと巻いている。

「なかなか寝つけないようなら……」マテオがにっこりする。「リラックスするのに協力しようかと思って」

マテオ・アレグロの人生哲学はあほらしいほど無邪気だ。セックスはただの運動――パートナーと合意の上でいっしょに体操するようなものでボウリングやバドミントンと変わらない。だから後ろめたいものでもなければ、どろどろしたものでもない。

彼の結婚生活がとてもうまくいっているのは、新しい妻ブリアンが彼のこの人格的な欠陥を理解し、彼をつなぐ鎖を長くしているから。ブリアンのことだから、マテオを放し飼いにして、リオで軽い浮気をしたりバリのビーチでかわいい娘にちょっかいを出したりするくらいのことは気にならないのだろう。でもニューヨーク在住の元妻が寝ているアンティークの四柱式のベッドに入るとなると、そうはいかないはず。

けれどもそんなことはどうでもいい。迷う余地などまったくない。大事な人が三百キロ離れたホテルにひとりで眠っている――わたしをひたすら信じてくれている人が。だから冷静な声でマテオに伝えた。

「マイクから電話があったわ。『誰にもさわってはならぬ』といわれた」

マテオはとてもうれしそうだ。

「で、きみの返事は?」

「あなたはわたしのヒントにまったく気づいていない」

「なんのことだ?」

「顎髭よ」(シャワーのせいで顎髭はさらに濃く、くるくる巻いてもじゃもじゃに見える。)

「明日のパーティーで見苦しく思われないようにしてもらいたいわ。剃らないのは、なにかわけでもあるの?」

マテオが肩をすくめて腕組みをした。

「毎朝、顔に冷たい刃を当てるのに飽き飽きしたんだ。まあ、隔世遺伝みたいなものかな」

ボサボサの髭をまじまじと見つめてみた。隔世遺伝というよりも、石器時代に先祖返りしてしまっている。

「人類がジャングルから出て少なくとも六千年、ベンジャミン・フランクリンが凧《たこ》で電気の実験をしてから三世紀。もうそろそろいいんじゃない?」

「なにが?」

「電化しましょう」

「電気剃刀を使ったことがあるか? あれは役立たずだ。一時間で無精髭が生えてくる」

「無精髭はいまの流行よ、女たらしのあなたにぴったり。ドン・ジョンソンが白いスーツとスリッポンでポーズをとってから、無精髭はかっこいいものになったのよ。あなたのその髭では野生的過ぎる。電気剃刀にしましょう」

「クィンは電気剃刀で髭を剃るのか？」

わたしはため息をついた（痛いところを突かれた。でもここでめげてはいけない）。

「どっちにしても、あなたは頬に剃刀を当てる時点で文明化しているわけよね。そこからいくら顎髭を生やしても先祖には返れないんじゃない？」

マテオがにやりとした。

「クィンも電気剃刀を使わない、そうだな？」

「彼は使わないけど――」

「じゃ、決まりだな」

「いいえ。さっさと出ていって！」わたしは指さした。「あなたのベッドは廊下の先にあるわ。おやすみなさい」

「わかった。でもよく憶えておいて欲しいな。こういう時に、よろこんでぼくを引き止める女性は世界中におおぜいいるんだ。それをみすみす逃すなんて惜しいな」

「いいえ、ちっとも惜しくなんかないわ」

13

「ストロッベリー……レーッモン……バッタークリーム……」

わたしはうめきながらベッドカバーを頭までひっぱりあげた。けれどもフランス語もどきのメニューの連呼はあいかわらず拷問《ごうもん》のように鼓膜を叩く。

「ショコラ……ウーッラッラ……ショコラ！」

カバーをがばっと押しのけてごろりと転がった拍子に壁のように固い男性の身体にぶつかった。いったい、どうなっているの？　寝室の窓の外は暗く、室内の灯りは薄ぼんやりしている。目を凝らして同じベッドにいる人物を確かめる。

マイク・クィンの身体が長々と横たわっている。たくましく張った両肩、危険をくぐり抜けた証《あかし》のたくさんの傷跡。彼の身体を見まちがえたりしない。でもなぜ彼がいま同じベッドにいるのか、わけがわからない。

「マイク？　ワシントンにいるものだとばかり思っていたわ？」

彼は答えない。彼の強靱な肩をそっと揺すってみる。

「マイク？」

「どうした?」

むっつりした声はまちがいなくマイクだ。けれども彼が寝返りしてこちらに向くと、別の人物に変化した——真っ黒な眼、鼻梁《びりよう》の高い鼻、濃い顎髭。

「マテオ! ここはあなたの場所ではないわ!」

黒い顎髭のなかに真っ白な歯があらわれ、にんまりとした表情になる。

「そうか?」

「ウーッラッラ……フレッパー・フォ・ヴ!」

「ボス! 降《お》りてきてください!」

エスター? 外の通りから彼女の声がきこえる。なにかが変だ。ベッドから出ようと動く。けれどもマテオが指でわたしの手首をがっちり押さえ込んで、放そうとしない。

「行かせて」

マテオが笑う。

「やってみればいい」

「ボス!」

「放して!」

マテオの片腕を叩いた。彼の手からようやく解放されてわたしは窓に駆け寄り、思い切りあけて身を乗り出した。けれども下にはエスターの姿はない。誰もいない。薄気味悪い灰色の霧が漂っているだけ。それがどんどん広がり、街灯まで呑み込み、ハロゲンランプの光が霧の向こうで金色の光の輪となって浮かんでいる。

「エスター！　あなたが見えない！　なにもかもわけがわからない！」

「クレア！　クレアなの？」

歌うような明るい声はリリー・ベスのものだ。鳥がさえずるようにきれいな声が夜の空気のなかからきこえてくる。

「あなたの助けが必要なの、クレア！　わたしを助けて！　お願い……」

リリー・ベスが困っている！

マテオのほうを向くと、そこに彼はもういない。四柱式のベッドは空っぽで、わたしはひとりきりだ。頼りのクィンもいない。わたしは廊下を駆け抜け、ドアをあけて裏通りにつながる外階段をおりた。

「助けて！　誰か！」

煉瓦造りの建物に挟まれた暗い細い道を進んでいく。通りの突き当たりに鉄格子つきの戸がある。カギはかかっていないけれど、わたしの力では動かない。思い切り力を込めて押すとやっとひらき、わたしは転んで歩道に倒れた。ごつごつしたコンクリートで手のひらと裸足の足に擦り傷ができる。立ちあがろうとすると小石が膝に突き刺さる。両手から血が出ている。わたしは泣きだした。

目の前にシミひとつないハンカチがあらわれた。差し出しているのは大きな身体の人物だ。

「バックマン刑事？　助けてくれるの？」

焼けつくように明るい投光照明の光を浴びて、バックマンがなにか答えるが、なにをいっているのかまったく理解できない。

「リリーがいなくなったの。彼女を失うわけにはいかない……」

彼のハンカチに手を伸ばし受け取った瞬間、彼の姿は消えた。霧も消え、投光照明の光は初夏の日差しに変わった。突然ビレッジブレンドの前の歩道にカフェテーブルとお客さまが出現した。

「ストロッベリー！　バッタークリーム！」

ケイリーが戻ってきた。虹の七色のトラックが店の前の縁石に接近し、人々がコーヒーとカップケーキめがけて駆けだす。

「フレッバー・フォ・ヴ……」

「止めて！」わたしは叫びながらトラックの窓に駆け寄る。「消して！」

若いアジア系の男性があらわれた。贅肉のない強靭そうな身体つきだ。彼の腕にはドラゴンの柄のタトゥがあり、腕をぐるりと一周している。獰猛《どうもう》そうなドラゴンと彼の表情が重なる。

彼に威嚇されまいと肩をいからせてみたが、強く押されてしまい、後ろによろめいてまたもや転んでしまう。

「ゆるして……」

リリー・ベスが叫ぶ声が、今度は上のほうからきこえる。

「これはわたしの過ちなの、わたしの過ち、わたしの嘆かわしい過ち……」

必死に立ち上がろうとしていると、アジア系の若者が怒鳴る。知らない言葉だ。驚いて見ると、彼はわたしに向かってではなく、自分の腕のドラゴンになにかを命じている。

色鮮やかなインクが動きだし、彼の腕をぐるぐる巡りながらしだいに自由になり、三次元の姿となって、やがてパレードの風船のように膨らんだ。

あつまっていたおおぜいの客は悲鳴をあげて散っていく。巨大なドラゴンが口をあけてケイリーのカップケーキ・カートをエッフェル塔ごと呑み込んでしまう！

怪物がわたしを見つけた。手足が丸まり、くるくるまわり始めて車輪へと変わる。逃げるわたしの後から大声をとどろかせて追いかけてくる。低く吠えるようなその声はマッスルカーのエンジンの轟音《ごうおん》によく似ている。

わたしは必死に靄《もや》のなかへと駆け込み、咳き込んでむせてしまう。裸足が舗装道路をぴしゃぴしゃと打つ。走っても走ってもどこにも辿《たど》りつけない。ちらっとふり返ると、巨大な車輪が迫ってきていまにも押しつぶされそうだ。

恐怖で悲鳴をあげた――そして目がさめた。

14

ふたたび電話が鳴っている。ちょうど夜が明けたところだ。今回はインチキなフランス語のメニューはきこえない。ドラゴンも追いかけてこない。寝返りを打って、ベッドに誰もいないのを確認してほっとした――ジャヴァとフロシーはいるけれど。

「もしもし？」

電話をかけてきたのは看護師のテリー・シモーネだった。リリー・ベスについて、いいニュースと悪いニュースを知らせてきた。いい知らせは、わたしたちの友はまだ生きているということ。リリーは一回目の手術を無事に終えたのだ。

悪い知らせは、術後に彼女の脳は膨張し始めたということ。あらたに判明した頭蓋骨損傷によるものだ。圧力を緩和するために医師が減圧開頭術をおこない、リリーは医療行為から生じた昏睡状態にあるという。その説明をきいて思わず胸が締めつけられる。

「膨張がおさまるまではその状態に置かれる予定よ。数時間はかかるでしょうね――あるいは数日間」テリーがいう。

リリーの生命が依然として危険な状態にあるのはまちがいない。でも皆が彼女を応援して

いると思うと、希望が湧いてきた。ところがテリーから続きをきいて、どうしようもなく気分が落ち込んでしまった。

「リリーの脊柱《せきちゅう》への損傷が永久麻痺につながるかどうか、神経科医はまだ判断をくだしていない……」

つまり、もしかしたらリリー・ベス・タンガは二度と歩けなくなるかもしれないということ。テリーにお礼をいって電話を切ったけれど、あまりにも振幅が大きい内容にわたしは茫然としたままだ。シャワーを浴びながらリリーのためにお祈りをし、着替えてふわふわのネコたちに餌を与えながらさらに祈った。

マイクの声がまたききたくてたまらない。でも彼はＶＩＰたちと朝食会の予定がある。だから奥歯を嚙みしめ、ローヒールの靴をはいて今日の仕事に取りかかった。

念のために毛むくじゃらの元夫の様子を確認してみると、まだ客間でいびきをかいている。わたしは従業員専用の階段でビレッジブレンドの店までおりていった。

「エスター、どうしてここいるの？」

彼女がカウンターに向かって座っていたので驚いた。早番ではないはず。開店はタッカーとビッキでやってくれている——そしてエスターが「朝型人間」ではないのは誰でも知っている。だからこそ、すぐに心のなかで目覚ましが鳴った。

エスターは無言のまま今朝の《ニューヨーク・タイムズ》紙を大理石のカウンタートップ

にバシンと叩きつけるように置いて乱暴にめくり、メトロセクションのページを出して四段にわたる記事を指さした。

「昨夜の出来事の記事？」

「ちがいます。あの轢き逃げ事故は新聞の記事にはなっていません。大都市の出来事だし、大量のニュースがあるし、事故で死者は出ていない――」

それをきいてぎくっとした。そうね、いまのところはまだ出ていない。

「ところがこれは偶然にもリリー・ベスについての記事なんです」

〝読み書き計算、脂肪と砂糖を引き算〟という見出しだった。大きなカラー写真はケイリーのカップケーキ・カートがマンハッタンの公立小学校の前に駐車し、七歳から十二歳くらいまでの子どもたちが注文の順番を待って行列をつくっている光景を写したもの。

「記事のなかで市長直属のアドバイザーとしてリリー・ベスが紹介されています」エスターが説明を続ける。「リリーの言葉が何度も引用されているんですけど、活字媒体を意識して語気をやわらげるということがいっさいないんですよ。たっぷりの油で揚げたスニッカーズバーを売っているUFOトラックを名指しで非難しています――あれは結構いけますけどね。それで、リリーがこてんぱんにけなしているのがケイリーのカップケーキ・カートなんです」

記事を読んでみた。すべてを否定的に扱っている内容ではないとわかってほっとした。リリーはヘルシーな代替品を提供する移動販売業者の名を挙げて褒めている。たとえばベジーウェジーやプラウマンズランチ、そしてわたしたちのマフィンミューズが提供している低カロリーで食物繊維が豊富な食品を高く評価している。けれどもケイリーが提供するものは徹底的に批判し、おいしいと人気のある商品には過剰な脂肪が含まれていると指摘しているのだ。

「きれいに包装されたジャンクフードを口にしてあまり運動をしないというライフスタイルは子どもたちに危険をもたらしています。それは子どもたちを小児糖尿病へと運んでいく車の両輪なのです」リリーの警告の言葉だ。

「リリー・ベスは学校や遊び場から一五〇ヤード以内にフード・トラックが駐車することを禁じるように市議会に要請しているそうです。その部分を読んでください」

なるほど、これでは多くの移動販売業者の怒りを買いそうだ。アイスクリームを売るトラックは黙ってはいないだろう。さらに先をざっと読むと、すべてのフード・トラックに栄養成分の表示を義務づけるようにリリーは市長に働きかけているという。

マフィンミューズは自発的に栄養成分を表示しているけれど、レストランとちがってフード・トラックで販売する業者には情報の開示は義務づけられていない。新しくそんな規則ができれば、費用と手間がかかるといって憤る業者はたくさんいるだろうし、カロリーがやたらに高い商品をメニューに載せているフード・トラックは売上が減るのを覚悟するだろう。

「どうやらリリーはニューヨークのフード・トラック業者の半分を敵にまわしたようね。彼女を車で轢きたくなる理由を彼らに与えてしまった」

「やっぱりそう思いますか、ボス。最後のパラグラフに注目してください」

エスターが示す。

「ほらここ。UFOトラックのオーナーであるレイ・グラント氏は、おとなはじゅうぶんな知識を得た上で、なにを口にするのかを選択する権利があると主張している。そして同氏は、『学校の前に駐車したり子どもたちを特に狙って商品を販売したりしたことは一度もない』と強調している。いっぽうカップケーキ・カートのオーナー、ケイリー氏はノーコメントであった」

「ノーコメントですって！」エスターが新聞をガサガサさせる。「それはつまり、この記者はケイリーに取材したってことですよ。ということは、カップケーキ・クイーンはこの記事が出ると知っていたんですよ！」

エスターが声を落としてぐっと身体をちかづけた。

「これはもう、あきらかですよね？　ケイリーはこの記事の内容を知ってしまい、怒り心頭、いっそ車で轢いてやれ――ということで、リリー・ベスを襲う計画を立てた」

いたたまれない気分で、わたしは大きくため息をついた。エスターもわたしと同じ考えなのだ。リリーの轢き逃げを画策したのはケイリー、という可能性はおおいにありそうだ。しかし地方検事にこの記事を見せても、なんの証明にもならないだろう。

しかしこの記事から、ケイリーには動機があると確信できた。ビレッジブレンドのお客さまを〝無作為に〟狙ったのではなく、ターゲットはあくまでもリリーだったはず。さらにこの記事はもうひとつの事実を突きつけた。

「この記事はケイリーの法的立場を守るわ、エスター。悔しいけれど」

「どういう意味ですか？」

「警察が昨夜の犯罪とケイリーを――あるいは彼女の部下を――つなぐ物的証拠をみつけなければ、彼女はこの記事を持ち出してリリーには多くの敵がいたと主張できる。ケイリーの弁護士は、リリーに反感を抱いてサービスバンではねようと考えるフード・トラック業者はいくらでもいると主張できる」

「なるほど。でも絶対にそうではないって、わたしたちはわかっていますよね。どうします？　あのパリかぶれのピンクの気取り屋が、わたしたちの友人を轢き逃げしたのを放っておくなんてできないわ。しかもあんなふうに店の真ん前でやられたのに！」

わたしは腕時計を見た。バックマン刑事からはまだなんの連絡もない。でもきっと彼は連絡してくるはず。エスターには、捜査に協力するためにこれまでにやったことを説明した――ユーチューブの動画を見つけて、撮影した若者に連絡をとって欲しいとダンテに依頼したことを。

「運がよければ、ミニ・スピルバーグは轢き逃げの現場も録画していると思う。きっともうバックマン刑事にファイルを送信しているわ。電話がかかってきたら、その動画になにか有効な情報がみつかったかどうかきいてみる――」

そこでわたしは話を中断した。店のフレンチドアをあけて三人の男性が入ってくるのが見えた。ひとりはダンテだ。もうひとりは、見覚えのない年かさの男性。オリーブ色の夏用のスーツを着た彼は深刻な表情だ。三人目はいちばん若い。昨夜と同じアクアマリン色の〈スピード〉のスポーツウェアを身につけている。

ダンテはふたりをうながして暖炉のそばのテーブルに着くと、わたしを手招きした。スーツ姿の男性は自転車用の革の手袋をはずし、わたしと握手した。温かく力強い握手だ。

「ジョン・フェアウェイです。弁護士をしています。代替輸送手段を擁護するトゥー・ホイールズ・グッドという集団の代表も務めています。ふたつの役割を果たしている者として、ここにいる若者の代理人を務める目的でうかがいました」

長身で細身のフェアウェイは三十代半ばという第一印象だったけれど、紫外線を浴びて乾燥した肌の色艶やしわ、クルーカットにしたシルバーブロンドの髪を見ると、もう少し年齢が高そうだ。冷静な態度と保守的なスーツだけならいかにも弁護士らしい落ち着いた印象に見えたのだろうけれど、腕にはバナナの房のような形の七色のサイクリング用ヘルメットをかけ、蛍光色のオレンジ色の小さなリュックを背負ってベルトでしっかり固定し、スーツのズボンには自転車用の明るい黄色のすそ汚れ防止バンドをつけている。

「そして彼がカルバン・ヘルメスです」

ダンテが〈スピード〉のサイクルウェアを着た若者を指し示す。

「カルバンはシティワイド・クイックデリバリーで自転車のメッセンジャーをしています。昨夜ボスがいっていたエスターの動画は、彼がユーチューブに投稿したものです」

名前と独特の魅力的な顔立ちから判断して、おそらくカルバン・ヘルメスはアフリカ系とギリシャ系の血筋をひいているのだろう。年齢はまだ二十歳そこそこ。肌の色は濃く真っ黒の髪はくるくるとカールし、若い頃のポール・ニューマンみたいなライトブルーの目とコントラストをなしている。いかにも自転車のメッセンジャーらしくひきしまった体形で、余分な脂肪などまったくついてなさそう。

彼の緊張が伝わってきたので、リラックスさせようとすぐに話しかけてみた。

「来てくれてありがとう、カルバン。ダンテからきいたと思うけれど、あなたをトラブルに巻き込むようなことはないから、弁護士の必要もないのよ。でもあなたとミスター・フェアウェイに会えてうれしいわ。ぜひとも力を貸してもらいたいの」

カルバンはあきらかにほっとしている。フェアウェイが咳払いをした。

「こうしてあつまった目的は、わかっているつもりです、ミズ・コージー。昨夜このコーヒーハウスの前で起きた轢き逃げをカルバンが録画したかどうかを確認するためですね？」

「事件についてダンテからおききになっているようですね」

「彼からきくまでもありません。わたしには自転車乗りのネットワークがありますから、つねに情報が入ってきます。自動車が引き起こした事故を目撃して負傷者や死者が出た場合、彼らは現場で収集したデータをコンピューターでわたしに送ってきます。メール、写真、動画という形で」

「ではその情報はあなたから当局に提供されるんですね」

当然のようにたずねたが、フェウェイは首を横にふる。

「いいえ。しません」

わたしは目を瞠《みは》った。彼はなにか誤解しているのか。

「ですから、その証拠を警察に提供するんですよね。それを質問したのです」

「いいえ。だから、われわれはこうしてここにいるのです。問題は警察です」

弁護士が答えた。

15

「どういうことかしら？　腐敗が蔓延《まんえん》して犯罪組織の暴力、テロ行為、飲酒運転が横行しているというのに、なぜ〝警察〟が問題なのかしら？」

「ニューヨーク市警は自転車の利用者と歩行者を不当に扱い、無謀な車の運転に甘い態度をとる。わたしは事故のデータの重要性を判断してグループのメンバーに情報を流します。『ホイールズ・ダウン・アラート』という警報で注意を喚起するんです」

「『ホイールズ・ダウン・アラート』？」

「噛み砕いて説明しましょう。トゥー・ホイールズ・グッドが掲げる目標のひとつは、無謀運転の撲滅です。メンバーはいわば、わたしの目、わたしの耳です。先月、メンバーのひとりが匿名でもたらした情報が手がかりとなって、クイーンズ・ブルバードで子どもを轢き逃げした女性が捕まりました」

「でも、警察当局の捜査に協力して証拠を提供すれば、加害者が正当な裁きを受けることにもっと役立つでしょう？」

「ニューヨーク市警あるいは地方検事からの要請で正式な協力を余儀なくされた場合には、

求められた証拠を渡します。それで正義が実行されるのであれば。ただ……」フェアウェイが冷ややかなまなざしになる。「ニューヨークの街で歩行者を死亡させた運転者の大部分は逮捕されることなく犯罪現場から立ち去ることが許されます。時には違反切符を一枚切られるだけで。運転者が道路交通法違反を三件以上犯していなければ死亡事故で起訴されることはない、というのが語られない真実です。それよりなにより、自動車による殺人の罪を犯した運転者の十パーセントから十五パーセントは、警察のおざなりな捜査で生じた過ちが理由で、起訴すらされない」

フェアウェイが挙げた統計の数字に対してわたしは反論できなかった。そもそも反論する根拠となる資料がない。けれども、自分の主張を通すために限られた文脈でさまざまな研究や統計を都合よく使うやり方があるのはよく知っている。だから主義主張がある人物が数字を引用する時には、それをそのまま受け入れたりはしない。相手が語ろうとしていないことはなにかをつねに考えることにしている。

それでも……マイクからきいたマックス・バックマンの妻の死を思うと、ジョン・フェアウェイはそれなりに確かな根拠があっていっているのだろう。マイクもいっていたではないか。「凶器が車となると、殺人の罪から逃れる方法はたくさんある」、と。

「ウィリアムズバーグの事件についてはまだ怒りが収まらない」ダンテが口をひらいた。「ブルックリンの道を自転車で走行していたアーティストが殺されたんです」

フェアウェイがすぐにうなずく。

「運転者は現場から逃走したというのに、警察はじゅうぶんな証拠をあつめられず起訴に持ち込めなかった。そして自分たちのお粗末さから目をそらせようと、サイクリストに非難の矛先を向けようとした」

「これはほんとうの話です」ダンテがわたしにいい、剃りあげた頭でうなずく。「それもうまくいかないとなると、ニューヨーク市警は被害者の遺族に対して官僚的ないい逃れをしようとした」

「いい例を挙げてくれた、ダンテ」フェアウェイが続ける。「しかし、ウィリアムズバーグの事件のように注目をあつめる殺人一件に付き、自動車による殺人が十件無視されている勘定だ。二週間前の早朝、有名な形成外科医が自転車で走行中に轢かれた。目撃者がいなかったので警察はまだ犯人の逮捕にこぎつけていない」

フェアウェイはテーブルの向こう側から身を乗り出してきた。

「さらに悲惨なことに、この愚かな殺人はもはや日常化していて、ニュースが多い日にはどのメディアでもろくに報道されないのです。世間がそれほどまでに無関心なのですから、わたしの組織が収集する証拠に警察がろくに興味を示さないのも不思議ではない。それに、たいていの場合、わたしたちの証拠は刑事法廷では採用されない」

「それはなぜ？」

「匿名で収集されるから、というのがおもな理由です。わたしの仲間たちは警察を信頼していません。彼らは当局に協力する気がないのです」

「そうですか。では証拠を警察に渡さないのであれば、誰に渡すんですか？」

「法の執行がなされなかった場合、つぎに望ましい選択肢は訴訟です。われわれは遺族とその弁護士にデータを渡します。民事裁判所で正義を追求する人々に託すのです」

フェアウェイは滑らかな大理石の上を、薄い茶色の無地のフォルダーを滑らせてよこした。

「今回の事件ではあなたに証拠を渡します、ミズ・コージー。どのように使うのか、わたしはあなたを〝見守ります〟」

ビッグブラザーを気取るような彼の奇妙な威嚇の言葉を無視してフォルダーをひらいてみた。なかには、ピンぼけの写真が入っている。一枚目は白いバンの後部を写したもの。二枚目は一枚目を拡大したものだ。

「エスター、これを見て！」

ニューヨーク州のナンバープレートだ。拡大した写真では最初のふたつの数字が判読できるが、それ以外は日没がつくりだす影のせいで見えない。

「この写真は昨夜撮られたものだとおっしゃるのね？」

わたしは興奮気味にたずねた。

「そうです」フェアウェイがこたえる。「カルバンは現場にいて、このレディの詩のパフォーマンスを録画していました。殺人未遂があった時、彼はちょうどスマートフォンを手に持っていたのです――」

「ちょっとうかがいますけど」わたしは話をさえぎった。「あなたはいま、『殺人未遂』とおっしゃった。それは運転者にその動機があるという意味ですよね。どうしてそれがわかるんですか？　この事件に関して警察が知らないことをなにか知っているのでは？」

フェアウェイはそわそわした様子だ。

「あなたはわたしの言葉を深読みしすぎています、ミズ・コージー。わたしはただ、歩行者やサイクリストが内燃エンジンによって轢かれことは『事故』などではあり得ないという意味でいっただけです。ニューヨークの街では銃で殺されるよりも車で殺される人のほうが多いのです。ご存じですか？」

「考えたことがありませんでした」

「それが問題なのです。ニューヨークの市民は無知で〝問題意識に欠けた〟状態の人々が多すぎます。この街は銃の規制に関しては良識が働いたのに、なぜ自動車に対してはそうではないのか？」

答えようとした時、エスターに先を越された――。

「きいていると、とても崇高な発言ね」彼女は黒ぶちのメガネの位置を直しながらいう。「でも、そういう主張をしてあなたはどんな見返りを得るのかしら？」

彼が微笑む。

「トゥー・ホイールズ・グッドが夢見ているのは、マンハッタンで個人の車もトラックもいっさい走れなくなる――配送には特別な許可を必要とする――日が到来することです。罪のない人々の命が日々、奪われているのです。それなのに当局は無関心だ。だからわれわれトゥー・ホイールズ・グッドは時として……やむを得ず、ほかの手段をとる」

そこで彼の言葉がとぎれて宙に浮いたので、わたしがたずねた。

「ほかの手段？　まさかあなたたちが掲げる大義は法律に優先する、などと本気で主張なさるおつもり？」

「統計の数字は真実を物語っています。わたしたちはやるべきことをやるまでです。より大きな善のために必要だと判断すれば」

エスターとわたしは困惑して顔を見合わせる。

「ねえ、いいかしら」エスターが発言した。「わたしも車は好きではないわ。それに通りを車が走りまわるのも大嫌い。あなたたちの夢のすべてとまではいわないけれど、それなりに共感するわ。でもちょっといわせて欲しい。『ほかの手段』とか『必要だと判断すれば』みたいに持ってまわったいい方とか、『わたしはあなたを見守る』みたいなうっすらとした脅しとともに語られるのはごめんだわ。だって歴史を見れば歴然としている。『法律に優先する』というレトリックの行き着く先は、『正しくない』と見なされた人々がシャワー室に連れていかれ、そのシャワーからは熱いお湯ではなくて毒ガスが出てくるという事態よ」

「あなたは主張する権利がある、ミズ・ベスト」

フェアウェイの声は冷ややかだが、顔には笑みをたたえたままだ。彼は立ちあがり、バナナの房みたいな自転車用ヘルメットを剛そうなシルバーブロンドの頭にすっと載せた。カルバン・ヘルメスも立ちあがり、スマートフォンでメッセージをチェックしている。

「ではわたしたちはこのへんで。カルバンは仕事があります。わたしはブルックリン区長の執務室の前での抗議集会に出る予定です。わたしに連絡を取る必要があれば、これが連絡先です」

フェアウェイの名刺は彼自身と同じく、とても奇妙だ。電話番号がない。事務所の住所がない。フェアウェイの名前すらない。オレンジ色の長方形のプラスチック製の名刺にはトゥー・ホイールズ・グッドのロゴマーク――ビクトリア時代の前輪が巨大な自転車――と、その下にメールアドレスがあるだけ。

カルバン・ヘルメスはさっさと出ていったが、フェアウェイはなかなか歩き出そうとしない。そしてなんとエスターに握手の手を差し出して、彼女を驚かせた。

「ミズ・ベスト、あなたはひじょうに才能豊かなパフォーマンス・アーティストです。それをいわないのはわたしの怠慢となります。インターネットでずっとあなたの活動を追い、とても楽しませてもらっていますよ」

一瞬、彼の視線はエスターのビスチェへと移り、豊満な胸の谷間を愛でた。そしてふたたび、衝撃を隠せないエスターの茶色の目へと注がれた。

「お目にかかれてたいへん光栄です。またぜひお会いしましょう」

フェアウェイも行ってしまうと、エスターは錯乱したような叫び声をあげた。

ダンテがにやりとする。

「どうやらすっかり彼に魅了されたようだな」

エスターは左右の手で頬を押さえて頭をふる。

「おそろしく変な人」

「彼はまちがいなくきみに誘いをかけていた。きみだって変わった人間が好きだろう？」

「芸術家としてなら変人は好みだけど、社会的にあそこまで変なのは要チェック。にこにこしながらワーゲンバスで憲法を轢いていくみたいな変人はお断り」

「エスター、よく見てちょうだい！」

わたしはフォルダーに入っていた写真をテーブルに広げた。

「しっかり見てね。これは昨夜あなたが見たカーゴバン？」

彼女はしばらく無言で写真を凝視し、ようやく口をひらいた。

「すみません、ボス。自信がありません。車の側面は見たし、落書きはちゃんと憶えています。要するに、男たちのお尻とちがってバンの後部ってどれもよく似ている」

「これなら見覚えがある」

ダンテがテーブルの向こうから身を乗り出した。

「警察にはなにも見ていないといったのではなかった？」

「昨夜は見ていません。でもこの白いバンは以前に見た記憶があるんですよ。ケイリーが業務用に使っているバンと同じじゃないかな。お祭りやイベントで長期間駐車したままの時に、ストックを補充するのに使うんですよ」

そういう目的でバンがよく使われるのは知っている。大きな車はそれだけ燃料を食う。トラックの補給にサービスバンを使えば安上がりだ。しかし、ケイリーが白いバンを一台使っていたとは知らなかった。

「マフィンミューズに乗っている時に、彼女のバンが行ったり来たりするのを何度か見ています。ナンバープレートは憶えていませんが、警察ならきっと……」

困惑しているわたしを見て疑われていると勘違いしたらしく、ダンテが憤慨した口調になった。

「わかっていますよ、自分がおかしなことをいっているってことくらい。コーヒーとカップケーキをめぐる殺人だといっているわけですからね。でもわたしは決してふざけたり――」

「落ち着いて、つるつる頭くん」間髪をいれずエスターが発言した。「わたしたちも同感よ、ケイリーが怪しいと思っている。ただし、もはやバタークリームのなわばり争いなんていっていられないのよ」

エスターはダンテに《ニューヨーク・タイムズ》を見せる。業者に規制を加えるべきだというリリーの発言を引用した記事に目を通すと、ダンテはテーブルを強く叩いていきおいよく立ち上がった。

「そうだったのか。これからケイリーのベーカリーに行ってあのバンを――」

タトゥのあるダンテの腕をわたしはつかんだ。

「彼女がどこでカップケーキを焼いているのか、知っているの?」

「知っていますよ!　この先のチャイナタウンで厨房を借りているんです」

わたしも立ち上がった。

「みんなで行くわよ」

16

ハドソン通りからロウアー・マンハッタンのカナル通りまでかなりの距離を急ぎ足で歩いた。広い通りは人がぎっしりで大混雑だ。毎週土曜日にはニューヨークの五つの区、ロングアイランド、ニュージャージー、さらにニューイングランドからも、おおぜいの買い物客がチャイナタウンに押し寄せてくる。

彼らが向かうのはアジアの食材を扱うマーケット、水産物の売店、野菜の露店、それ以外の特殊な食材を扱う店。そして鍼《はり》治療のクリニック、占い師、麺《めん》の店、喫茶店、たくさんのベーカリー。カナル通りとバワリーのあいだの曲がりくねった道にはこうした店が窮屈そうに軒を連ねている。

活気にあふれる人ごみのなかで、とりわけ人だかりがしている人気の水産物店の前で行く手をふさがれた。スメルト（アユ、ワカサギなどの仲間）やイワシの銀のウロコに朝日が当たってキラキラ輝き、木製の樽《たる》に氷を詰めたなかでロブスターとカニが青灰色の触覚を揺らしてちらちらと光を反射する。テーブルには砕いた氷を敷いてナマズ（気味が悪いことにまだ生きている）が横たえられ、テーブルから水がだらだら漏れている。

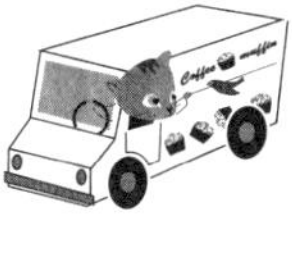

あちこちで複雑な形の漢字が目につく。垂れ幕、日よけ、通りの標識など緋色や金の地に大胆な文字で書かれている。ここではなにからなにまで中国風だ。マクドナルドですら、ファサードには凝った柱や仏塔を思わせる飾りが張り出している。

観光客向けに、かろうじて英語の表示もある。わがビレッジブレンドの言葉の名手ことエスターはさっそくそれに注目した。中国語と英語が絶妙にブレンドされて珍妙な「中国式英語」となっている。ハッピーパンダ・トレーディングカンパニー、ベリーグッド・フォーチュン・ペキンダック、プリンスリー・スプレンダー・ファニチャー・アンド・ライティング・カンパニーなどは、そのほんの一部だ。

「これは個人的にすごく気に入ったわ」エスターが指をさす。「ゴールデン・マンダリン・ベリーファイネスト・オプトメトリスト。ここで買わずにどこでメガネを買えと？」

角を曲がってモット通りに入ると、少しだけ速く歩けるようになった。ここも人でごった返している。カーブしている大通りに沿って並ぶ四階建て、五階建て、六階建ての建物は一世紀前のもの。駐車スペースがじゅうぶんに取れるほどの道幅ではないので、通り過ぎる車にわたしたちは目を凝らした。ケイリーのサービスバンが通りかかるかもしれない。

ダンテの合図でようやくわたしたちは足を止めた。モット通りのゆるやかなカーブを過ぎたあたり、ちょうどトランスフィギュレーション教会の正面入り口の前だ。このカトリック教会は約二百年前に建てられた花崗《かこう》岩のりっぱな建物で、ミサの予定が英語と中国語で出ている――一日に三回、うち二回は中国語だ。

「ケイリーが借りているベーカリーは、すぐそこのモスコ通りです」ダンテがいう。

「行きましょう」わたしはきっぱりといった。

モスコ通りは路地に近く、急勾配の下り坂だ。そこをためらうことなく進んでいく。都会に刻まれた小さなくさびのような不気味な狭い道に少しでも親近感を抱いてもらおうとするように、ところどころにビクトリア時代のデザインを模した街灯がある。

一軒だけ看板が出ている（「駐車禁止」の警告以外に標識のたぐいはこれだけだ）。小さなみすぼらしい餃子店のもので、脂が染みついたビニール製の雨よけのカーテンの向こうで営業中だ。

その区画を三度往復したけれど白いバンは見つからず（そのとちゅう、揚げ餃子と出来立てのチキンのローメンを食べるため、それからデザイナーズブランドをコピーしたバッグをちらりと見るために一度ずつ足を止めた）、けっきょくスタート地点まで戻った。

携帯電話のメッセージをチェックしてみたけれど、バックマン刑事からはまだ連絡がない。いったいどうなっているの？

エスターが眉をしかめてダンテに嚙みついた。

「ほんとうにこの通りなの？」

「まちがいない。去年は一ヵ月間、毎日仕事でこの通りに通ってきたんだ。ほら、あれ……」

ダンテが指さしたのはモット通りに面してそびえ立つ建物だった。わたしたちのいる地点から見える壁面には絵が描かれている。三階分の壁を占めるその絵は、中国の仏塔が白い雲海に浮かんでいる光景を描いた美しい細密画だ。はるか遠くには、雲を見おろすようにアメリカの自由の女神が掲げるたいまつが金色に輝いている。

エスターが目をパチパチさせている。

「すごい！」

皮肉屋のエスターらしくない声だ。けれど、この壁画はほんとうに「すごい！」としかいいようがない。まさに傑作。

「あなたひとりでこれを全部描いたの？」

わたしはすっかり〝わが子を誇りに思うママ〟の気分でダンテに笑顔を向ける。

「デザインはわたしです。描くのにはファイブ・ポインツ・アーツ・コレクティブからふたり、助っ人に来てもらいました――手数料は彼らと分けました」

「ファイブ・ポインツのアート集団？　なんておそろしい」エスターがいう。

ダンテは剃りあげた頭を傾げた。

「おそろしい？」

「歴史が得意ではないのね？　百五十年前、ファイブ・ポインツは――ここから目と鼻の先だけど――アメリカでもっとも凶暴なコミュニティだった。それについてまるまる一冊書いた本があるわ。タイトルは『ザ・ギャング・オブ・ニューヨーク』。きいたことない？」

「映画を観た」ダンテが淡々とした口調でこたえる。「しかし、わたしたちのグループは

『凶暴』なんて言葉とは無縁だ。手にする唯一の銃《ガン》といえば、なかに塗料を詰めたものだからな。ここで作業していた時にはわたしとふたりの助っ人は吊り台に乗っているか、狭い餃子店で豚まんを食べていた。それでたまたま、ケイリーがモスコ・ストリートで厨房を借りていると知ったんだ。餃子店のちょうど向かいが彼女の厨房の入り口でね。そこを彼女が出入りするのを見た」

「正確な場所を教えて」わたしはいった。

ダンテが指さしたのは、黒く塗られたスチール製のドアの脇のアーチ形の入り口だ。緑色の入り口にはドアもなければ、店名の看板や標識もない。

「なんの表示もないアーチ形の入り口を入ると急な階段があります。二階がベーカリーです。ドミニク・チンからきいた話では、厨房を所有している一家は街でいちばんのエッグカスタード・タルトをつくるんだそうです」

「市会議員のチンと知り合いなの？」驚いてダンテにたずねた。

「ええ。彼はファイブ・ポインツのスポンサーのひとりです。彼の婚約者も。きいたところでは、婚約者はコロンビア大学メディカルセンターに勤務する形成外科医とか。まさにパワーカップルですよね、あのふたりは」

「けっ」エスターだ。

「なにをいいたいのか、わかるよ」ダンテがこたえる。「華やかなエリートに接近するのは、場合によっては実に見苦しいことだ。とくに相手が政治家であれば、なおのこと。しかしドムは心底クールな人物だ」

「ドム？」エスターが黒ぶちのメガネをぐいと押しあげた。「あらまあ、あなたにはファーストネームで呼び合うお偉い友だちができたのね。しかも彼は次期市長の呼び声が高いときている。あなたと結婚する女の子は玉の輿《こし》ね」

皮肉たっぷりのエスターに対しダンテはあくまでも率直にこたえる。

「わたしは現役のアーティストだ。結婚相手には、みすぼらしい店の豚まんをたくさん食べる覚悟のある女の子がいい」

結婚する。エッグカスタード・タルト……。

「それよ！」わたしが叫んだ。

エスターが目をぱちくりさせている。

「それって？」

「ふたりとも、そばに寄って。厨房に入るための名案を思いついたの。これならきっとケイリーのことや彼女のバンのこと、それを運転している人物についていくらでもきき出せるわ」

「すてき！　知りたい！」

「ええ！」

ふたりに計画を話した。

「やりましょう！」さっそくエスターが反応する。「わたしはダンテのフィアンセのふりをすればいいのね。でも失意のどん底にいる。結婚で〝成り上がる〟つもりだったから」

「おお」ダンテがこたえる。「早くもエスターの無条件の愛をじわじわと感じるなあ」

「そんなことといわずに」なんとかふたりの息を合わせなくては。「このつくり話で絶対に成功させるわよ。あなたたちふたりはとても仲睦まじいカップルで、結婚披露宴で中国のお菓子をふるまおうと考えている。わたしは花嫁の母親で、すっかり有頂天になって気前よく支払いをするつもりでいる。これなら相手からきき出せるわ！」

「ボスが広東語を話せれば、ですね」ダンテがいう。「チャイナタウンで家族経営でやっている厨房なんですから。もちろん、その一家はカンザスから来たわけではない。わかりますね」

「カンザスだったらよかったのに。それならナンシーに通訳を頼めばすんだのにね」

「ねえふたりとも、わたしたちはニューヨーカーよ。しかも外食産業に携わっているのだから、いまさら言葉の壁におたおたしてどうするの」

「わかりました、やります」エスターがいう。「ただし条件がひとつ。さっき向こうで見た〈コーチ〉のイミテーションのバッグが欲しい。それから式は仏教式で。そういう結婚式が夢なんです。それなら花嫁やります」

ダンテが顎を撫でながらいう。

「さて、どうするかな。カトリック式以外の結婚式をしたら、きっとママは悲しむだろうな」

「リハーサルをやってみる？」なんだか少し心配だ。

ダンテとエスターは顔を見合わせて肩をすくめた。

「わたしは大丈夫です」ダンテがいう。

「わたしも」そこでエスターはにやりとわたしに笑いかけた。「お先にどうぞ、お母さま……」

17

「さあ、いよいよね……」

わたしは深呼吸をひとつして、なんの表示もないアーチ形の入り口を抜けて急な階段をのぼった。エスターとダンテもついてくる。上に行くにしたがって、金属製の鍋やトレーがガチャガチャとぶつかる音がきこえてきた。続いてバター、ナッツの香り豊かなペストリーが焼けるおいしそうなにおいに包まれた。やはりダンテの情報は完全に正しかった。

踊り場に着くと、予想に反してカギがかかったドアも呼び鈴もなく、階段の脇はすぐに長細いL字形の厨房だ。業務用サイズのステンレス製冷蔵庫やタグボートを浮かべられるほど深いシンクも見える。

広東語の話し声がする。角の向こう側からきこえてくるので、おそらくそちらにミキサー、食料品庫、オーブンがあるのだろう。そして開放的な空間であることから考えて、この厨房は年中無休で二十四時間操業なのではないか。

甘い香りが漂ってきた。中国式のアーモンドクッキーのにおいだ。冷ますためにステンレス製のテーブルに置いてあるのが見える。気軽に食べられるレストランで食後に出てくるよ

うな、ホッケーのパックの形をした卵黄を塗ったものとはちがう。フランスのサブレやスコットランドのショートブレッドに似た繊細なアーモンドクッキーともちがう。これはカラメルで固めてナッツ・ブリトゥルにするためのものだ。

その隣に置かれたトレーにはひとくち大のクルミのクッキーが並んでいる（広東語で合桃酥《ハプトウソー》）。美しい黄金色で、ビスコッティのようにサクサクとした食感のクッキーだ。一枚一枚が小さなナッツのようなのでクルミのクッキーといわれているようだが、伝統的な中国のものにはクルミは使われていない。わたしはクンクンとにおいをかいでみた。この厨房では伝統を守る保守派の路線を行っているのか、それとも表示された通りの材料を加えているのだろうか（クルミの入っていないクルミ・クッキーは伝統に忠実ではあるけれど、欧米的な発想の客に説明するのは、さぞや難しいだろう）。

焼きあがったもののなかに熱々のココナッツタルトがあるのを見つけて、思わずうっとりしてしまう。見たところは高級なマカロンのようだ。パイ生地に行儀よくおさまって夜のお出かけ（わたしの口のなかに来てくれたらいいのだけれど）に備えているような姿だ。そしててっぺんに真っ赤なチェリーがちょこんとのっている。

壁に寄せた二台のカートを見てようやくほっとした。それぞれのカートのラックには色鮮やかな砂糖衣をまとったカップケーキが並んだトレーがのっている。ケイリーが売っている商品にとてもよく似ている。いますぐにでもあの大きなトラックに――あるいは逃走した白いバンに――積み込めそうだ。

そのラックカートから少し離れてティーンエイジャーのやせた少女が座っている。デニムのスカートに紫色のTシャツ、そのTシャツにはキラキラ光るピンク色の子ネコの刺繍《ししゅう》。教科書に鼻を埋めるようにして、爪をピンク色に塗った指のあいだに鉛筆を挟んで動かしている。黒っぽい色の髪の毛が顔にかかっているので、わたしたちがちかづいているのに気づいていない。

わたしは一歩前に出て声をかけた。

「こんにちは……」

少女が顔をあげた。イミテーションの〈ヴェラ・ウォン〉のメガネの奥からこちらを見て目をパチパチする。そしてダンテ・シルバに気づいた瞬間、彼女の口があんぐりとあいた。

「こんにちは、マダム。なにかご用ですか？」

わたしに話しかけているけれど、少女はビレッジブレンドの芸術家《アルティスタ》兼バリスタをうっとりと見つめている。

ダンテは余裕しゃくしゃくで、彼女に向かってすばやくフレンドリーなウィンクをして見せる。彼女はまばたきをし、雷にでも打たれたみたいにぽとりと鉛筆を落とした。

「男女両用のマグネットがまたもや磁力を発揮しちゃった」

エスターにそれ以上皮肉をいわせないために、肘でそっと彼女を突いた。

われらがダンテの魅力をここでも活用できるかもしれない。ビレッジブレンドでは抜群の効果がある。日々、店を訪れるニューヨーク大学のおおぜいの女子学生にダンテは笑顔、ウィンク、そして熱いコーヒーをふるまっている。

もちろん、恋人気分を味わえるのはエスプレッソを抽出するあいだだけのこと。でもそこはイタリアン人のバリスタ。本物の恋人みたいに錯覚させてくれる——これはわたしが生まれ育った文化の伝統といっていい。それはちょうど、クルミの入っていない中国のクルミ・クッキーと同じようなもの。

わたしは咳払いして少女に少しちかづいた。

「ええ、ちょっとおききしたいことがあるの。わたしの娘と婚約者は結婚式を予定しているのよ。その時にお客さまにエッグカスタード・タルトをお出ししたいと思って」

少女はわくわくした様子でうなずく。

「そうですか！　それならぜひ——」

「エッグカスタードをおさがしですか？　それならここが正解ですよ！」

白いシェフジャケットを着た特大サイズの女性がいきなり角の向こうからあらわれた。両袖をまくりあげ、肉づきのいい腕のあちこちに小麦粉をつけたまま歓迎するように両腕を広げ、いかにも陽気な笑顔を浮かべている。

「ミセス・ピンがつくるものは最高ですよ。チャイナタウンできいてごらんなさい、誰でもそうこたえますからね。それにカスタード・タルトは縁起がよくて結婚式にはぴったり。とてもとても縁起がいいの」

「あなたはミセス・ピンですか？」わたしはたずねた。

「わたしはミセス・リーです。ミセス・ピンはわたしのナイナイ……祖母です。わたしは彼女の極上の菓子づくりの腕を継ぐいちばん若い女性の跡取りです」

そこでティーンエイジャーの少女が大きな咳払いをした。

ミセス・リーが腕組みする。「ええそうよ。勉強嫌いの怠惰な学生ではない女性としてはわたしが最年少」

少女は信じられないとでもいいたげに目玉をぐるりとまわすが、ミセス・リーはびくともしない。

「さあ、そこをどいて。お客さまにエッグカスタード・タルトをお持ちしてちょうだい。宿題の続きはその後でしなさい」

少女はさきほど落とした鉛筆を拾い勉強道具をまとめると、角を曲がって向こう側に駆けていった。ミセス・リーがくるりと向きを変えてわたしたちのほうを向く。

「どこまでお話ししましたっけ?」

わたしはにっこりした。

「ミセス・ピンについてうかがっていたところです」

「そう、ミセス・ピンはジミーズ・キッチンで働いていました。とても若い時に」

「香港のジミーズ・キッチンで?」

感動のあまりきき返してしまった。

ジミーズ・キッチンといえば、英国の植民地だった当時の香港では草分けといわれる西洋料理のレストランだ。なぜそんなことを知っているのか？　マテオ・アレグロのおかげだ。

いまから十年前、彼は香港のホテルの部屋からわたしに電話をかけてきた。スマトラの最高のコーヒーチェリーを求めてインドネシアを歩きまわるハードな三週間の旅を終えて彼は西洋料理を渇望していた。香港での乗り継ぎの際、旧友がジミーズ・キッチンで彼をもてなしてくれたのだ。

まずはエスカルゴ。やわらかでジューシーで、ガーリックとパセリのバランスが完璧だったそうだ。それからテンダーロインにフォアグラを添えた一品。ビーフと揚げたフォアグラのフュージョンだ。フォアグラの表面はカリッとして中はバターのような食感。デザートはジンジャープディングに熱々のカスタードソースをかけたもの。あの時の彼との会話は、レストランで食べた料理の味、食感、アロマのことばかりだった。あれはテレフォンセックスに限りなく近い会話だったと思う（それはいま話題にすべきではないだろう）。

「自慢のおばあさまですね」

よけいなことをいわないように気をつけた——どうしたらカスタードソースのレシピを教えてもらえるかしら、と思いながら。

ミセス・リーがふたたびうなずく。

「はい、ミセス・ピンのケーキ、パイ、エッグカスタード・タルトはとびきりの極上です。ある日、ミスター・ピンは彼女のエッグカスタード・タルトを味わい、それをとても気に入りました。ふたりは結婚しアメリカに渡り、大家族を築いたのです」彼女は賢者のようにうなずいて、さらに続けた。「ですからエッグカスタード・タルトは縁起がよくて結婚式にはぴったり。とてもとても縁起がいいのです」

ティーンエイジャーの少女がトレーを運んで戻ってきた。トレーにはワックスペーパーに載せたタルトが六個、そしてウーロン茶をいれたフォームカップが三つのっている。彼女は折りたたみ式テーブルにトレーを置き、立ち去る前にもう一度、うっとりとしたまなざしでダンテを見つめた。

ミセス・リーは左右の手のひらを合わせて微笑んだ。

「どうぞ召し上がってください」

食べることに関してダンテは無用な遠慮はしない。彼はタルトの半分をぱくっと頬張り、むしゃむしゃとおいしそうな音を盛大にたてる。

エスターはためらいながら少しかじる。味にうるさいのが自慢の彼女がいつになく黙り込む。言葉を巧みに操って絶えずなにかしゃべっているエスターが、食べ物に恍惚《こうこつ》となっている。

わたしはペストリーをつまみあげてじっと見つめた。まだ熱々だ。香港ではタルトは熱々で出てくるのが伝統だ。カスタードは黄金色でシミひとつない。てっぺんの部分にはカラメルになった黒っぽい部分がない（ポルトガルには一見これとよく似ているお菓子があるけれど、それはてっぺんが黒くなっている）。

ひとくち目にバターたっぷりのパイ皮を味わった——軽くてカリッとした焼きあがりでサクサクした歯ごたえ。パイ皮そのものの甘さはとても控えめで、卵の風味が豊かで滑らかなカスタードを引き立たせている。香港の昔ながらのエッグカスタード・タルトと同じく、このタルトにもナツメグなどのスパイスといった余分な刺激はないので純粋そのもの。そんなふうに考える前に、すでにたいらげてしまっていた。

「すばらしいわ」いわずにはいられない。「生地はパイ状で、しかもしっとりしている。カスタードはクリーミーで、ベルベットのような滑らかな舌触りはムースのよう。それでいてしっかり加熱されていて型崩れしない。とても控えめで、ひじょうにエレガント！　感動してしまったわ！」

　満面に笑みをたたえていたミセス・リーがさらにうれしそうな表情を浮かべた。いったいどうしたらそんな笑顔になれるのかと思うほど。

「母のいう通りよ」エスターだ。「わたしは伝統的な仏教式の結婚式にしようと計画しているの。ダウリー・トレー（結納品をのせた盆）にこのお菓子を載せたら、きっと華やかになると思う」

　すでに三つ目のタルトを食べていたダンテはそれをきいてむせた。

「ダウリー・トレー？　結納品がいるなんてきいてないぞ」

　エスターはにこにこしているミセス・リーのほうを向く。

「ダウリー・トレーのことをご存じですよね、ミセス・リー？」

「もちろんですとも。すてきな伝統です。花婿はあなたに二本のロウソクを贈ります。ふたつの家族が結ばれる象徴として、花嫁と花婿がそれぞれに火を点《とも》し、儀式のあいだずっとそのままにしておくのです」

「それならかんたんそうだ」ダンテがいう。

「花婿はさらに、お香をのせた盆を複数、お酒と珍しいお茶をのせた盆を複数用意します」

ミセス・リーが太い指で数えあげる。「食べ物としては果物、肉、穀物または米、甘いお菓子などもね。最後にりっぱなジュエリーをのせた盆です」

「残念だけど、費用を抑えなくてはならないからダウリー・トレーは六つだけにしておくわ」

エスターは親指でぐいとダンテのほうを指す。

「現実を見なくてはね。この負け犬にジュエリーを用意させるなんて不可能だわ」

ダンテが眉をひそめる。

「いいか、わたしは負け犬ではない。きみが望むなら、トレーを七つ、いや八つでも用意しよう」

それをきいてミセス・リーが青ざめた。その動揺ぶりときたら、つくりたての甘い月餅《げっぺい》の中身を入れた大きな樽に魚屋の店先で動いていたナマズが落ちたとでもいわんばかり。

エスターが激しいいきおいでまくしたてる。

「黙りなさい、花婿！　まだなにも始まっていないうちに、わたしたちの結婚を冒瀆《ぼうとく》するつもり？　仏教の伝統ではトレーの数は六、あるいは九と決まっているの。七と八は不吉なのよ」

ミセス・リーは厳かな表情を浮かべる。

「伝統を重んじなくてはね、花婿さん。七はよくありません。とても縁起が悪いのです」

順調だ。この人のいい女性はすっかりわたしたちの芝居を本気にしている。そろそろカップケーキ・クイーンの話題へと誘導してもいいだろう。

「こちらではカップケーキも焼いているんですね」

わたしはベーカリー用のラックカートのほうを示した。

「あそこに並んでいる商品はおいしそうね。予約済みなのかしら?」

「いいえ、あれはわたしの仕事とは別なんですよ」ミセス・リーが説明する。「ほかの人が焼いたものです。わたしたち一家の人間ではありません。彼女はお金を払ってここの厨房を使っています。孫息子がそういう契約を結んだんですよ」

「孫息子さんが?　じゃあ彼女はきっとお友だちなのね。あ、それより恋人かしら?」

内緒話をするように声を落として、なにもかも心得ているという表情でミセス・リーの油断を誘った。ねえ、母親と祖母という立場でおしゃべりしましょう!

「ふたりは昨年出会ったのよ」ミセス・リーはさっそく話に乗ってきた。「ジェフリーはフード・トラックでドラゴンファイアーというレストランをやっているの。とてもおいしい食べ物を出すのよ。ケイリーという娘さんもフード・トラックで甘いお菓子を売っているわ。ふたりは相思相愛なの!」ミセス・リーは心底うれしそうに微笑む。「そしていま彼女とわたしたちは同じ厨房を使っているの。こちらの若いカップルみたいに、あのふたりも結婚するかもしれない。しないかもしれないけれどね。どうなるか、見ていましょう!」

「まあ、ロマンティックね」わたしは調子を合わせる。「そんなロマンティックな話をきくと、ぜひわたしたちのメニューにカップケーキも加えたくなるわ。今日はその娘さんはここにいらっしゃるのかしら？　この建物の前に停めてあったバンは彼女のもの？　警察官が駐車違反の切符を切っていたからよく憶えているわ。あなたも見たでしょう、エスター？」

「ええ、見たわ！　確かバンパーに挟んであったわよね？」

「彼女の運転手に連絡すべきじゃないかしら」

「いいえ、ちがいます！　それは彼女のバンではありません！」ミセス・リーが手をばたばたふって否定する。「彼女のバンは壊れたからいま修理工場です。そのことで彼女は今朝、こぼしていたわ……」

わたしはエスターとダンテのほうをちらっと見た。彼らも茫然とした表情だ。バンが修理工場に？　偶然というにはあまりにもタイミングがよすぎる！　ケイリーはあのバンを修理して再塗装できると本気で考えているのだろうか？　轢き逃げの証拠を完全に消せると思っているの？　うまくいくはずがない。わたしたちは絶対に彼女を逃がさない！

「あなたたちがカップケーキを買う、彼女はそれを配達する、ノープロブレム」ミセス・リーはなおもわたしを安心させようと話し続ける。「わたしにはもうひとり、孫息子がいます。あの子がいちばん歳下。ジェフリーと娘さんのもとで働いています。ビリーはいつでも時間通りに配達をします。あら！　ちょうど来ました！　直接あの子から話を……」

「こんなところでなにをやっているんだ⁉　なんで彼らと話なんかしているんだ？」

わたしたちの背後から怒鳴り声がしてミセス・リーがぎくっとした表情になり、それっきり口をつぐんだ。ふり向いたわたしは、悪夢が現実になったのを知った。ミセス・リーのいちばん若い孫がこちらを向いて立っている——怒り狂ったドラゴンが。

18

　全身黒ずくめのビリー・リーは不敵な笑みを浮かべてわたしたち三人を見ている。ぴったりした〈スピード〉のウェアに覆われた筋肉がさざ波のように揺れる。頭のてっぺんで結わえた真っ黒な髪から黒い〈ナイキ〉の靴まで黒一色のなかにごく少量、黒以外の色がある。ぴったりしたタンクトップに真っ赤な血が飛び散ったような書体で書かれたドラゴンファイアーのロゴ——彼の従兄弟《いとこ》のフード・トラックのロゴだ。

　ドラゴンのタトゥのある若者にまちがいない。彼が昨夜ケイリーのカップケーキ・カートに乗っているのをわたしは見た。そして彼はわたしが警察に通報すると脅したのをきいていた。

　ビリーとケイリーのフード・トラックがビレッジブレンドの前から離れるのを見ていた人は、確実に何十人もいる。でも果たして彼らはほんとうに立ち去ったのだろうか？　もしかしたらビリーはあのフード・トラックからそっと降りて、わたしたちの店から角をひとつ曲がったところに停めていた白いバンの運転席に座ったのかもしれない。リリー・ベス・タンガを轢いたのはミセス・リーのドラゴン・ボーイなのだろうか？

　真昼の決闘のようなこの瞬間、激しい怒りをぶつけて叫ぶべきなのはわたしだった。とこ

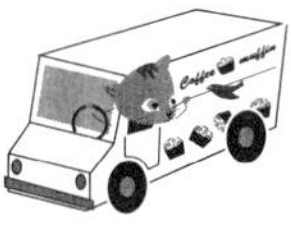

ろが怒りに拳を震わせているのは、ビリーなのだ。彼の表情がゆがみ、たくましい腕に描かれたくねくねとした生き物を連想させる。

「なぜここにいる⁉　なにをかぎまわっているんだ？　俺たちの商売を妨害するためか？」

いきなり彼がわたしに向かって突進してきた。

「やめて、やめなさい！」ミセス・リーの悲鳴があがる。

ダンテが飛び込んできてわたしを押しのけた。そしてアーティストとして鍛えたたくましい腕をまっすぐに伸ばしてビリーの薄い胸を押す。

「後ろに下がれ」

しかしビリーは武術の技でダンテの腕を強打して払いのけ、ダンテの顎をめがけてパンチを繰り出す。エスターが叫び、ダンテがよろけて後ずさりしたのでビリーは打ち損ねた。

ビリーは悪態をついてまたもや拳をふりあげる。

今度はエスターが飛び込んでいき、彼のドラゴンファイアーのロゴを殴りつけた。「わたしのフィアンセから離れなさい！」

ビリーがその場で固まった。エスターのビスチェが激しく揺れるのに目を奪われているのだ。彼女のパンチは相手にたいしたダメージを与えなかったけれど、混乱させて頭のなかを真っ白にすることに成功した。ここでようやくミセス・リーが介入した。

高齢の祖母だけが使いこなせる武術の技で孫息子の耳たぶを二本の指でつまんで強くひっぱる。ドラゴン・ボーイは驚いた子犬のようにキャンキャン甲高い悲鳴をあげ、彼のなかで燃え盛っていた炎が出ていってしまった。

ミセス・リーは人並みはずれた体重にものをいわせて、すっかりおとなしくなった孫息子を厨房の向こうの端にひっぱっていった。

エスターとわたしはすぐさま逃げ出した。といってもかんたんではない。抵抗するダンテを押して無理矢理階段をおろしていくのはひと苦労だった。口々に悪態をつきながら三人そろって緑色のアーチ形の出入り口を通って急ぎ足で歩道へと出た。

「どうしてこんなふうに出されなくてはならないんです？」ダンテが叫ぶ。「あいつはリリー・ベスを轢いた野郎ですよ！　制裁を加えなくては！」

「制裁を加えるのはわたしたちの役目ではないわ。法を超越することは許されない。ここで突き止めたことを警察に伝えるのよ。わかった？」わたしはダンテを諭した。

「しかし、彼はきっと――」

「警察に伝えましょう」そう繰り返して、ダンテの怒りを鎮めようとした。いまは彼の体内を大量のアドレナリンがめぐっている状態だ。「わたしのいうことをきいて。正義がおこなわれるのを見届けるために活動することと、自分で制裁を加えることとはちがうのよ」

「そうよ、落ち着きなさいよ」エスターが彼の腕をぐっとひっぱる。「いいからこっちに来て……」

そのまま彼女はダンテをひきずるようにして通りを横断し、向かいの餃子店のビニール製の雨よけのカーテンをくぐった。見た目はくたびれているが、おいしいものを食べさせてくれる彼のお気に入りの店だ。

「ここで豚まんでも食べなさい」

「あのガキはボスに暴力を働こうとした！」いま横断した道の向かい側をダンテが指さす。

「豚まんなんか食べている場合か！」

「食べればどうにかなるわよ」

「声が大きすぎるわよ」わたしはふたりをたしなめた。

狭い店内は満員だった。大部分の客は広東語を話しながら食べるのに忙しくて、わたしたちを無視している。ここでひと悶着起こすことだけは避けたい。でもダンテにはきちんと伝えておきたかった——。

「あなたが助けてくれてほんとうにありがたかったわ。飛び込んでくれてありがとう」

エスターが膨れっ面をする。

「え、じゃあわたしは？　温め直したスチームミルク？」

「あなたも、ありがとうエスター。とても勇敢だった。見事な破壊力だったわ」

ダンテが鼻を鳴らす。

「破壊力というか、豊満力というか」

「どういう意味？」エスターがかみつく。

「きみが相手にショックを与え、頭を真っ白にさせたのは、拳の威力によるものではないということだ」

「口喧嘩はやめて。さもなければ、あなたたちの結婚式をキャンセルしますよ」

「ええ結構よ、お母さま」エスターはため息とともにいい返す。「だってこんな状態ではろくな式にならないもの。カップケーキも、エッグカスタード・タルトもない。ダウリー・トレーの数は縁起が悪い」

ちょうどその時、通りの向こうで動きがあった。肘で突いてエスターとダンテに知らせた。緑色のアーチ形の入り口の脇にある謎めいた黒いドアがすっとひらいた。なかはエレベーターのシャフトだ。金属製の檻《おり》とでもいったらいいような、とても古いタイプのカゴが止まっている。

カゴからドラゴン・ボーイともうひとりの若者が車輪のついたカップケーキ用のラックを押して降りてきた。そのすぐ後から三人目の男が降りて、日の当たるところに出てきた。

「三人目の男はなにを運んでいるのかしら？」わたしはささやいた。

その男は巨体の持ち主で、ほかのふたりよりも年長だ。そして両肩にひとつずつ、ぱんぱんに詰まった黒い袋を背負っている。袋は船員用リュックほどの大きさだ。

「ほんと、奇妙な感じ。黒い袋になにが入っているのかしら？」

「飲食店に納める商品ではないわね。そういうものならきちんとした箱に入れるはずだし、ビニール袋に果物や野菜を入れて運んだりもしないだろうし」

「遺体袋といってもいい大きさ」エスターが不安そうにいう。

ダンテが眉をひそめる。「追いかけましょう」

「少し距離を置きながらね。暴力沙汰はもうごめんよ」

「でも、もし――」

「でも、なんていわないで、ダンテ。あなたの祖母ではないけれど、ボスのいうことに従ってちょうだい」

「ぐずぐずしていたら彼ら、行ってしまうわ!」エスターが叫んでビニール製のカーテンを押して外に出ると、そのまま駆けだした。舗装されたモスコ・ストリートに彼女の靴のヒールが当たってカッカッと音をたてる。

ダンテがわたしをちらっと見た。

「ビスチェを身につけた女性が走るのはまずい。絶対にまずいですよ」

ぴょんぴょんと元気いっぱいに走っていくエスターにわたしたちが追いついたのは、その区画が途切れるあたりだ。三人そろってそっと角の向こうをのぞいた。ケイリーのバンは見当たらない。が、ドラゴンファイアーのフード・トラックが停車しているのを見つけた。

あざやかな赤に金色の装飾を施した車体に描かれているのは、とぐろを巻いたドラゴンの姿。とても凝った絵で、ドラゴンの口からは火炎が噴き出し、巨大な中華鍋の下に熱を送っている。

「まあクールなデザイン」エスターがつぶやく。

男がかついでいた大きな黒い袋をトラックに積み込む。つぎにビリーともうひとりの若者が運んできたケイリーのカップケーキのラックカートがスチール製の傾斜台から詰め込まれて、ドラゴンの腹のなかに入っていく。

「今日のメニューはなにかしら?」エスターが首を伸ばすと、すさまじい剣幕の男性の声がきこえた。

「ちくしょう!」

一瞬、見つかったと思った。しかしその声はマルベリー通りの向こう側、コロンバス・パークのほうからきこえてきた。

「いったい誰のしわざだ⁉」

男性がカンカンになって流線形のBMWの周囲をぐるぐるまわっている。窓という窓にトゥー・ホイールズ・グッドの自転車のロゴがついたオレンジの蛍光色のシールが貼られている。何十枚も。

男性はシールを睨みつけて剝がそうとするが、接着剤が強力で手に負えない。どうがんばっても車のキーで少しひっかく程度だ。

「どういうこと?」わたしは声に出した。

「やつのBMWは自転車レーンに指定されている部分のまんなかに違法駐車していたんです」ダンテが説明する。「せいぜい駐車違反の切符を切られる程度だろうと予想していたんでしょう。ところがフェアウェイの仲間はそんな手ぬるいことでは許さないんでしょうよ」

「そうそう。ビッグブラザーはいつも見守っているのよ。というよりも、ビッグシスターかしらね。ほら、あそこの彼女」エスターが指をさす。

縮れた金髪をポニーテールにした、いかにも運動選手といった筋肉のついた身体つきの若い女性がいる。銀色のスポーツブラとサイクリング用の短パンを身につけ、額にピンクのスウェットバンドをつけた姿はまるで闘うバービー人形のよう。細長いコロンバス・パークの中央で、光沢のあるクロムメッキの競技用自転車にまたがっている。彼女はうれしくてしかたないという表情でクスクス笑いながらスマートフォンのカメラでＢＭＷの男の反応を撮ろうとしている。

「わたしたちはやるべきことをやるまでです」

ダンテがフェアウェイの言葉をそのまま口にした。

ダンテはあきらかに感動している。そしてエスターも。法律違反の常習犯に対する日頃のうっぷんが溜まっているのだ。男性でも女性でも、自分だけは法や規則に縛られないと考えている人々がこの街にはいる。彼らは金銭的な余裕があるから駐車違反の罰金や弁護士費用の支払いなど痛くも痒《かゆ》くもない。そして自分の都合のいいように法や規則を平気で曲げようとする。

腹立たしいのはわたしも同じだ。でも、だからといって犯罪行為が許されるわけではない。それはただの破壊行為だ。闘うバービー人形はＢＭＷの男の嘆きを見てよろこんでいるけれど、もしも彼がそこに駐車した理由が、幼い娘が行方不明になったから、年老いた母親が心臓発作を起こしたからとわかったらどう思うのだろう。

フェアウェイの仲間たちはどこまでやるつもりなのだろう？　もっと悪質な場合（あくま

でもフェアウェイたちの目から見て)、彼らの違法ぶりはさらにエスカレートするのだろうか？〝より大きな善〟を実現するためには手段を選ばないのだろうか？

ちょうどその時、ディーゼルエンジンの音がとどろいた。ドラゴンファイアーのフード・トラックが縁石から離れ、マルベリー通りをゆっくりと進んでいく。

わたしは腕時計を確認した。「まだ時間がある」

「なんの時間ですか、ボス？」エスターがたずねた。

「とちゅうで話すわ。タクシー！」

19

「あのフード・トラックを追いかけて！」

「なんと？」タクシーの運転席からドライバーがこちらをふりむく（タクシーの免許証によると名前はミスター・ジュン・ホン）。移民してやってきたと思われる彼はしわの刻まれた顔をしかめて、わたしにたずねた。

「どちらまでとおっしゃったかな？」

「前方にトラックが見えるでしょう？　ドラゴンが火を噴いて巨大な中華鍋の下に熱を送っているあのトラック、見えるわね？　あのトラックを見失わないように追いかけて欲しいの」

わたしの左側に座っているエスターがメガネを押しあげる。

「あらまあ、ボス。食べたいなら、あの店に戻って豚まんを注文しましょうよ」

「目当ては中華鍋ではなくて、積み荷よ」

「カップケーキですか？」右側に座ったダンテがいう。

ふたりに挟まれてわたしは首を横にふる。「黒い袋のほう」

わたしたちの長い冒険は、コロンバス・パークに沿って走るマルベリー通りからスタートした。

エスターが指摘した通り、この一帯には歴史が刻まれている。緑いっぱいの落ち着いたこのあたりは、一世紀以上前には国内で有数の危険なスラム街といわれたファイブ・ポインツがあった場所だ。そこでギャングたちが繰り広げる凶暴ななわばり争いに業を煮やしたニューヨークの指導者がスラム街を一掃し、こうして公園となった。

当時のイタリア人街のコミュニティにちなんで「コロンブス」の名前が公園につけられたのだ。やがてアジア系の移民が殺到し（いま運転しているミスター・ホンもそのひとり）、リトルイタリーはすっかり縮小してしまい、いまではレストラン、カフェ、土産物屋が並ぶ数区画だけとなった。今日、ファイブ・ポインツという名前はノーホーのレストランの名前として、そしてダンテが大事にしているアーツ・コレクティブの名前として残っているだけ。ダンテたちはこの近くの、以前に消防署だった建物を使っている。

バヤード通りとぶつかる交差点で右折したところで、わたしたちのタクシーは動きが取れなくなってしまった。そこからモット通り、そしてカナル通りへと、かなり短距離を移動するだけで十五分ちかくかかった。

「あーあ」エスターがため息をつく。「チャイナタウンでは〝四輪車〟はどうしても不便よね」

車道はとても狭く、両側の煉瓦造りの五階と六階建ての建物――その大半は十九世紀に住居として建てられたもの――は巨人が立っているような圧迫感だ。そこに配送のトラックとカーゴバンがひしめき合って通せんぼをしている。ドライバーたちは道路の片側に車を停めて箱や樽、大型容器をおろす。エンジンをかけっぱなしで作業している場合もある。

わたしたちのタクシーは中国式のテイクアウトのレストラン、ヘアサロン、ドライクリーニング店、八百屋をいくつか、漢方薬局を二店、人気のある鍼治療のクリニックの前をゆっくりと進んでいく。

「写真を投稿《ピン・イット》！」（ピンタレストのピン・イット・ボタン）エスターが叫んだ。

ダンテがあきれたような表情を浮かべたので、わたしは仏塔のような建物を指し示した。地階にはジュエリー店とベーカリーが入っている。

「この場所はかつてチャイナタウンの有名なギャングの本部だったんですって。マイクからきいたことがあるわ」

「安良堂《アンルン》です」

運転手のミスター・ホンが説明してくれた。

それによると、現在ここはチャイナタウンの実業家たちの商業組合に過ぎないが、この場所では百年ちかく――一九九〇年代まで――安良堂という「工商会」のリーダーたちがゴースト・シャドウズというギャング団と組んで商店から上納金をあつめる組織を運営していたそうだ。

「すてきな名前ね」エスターがいう。

「かもしれません。しかし手口は――それほどすてきではなかった」ミスター・ホンがこたえる。

　その程度ではイタリア人たちには太刀打ちできないと指摘したのはダンテだ。なるほど、そうにちがいない。ここからほんの数区画先のリトルイタリーはすっかり縮小してしまったが、かつてそこのカフェではジェノヴェーゼ一家が「社交クラブ」を催し、違法賭博場を運営していた。彼らのパーティーに終止符を打ったのはマフィアの撲滅に乗り出したルディ・ジュリアーニだった。

　後に市長選（大統領選挙にも立候補を表明した）に出馬したジュリアーニはニューヨーク連邦検事としてRICO法にもとづいて大鉈《おおなた》をふるい「五大ファミリー」を一掃した。恐喝、労働組合搾取、依頼殺人などで彼らを検挙して四千の有罪判決を勝ち取り、逆転判決はわずか百ほどだった。

「さぞやすかっとしたでしょうね。悪者に法の裁きを受けさせることができて」わたしはいった。

「は！」ミスター・ホンが吠えるような声を出す。

「あなたはそうは思わないの？」

「悪いやつらがあなたの首に懸賞をかけてもすかっとしますかね？」

「わからないわ。そんな目にあったことがないから」

「ちょっと待って」ダンテが話を遮る。「つまりジュリアーニはマフィアのプロの殺し屋から狙われたということか？」

タクシー運転手とわたしはうなずく。

「いくらで?」ダンテがたずねた。

「最初の契約は八十万ドル。二度目は四十万ドル」ミスター・ホンがこたえる。

「それほどの大金のようには思えないけど」エスターがいう。

「悪党にとっちゃ大金だ! ルディ・ジュリアーニは今は弁護士に戻ったらしいが、運のいい男だ」

わたしたちの車はやっとのことで混雑を抜けて、かつては安アパートだった建物が並ぶ薄暗い通りを脱した。角を曲がってバワリー通りに入ると、ふたたび広い世界に出た気分だ。それまで遮られていた光が一気にふりそそぎ、空が広がっている。六車線の大通りは建物と建物のあいだに広々とした空間があり、比較的新しい建物が並んでいる——ひときわ目を引くのは孔子《コンフューシアス》プラザだ。

この現代的な摩天楼は、連邦政府が助成金を支給するプロジェクトとして建てられたものだ。それまでモット通り、バイヤード通り、マルベリー通りあたりにぎっしり立ち並ぶ安アパートにぎゅう詰めになっていたチャイナタウンの住民に手が届く価格の住宅を供給する目的で初めて建てられた。

「あれが孔子《コンフューシアス》プラザですよ、見えますか?」

ミスター・ホンが誇らしげに指をさす。

「あそこには診療所、公立の学校、デイケアセンター、七百戸のアパートがあります。しかし、いちばんおおぜい人が訪れるのはどこだと思います？」

「知りたいわ」エスターがいう。

「孔子像です」彼が指さした先には高さ四メートルあまりのブロンズ製の彫像があり、わたしたちのタクシーはちょうどその前を過ぎた。

わたしはにっこりした。「あなたはこの哲学者のファンにちがいないわね、ミスター・ホン？」

「孔子は中国文化におけるロックスターですからね。孔子の教えは『論語』に書かれています。わたしはすべてのページを読んでいます。『ハリー・ポッター』よりもずっといい」彼が笑う。

「『論語』はまだ読んだことがないけれど」わたしは素直に白状した。「孔子はひじょうに賢い人物だったそうね。いまのわたしたちも彼の教えから学べることがあると思うわ」（中国の封建制の時代、陰謀と悪徳が蔓延した世の中で孔子は君主たちに、より高い倫理と道徳水準に拠って生きるよう説いた）。

「あなたがなぜ図体の大きな龍の中華鍋を追うのかは知りませんが、いまのあなたの意見は正しいです。そう、その通りなのです」

タクシーはさらにスピードをあげてすいすい走り、角を曲がってイーストリバーと平行に走る道路に出た。上にはマンハッタンの東側の端をずっと走るハイウェイ、ＦＤＲが走っている。交通量の多い道をスピードを出して走るうちに、目的地があきらかになった。サウス・ストリート・シーポートだ。

この複合施設は十二区画を占める規模で、なかにはロウアー・マンハッタンのもっとも古い建築物も含まれている。心臓部にあたるのはドックを改築したピア17。ガラス張りの現代的なショッピングモールがあり、流れの速いイーストリバー、ネオ・ゴシック様式の鋼鉄製の長い吊り橋がみごとなブルックリン橋の眺めを楽しめる。海洋博物館、海洋生物保護研究所、民間が所有する歴史的な艦隊としては最大級のものもある。一八八五年頃に貨物船として使われた全装帆船もある。

エスターの話では、このあたりは詩人ウォルト・ホイットマンや作家ハーマン・メルヴィルゆかりの土地だそうだ。ホイットマンはこの港を「マストの森」と描写し、メルヴィルは文学史に残る小説の最高傑作『白鯨』を執筆したが、その小説からの収入がまったくなかったので、ここで税関の検査官の仕事に就いた。

「あそこに彼女が!」エスターが指をさす。「ケイリーのトラックが!」

まさしくそこには虹色のカップケーキ・カートがいた。エッフェル塔のついたサイケデリックなケイリーの車はピア17のちょうど向かい側の縁石のところにクジラのように横たわり、客が列をつくってカップケーキ・クイーンの退廃的な商品を夢中で頰張っている。

「絶好のロケーションだ」ダンテがいう。

「いろいろな意味でね」

エスターはわたしの言葉の意味を理解した。「神さま、あのバタークリームをうちの店から遠い遠いところに連れていってください！」

「そしてブルックリンからも」わたしはつけ加えた。「とりわけ今日はね」

ケイリーを見つけて、わたしたちはひと心地ついた——そして偵察活動が実を結んだと誇らしかった。三人とも、考えていることは同じだ。あのドラゴンファイアーのトラックを追跡したらここまできた。ということは、ケイリーの白いサービスバンは使われていないというなによりの証拠だ。となると昨夜の残忍な轢き逃げに使われた車輌は、まさに彼女のバンだったという疑いが濃厚になる。

マイク・クィンの声がいまにもきこえてきそうだ。「よくやった、コージー。犯行の動機と機会、そして凶器まで突き止めた」

ところがドラゴンファイアーのトラックはケイリーのカップケーキ・カートの脇を素通りするではないか。それを見て、昂揚《こうよう》した思いが吹っ飛んだ。

「ちょっと！　いったいどこに行くの？」エスターが叫ぶ。

「どういう意味ですか？　トラックを追っているんです！」ミスター・ホンがこたえる。

「ちがう、あなたのことではないの」

「そのまま追ってください」わたしはミスター・ホンにいった。

ドラゴンファイアーのトラックはケイリーの車のところにも、周囲の観光客のそばにも停まらなかった。でも希望が消えたわけではない——ジェフリー・リーの走るドラゴンはまだこの一帯を完全に離れたわけではないのだ。近くのジョン通りで右折し、もういちど角を曲がり、その区画のまんなかあたりのなかほどにちかいファストパークの駐車場の隣で停まった。

「停まって、ミスター・ホン！　あまりちかづきすぎないでね！」わたしは叫んだ。

タクシーは二重駐車し、わたしたちはそのまま車内で待った。

「レディ、降りますか？」

「まだ。メーターはまだ止めないでね、お願い」

「わかりました。あなたのお金だ」

「ほんとに、すごい金額」着々と数字が増えていくメーターをエスターが指さす。

さほど長く待つ必要はなかった。ドラゴンファイアーのトラックから、チャイナタウンで乗り込んだ巨体の男性が降りてきた。彼が歩道にあがろうとするのを見てダンテが悲痛な声をあげた。

「ああ！　ドラゴンファイアーのトラックに載っているカップケーキがこんなところで降ろされて配送先がケイリーでないとすると、彼女の白いバンがいま使えないという根拠がまったくなくなってしまう！」

「そうね。説明がつかなくなるわ。とにかく、どうなるのか見ていましょう……」

わたしたち四人（ミスター・ホンも含めて）は、金属製のドラゴンからつぎになにがあらわれるのかを、目を凝らして待ち構えた。

「見て！」エスターが叫ぶ。

歩道の大男がなにかを受け取っている――カップケーキではない。モスコ通りで積み込んだふたつの大きな黒い袋のうちのひとつにちがいない。彼はそれを肩まで引きあげ、そのまかついで車数台分の距離を運んだ。そしてすぐに左折し、そのまま路地に姿を消した。

「さて、行き先はどこかしら？」わたしはつぶやいた。

「路地に入りますか？」

ミスター・ホンは興味津々といった口調でたずね、ギアを入れた。が、わたしは彼を止めた。

「このまま停まっていて。彼に警戒心を起こさせたくないから」

「どうなっているのか見てきます」ダンテがドアをいきおいよくあける。わたしは全力で彼をひっぱり戻した。

「ビリー・リーはまだトラックに乗っているのよ！　あなたがちかくを歩いているのを彼に見られたら、またぶつかるでしょう！」

「かまいませんよ」ダンテがきっぱりという。「あんな子ども、いくらだってやっつけてやる」

「だめよ、ダンテ！　それはやめて！」

「じゃあ、なぜわれわれはここにいるんです？　ここからではなにも見えない。なにが起きているのかわからないですよ」

なんとか考えなくては！

「ミスター・ホン、地図はあるかしら？」

「地図ですか！　なんのために地図が必要なんです？　このミスター・ホンがついているのに」

「ええ、わかっている。でもいまは大きな紙の地図が必要なの。紙の地図ならなんでも――」

「紙の地図はないですね。カーナビですよ」

「バッグに地下鉄のマップがあります。それで役に立ちますか？」エスターだ。

「完璧よ！」

わたしが地図を広げるのを見てダンテが顔をしかめた。「ボス、いったいどうするつもりですか？」

「そのまま動かないで」わたしはダンテの向こう側に移動しようとしたが、彼に腕をつかまれてしまった。

「ボスを行かせるわけにはいきません」

「暴力沙汰にだけはしたくないの、ダンテ。それにわたしの店のナンバーワンのバリスタの手はパンチするためにあるのではないわ。絵を描くために使うべきよ」

ダンテの肩をぎゅっとつかんできっぱりといった。

「わたしにまかせて」

20

大きな長方形の紙を顔の前に広げたまま、人ごみにまぎれて歩道をぶらぶらと歩いていく。アイドリングしているドラゴンファイアーのトラックの前を通り過ぎて路地の入り口まで来た。そこで身体の向きを変え、ビリー・リーに顔を見られないように地図を掲げたまま、薄暗い路地をのぞき込む。

細い道でふたりの男が小声で話している。ドラゴンファイアーのトラックから降りた大男と、彼よりも年長で小柄な中国人らしき人物。彼には見覚えがない。英語ではない言葉で会話するふたりの後ろには戸口があり、ドアがあけっぱなしになっている。

はっきりとはわからないが、どうやら店の裏口らしい。確実なのは、黒い袋が消えていることと、大男が黒い袋を戸口のなかに置いたこと。

会話の内容さえわかれば……。

思い切って路地に入って数歩ちかづいてみた。ちょうどふたりは別れの挨拶をしているらしく、大きな声が煉瓦造りの高い壁に反響した――。

〝下個禮拜《ハー・ゴ・ライ・バーイ》！　下個禮拜《ハー・ゴ・ライ・バーイ》！〟

大男がくるりと向きを変えてこちらに向かって大股で歩き出す。

じっとしていては駄目、クレア……。

全力で駆け出した。ドラゴンファイアーのトラックの前に来た時、ちょうどビリー・リーがフロントガラスからこちらを見ていた。顔の前にはまだ地図を掲げているけれど、走っているのでどうしても目を引いてしまう。

「おい！　その地図！」ビリーが叫ぶ。

わたしの下半身だけを見て気づいたのだ。声を無視してそのまま走って道を横断し、ビリーの注意がタクシーに向かないようにした。それからひょいと角を曲がり、彼の視界から消えた。どうか彼がわたしを追いかけてきませんように。彼といっしょにトラックに乗っている人物が、追いかけるのは（そしてわたしをボコボコに殴るのは）時間の無駄だからやめろと引き止めてくれますように。

願いが叶ったらしく、広東語で怒鳴り合う（口論しているのか？）ふたりの男性の声がきこえたかと思うとディーゼルエンジンの音がとどろいた。わたしは深呼吸をひとつして角からそっと様子をうかがった。ドラゴンファイアーのトラックがビリーを乗せたまま遠ざかっていくのが見えた。

安心して大急ぎでミスター・ホンのタクシーに戻り、窓から頭を突っ込んだ。

「どうでした、ボス？」エスターが叫ぶ。

「なにを見たんですか？」ダンテは問いただすような口調だ。

「有罪にできるようなものはなにも見つからなかったわ。でも、ひらめいたことがあるの」

ミスター・ホンは父親が心配するような表情で眉をひそめた。

「レディ、大丈夫ですか？　助けが必要ですか？」

「じつは、そうなの。あなたに面倒をおかけするけど、ひとつ質問していいかしら？」

「面倒？　面倒なことなどない。質問してください！」

「あなたに通訳してもらいたいの。たぶん広東語だと思うのだけど、『ハー・ゴ・ライ・バーイ！　ハー・ゴ・ライ・バーイ！』というのは？」

「かんたんです。『また来週！　また来週！』という意味です」

〝また来週。つまりこういう配送は頻繁にあるということね。やっぱり！〟

「乗りますか？」ダンテがドアをいきおいよくあけた。

「数分後に戻るわ。ここから動かずに待っていてね。すぐに戻るから！」

さきほどよりもゆっくりと歩道を走り、今回は路地を通り過ぎてつぎの角まで来た。左折した通りには店がずっと連なっている。角は花屋、その隣は観光客目当ての商品を飾った小さな店。ニューヨーク土産のTシャツとトートバッグ、小さな自由の女神像、ヤンキースの帽子、ボブルヘッド人形など。

〝ここだ……〟。ここにちがいないと直感でわかった。ドラゴンファイアーのトラックに積んだあの黒い袋はこの小さな店の裏口に届けられたのだ。

深呼吸をひとつしてから、そぞろ歩きを装ってできるだけさりげなく店の入り口まで来た。狭い店内はシャツ、ポスター、雑多な土産物でぎっしりと埋め尽くされている。〝どこにある？〟。その隣は女性用の靴店だ。わたしの勘が当たっているかどうか、確かめてみなければ。

「いらっしゃいませ、マダム？」店員が声をかけた。

「ちょっと教えていただきたいの。お隣の靴屋の女性にきいたんですけれど、こちらではプライベートな商品を売っているそうで……」

数分後、戦利品を手に持ったわたしはダンテを乗り越えるようにしてタクシーの後部座席の中央に座った。

「どうでした？　あの大きな黒い袋の中身はわかりましたか？」エスターがきく。

「あの袋からなにかを取り出すのをこの目で確かめたわけではないわ。でもうまいことといって店の奥まで入り込んだの。似たような黒い袋がたたんで隅に置かれていたわ。そしてその周囲の棚にはとても興味深いアイテムがいくつも並んでいた。チャイナタウンであなたが欲しがったものよ」

「わたしが？　なにを欲しがったかしら？」エスターは当惑した面持ちだ。

こたえる代わりに白いビニール袋を渡した。

「中身は？」彼女がきく。

「ケイリー。そうコメントするのがふさわしいと思う」

エスターが袋をあけた。

「わたしが目をつけたイミテーションの〈コーチ〉のバッグ！」

「安物はしょせん安物よ、エスター。ダウリー・トレーがあってもなくても、いつの日かきっと、あなたは本物のすばらしい花嫁になるわ」

「それはそうと、カップケーキはどうなるんです？　ドラゴンファイアーのトラックはどこかに行ってしまいましたよ」ダンテがいう。

「じつはね、そのことについても勘が働いたのよ……」

わたしはミスター・ホンに頼んで角でUターンしてサウス・ストリート・シーポートの中心部に戻ってもらった。思った通り、ピア17とフルトン・ストリートの石畳の道のあいだでジェフリー・リーの走るドラゴンを発見した。カップケーキ・クイーンのトラックの真後ろに駐車している。

「あのトラックはイミテーションのバッグの配送を終えてから、同じ道をここまで戻ったのよ、きっと……」

タクシーのなかから見ていると、ビリー・リーが従兄弟のトラックからケイリーのトラックにカップケーキを移している。

「やっぱりね」見事に勘が的中して誇らしい気分だ。「ケイリーの尻尾をつかんだわ！」

後は、こうして突き止めた事実をバックマン刑事に説明するだけ。それでリリーの轢き逃げ事件は解決するだろう。

「つぎはどこに?」エスターがたずねる。

「ビレッジブレンドに帰るわ」

わたしたちのために運転してくれているひじょうに協力的なミスター・ホンに感謝を述べチップを弾むことを約束してから、ふたりのバリスタには濃くて強力なエスプレッソをごちそうすると約束した。いまのわたしたちにどうしても必要なものだ。ダンテはこれからトラックに絵を描かなくてはならない。エスターは特別資金援助の責任者にしっかりと印象づけなくてはならない。わたしたち全員に、これから長い一日が待っている。

「ここでやるべきことはやったわ、ミスター・ホン。もうここを離れるわ」

「別のトラックを追っかけるのかな?」

「FDRを走っていればね」

数分後、ハイウェイを走っている車中でわたしの携帯電話の着信音が鳴った。わたしがエッグカスタード・タルトの味見をして、ハンドバッグのコピー商品の業者を追跡しているあいだに、マックス・バックマンがビレッジブレンドに立ち寄っていたらしい。彼は十分待って、電話をかけてきたのだ。

「すぐに着きますから!」ミスター・ホンの車の後部座席からバックマンに約束した。「最大でも十五分。そのままでいてください!」

「クレア、もう出てしまった。いまアップタウンに向かっているとちゅうだ。ミズ・タンガの事件で進展があった。また連絡を入れる」

「だめ、待って！　きいてもらわなくてはならないことが……」

彼に、トゥー・ホイールズ・グッドについて、バンのナンバープレートの画像を（見分けられるのはふたつの数字だけだが）手に入れた経緯、リリー・ベス・タンガの轢き逃げ事件にはケイリー・クリミニと（または）彼女のトラックのスタッフ（ビリー・リーの可能性がもっとも高い）が関わっている可能性がきわめて高そうだということを話した。

「わかった」バックマンは淡々とした口調だ。「その写真をきちんと保管しておいて欲しい。いずれもっとくわしくきかせてもらおう。約束する。辛抱強くしていてもらいたい。すぐに連絡を取るから」

わたしは携帯電話を閉じてタクシーのシートの背にどさりともたれかかった。バックマン刑事にしかるべき情報を伝えたので、ほっとした。これならきっとニューヨーク市警は二十時間以内にビリーかケイリー（あるいはふたりとも）を拘束するだろうと、この時点では信じて疑わなかった。

まさかこのわたしが拘束されるとは――しかも警察よりも権限のある機関によって拘束されるとは――逆立ちしても思いつかなかった。

21

バックマンは約束通り、数時間後に合流した。でも、わたしはすぐには気づかなかった——彼だとわからなかったのだ。

トラックのペイント・パーティーは盛況で、仮設ステージにはライブバンド、ラップ・アーティスト、ストリート詩人がつぎつぎに登場した。幅広い年齢のゲストたちがおおいに楽しんでいる。子どもたちは遊び、風船がふわふわと揺れ、ダンテとアート集団のメンバー、ナディンとジョシュは丁寧にマフィンミューズに絵を描いていく。興味津々の観客がそれを見守る。

わたしは軽食をふるまうのに忙しかった。そこにいきなりバックマンがあらわれたので、びっくりしてしまった。昨夜の彼とは大違いだ。嫌なにおいをふりまくあの葉巻がなかった。弾帯みたいなＤＩＹのツールベルトも装着していない。昨夜は上半身から道具類をぶらさげて、まるで歩くホームデポのような姿だったのに。

重さ十キロを持ち歩く行商人みたいな装備は影も形もなく、チノパンと薄い色合いの開襟のポロシャツを着て、いくぶん毛深い両腕をさらしている。髭を短く剃って、角刈りの剛毛

はきれいになでつけてある。こうして見ると、取っ付きやすそうだ――海兵隊のブートキャンプの教官ではなく、ごくふつうの男性に見える。手錠、バッジ、銃、ベルトに装着したホルスターさえなければ、勤務中とはとうてい思えない。

「私服なんですね」

「カジュアル・サタデーだ」

「カジュアル・フライデー、じゃなかったかしら?」

「あなたにとってはそうなのかもしれない。わたしは週に六日働く」

「それなら、なにかごちそうさせていただきたいわ。お腹は空いていませんか？」

「いや、それほどは。コーヒーのとてもいい香りがする……」

「これはうちの店の新しいブロンドなんです」

「ほう。〝彼女の〟名前は？」

「ブロンド・ロースト。ナッツの風味豊かなかわいい娘で、甘くて生意気なところもあり、ハチミツを散らしたブラックベリーみたいな味わい。実際、ほんとうに興奮させてくれるのよ。おもな理由としては、軽くローストしているので、豆に少し多めにカフェインが残っているから。でも男性が彼女を好むほんとうの理由は、それだけではないわ」

「というと？」

「本物のブロンド娘と違って手を焼かせないから」

彼が微笑んだ。

「うちの店のミニマフィンのセレクションもぜひ試していただきたいわ。今日はサービスです。もともとお代はいただくつもりはありませんけれど」

「では、いただいてみよう。持ち帰り用にしてもらえるかな？　話をしなくてはならないからな。ここでは無理だ」

「無理？」

「見せたいものがある。わたしの車でやることにしよう」

「失礼ですが、やるというのは、なんのこと？」

「まあ、見ていなさい」

「でも、少しは——」

「四の五のいわずに、ただちに来てもらいたい。さもなければ、あなたを保護するために拘束しなくてはならない」

拘束？　それをきいて、わたしは黙ってしまった。怯《おび》えたからではない。マッド・マックスの言葉で震えあがったりはしない。それよりも彼の発言をきいて、自分の身に危険が迫っているのかと、それが気になった。

バックマン刑事の後について、にぎやかな人々のあいだを通り抜けて敷地を囲む金網のフェンスへと向かう。

パーティー会場はブルックリンのレッドフックにあるマテオの新しい倉庫の駐車場だ。

レッドフックはブルックリン西部の半島で、「住居と工場が混在している地域」だ。そのためここでは軽工業の工場とオンボロのテラスハウスが肩を並べている。テラスハウスの住人も移民して日が浅い人々と若い都会のパイオニアたちが混在していて、若者たちは流行の怪しげなバーや奇抜な飲食店をオープンさせている。

ここに土地を買ったマテオをわたしはおおいに褒めた。高級化が進み、周囲の不動産価格は高騰している。この不毛の地はこれからようやく開発に手がつけられる段階で、まだ不動産の価格は手頃だ。おまけにここはニューヨーク湾にとても近く、キラキラ輝く紺色の海のすばらしい眺めを堪能できた。

わたしがこの場所を気に入っているもうひとつの理由は、マフィンミューズにとって有利だから。近所には有名なレッドフック運動場があり、毎週土曜日には地元のサッカーチームの試合がある。それを当てにして街で選りすぐりのエスニックのフード・トラックがあつまり、自然とグルメたちが毎週おおぜい押し寄せてくる。

わたしたちのパーティーが各種メディアの注目を浴びた理由は、そんなところにもある。だいたい土曜日というのはあまりニュースがない日なので、料理だけではなくさまざまな切り口でとらえられる催しにした。ファイブ・ポインツ・アーツ・コレクティブのメンバーがお客さまの目の前でオリジナルのアートを描いていく。エスターはただいま育成中の若い詩人たちに最新の作品のパフォーマンスをさせている。そして（なにより）ここには市長選の候補者がふたりそろっている。そして有権者になりそうな人々となごやかに交流している。

ひとりは市会議員のドミニク・チン、もうひとりは市のアドボケートを務めるタニヤ・ハーモンだ。

会場にはおおぜいの人々が詰めかけていて――少なくとも三百人――大柄のバックマン刑事は人の海をぐいぐい進む戦艦のようだ。わたしも続いて会場を横切って高さ二・五メートルほどの金網製のゲートへと向かう。ゲートには風船がたくさん飾られている。

そのまま道を横断して、彼が二重駐車した車へと向かう。その車をひと目見て、わたしは手に持っていたスナック類を取り落としそうになった。

「これがあなたの車？」

「あなたの自慢がブロンド娘なら、こいつがわたしの自慢だ」

バックマンの表情がゆるみ、にこにことした笑顔になる。

「一九七一年式のポンティアックGTO。あくまでも私見に過ぎないが、一九七〇年代を代表するクラシックなマッスルカーといえるだろう。メッシュグリル、ジャングル・キャットの目のように光るヘッドランプ、そしてボンネットのデュアル・エアスクープ」

「魅力的な色ね。チェリー・レッドというのかしら？」

どうやらバックマンが期待していた反応ではなかったらしい。

「質問をするなら、『あのボンネットの下はどうなっているのかしら、バックマン刑事？』であるべきだな。そうしたらわたしは、『三百三十五馬力　HOエンジンを搭載。当時の最高の動力装置で、この小さな宝石は六秒以内にゼロから六十マイル（約九十六・五キロ）に加速が可能』と答えただろう」

彼がわたしの反応を待つ。

「イタリア語とフランス語を少し、それからスペイン語もちょっとだけならなんとか話せるけれど、あいにく自動車語はさっぱりで」

バックマンが笑い声をあげ、小さく手をふった。わたしに向けて手をふったわけではない。肩越しにちらっと後ろを見ると、知らないうちに警察の巨大なオートバイが到着していた。シートにまたがっているのは、これまた巨体のハイウェイ・パトロール隊の警察官だ。

「彼はあなたの車に目を光らせるためにここにいるの？」

「というよりも、あなたに目を光らせている。入って、なかで説明するとしよう」

でも、すぐには説明は始まらなかった。〝いや、それほどは〟お腹が空いていないはずのバックマン刑事はミニマフィンにぱくついて、湯気をあげている熱々のブロンド・ローストをがぶがぶと飲む。

「うまい」口いっぱいに頰張ったまま、もごもごと彼がいう。

「『これはどんな種類のマフィンですか、ミズ・コージー？』と質問すべきね。そうしたらわたしはこう答えるわ。『低脂肪のストロベリー・ショートケーキよ、刑事さん。それからヌテラとバナナのマーブル、チェリー・チーズケーキ、ブルー・ベルベット、禁断のチョコレート……』」

さらに、この至福の味わいはリリー・ベスの多大な貢献があってこそ実現したのだと彼に打ち明けた。彼は目をキラキラさせて耳を傾けている。

「たとえば、あなたが丸呑みしようとしているブルー・ベルベットのマフィン。その色は青みがかった紫色の〝ウベ〟ケーキから発想したもの。リリーのフィリピン人のお母さんはエキゾチックな紫色のヤムイモを使ってケーキを焼くのよ」

「それからいま頬張っている〝禁断のチョコレート〟。リリー・ベスはフィリピン人の大好物を組み合わせてレシピを組み立てているの。プトという餅菓子の一種とチャンポラードというチョコレート粥《がゆ》がベースになっているわ――フィリピンの子どもたちはたいていこれを朝食にして育つのよ。さらに栄養分を加えるために、彼女は禁断の米粉を扱っている業者を探しだした」

「禁断？　それは闇の世界を感じさせるな」バックマンは食べながらたずねる。

「ええ、その通り。なにしろ禁断の米は黒い色だから。『禁断』という名前は、封建時代にさかのぼるそうよ。北京の紫禁城にいる皇帝に奉献する米として農民たちが保存し、食べることを禁じられていたお米だったの（中国では紫米）」

「よくわかるよ。わたしの給料支払い小切手の一部はアメリカ政府のためにとっておかなくてはならないから、勝手に使うことが禁じられている。それと同じだな」

「斬新な発想ね……ちょうど食べ物のダークサイドの話が出たから……」

遂の容疑者である根拠を挙げた。①事故の前に彼女がわたしを脅している、②事故当日に彼ジョン・フェアウェイ弁護士から預かった写真を彼に渡し、ケイリー・クリミニが殺人未女はリリーと口論をしていた、③《ニューヨーク・タイムズ》紙でリリー・ベスが公然とケイリーを批判し、カップケーキ・クイーンの販売に影響を及ぼすおそれのある規則を支持している。

　そしてチャイナタウンでの顚末《てんまつ》も話した。轢き逃げ事件から十二時間以内にケイリーのサービスバンの行方がわからなくなっている点については特に強調した。「うちの店のナンシーというバリスタなら、『真っ黒けに怪しい』というでしょうね」

　わたしが話を終えると、バックマンがふうっと息を吐き出した。そしてコーヒーカップをダッシュボードに置いた。

「刑事顔負けの行動力を発揮するのもいいだろう。が、そうするからには、われわれと同じ苦汁を嘗《な》める覚悟がいる」

「どういう意味かしら？」

「まちがいをまちがいと認める覚悟だ。その行方不明とやらのケイリーのバンはリリー・ベスを轢いてはいない」

「そう断言できる根拠は？」

「電話で進展があったといったのを憶えているかな？　われわれは本物のバンを回収した。ニューヨーク大学のそばのトンプソン通りに停まっているのを交通警察官が発見した。わたしの部下たちが念入りに調べているさいちゅうだ。その一帯を撮っている監視カメラ映像の回収にもあたっている」

思わず吐息が漏れた――失望のため息だ。「ケイリーのバンではないということね？」

「シャン・シという名前で登録されている。カナル通りで果物の店をやっている。今朝、じかに話をきいた。車の盗難届の詳細について検討し、なかなかの収穫があった」

「車内でなにかみつかったということ？」

「複数の指紋を採取できた。ハンドル、ウィンドウ、ドアの取っ手、バックミラーから。むろんミスター・シのものもある。彼はひじょうにまじめで、照合のための指紋を提供してもらえた」

バックマンはナプキンで口をぬぐい、ポロシャツについたパン屑をはたいた。

「運転していた人物はあまり注意深くなかったらしい。シートにワイングラスが残されていた。上等な代物だ」

「ワインが入っていたの？」

「いや、グラスのほうだ。高級品だ。本物のクリスタルだからな。五番街で金持ちの酒飲みが利用するギフトレジストリーに登録されているようなたぐいのものだ。いま、その販売記録にあたらせている」

「よくわかったわ。ボンネットのオーナメントでもない限り、〈ウォーターフォードクリスタル〉にあなたは興味がないということが」

バックマンはわたしの皮肉を無視し、後部シートに手を伸ばした。くるりと向き直った時にはその手にはノートパソコンがあった。

「できればこんなことはしたくない。ですが、あなたには見てもらう必要がある。進んで見たいと思うようなものではない。が、とても重要なことだ」

彼がノートパソコンをひらいてわたしの膝に置く。

「これは？」

「お宅の店の近所にあるハドソン・アンティークの監視カメラで撮影されたビデオだ。彼らは山ほど監視カメラを取り付けている」

バックマンが再生ボタンをクリックするとカーソルがクルクルまわり始めた。

「長さは十二秒。ビデオは二回再生される。一度目は通常のスピード、二度目はスローモーションで」

画面は白黒で二階の高さから通りを見おろして撮影されている。ハドソン通りのアスファルトは灰色と黒で、暗い画面のなかに突然、巨大な白いサメのようなバンが走り込んできた。

車の進行方向には人が〝ふたり〟いる。わたしははっとした。そこにいたのはリリー・べスだけではなかったのだ。バンのドライバーはあきらかに急ハンドルを切って格子柄の短パンの男性をよけ、その直後にリリーをはねた。そしてそのまま彼女をひきずって画面からはずれる。

「そんな」喉が詰まるような感覚だ。

「もう一度見てもらいたい」

スローモーションで見るのは耐え難かった。悲惨な結末に向かうのを止められる、そう思うのに止められない。バックマンのナレーションはおそろしいばかりでなんの気休めにもならない。彼がいきなり一時停止ボタンをクリックした。

「この男性のことはまったく誰からも話に出ていない。なんとかしてこの人物を見つけたい」

格子柄の短パンの男性をバックマンが指さす。

「ビレッジブレンドの店内で何度か見かけたことがあるわ。気をつけてみることにします。スクリーンショットをいただきたいわ。バリスタたちにも気をつけてもらうようにしましょう」

「よし。では続きを」ビデオの再生を再開する。

「運転手はこの格子柄の短パンの男性を避けようとして急ハンドルを切っている、それから元の軌道に戻ってリリー・ベスめがけて直進する」

今回は、バンがわたしの友だちを轢く前に目をそむけた。見るのは一度でじゅうぶんだ。

「わたしはいまの動画から、あなたが予想もつかないことに気づかされた。つまり、停車していたフード・トラックの陰から通りに出てきたのは、あなただったとしてもおかしくない。あの角度ではバンを運転していた人物に、あなたとリリーの見分けがついたかどうか」

「なにをおっしゃりたいのかしら」

「あなたはあなたなりの直感が働く。同様に、これはわたしの直感だ。ターゲットはあなただった。わたしはそう思う。ドライバーはもっと早い時間にあなたの姿を確認していたにちがいない。どんな外見で、どんな服装なのか。その上で殺害する機会をうかがっていた。犯人はあきらめていないはずだ。彼、あるいは彼女はかならずもう一度やるにちがいない」

22

バックマンがノートパソコンを閉じた。

「納得してもらえただろうか。今後、危険にさらされる可能性があると」

「まさか」

「もっと理由を説明したほうがいいというのか？」

「きくわ」

「あくまでも〝わたし〟にとっての歴然たる事実は、まず第一に、あなたとリリーは、ほぼ同じ背の高さ、髪の色が似ている、魅力的な体形である。轢き逃げの時にふたりともジーンズと黄色いブラウスを身につけていた。第二に、事件はあなたのコーヒーハウスの前で起きた。あなたが毎日働いている場所で。リリーが狙われたなら他の場所で轢かれる可能性が高い。金曜日の夜の混雑したハドソン通りではなく、もっと実行しやすい場所で。クイーンズの彼女の自宅のそばで轢くこともできたはずだ。彼女は毎朝息子を学校に送っていき、午後には迎えにいく。リリーの母親の話では、ジャクソン・ハイツの通りをほぼ毎日ジョギングしていたそうだ」

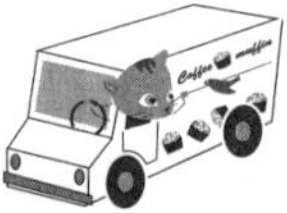

「彼女のお母さんと話を？」

「病院で」

「どんな様子でした？」

「気丈だった。あれだけの試練にもかかわらず。こちらとしては質問を開始したとたんに泣きだすのではないかと想像していた。悪く受け取らないでもらいたい。事故の後というのは、そういうものだ。悲しみに暮れるばかりで、ほかのことはなにも考えられない。しかしリリーの母親はちがったな。ミセス・サライセイは。会っていきなり、あなたと同じだった」

なにをいわれているのか、さっぱりわからない。

「彼女はわたしにたずねた――腹を空かせているかどうか。このわたしに、なにか食べたくないかとたずねた。彼女の傍らには箱があって、そこには食べ物がぎっしり詰まっていた。それをICUで延々と配っているんだ。それもただの食べ物じゃない。プランタンバナナ、ヤムチップ、そういうものを……」

「それはバリック・バヤン・ボックスね――」

バックマンはきょとんとしている。

「ごくふつうの箱に見えたが。段ボール製のやたらに大きな――」

「バリック・バヤン・ボックスという伝統があるの。フィリピン人は根っから気前のいい人たちで、家族や友人、見知らぬ人にまでいろいろふるまうのよ。海外旅行に行くと、出かけた先で贈り物をあつめて――ちょっとしたアクセサリー、食べ物、子どもたちへのおもちゃを――こまごまとした贈り物を大きな箱に詰めて家に送る。そういうふうに、もともと家へのお土産として始まった伝統なのよ」

「年じゅうクリスマスみたいなものか」

わたしはうなずく。

「リリーのお母さんはクイーンズで小さな飲食店を営んでいるから、コミュニティに知り合いは多いし、皆から愛されているわ。いまはおたがいにバリック・バヤン・ボックスをやりとりするから、きっと彼女はしょっちゅう受け取っているでしょうね。〝お土産《バサルボン》〟という伝統よ」

「すてきな響きだ」バックマンが微笑む。「気に入った」

「きっとリリーのことも気に入ったと思うわ。そう……リリーを好きになってもらうチャンスがきっとあると信じたい……」

「もう好きになってしまったよ」バックマンのやわらかな声に驚いてしまう。「彼女のベッドサイドで少し座っていた。目を覚まさないか、話ができないだろうかと思ってね。しかし厄介な問題が起きて、また手術が必要になった。脳の手術だ」

「きいたわ」

バックマンが手で顎をこすり、目をそらす。

「病院だと女性はほんとうに小さく見える。ベッドが大き過ぎるせいなのか？　あのまま消えていこうとしているからなのか……」

　とぎれていくその声をききながら、リリーのことをいっているのだろうか、それとも亡き妻のことを想っているのだろうかと考えた。彼のソウルメイトだった最初の妻。その妻の命は轢き逃げの犯人によって奪われた。ミセス・バックマンはしばらく病院のベッドで横たわっていたのだろうか？　マックスは心から愛する人の命がゆっくりと尽きていくのを、なすすべもなく見つめていたのだろうか？　きいてみたかった。でも、そんなことはすべきではない。マイクを裏切るようなまねは絶対にしたくない。

「リリーは消えたりしないわ。彼女はガッツがあるから、絶対にそんなことにはならない。ギブアップしたりしない。彼女はファイターなのよ」

　彼がわたしのほうを向く。

「新聞記事を読んだ彼女の印象は、まさしくその通りだ」

　わたしも彼をじっと見つめ返す。

「あの記事のことで、ぜひ知っておいてもらいたいことがあるの。彼女がこれまでどういう道のりを歩んで、あそこまで来たのかについて。リリーは小児糖尿病がもたらす苦しみと悲しみをよく知っているの。とりわけ貧しいコミュニティの実態を。あの記事を読んでおおげさだとか、ジョン・フェアウェイを連想したりしても、どうか、それは彼女のありあまる情熱のためだとわかって欲しいのよ」

「すばらしい演説をありがとう。しかし、話が脇にそれてしまった。わたしにとっての疑問は、なぜこの事件があなたのコーヒーハウスの前で起きたのかだ。原因はあなたであるとわたしは考えている」

彼はグローブボックスから小さなノートとペンを取り出す。

「定石通りにいこう。職場の周辺でうろうろしている怪しい人物になにか心当たりは？　自宅ではどうだろう？」

「どちらも同じ場所です。コーヒーハウスをいとなんでいるので、『うろうろしている』ように見える人はおおぜいいるわ。ひとくちに『怪しい』といっても、ここはニューヨークなのでそれを頭に入れておかなくては」

「なるほど。では、誰かにつけ狙われてはいないだろうか？　夜遅くに電話がかかってくるとか、なにか気がかりなことは？　脅迫の手紙やメールは？」

「なにもないわ！　唯一の頭痛の種はケイリー・クリミニ」

バックマンがうなずく。

「彼女はわれわれの調査対象者だ」

わたしはコーヒーの残りを飲んだ。

「ということは、彼女とあのトラックのスタッフの供述書を取れるということね？」

バックマンがまたうなずく。

ほっとしながら、さらに確認した。「彼らの指紋を採取して、バンに残っていたものと照合するということね？」

「彼らの指紋がデータベースにあれば」

「なかったら？　連行して指紋を採取できないの？」

バックマンが目を揉《も》む。「それはわたしの最優先の仕事ではない。だから答えはノー、だな」

「なぜ？」思わず気色ばんでしまう。

「なぜなら、ターゲットはあなただったというわたしの仮説を裏づける物的証拠がないからだ――少なくともいまのところは。目下、さがしている最中だ。《ニューヨーク・タイムズ》紙の記事に発言を引用されたことで、リリーは街のフード・トラックの半分を敵にまわし、彼女を狙う理由を与えた。いまケイリーたちに指紋の提供を要求するのは得策ではない。どんな間抜けな弁護士でもよせと止めるだろう。リリーの発言と提案に腹を立てている業者はケイリー以外にいくらでもいるといって。もしかしたら彼らも公然と喧嘩を吹っかけていたかもしれない。ことによっては脅迫していた可能性もある」

「確かに《ニューヨーク・タイムズ》の記事はケイリーの動機を目立たなくしているわ。でも、チャイナタウンで突き止めたことは、なにか怪しいとは思わない？　ケイリーはあそこに厨房を借りている。バンとトラックはエンジンをかけたまま、あちこちで荷物の積みおろしをしている。あれならいくらでも盗むことができるわ。彼女か、あるいはスタッフの誰かが――たぶん、ドラゴンのタトゥのある若者でしょうね。新しいコーヒー・トラックを賭けてもいいわ。証拠を出せといわれると困るけれど、でも……」

「そろそろ本題に入ったかな？」

「ええ。あなたたちにとって指紋を採取するのはお手のもの、そうでしょう？　少々時間の短縮と、煩雑な法的手続きを省略するというのはどうかしら。つまり、わたしはたまたまケイリーの指紋がついているものを手に入れる。もしくは彼女のスタッフのうち〝容疑が濃厚な〟人物の指紋がついているものを。公共の場で自由意志によって合法的に獲得したものであれば、いいでしょう？」

その提案をきいてバックマンの表情がふたたび晴れやかになった。多くの警察官と同様に、彼も必ずしも杓子《しゃくし》定規ではないらしい――悪者を捕まえるのに有効である場合に限って。

「ま、そういうことであれば……あなたから指紋を提供されれば、われわれとしてはバンで採取した指紋と照合せざるを得ない。指紋が一致すれば、令状を取り、じゅうぶんな証拠を手に入れた上でそいつを逮捕する」

「じゃあ、決まりね。協力者の心当たりもあるわ……」

わたしは携帯電話を取り出し、娘のボーイフレンドにすばやくメールを送った。エマヌエル・フランコ巡査部長はマイクが率いるOD班のいちばんの若手だ。彼にはこれまでに何度も危機を救ってもらっている。

親指を駆使して猛然とメールを打っているわたしを見て、バックマンが顔を曇らせた。

「こういう時こそ、わたしは自分にいいきかせることにしている。強引に事を運び過ぎるな、あまりにも急いて行動するな、さもなければ大失敗するぞ、と。成果をあげたいのは山々だ。しかしまさかクレイジー・クィン張りの離れ業を計画しているのか？」

「どういうことかしら。『クレイジー・クィン張りの離れ業』について説明してもらわないと」

バックマンが手をふって拒む。

「たくさんあり過ぎる」

「ひとつだけでも」

「話して後悔したくない」

「ちゃんと理由をきかせて」

「ひとつには、悪いお手本になるからだ――」

「悪いお手本？　わたしを小学生扱いするの？」

彼は太い腕を組み、太い指を一本ぴんと伸ばす。「クレア・コージー、あなたは自警団的な気質の持ち主だ」

「それはちがうわ」

「あなたについて調べてみた。この数年間で、犯罪訴追手続きのための証言を山とこなしている」

「わたしはいつもウエストビレッジにいますからね、バックマン刑事。だって『コーヒー・レディ』ですから。自然といろいろな人の情報があつまってくるの。なにかを見たりきいたりする機会も多い……そんなふうに見聞きしたことが警察の捜査の役に立つことがある。それだけのことよ」

「それを信じると思うか」

わたしはため息をついた。

「知っている人が傷つけられたり窮地に立たされたりすると、居ても立ってもいられなくなるわ――『クレイジー・クィン』のクレイジーの状態に少しちかいのかもしれない。だから、こうしてここであなたといるのでしょうね。でも、わたしはジョン・フェアウェイとはちがう。得た情報は警察と共有するし、自分が法律に優先するとは考えていない。リリーを轢いた卑劣な犯罪者をこの手で罰したいのは山々だけれど、それはわたしにとって正しいことではないわ。仇討《あだう》ちと正義とは別物だとちゃんとわかっている」

「ほんとうに、演説が好きなんだな」

「あなたが非難するから――」

「まあそういわずに。わたしのは非難ではない。認めているということだ」彼の口がよじれるように見えたのは、かすかな笑みだった。「他人事ではない、とだけいっておこう」

他人事ではない？　彼はなにをいおうとしているのだろう。そこまで考えて、あっと気づいて凍りついた。しばらく職を離れていた……バックマンは休暇を取ってニューヨーク市警の業務から離れていた時のことをいっているのだ。

そのあいだ、彼はなにかをやっていたにちがいない。独断で、わたしと同じようなことを。私的な捜査活動を？　妻の命を奪いながら処罰を逃れたドライバーを張り込んだのだろうか？　その男の尻尾をつかんで刑務所に入れるために見張り続けたのか？

バックマンがわたしを見ている。なにかを秘めているまなざし、同類を見るようなまなざして。おそらくわたしの勘は当たっている。きっとマイクは真実を知っているのだろう。だから電話でバックマンの話をした時に、言葉を選んで慎重を期したのだろう。

「クレイジー・クィンの件だが、マイクはいいやつだ。彼には借りがある。わたしのせいで彼が誤解されたりしたら大変だ」

「そんなことといわずに、ひとつだけでも……」

しゃべってしまいなさい。ほんとうは、いいたくてたまらないんでしょう？

バックマンが肩をすくめた。「どうしてもというのなら」

ダッシュボードに置いてあったコーヒーカップを手に取って飲み干し、彼は話し始めた。

「当時のマイク・クィンは、麻薬取締班に配属されて三ヵ月かそこら。単調できつい業務の日々で煮詰まっていた。密売人をしょっぴいたり、取引を妨害したり、不審人物に職務質問や荷物検査をしたりといった、愚にもつかないことを続けていた。

一発で警察官とわかるようじゃ、たいした手応えはない――髪と髭を伸ばし、ボロ同然の服を着て、ドラッグのバイヤーと見まちがえるくらいじゃなくちゃな。しかし彼はまだあの下着モデルの女房を幸せにしたがっていたし、彼女は許そうとしなかっただろう」

「そうでしょうね」

「ある日、マイクは安酒場のすぐ外の路上で男を逮捕した。コカインの取引の常習犯だった。罪状を並べたらドナルド・トランプの納税申告書の長さといい勝負で、有罪判決が下れば少なく見積もっても二十年のお務めが待っている、そんな男だ。マイクはそいつを利用することを考えた。ブロンクスのディーラーがそいつに取引を持ちかけてきたから、盗聴器つきで会いにいかせようとした。相手は組織に属していないが、大物だった。しかし当日になって、盗聴器をつけて会いにいくはずだったミスター・常習犯が失踪した」バックマンがそこでジェスチャーを挟む。「いなくなったんだ。たいていの警察官はその時点で終わりにする。が、クレイジー・クィンはそうじゃない。彼は盗聴器を身につけて乗り込んでいった。たったひとりで変装もなにもしないで、ポリスアカデミーばりの髪型からなにからそのままで。バッジすらつけたままだった」

「まさか」

「わかっただろう？　だからクレイジー・クィンなんだ。彼の行動は自殺行為だった。誰もがそう思った——ディーラーを含めてだ。しかしマイクはおそろしく根性がすわっていて、彼の話はあまりにも説得力があった。彼のぶっつけ本番のつくり話を、そのディーラーは鵜《う》呑《の》みにしたんだ。堕落した警察官が賄賂《わいろ》と引き換えにひそかに取引をしたがっている、と」

バックマンは思い出を楽しむように声をあげて笑う。

「彼はそれから三ヵ月間、そのディーラーからたんまり金を受け取り、その間にディーラーのルート、コネクション、彼からじっさいに賄賂を受け取っている警察官の名前まで調べあげた」

「最終的に街で五十人の野郎どもが捕まった。中心人物は最後まで撃ち合いをやめず、けっきょく殺された。マイクにとっては、そうなってよかったんだ。そのディーラーが刑務所から出たら、きっと接触して復讐《ふくしゅう》しただろうからな」

　マイクがそんな危ない橋を渡っていたことを思うと身がすくんだ。でもいまは、もうそんな無茶をする必要はない。彼はもう現場ではなく、勤務の大半はネクタイを締めてオフィスの安全な場所にいる。

「まあ続きをきいてくれ」バックマンが笑う。「ここからが佳境だ。当時の副市長が逮捕劇のことを知って分署を表敬訪問した。政界の駆け引きに血道をあげるタイプの政治家だ。彼はマイクとの面談を希望し、マイクから逮捕に至る顚末をきいた。クレイジー・クィンは詳細をぼかして良識を備えた警察官面をして、もっともらしく業務について話してお茶を濁すこともできた。が、彼はそんな男ではない。副市長に真実を話した。なにからなにまで包み隠さず、いっさいぼかさずに」

「それがいけないのかしら？」

「いけなかった。なぜなら副市長は警察業務についての知識がゼロだった。面談を終えた彼は警察委員長に電話して内務監査でマイクをくわしく調べるように〝提案〟した。汚職の容疑でな。それというのも職務の一環として賄賂を受け取ったとマイクが話したからだ」

「それで警察委員長は？」

「この時ばかりは〝政界の駆け引き〟のおかげでまっとうな男が救われた。委員長は市長と太いパイプがあり、その副市長を嫌っていたんだ。だから副市長の〝提案〟に逆らってわざとマイクを重用した。より重要な職に、より責任の重い任務につけた。翌年マイクは巡査部長の試験に合格し、その後のことはニューヨーク市警のサクセスストーリーだ」

「けっきょくマイクは、それほどクレイジーではなかったということかしら」

「短期間のうちにマイクはインターネット上の違法なドラッグストアをつぶし、ニューヨーク市警の上層部に巣くう腐ったリンゴを暴いた。野心的な連邦検事がそれに注目し、ワシントンDCを本拠地とする特別チームにマイクをスカウトした」

「なんですって？　マイクに司法省から仕事のオファーがあったというの？」

「悪いニュースをきかせてすまない。権力のある連中はそれなりの思惑にもとづいて動く。彼らにはオファーを拒否されるという発想はない」

でもマイクはワシントンに移ろうなどと考えるはずはない。わたしは確信を持ってバックマンにいった。「あなたはなにか勘違いしているわ」

「DCからの風の便りに過ぎないが」

マッド・マックスのこういう話し方が癪《しゃく》にさわる。思ったよりもいい人だとわかってはきたけれど、ひと筋縄ではいかない相手だ――そして癪にさわるほど説得力がある。彼の言葉をきけば、マイクと電話で最後にかわした会話の内容を考え直してみようかという気になる。昨夜の彼は仕事のオファーがあったとはいっていない。けれども、いつもとはちがう様子だったのは確かだ。彼はストレスを感じていた。そしていつになくお酒を飲んでいた。

「あなたの勘違いだと思うわ」そうはいってみたものの、さっきのような確信は持てずにいた。「マイクはOD班の部下を放りっぱなしにするような人ではないわ。彼があそこまでチームをまとめあげたのよ。何年もかけて……」

それに、わたしはどうなるの？　ついてこいと彼がいったらどうする？　わたしにとってビレッジブレンドがどれほど大事なものであるのか、彼はよく知っているはず。マダムとの絆《きずな》、家族同然のバリスタたちとの絆、一世紀にわたって受け継いできた宝物。娘に受け継いでいくはずの宝物。

バックマンは答えない。視線をまっすぐ前方に向け、フロントガラスの向こうに広がる人《ひと》気《け》のない通りを見つめている。彼の関心はリリーの事件に戻っている。いや、それをいうなら彼の脳の一部はつねにリリーの事件について考え続けている。マイクという人を通じて、わたしはそのことをよく知っている。

「あのワイングラスがどうしてもわからん。どうしてフロントシートにあんなものがあったんだ？　リリー・ベスを轢いて祝うってことか？」

ぶつぶつと独り言が続くので心配になった。

「大丈夫ですか？」

「チューンナップ仕立てみたいに絶好調だ」きりっとした口調で彼が仕事の話に戻った。

「あなたもそうであってもらいたい。だからマイク・クィンに一報を入れておくつもりだ」

「どういうこと？」

「あなたは彼の恋人だ、ちがいますか？」

わたしはうなずいた。

「この街でどういうことが起きるのか、彼からきいているだろう。ドラッグの密売人は敵の恋人や家族を平気で狙う」

「まさか。それは、つまり――」

「あくまでも可能性があるという話だ。バンを運転していた人物は、クィンが捕えて刑務所にぶち込んだ連中の友人かもしれない。親戚かもしれない。だからじゅうぶんな警戒が必要だ。パーティー終了までギフォード巡査を外に待機させよう。なんらかの脅しを受けたら、すぐに彼に知らせてもらいたい」

「そうするわ」

「人員不足であなたに個人的なボディガードをつけることはできない。パーティー後はギフォードの勤務があけるので、帰宅したらそのまま外出しないように。わたしのためにそうして欲しい」

「努力するわ」

「努力以上でお願いしたい、コージー。つぎに捜査する轢き逃げ事件の被害者があなただなんて、ごめんだ」

23

バックマンはわたしに小さく手をふってから車を出した。GTOエンジンはF1のスタートのような力強さだ。彼を見送り、通りの向こう側のギフォード巡査に視線を移した。オートバイにまたがったがっしりした体格の警察官はわたしの視線に気づいたらしく、濃いサングラスの奥でにっこりした。

くるりと向きを変えると、フェンスにマテオがもたれているのが見えた。いかにも工場地帯らしい頑丈そうな金網のフェンスには、マフィンやコーヒーカップの形の風船が飾られてパーティーらしいやわらかなムードを演出している。風船にはそれぞれ手描きでペイントされている――ダンテのファイブ・ポインツの友人ジョシュ・ファウラーが無料でこの風船を提供してくれたのだ。

「で、やつはなにが狙いなんだ？」マテオがたずねる。

「いつからそこにいたの？」

「ずうっとだ」

わたしは肩をすくめた。

「バックマン刑事は最新の情報を伝えてくれただけ。後であなたにも話すわ」

「やつが運転している車は二十五万ドルの値がつく。知っていたか？　正直者という建前の警察官にはとうてい手が出ない代物のはずだ」

「彼は車好きなのよ。機械工学の学位の持ち主でもある。七〇年代に使われていた二束三文の車を手に入れたのではないかしら」

「疑問はもうひとつある」組んでいた腕をほどいてマテオが指さした。「この倉庫前の通りを挟んでちょうど向こうに、なぜあんなオートバイの警察官が陣取っているんだ？」

「わたしたちのパーティーの警備よ」（嘘ではない）。「ここには市の公職についている人物がふたりもいるのよ。どちらも市長選に出馬しようとしている。だからちっとも変ではないでしょう？」

もっと言い様があるのかもしれないけれど、事情は込み入っているし駐車場には三百人のゲストを迎えている。ここでいちいち説明するのは難しい。だいいち、マイクの仕事がらみでわたしの命が危ないというバックマンの言葉をそのまま伝えれば、マテオを逆上させるだけ。いまこのブルックリンで、どうしてもマテオの協力が必要なのだ。だから早々に話題を変えた。

「今日のあなたはとてもすてきに見えるわ。あら、もういったかしら？」

彼が目をぱちくりさせた。「いや、きいていない……」

「すごくすてきよ！　これならヘレン・ベイリー＝バークにかわいがってもらえるわね

……」

これはでまかせでもなんでもない。マフィンミューズのための助成金を獲得できるかどうかは、ヘレンがエスターの活動に賛同するかどうかにかかっている。マテオが彼女をうまくもてなしてくれたら鬼に金棒だ。しかも彼はよく日に焼けて、いかにも精悍なたたずまいだ。そして、わたしの願いを叶えてくれた。ジャングルのようにもじゃもじゃに密生していた髭を朝のうちにきれいさっぱり刈ったのだ。鏡に向かって髭を落とす作業は、ミケランジェロが傑作ダビデ像を彫り出していくようなものだった。残っているヤギ髭はきれいに形を整えられて、とてもセクシーだ。

「それが問題なんだよ」マテオがいう。「きみは気づいていないかもしれないが、ヘレンは市長候補のタニヤ・ハーモンといっしょに到着した」

「気づいていたわ。ヘレンは有力者との人脈が豊富なのよ。いろいろな活動のために資金を調達しているわ。政治的な活動も含めてね。タニヤとしては、まちがいなくヘレンをポケットに入れておきたいはず——彼女がそこにいたいかどうかは知らないけれど」

「まずいんだ。ぼくとタニヤのささやかなエピソードを話しただろ。憶えているか？」

「ええと……あなたのお母さまの寄付金あつめの活動の後で、現在市のアドボケートを務めている女性と大量のシャンパンを消費して一夜を過ごした。そのことかしら？」

「そうだ、そして今日ぼくが知ったのは、シャンパンは彼女の記憶を消す効果がまったくなかったってことだ」

「控えめな表現だとそうなる。最初のうちはありとあらゆる思わせぶりな言葉で誘いをかけてきた。が、それでこちらの気持ちをつかめないと知ると、ぼくのほかの部分をつかんだ。しかも〝母親〟の目の前で」

「冗談でしょう？　彼女が口説いてきたということ？」

「彼女からアンコールを求められた」

「なんですって？」

頰の内側を嚙んで笑いをこらえた。

「心配いらないわ。あなたのお母さまは本質的にはボヘミアンだから。それにあなたのこれまでの遍歴だってちゃんとご存じだし。それくらいのことでマダムがおたおたするはずがないわ」

「でも困るよ！　ぼくはいま既婚者だというのにタニヤはいっさいおかまいなしだ」

それは聞き捨てならない。わたしは片方の眉をあげた。「結婚しているかどうかなんて、これまであなたにとって一度でも障害になったかしら？」

「それとこれとはちがう。それにこうなったら率直にいうが、タニヤはとことん男に奉仕させる。彼女は従業員を顎で使い、支持者を自分の手足のように使うんだ。そんなすさまじい女性がベッドのなかでどうなると思う？」

マテオがそこで黙り込んだ。わざと大げさにいっているのはわかっている。無視すればいいと思いながら、知りたがり屋の虫が暴れだす。

「そこで止めるつもり？　気になってしょうがないじゃない」

　彼はため息をつき、周囲を見回して声をひそめた。

「きみも知っている通り、ぼくはベッドのなかで楽しむのが好きだ。それはおたがいに楽しむ、ということなんだ。しかしタニヤ・ハーモンの恋人として一夜を過ごすのは彼女の使用人になれってことなんだ。彼女は指をパチンとならせば好きな時になんでも願いが叶えられると信じている。こちらが応じなければ厳しい叱責の言葉が飛ぶ――とうてい美しい言葉ではない」

「よくわかったわ」わたしは腕時計を確認した。「彼女はさっき着いたばかりよね。どうせそんなに長くはいないでしょう。とにかく、接触しないように避けて……」

「もちろんそうしているさ。ドミニク・チンがいてくれてよかったよ。ファイブ・ポインツのグループが作業しているトラックのそばで彼にぴったりくっついていたんだ。タニヤは絶対に彼に近づいてこないからな――」マテオが身震いしてみせる。「彼女が吸血鬼なら、ドミニクは十字架みたいなものだ」

「なにいってるの。そこまでひどくいわなくても」

　マテオが反論するのをきき流しながら、携帯電話を取り出してメールチェックをした。フランコからの返信がさっそく届いていたのでほっとした。

　ノープロブレムだ、コーヒー・レディ。ただいまレッドフックに向かって走行中……。

「しかしたいしたものだよ、クレア」マテオだ。「このマフィン・パーティーに目下、この街で最大の政治的ライバル同士をよくもひっぱり出したものだ」

「たまたまそうなっただけよ。計画したわけではないわ」

「そのわりには、やたらにおおぜいの記者やカメラマンがいるじゃないか。彼らは一触即発の事態を待ちこがれている」

「そんな事態にならないように心から祈っているわ。これは政治とは無関係な催しよ。あくまでもアートに関するイベントなの」

「あらゆることが政治とは切り離せない。だからこうしてきみをさがしにきた。エスターはうまいことヘレン・ベイリー＝バークの相手をしている。そばにおふくろがつきっきりだけどな。おふくろとしては、そろそろエスターはステージにあがることだし、きみとバトンタッチして、ヘレンの質問に答えることにしたらいいんじゃないかと考えている。エスターが店のトラックを活用してどんなことを計画しているのか、きみから説明してくれれば助かる」

マテオが指をさす。「ほら、あそこだ――」

わたしは彼の手をつかみ、そのままずるずるひっぱっていった。

「あなたもいっしょに来るのよ、たとえ相手がドラキュラ伯爵夫人でもね」抵抗するマテオにいってきかせる。「ビジネス・パートナーである限り、成功をめざして協力する義務があるわ」

マテオがうめき声をあげる。ドラキュラ伯爵夫人というジョークに反応したのか、それともタニヤ・ハーモンに生き血を吸われるところを想像したのか。まあそのどちらかだろう。

「やっとみつけた、マテオ！　いったいどこに姿をくらましていたの？」

テレビで見た印象から、小柄だとばかり思っていた。が、実物の彼女は小柄どころか、山のようにそそり立っている。長身で豊満なスタイル、そして金髪の彼女はワルキューレのような迫力で迫ってくる。おかげでマテオとわたしは、エスターとヘレン・ベイリー＝バークの三メートル手前で立ち止まる羽目になった。

猛禽《もうきん》が獲物めがけて猛スピードで向かっていくように、タニヤは人だかりを抜けてこちらにやってきた。昔、タニヤはモデルをしていたとマテオからきいたけれど、さっそうとした彼女の足取りはまだランウェイを歩いているみたいだ。ただし、どう見ても周囲の者を凍らせる氷の女王にしか見えない。

「マテオったら！　せっかく楽しいひと時だったのに、いきなり消えてしまうんですもの！」

タニヤの目は爛々《らんらん》と輝いている。彼女のメイクアップは家族で楽しむ午後のパーティーというより、夜遅い待ち合わせにふさわしい。そしてショッキングピンクのオートクチュールのスーツ。彼女がほんとうに次期市長になったら、この調子でグレイシー邸（市長公邸）を改装するかと思うとおそろしい。

「ちょっと仕事で席をはずしていたんだ」マテオがこたえた。

彼はこわばった笑顔を浮かべている。少なくとも彼の顔の筋肉は機能している。でもタニヤは――表情と呼べるようなものがほとんどない。目玉は眼窩《がんか》のなかで動いているけれど、ほかの部分はほとんど動かない。もしかしたら、ボトックス中毒。

「確か、あなたの奥さんはいまこの街を離れているのよね。おたがいにそんなふうに出張ばかりしているってことは、同じベッドで休むのは一年のうちのほんの数週間だけでしょうね。絶対そうに決まっている。さぞつらいでしょうね。とりわけあなたみたいな男性だと……」

言葉だけではなく、彼女の場合は動作をともなっている。いまにも手がマテオの手に届こうとしている――ああ、やめてちょうだい。それはわたしがプレゼントした腕時計よ。

「こんにちは！」

わたしは強引にふたりのあいだに割って入り、傍若無人な彼女の手をつかんだ。

「クレア・コージーです。マテオのビジネス・パートナーです。彼の元妻で、彼とのあいだにできた娘は成人しています。わたしたちのパーティーにようこそおいでくださいました」

「あら、小柄な方ね……」

タニヤはいかにも政治家らしい如才なさで、わたしの手をぱっと握り返して上下に動かす。

「お目にかかれてうれしいわ。選挙ではぜひ応援お願いしますね」

「ええ、もちろん……」（つぎに生まれ変わった時にはね）。「今日、お越しいただけて光栄です――」彼女はわたしの話などきかず、顔はマテオのほうを向いている。

「今夜はあつまりがあるのよ。チャイナタウンのフュージョン料理のレストランはとても評判がいいみたい。行きつけの鍼治療のクリニックのすぐそばなの――」

それをきいて、わたしはぱっとマテオを見た。ボトックス？　鍼治療？　この女性は針が大好きとしか思えないわ。

「だから、いっしょに早めの間食はどう？」

マテオがすがるような目でわたしを見る。〝地獄に落ちろといってくれないか？　お願いだから⁉〟

〝嫌よ！〟

〝わかった！〟

「その件については、また後ほど、ミズ・ハーモン……」

おそるべきタニヤはまったく意に介さずにつぎの手に出る――

「待って。いいことを思いついたわ。あなたは〝輸入業者〟よね。だからきっとあなたにぴったりよ。わたし、今夜はピエール・ホテルでおこなわれるアトランティック＝パシフィック・貿易委員会のパーティーに出席するの。わたしのグループに入りなさいな、マテオ！　いろいろな人と握手をしておちかづきになれるし、人脈も広がるわ。あなたの知名度をあげるチャンスよ」彼女はわたしをちらりと見て眉をひそめ、声を落とした。「ここはなにもかも安っぽいわ。あなたはこんなレベルの人ではないわよ……」

マテオが心地悪そうに身体をもぞもぞ動かす。「ええと……」

「彼は参加できません」わたしはまたもやふたりのあいだに割って入る。「彼は〝忙しい〟んです」

〝凍りついた顔〟の彼女はわたしに向かって片方の眉をあげたかったにちがいない。もし、彼女にそれができたなら。その代わりに、いらだたしい害虫でも見るように憎々しげにわたしを睨みつけている。

「なんですって？」

「わたしたちの娘はいまパリで働いています。今夜、彼女から電話がかかってくる予定なんです。マテオはジョイと話すのを楽しみにしているんです」

「あら、わたしが保証するわ。今夜わたしといっしょに来たら、マテオは絶対にエンジョイできるわ。わたしがそうしてみせる！」

タニヤはマテオを凝視したまま、笑い声を張りあげる。

「じゃ、決まりね？　今夜、ピエールで。ＡＰＣＴのパーティーよ。会うのを楽しみにしているわ」

わたしがエスターのところに行きたがっているのはマテオにもわかっているはず。でも彼を見捨てるわけにはいかない。彼が咳払いをした。

「タニヤ、みんなと握手してきたらどうかな？　挨拶をしたらいいんじゃないか？　きみに投票してくれるかもしれないよ、いつの日か」

彼なりに頭を使っているのだろう。わたしといっしょにこの状況から脱出するために。

「このあつまりの人たちと？　なぜわざわざそんな無駄なことを？　じゅうぶんな資金が出てくるとは思えないわ。だからヘレンのそばにぴったりくっついているのよ。あなたったら、子どもみたい。選挙に勝つには握手ではなく、お金が必要なのよ。それくらい憶えておいて。そして大金があるのは今夜のパーティーのほうよ」彼女は声を落とした。「そうそう、お金といえば、わたしはヘレンに強力なコネがあるのよ。助成金を獲得したいのであれば、わたしの招待を無下には断れないんじゃないかしら……」

自分の耳を疑った。そういえば、バックマンは有力者の勝手さについてなにかいっていた。しかもマテオは彼女の忌まわしい提案に驚いている様子がない。むしろ、さきほどまでの苦しそうな表情は消えて、落ち着き払っている。

「マテオ」わたしはささやいた。「無理する必要は――」

彼がわたしの片腕をぎゅっと握った。「エスターのところに行くんだ。彼女はきみを必要としている。ここはまかせてくれ」

24

「文学の根本とは経験を共有することであり……」

　マイクスタンドを前にしてエスターが聴衆に向かって話し始めた。ステージには彼女といっしょにスラム街の子どもたちがいて、皆、精一杯お行儀よくしている
　エスターはにっこりして黒ぶちのメガネを押しあげた。

「わたしが子どもたちにどんなことを教えているのか、ご紹介しましょう。わたしたちは詩をつくります。一瞬の気づき、愛情、怒りなどを詩にしたり、長い間の苦しみと葛藤《かっとう》を綴った叙事詩をつくったりします。どんな形式であっても、その詩を通じて、かけがえのない経験を共有できるのであれば、わたしたちが自分自身を、隣人を、ことによっては敵を、よりよく理解する助けとなるでしょう……」

　エスターが話し出した時にはまだ会場はざわついていたが、彼女の語る言葉に心打たれ、駐車場をぎっしり埋める人々の大部分は教会にいるみたいに静かになった。

「わたしたちが生きる世界は分断されているかもしれません。でも、そこには橋があります。そして詩は橋のひとつなのです。優れた詩は相手に届くだけではなく、たがいに手を差

し伸べ合うことを助けてくれます」

「いいぞ、エスター！」彼女のファンからかけ声がかかり、一部の聴衆から拍手が起きた。

「言葉とイメージというツールを使い、詩人は思いを研ぎすませていきます。それから弓を引き、口をひらき、言葉を〝飛ばし〟、聴衆一人ひとりの固い殻に穴をあけようとするのです……」

固い殻というのはうまい表現ね。わたしは左隣にいるブルネットの女性をちらりと見る。彼女はあくまでも無表情だ。

いつもは皮肉屋のエスターが、今日はまったく新しい一面を見せている——まれに見る弁舌さわやかなところも、情熱を率直にあらわしているところも。それでもニューヨーク・アート・トラストの特別資金援助の責任者は心を動かされていないようだ。

ヘレン・ベイリー＝バークは活動への賛同を表情に出さないという習慣なのかもしれない。有能な資金調達者という彼女の立場につきものの危機対策なのだろうか。それとも単に保守的なだけなのか（アレン・ギンズバーグ世代の表現を借りれば）。

ヘレンは根性の曲がった仲良しのタニヤとはちがい、長身でもなければ、けばけばしくもない。小柄で、貴族的な美しさと優雅さを備えた女性という印象だ。ただ、今日は肩肘張らないパーティーだというのに、彼女もタニヤもおそろしく着飾って参加している。

ヘレンのオフホワイトのスカートは鋭利という表現がふさわしいプリーツが波打ち、フレンチツイストにしたカカオの色の髪にはシエナ色のハイライト。その色は〈フェン〉のテイラードジャケットのパイピングの色や、ペディキュアの艶やかな色とマッチしている。黒真珠の一連のネックレスからはダイヤモンド・ロンデルがいくつも下がっている。右手にはマーキスカットのルビーの指輪。これはコナコーヒーのピーベリー二粒分くらいの大きさはじゅうぶんにある。

対照的に、マダムはヘップバーンを思わせるすっきりとした出で立ちだ。銀髪を内巻きのヘアスタイルにして、やさしいしわのある顔をふわっと包んでいる。メイクはシルバーブルーのアイシャドウと薄いピンク色のグロスがほんのわずかだけ。今日の澄み切った青空と同じ色のシルクの開襟シャツと快適そうなイージーパンツ。シャツの下のカラフルなTシャツはロイ・リキテンスタインのポップアートの柄だ。ジュエリーもひと味ちがっている。大胆なカットの大きなアメシストを使ったネックレスは蚤《のみ》の市で手に入れたのだろうか。そして腕時計は蛍光色のプラスチック製だ。

ヘレンを挟んで向こう側にマダム、こちら側にわたしが立っている。もともとマテオがここにはいたはずだが、いまはいったいどこにいるのだろう。

タニヤがとんでもない提案をした後、マテオは彼女を肘で押すようにして人目につかないところに連れていった（ピンク色のスーツを着たワルキューレはそれを楽しんでいるように見えた）。彼がそこでタニヤ・ハーモンになにをいったのか（あるいはなにをしているのか）はわからないけれど、あまりにも傲慢《ごうまん》な彼女の態度にはいまもはらわたが煮えくり返りそうなほど怒りをおぼえる。

「さあ、始めましょう！」ステージ上でエスターが元気いっぱいに会場に呼びかける。「まず、もっとも若いグループが登場します。今日のために、彼らは俳句の形式で詩を書きました。三行でそれぞれ五、七、五という音節（英語の場合）の形式です。テーマは、今日わたしたちが楽しみにしてきたもの――食べ物です！」

エスターは音響スタッフに手をふって合図する。彼女のボーイフレンドのボリス、またの名をロシア系ラップ・アーティストのBBガンがスイッチを入れた。スピーカーからアーバンビートが流れる。エスターの呼びかけに聴衆が歓声をあげてこたえる。

「では、タッグチーム・ハイク、どうぞ……」

エスターは紹介してから後ろに下がり、子どもたちが半円形を描くようにステージに立ち、ビートに合わせて手拍子を始める。ひとり目の詩人はアフリカ系のアメリカ人の少女。彼女が前に出た。

カリッとしていて中はトロトロ
ママがつくってくれる
愛情たっぷりグリルチーズサンド

彼女は母親に投げキスをしてくるりと向きを変え、片手を伸ばす。アジア系の顔立ちで肌が白い少年がその手をパチンと叩き、つぎの暗唱をする。

アップタウンとダウンタウン
チャイナ、ミッドイースト、イタリー
メルティング・ポットは最高のスープ！

彼は後ろを向いてラテン系の少女の手をぱちんと叩き、つぎはその少女が暗唱する。

高く高く積みあがる
この街はわたしのサンドイッチみたい
いったいどこまで高くなるの？

彼女は韓国系アメリカ人の少年の手を叩く。彼はぴょんとジャンプし、蹴るジェスチャーをしてから暗唱する。

割って、切って
大きくひらいてぱくぱく
なにを食べているの？

彼はこぶしを宙で上下させ、鳶色《とび》の髪の少女の手をぱちんと打つ。アイルランド系のなまりで、彼女はやさしい調子で暗唱を始めた。

きっとヒーローが来てくれる……
クルクル巻かれて待っていよう
クルクル巻こう、ニューヨーク

子どもたちが詩の暗唱を終えると、聴衆は大興奮して盛大な拍手と声援を送った。エスターがふたたびステージに登場してつぎのグループを紹介する。少し年齢が上の彼らは、切れ味のいい自由な形式の詩をラップで披露した。

テーマはやはり食べ物。一つひとつの詩はどれもユニークだ。中国系アメリカ人の少女は、ママの炒飯をつくろうとして失敗したという愉快な内容。アフリカ系アメリカ人の男の子は、スイートポテトパイでつらい昔のことを思い出すという悲しい内容だ。スイートポテトは彼の父親の好物で、父親の葬式でそれが出されたのだ。ヒスパニック系の少女は、浮気者のボーイフレンドが別の女の子にネイサンズでフットロングを買った怒りを詩にした。愛情に満ちた詩をつくったのはパキスタン人の少年だ。彼は祖母の料理が「人生のすてきなスパイス」だと褒め称えた。

エスターの成し遂げた成果にマダムはすっかり心打たれて涙をぬぐっている。ショーが終わってエスターがわたしたちに合流すると、マダムは〝豊かなヒップの〟バリスタのふくよかな身体を抱きしめ、彼女の左右の頬にキスした。

「ありがとう、よくやってくれたわ！　ビレッジブレンドの財産をしっかりと受け継いでくれて、ほんとうにありがとう！　アートとわたしたちの結びつきはあなたとダンテ、ガードナー、タッカーのおかげで新しい世紀にも続いていくのね」マダムが声を詰まらせ、さらに続けた。「せめてあと四十年、あなたたちといっしょにいられたらと切に願うわ。それが叶うなら、これ以上の誇りとよろこびはないでしょう」

エスターは目に涙を浮かべている。わたしはいまにもぼろぼろ涙がこぼれそうだ。左側をちらっと見てヘレン・ベイリー＝バークの反応をうかがった。

笑顔はない。温かさもない。寛容な精神も伝わってこない。なんの感情も込められていない言葉だけ。「どうもありがとう」

「どういたしまして！」エスターはにこやかな笑顔で声を張りあげ、指をさした。「遠くに見えるあの複数の建物、わかりますか？　あれがレッドフック・プロジェクトです。いまは、あそこの子どもに文学の動向について話したり、十八世紀のオーガスタン時代の作家と二十世紀のポストモダンの作家との共通性について話したりすることができないんです。わかりますか。まだ火星の子どもに話すほうがかんたんなくらい！」

エスターが声をあげて笑う。「でも今年の夏に助成金を出していただければ、その子が最新のラップスターの真似するのをきいたり、自分でラップをつくってごらんといったり、その歌詞を書き取って詩人や作家としての才能を見つける手助けをしてやれます。
古代から始まる系譜にあなたも連なっているのだと、その子に教えてあげられます――口伝えで詩が伝えられた時代から続く系譜に。彼は、詩の韻律について学び、お気に入りのラッパーのリズム、韻、繰り返し、ケニング（代称法）をどのように駆使しているのかを学ぶでしょう――ウィリアム・シェイクスピアがしたように。そして楽々と暗唱できるようになるでしょう……」

いまこの場でエスターに拍手喝采を送りたい。わたしがミセス・ベイリー＝バークなら、エスターに助成金を交付すると決めて彼女を質問攻めにしただろう。しかしヘレンからはひとことのコメントも出てこない。

「エスターはとても人気のあるストリート詩人なんですよ」マダムだ。

「あら、そう？」ヘレンがいう。

「はい」エスターがこたえる。「人気はあります。でも大きな流れのなかでは、わたしは特別な存在ではありません。助成金はわたしのためではなく、わたしたちの街でまだ発見されていない詩人のために必要なのです――つぎのニッキ・ジョヴァンニあるいはペドロ・ピエトリのために。ここにいる子どもたちと活動してわかりました。この地球上でわたしにとってもっとも意義深い仕事は、自分のラップではなく、ラップを手がかりにして、この街のスラムの子どもたちにアイデア、文学性、可能性の扉をひらくことです……」

「そうですか」ヘレンは木で鼻をくくったような返事をする。

できることなら彼女を思い切り揺さぶってやりたい！　何ヵ月も前、エスターが提出した申請書を五人のアドバイザーが検討し、助成金の交付先としてふさわしいと強く推した。しかしヘレンは単独でそれを却下できる強力な力を持っている。

ニューヨーク・アート・トラストは価値あるプログラムに金銭的な援助をする。けれどもそれは公的な組織ではなく、個人からの寄付で成り立っている基金なので、多額の寄付を提供する者（たとえばヘレン）は「特別資金援助の責任者」という地位を与えられている。

ヘレンは亡き娘メレディスの追悼のために寄付をした。彼女は助成金の交付先を自分でかならず吟味する。アドバイザーがいくら推薦しようと、彼女はローマ時代の女帝のようにふるまい、応募者にオーケーを出すのも却下するのも自分の一存でおこなう。

その後のヘレンの質問をきいて、わたしは直感した。ああ、これで彼女の親指が上に向くか下に向くかが決まる。エスターのプログラムの価値とはまったく無関係の質問なのに。

「ドミニク・チンはここでいったいなにをしているの？」ヘレンは節をつけるような口調でたずねた。「ここは彼のマンハッタンの選挙区からおそろしく離れているはずでしょう？」

「市会議員のミスター・チンはファイブ・ポインツ・アーツ・コレクティブの強力なスポンサーなんです」わたしは急いで説明した。「ファイブ・ポインツのメンバーたちはトラックの絵と内装で大変貢献してくれています。ミスター・チンを招いたのは彼らです。ミスター・チンはエスターの取り組みやスラム街の夏の奉仕活動にはまったく関わっていません」

もうひと押ししてみるか？

「今日は市のアドボケートのタニヤ・ハーモンといっしょにいらしたようですね……」

なにをいいだすのかという調子でヘレンが片手をふる。彼女の政治的な立場がどうであっても（利害関係はいうまでもなく）、助成金を客観的に審査する際にはまったく問題ではないといいたげだ。

「タニヤとわたしは同じ女子学生クラブ《ソロリテイ》に所属していたの、それだけのことよ」わたしが図々しい態度をとったとでもいいたげに、不機嫌を隠さない。「ほんとうにそれだけ……」

ヘレンについて自分が思いちがいをしていると期待したけれど、やはりカチンとくるものがある。いらいらした様子でしじゅうため息をつき、完璧な造形の顎をつんとあげているのはなぜなのだろう。ああ、でもきっとこういうことなのだ。イーストサイドの社交界の名士である彼女は、誰に対してもこうしてつんと取り澄まして見下すことしかできないのだ――エスター、わたし、詩を朗読した子どもたち、マダムだけではなく、ブルックリンのレッドフックのなにもかもが気に入らないのだ。

マダムはわたしに目配せをした。険しい表情だ。わたしの発言をよろこんでいないの？　それともヘレンの態度に対する不快感？　やはりマテオのいった通りなのかもしれない。芸術から学問、政治から食べ物まで、あらゆるものがなわばり争いに行き着いてしまう。

自分がさきざき後悔することを口にする前に、この場を離れたほうがいいかもしれない……。

その場から離れて駐車場の出入り口へと移動した。マテオがそのあたりにいるかもしれない。と、ちょうどその時耳に入ってきたのは――

「ショコラ・シープ……ストロッ・ベリー……バッター・クリーム……」

カップケーキ・カートのスピーカーから鳴り響く声は拷問そのものだった。

25

サプライズで登場したケイリー・クリミニのサイケデリックなシュガー・バスは、特別な趣向を凝らしていた。エッフェル塔から細長い旗がたなびいて、そこには『カップケーキ・クイーン』という文字がこれ見よがしに書かれている。

ちかづいてくるトラックの轟音に気づいてパーティー会場の人々の頭がこちらを向く。人々が注目するなか、カップケーキ・クイーンの万華鏡のような車が駐車場の正面のゲートのちょうどはす向かいに停まる。一分もしないうちにケイリーがトラックのウィンドウをガチャンとあけ、たちまち客の列ができた（なんという裏切りだろう）。

「フレッバー・フォ・ヴ！　ショコラ・ファーッジ！　ショコラ・シーップ……」

鼻持ちならないCMソングのせいで、ビレッジブレンドのバリスタ兼ミュージシャンのガードナー・エバンスが率いるジャズ・カルテット、フォー・オン・ザ・フロアの演奏が消されてしまう。

「ボス！」エスターがカンカンになってやってきた。「なんですか、あれ？　ケイリーはなにもかもぶち壊すつもりですよ！」

「大丈夫よ」

「大丈夫？　冗談じゃないですよ⁉　巨大な屑みたいな彼女のトラックはシーポートで荒稼ぎしていたはずなのに。なんでわざわざ移動する気になったのか。わたしたちのパーティーをめちゃくちゃにしようって魂胆だわ！　あの不愉快なＣＭソングでなにもかも台無しになってしまう！」

「台無しになどできないわ。それに人を轢いたりもできない。今日はそんなこと、できやしないわ」わたしは指をさす。「見て……」

巨体のギフォード巡査がきびきびとした動作でオートバイから降りる。ハイウェイ・パトロール隊の派手な制服姿の彼は、ゆっくりした足取りでケイリーのいるウィンドウにちかづいていく。少しやりとりがあり、ギフォード巡査の手が鋭い動きを見せる——宙でラジオのスイッチを切るようなジェスチャーだ。

五秒後、ケイリーのスピーカーが静かになった。

エスターは黒ぶちのメガネの奥で茶色い目をまるくした。

「気に入ったわ、あいつ……」

「わたしも」

「誰が彼を招待したんですか？」

「わたしたちの友人、バックマン刑事よ。でもわたしがいまさがしているのは彼ではなくて、ジョイのボーイフレンド。もし見かけたら——」

「フランコ！　いるわ、あそこに」おおぜいの人があつまっているほうに向かってエスターが手をふる。

わたしもエスターと声をそろえてフランコに呼びかけた。

「フランコ！　こっちよ！」


白いタンクトップとダークブルーのスウェットパンツ姿のエマヌエル・フランコ巡査部長は、ワークアウトからこのパーティーに直行した。頭は剃ったばかりのようだ。筋肉は一段と盛りあがって見える。しかしなんといっても彼の存在感を示しているのは、洗い立ての身体から漂う香り――アイリッシュ・スプリングの香り。マイク・クィンがいつも使っている石けんだ。それが彼のOD班にも広がっているのか。

ミスター・クリーンはわたしの熱烈な歓迎に満面の笑みを浮かべた。

「すごい歓迎ぶりだな、コーヒー・レディ。八番街のワーキングガールたちにドーナッツを持っていった時以来だ」

エスターがにやにやする。

「ということは、ボスとわたしを見てあなたは〝ワーキングガールたち〟を連想したというわけ？」

「〝ガール〟というのは包括的な表現だ。きみも知っての通り、彼女たちの一部は服装倒錯者だった」

「あいかわらず、女性をむっとさせる言葉をペラペラとよくしゃべること」

「でも、なぜドーナッツを？」気になるのできいてみた。

フランコが肩をすくめる。「質の悪いヘロインで彼女たちのうちのひとりが命を落とした。マイク・クィンは事情を知りたいと考えた。ガールたちといっしょにドーナッツを食べて噂話をきき出すという寸法さ」むごい話だ。わたしたちがため息を漏らすのを待ってから、彼は続けた。「警察官の仕事にはきりがないってことだよ」

「その言葉をきいてほっとしたわ。無給のささやかな超過勤務を引き受けてもらえるかしら？」

「公共心のある社会人としては、当然の務めだ」

状況を説明しケイリーのトラックを指さした。

いうまでもなくフランコはわたしを質問攻めにしたり、警察の業務手順について演説をぶったりしなかった。なぜかといえば、これまでのつきあいで、彼はわたしという人間をじゅうぶんに知っているから——わたしがどれだけ知りたがり屋で首をつっこみたがるのかも、よく呑み込んでいる。

「事前準備のために少々時間をくれないか、コーヒー・レディ。すぐに戻る」

十分後、約束通りフランコが戻ってきた。ケイリーのトラックを観察して、プランを持ち帰ったのだ——半ダースのカップケーキとともに。

「それは相手の目を欺くために買ったのだと思いたいわ」わたしはいった。「おお、こいつは

「相手の目を欺くためであり、おやつのためである」彼がひとつ頬張る。「おお、こいつはすごい、このメイプル＝ベーコン・バタークリームとやらは、見かけを裏切らず、うまい！」

わたしは腕組みした。「それにはベーコンの脂身を混ぜ込んだバターが使われているのよ」

「ほんとうか？　びっくりだ」

「おしゃべりは、目の前の仕事を片付けてからにしましょう」

「指紋か」フランコは残りのカップケーキを口に押し込む。「ドラゴンのタトゥをしているあの若造の指紋を手に入れるのは朝飯前だ。必要な小道具はここにあるだろうし、後はプロとしての意見をきいておきたい」

「どういうこと？」

「ケイリーのコーヒーだ。ドラゴン・ボーイとそのことで話をする必要がある。彼らのコーヒーは、うまいのか？」

困った。くどくどと口うるさい女だと受け取られないように返事ができるだろうか……。

「ケイリーの豆をローストしているのはジミー・ワン。ポートランド出身の専門家でチェルシーに店をオープンしたばかり。彼はとても優秀。それはまちがいないわ。でも豆さえよければすばらしい味わいのコーヒーをつくり出せるわけではない。ケイリーのコーヒーはまだその水準に達していないわ。おそらく機械設備をじゅうぶん清潔に保っていないのでしょう

ね。そしてコーヒーをポットに入れて保存する時間が長すぎる。だからお客さんはいれたてとはほど遠いコーヒーを飲まされる」

「おいおい、もう少しゆっくり頼むよ、コーヒー・レディ。それなら計画変更だ。あの若造のタトゥを話題にしよう」

「彼のタトゥ？」

フランコがうなずく。

「これはちょっとしたコツだから憶えておくといい。重罪犯と親しくなりたければ、ボディアートを褒めてやればいい」

「憶えておくわ」

「見ただろう？　彼の腕にはぐるりとトカゲが巻きついている。たぶん、名前をつけているはずだ」

「必要な小道具は？」

「小さなポットと、それが入るくらいの無地の紙袋」

「紙袋ならたくさんあるわ。でもそれに入る小さなポットは……待って！　ダンテが小さなポットをひとつ持っているわ！　ココナッツウォーターをそれに入れて持ち歩いているはず……」

会場のゲストはまだまだ増えている。その人ごみをかきわけるようにしてわたしが先頭に立ち、フランコを案内してパーティーのメイン・アトラクションに向かう。

マフィンミューズが午後の日差しを浴びて金塊みたいに輝いている。いままでのくすんだ感じはすっかり消えている。昨夜ダンテとファイブ・ポインツの仲間――紫色の髪でスリムなジョシュ・ファウラーと、髪をツンツン立てて戦略的にピアスを配置しているナディン・ウェルズ――が車体をキツネ色のエナメルで下塗りしてくれたのだ。側面にはステンシルのように白く残っている部分があり、たくさんのマスキングテープで覆われている。それを一気にはずす瞬間が待ち遠しい。

車に人をちかづけないために、周辺には黄色いロープが張ってある。その向こう側でダンテとふたりの助っ人がスプレーガンに塗料を補充し、細かな作業に備えてブラシの準備をしている。フランコとわたしはロープの下をくぐり、いろいろなものが乱雑に散らばっているキャンバス地の防水シートの上を歩いた。シートにはたくさんの色が飛び散ってジャクソン・ポロックのイミテーションみたいだ。

ダンテはよろこんで保温ポットを提供してくれた。

「使ってください」彼はスプレーガンを半自動式銃のように大げさにふりかざしてみせた。「あのビリー・リーというチンピラを捕まえるためなら、こんな保温ポットのひとつやふたつ、失うのはかえってうれしいくらいだ」

フランコはポットを手に取って全体を眺め、蓋をあけ、においをかいだ。

「うまそうだ……マウンズバーみたいなにおいだな」そしてわたしのほうを向いた。「しかし、きれいにする必要がある。中身も外身も」

「トラックに洗剤もシンクもあるわ」

わたしたちはマフィンミューズに乗り込んだ。機械と設備が満載の車内をフランコはすばやく見まわす。身体の向きを変えた拍子に彼の広い肩がキャビネットをこする。

「わお……ライカーズの部屋のほうがまだ広々していそうだ」

「ここは刑務所の独房ではありません。小型の厨房よ。横長の大きな窓をあければ、閉塞感はなくなるわ。いまはペイントをするから閉めているだけで……」

わたしは彼にシンクを示し、タオル類と紙袋を渡した。フランコは保温ポットをゆすぎタオルで外側をくまなく拭いた。それから自分のハンカチを使ってポットを持ちあげて、ハンカチごと滑り込ませるように紙袋に入れた。

「ずいぶん手の込んだことをするのね。それよりもコーヒーとカップケーキをビリーから買って、そのカップから指紋を採取するわけにはいかないの?」

フランコは仕方ないなという表情でかすかに微笑む。

「個人指導をお望みか、コーヒー・レディ?　指紋採取入門の」

「ええ。きくわ」

「指紋採取には三通りある。まず可塑性のある物質についた指紋——ドラゴン・ボーイがカップケーキの砂糖衣を親指でぎゅっと押さえて渡す場合だ。3Dの指紋が得られる可能性がある」

わたしは眉をひそめた。「彼がそうするという保証はないわ——それに、あなたがさっさとカップケーキを食べてしまう可能性がある」

「その通りだ。つぎに紙やボール紙、そして研究室の白衣姿の連中が『吸着表面』と呼ぶものから得られる遺留指紋だ。これは潜在指紋で、肉眼では見えない。その道の専門家がカップに化学薬品を噴きつけて六時間待って、ようやく指紋が手に入る。指紋の一部だけ、という場合もあるし、多くの場合は単なる汚れという結果となる」

「ということは、コーヒーカップを使うというわたしのアイデアは……」

「名案とはいえない。多少の経験がある俺にメールをしてくれてよかった。手に入れるとしたら、汗または皮脂によってできた、くっきりとした、目に見える指紋だ。少々の粉があれば浮かびあがらせることができる。そういう指紋を手に入れるには、表面が滑らかで液体を吸収しない材質、つまりガラスや金属が適している——あるいは、こういう保温ポットだ」

　わたしは感心した面持ちでうなずく。「それで、あなたが立てたすごい計画は?」

「やつにダンテの保温ポットを渡し、彼が香りのすっかり抜けたジェリー・ワンのコーヒーをそれに満たすあいだ、彼とおしゃべりする。そしてこうして紙袋を掲げると——」フランコが紙袋を掲げ、くるくると巻いた縁の部分を持つ。「ドラゴン・タトゥは保温ポットを袋に入れる。ほら《ヴォアラ》、やつの完璧な指紋が一セット手に入るってわけだ」

　マテオはあなたを目の敵にするでしょうね。「すばらしいわ、フランコ」

「それをあなたの娘にも忘れずに伝えておいてもらいたいものだ。できるだけ早い時期に、繰り返し伝えてくれるよう、頼みたい」

「難しい注文ね。そうしょっちゅう話をするチャンスがなくて。ロワール渓谷で撮った写真は送ってくれているのだけど」

「こっちにも届いた。財布に入れてある」彼がにっこりする。恋する少年の切なそうなまなざしだ。

そうだろうと思ったわ……ジョイはあなたにも写真を送っていたのね。

「とにかく感謝するわ、フランコ。くれぐれも気をつけてね。なにしろこの目で見たのよ。ビリー・リーはひどく凶暴な面がある」

「それならこっちも同じことだ」

それに異を唱えるつもりはない。

紙袋を脇に抱え、トラックの後部ドアのほうにぶらぶらと歩きだしながらフランコがいう。「指紋を手に入れたら、すぐにＡＩＳのバックマンのチームに持っていく」彼がそこでいったん言葉を区切り、ふたたび続けた。「なにかきかれたら、この指紋はコーヒー・レディが採取したものだということにする。俺はただの配達人だ。いいね？」

「まかせて。マックス・バックマンとはちょっとした知り合いなのよ。だからきっと誰も怪しまないわ」

歩いていくフランコを見ながら、心底ほっとした。あと少しでビリーの指紋は警察の管理下に入る。もしもその指紋と、バックマンのチームがあのバンから――あるいはなぜかフロントシートに置かれていたワイングラスから――採取した指紋と一致しないとなれば、指紋のエキスパートであるフランコ巡査部長はつぎの手を考えるのに力を貸してくれるだろう。

ケイリーの下で働く別のスタッフの指紋を手に入れる。運転していた人物を突き止めるまで、ひとりずつしらみつぶしに当たるまでだ。

パーティーの生演奏の音楽に合わせてハミングしながら厨房を片付けた。なにもかもうまくいっている。そう思ったところに……マダムの興奮した声がきこえてきたのだ――

「クレアはどこにいるのかしら？　彼女に一刻も早く話をする必要があるの！」

「ちょっと待ってください、マダム。たぶん彼女はトラックに……」

26

「ミズ・コージー？　いますか？」ジョシュ・ファウラーがトラックの狭い厨房に入ってきた。「マダム・デュボワがさがしています」

「ありがとう、ちょうどきこえて……」

髪を紫色に染めてもみあげを伸ばしたジョシュといっしょにトラックを降りようとして、このすらりとした若きアーティストのTシャツに視線がいった。ペンキが飛び散ったTシャツには「AはアナーキーのA」という文字が躍り、明るいオレンジ色のバッジがついている。バッジにはトゥー・ホイールズ・グッドのロゴ。

「ねえ、ジョシュ」わたしは声をかけた。「そのバッジはどこで手に入れたの？　ジョン・フェアウェイがここに来ているの？」

「彼がいるかどうかは知りませんけど、このバッジはあの女性から――」

すでにわたしたちは外に出ていた。ジョシュが指さした先には、軽食類を置いたテーブルを囲んで人があつまっている。すぐにその女性がわかった――縮れた金髪、サイクリング用の銀色の短パン、ピンクのスウェットバンド。トゥー・ホイールズ・グッドの活動家だ。

チャイナタウンで見かけた女性と同一人物だ。彼女はわたしたちの駐車場を精力的に動きまわってバッジとパンフレットを配っている。特に問題を起こしているようにも見えない……いまのところは。

「なにかまずいことでも、ミズ・コージー？」

そういわれても、なんと説明したものだろう。

「クレア！　ちょっときいてちょうだい！」マダムが叫んでいる。有無をいわさぬ口調だ。ジャンヌ・ダルクがきいた「声」は、ひょっとしたらこんな声だったのだろうか。

かすかにうめき声を漏らしてしまった。誰にもきこえないと思ったら、ジョシュに気づかれた。

「なにごとですか？　ぼくでなにか役に立つことがあれば」

すてきな若者ね。そう思って彼の肩をぽんと叩いた。「ありがとう、ジョシュ。また戻ってくるから、その時にね」

「あの女性ったら！」マダムが悲痛な声を張りあげる。「とんでもないわ！」

「どの女性ですか？」わたしはたずねた。ヘレン？　タニヤ？　ケイリー？　闘うバービー人形？　それ以外にわたしが見落としていた人物がいるの？

「あの助成金の責任者のことよ！」

「ヘレン・ベイリー＝バークですか？」ジョシュが足を止めたのが見えた。ダンテとナディンの作業に加わろうと歩きだしていた彼は、じっとこちらを見つめている。

マダムが腕を組むようにしてわたしをトラックの後部へとひっぱっていく。ふたりきりで話したいということだろう。そのまま、マテオの倉庫からいちばん離れた金網のフェンスのところまで移動した。フェンスの向こう側は道路が行き止まりになっていて、その先にはニューヨーク湾が見える。三角波が立ち、青い海面に光が躍り、新鮮な潮の香りがそよ風に運ばれてくる。

「なにかあったんですか？」

マダムは苦悩の表情を浮かべ、額にしわを寄せている。

「彼女はエスターの応募を却下したのよ。助成金を出さないということですよ」

「それは残念だわ。でも驚きはしません」

「激しく憤るべきでしょう。五人ものアドバイザーが強く推してくれたというのに」

「知っています」

「却下する理由としてあの女性が挙げた内容に対するわたしの感想を知りたい？」

わたしはうなずく。

「バカも休み休みいえ、ですよ！」

太陽の光がまぶしくて目を細めていたわたしは、それをきいてぐぐっと目を見開いた。マダムがこんな悪態をつくなんて、めったにないことだ。フランス語のメルドなんてマイルドな表現ではすまない罵りの言葉がつぎからつぎへとあらわれ、パーティー会場を飾るユニークな形の風船のように風にのって浮かび、粉々に散った。

「ヘレンときたら、エスターのことを『洗練されていない』上に『ぱっとしない』などというのよ」マダムの怒りは留まるところを知らない。「ヘレンが娘を追悼するために設けた助成金を贈られる人たちの『グループ』に加わるにはふさわしくないというわけ。わたしは伊達《だて》に長い人生経験を積んできているわけではないわ。そのわたしに向かって、人の格をどうこういうとは！」

「つまり、あの女性はエスターの取り組みそのものを審査しているわけではないということですね」

「ええそうよ。ヘレン・ベイリー＝バークは、カメラの入る記者会見で自分とエスターが並んだ時の写真写りだけを考えているのよ。助成金の記事にキャプション入りで載る写真のことしか頭にない。チャリティ夕食会という名目でおこなわれるカクテルパーティーで――実際には企業や政治家のパーティーや人脈づくりのあつまりでしょうけど――見せびらかすための道具よ」

マダムは左右の手を拳に握ってほっそりした腰に当て、完全に戦闘態勢に入っている。

「この街でヘレン・ベイリー＝バークみたいな人間にはこれまでうんざりするほど出会ってきたわ。アートのパトロンと呼ばれながら、上っ面だけバカげた基準で審査する人たちのことよ。彼らが見るのは、詩人、画家、作家、アーティストがどうふるまい、どう考え、どんな身なりを〝すべき〟か――むろん自分たちと同じでなければ相手にしない。だからあの女性にひとこと説教してやったわ。ほんとうよ」

「マダムがですか？」にんまりしてしまいそうになるのを、頬の内側を噛んでこらえた。

「ええ、あくまでも礼儀正しい態度でね。あの女のお尻を蹴飛ばしてとことん痛めつけてやりたいのは山々だったけれどね。彼女はわたしたちのパーティーのことを『安っぽい』といい、この地域は『芳しくない』といったわ。あの女の頭は空っぽよ！　わたしたちの文化的な歴史をまるで理解していない。グリニッチビレッジといえば、最新流行のビストロと高級ブティックがひしめいている場所と思い込み、ボヘミアンの中心は垢抜けた靴店とカップケーキの店にあるなどと思っているわ！」

元姑がこれほど激怒するのを初めて見た。わたしはとてもめずらしい場面に立ち会っている。歯止めがきかなくなったマダム！

「あの鼻持ちならない女性はわたしに向かって抜け抜けといったのよ。エスターはビレッジブレンドに属しているのだから、〝伝統的な形式の出し物〟を期待してきた、などとね。これはもう彼女を〝教育〟してやるしかないでしょう」

「そうでしたか……」わたしは頬の内側を噛むのをやめた。無理に笑顔をこらえるのは無理だと観念したのだ。「彼女になんといって教育したんですか？」

「ハイヒール妃殿下に教えてやりましたよ。最近のグリニッチビレッジは――ソーホー、ノーホー、トライベッカはいうまでもなく――フェイスリフトをしているようだけれど、それまでの半世紀以上もの間、あそこは『上流』とは無縁な場所だったのだとね。家賃が安いから住む、そういう場所だったということをね！　危険で、汚くて、酔っぱらいと麻薬中毒者だらけだった。でもそこには才気あふれる変わり者たちがおおぜいいた。若いアーティスト、詩人、音楽家、画家、喜劇俳優、劇作家。彼らのうち誰ひとりとして、有名デザイナーのサンダルを買ったり、スパのメンバーになったり、歯の漂白をしたり、鼻の整形をしたりするお金のある者などいなかった！」

「うまい《トウシエ》！」

「そしてわたしはあの女性の考えを正したのよ。アートというのは〝きれいな〟こととは無関係。〝真実〟と〝本質〟を追求する営みである。アーティストであるとは、自分の声とものの見方に到達しようとすること——エスターのいった通りね。いくら美容整形をしても、そこに到達することはできない。本物であり続けることでしか、それは実現できないのよ」

「すばらしい！」

「もうひとつ、いいたいことがあるわ。あの不愉快な女性は今日、いいことをひとつしてくれたわ。あなたとエスターが発案したフード・トラックは事業投資以上の価値がある。それをわたしが理解できたのは、彼女のおかげ。詩人は分断を越えてつながりをつくりだすことができるとエスターはいったわね。ほんとうにその通りよ」

これ以上ないという速さでわたしはうなずく。

「マダムはわたしにチャンスをつかむ勇気、境界を越える勇気を持つように励ましてくれました。そして、『勇気を出してそうしなければ生き延びることはできない』とおっしゃった」

「ええ、確かに。でもわたしはあなたにばかりそういって、自分自身にそう語りかけるのを忘れていた。エスターはわたしのエンジンを再始動させてくれたわ。わたしは彼女の挑戦のために立ちあがり、彼女とともに分断を乗り越えることに決めたのよ。橋をかけて未来の若いアーティストと作家がいま暮らしているところに行き、援助します！」

このままワシントンスクエアで演説ができそうだ。こんなに張り切っているマダムを見るとうれしくてたまらない。でも、ひとつ気になることが――。

「この過酷な現実に、いまからどう対処していったらいいのか。エスターはひどく失望したんですものね。彼女はどう受け止めていますか？」

「あの子はまだ知らないわ。ヘレンとはあくまでも個人的な会話でしたからね。エスターには知らせたくはない」

「それは無理でしょう。彼女が知るのは時間の問題だわ」

「正式な落選の通知は、来週郵送で届く予定なのよ。でもその前に手を打つつもり……」

「手を打つ？」

マダムの青みがかったスミレ色の目が、いたずらっ子のようにキラッと輝いた。

「いったいなにを目論《もくろ》んでいるんですか？」

「エスターはアートのための資金調達をわたしに頼んでこなかったわ。その理由はわかっていますよ。彼女はあくまでも自力でやろうとして、それを実現させた。手続き上では助成金は承認されたのですからね。わたしは彼女の申請書を入手し、ボリスが撮影していた若い詩人たちのパフォーマンスのビデオを添えて、新たな資金提供者を見つけるつもりよ。もちろんオットーも協力するでしょう……」

オットーはマダムの恋人だ。彼はマダムよりも〝若く〟――七十代前半――ギャラリーのオーナーを務めている。ビレッジブレンドの支援をしてくれた人物だ。今日のレッドフックのパーティーには欠席しているけれど、彼ならきっとマダムとともに、エスターが夏に向けて温めている詩の奉仕活動の実現を後押ししてくれるはず。

「ヘレン・ベイリー＝バークは資金をあつめることにかけては、すばらしい能力の持ち主なのかもしれないわ。でもね、本物のアートがどのように生まれるのかについてはまったく無知ね」マダムが片手をひらひらと揺らす。「身につけているお気に入りの宝石のことを、もう少し学ばなくてはね。〈ティファニー〉のディスプレーケースで売られていたりするけれど、その宝石の一つひとつは長い長い時間と圧力でできあがり、暗い鉱山から掘り出されるということをね」

誰かが拍手をしている。マダムとわたしがふり向くと、ジョシュ・ファウラーがいた。黙ってきいていたのだ。

「マダム、おっしゃる通りです！　ヘレンは俗物です。ずっと前から」ジョシュが一気にまくし立てた。

「知り合いなの？」驚いてたずねた。

「彼女の娘のメレディスと親友でした」

「亡くなった娘さんと？」

「そうです。あの助成金の一部でもエスターに渡って欲しいと思ったんです。だから申し込むようにエスターに勧めました。メレディスのお金が少しでも自分の友人に役立てばと思って」

「彼女の母親のお金、ということね?」わたしはきき返した。「ヘレンが寄付したお金が基金となっているのよね。だから責任者の地位を与えられているはずよ」

「ヘレン・ベイリー=バークはあの金が自分のものであるふりをしているだけです。じっさいには自分の金はびた一文出していない。あの金はメレディスが生まれた時に彼女の祖父が信託に預けたものです。二十一歳の誕生日に彼女はそれを受け取ることになっていた。でも十八歳でメレディスは死刑宣告を受けてしまった」

心臓が止まりそうなほどショッキングな言葉だった。

「死刑宣告なんて。ねえジョシュ、彼女はどういう亡くなり方をしたの?」

「知らないんですか?」

わたしは首を横にふる。

「母親に殺されたんですよ」

27

「ヘレン・ベイリー＝バークが娘を殺したというの？　それなら刑務所に入るはずでしょう？」動揺を抑えきれない。

「信じてください、ミズ・コージー。もしもわたしに権限があれば、彼女は確実に刑務所のなかです」

　マダムとわたしは困惑した表情で目を見交わす。するとジョシュはさらに説明を始めた。将来有望な若い画家がわたしたちに語ったのは、犯罪というより悲劇だった。若者にありがちなひどく感傷的な目線でとらえられてはいるけれど、むごい話だった。

　どうやらメレディス・バークはエスターにとても似ていたらしい。芸術家肌で、風変わりで、知的で、愉快。ルーベンスの絵に描かれるような肉感的な女性らしさを備え、はっきりとした顔立ちの個性的な人だった。ファッションショーのランウェイにぴったりの繊細な顔立ちとは対照的なタイプだったようだ。

「メレディスの両親は彼女が幼い時に離婚しています」ジョシュが説明する。「メレディスは父親似だった。それが彼女と母親のあいだの最大の問題になったのだと思います。メレディスは見た目以外にも、かなり父親に似ていた。ヘレンは娘を変えたいとずっと思い続けていた……」

「自分に似た娘になるように？」わたしは推理した。

「そうです」ジョシュが腕組みしたかと思うと、すぐにまた腕をほどく。抑えきれないいらだちがあるのだろう。「だからメレディスを金で釣ったんです。そして、あちこちをいじるように仕向けた。最初はそれほどおおごとではなかったのに、ヘレンのかかりつけの形成外科医がスリー・イン・ワンなどというものを提案したのです。一日でたくさんの処置をするという方法です。これを受けたら信託基金から大金を渡すと、ヘレンはメレディスにいった。ぼくたちは喉から手が出るほど金が欲しかった……」

「その目的は？」マダムが不思議そうにたずねる。「いっしょに旅行するための資金に使いたいとか、そういうことかしら？」

　ジョシュが首を横にふる。

「メレディスとぼくは何年も前から漫画《コミック》のシリーズものを描いていました。アイデアは彼女で、吹き出しは彼女が描いてぼくが絵の担当です。いっしょにつくったものを出版したかったのです」

　この話がどんな結末を迎えるのか、きく前からわたしは怯えていた。

「なにが起きたの？　なぜメレディスは亡くなったの？」

「美容整形手術の後、問題が起きてしまったのです。医師の落ち度ではないそうです。手術にはかならずリスクが伴う。彼女はたまたま、その犠牲になった。だからこそ、彼女の母親を責めても責めても責め足りない。ヘレンはメレディスを崖から押したわけではない。でも崖の縁まで追いつめて、買収して崖から飛ばせた」

美容整形で新しい自分をつくれとわが子に強いるなどと考えただけで吐き気がする。と同時に、ほっとする思いもある。マダムと目が合い、おたがいに同じことを考えているとわかった。

ヘレンという女性がわたしたちのエスターから遠ざかったことに感謝しなくては。マダムとわたしの関係のように、わたしはいつしか店のバリスタの庇護者の立場になっている。そんなわたしにとって、ヘレン・ベイリー＝バークのような有害な人物がエスターに接触して自分自身を疑うように仕向けるとしたら、絶対に許せない。

それにしても皮肉なものだ。ついさっきまで、ヘレンが助成金の申請を却下したことに腹を立てていた。いまはありがたいと思っている。八十歳を超えたわたしの雇用主はすでに新しい方向をめざして頭を切り替えている。人生というのはほんとうにおもしろい。素知らぬ顔をしてやってくる幸運もある——そして気がついたらいい結果が出ている。それはまるで、夜の闇がしだいに明るくなり、ある瞬間、夜が明けたと気づくようなものだ。

今日の成り行きを、ようやく肯定的に受け止められるようになった。ちょうどその時、いい争う声がきこえた。そばでふたりの女性が口論になっている。それがどんどんエスカレートしている。

「こんなところで、よりによって……」

この声は、今年最悪の母親に指名したいヘレン・ベイリー＝バークだ。あまりのタイミングのよさに驚いた。相手に対する軽蔑を隠そうともしない口調だ。

「騒ぎを起こすのはやめましょう、ヘレン。こちらだって、せっかくこうして時間をずらして来ているのよ。あなたはとっくにいなくなっているだろうと見当をつけて……」

聞き覚えのない声だ。口論の現場は行き止まりになった路上だ。パーティーを抜けたヘレンが、停めておいた車に向かって歩いていくとちゅうで口論の相手と出くわしたようだ。赤毛の美しい人物だ。

マダムはふたりの姿を見た瞬間、わたしの腕をつかんだ。

「あの美しい赤毛の人物はグウェン・フィッシャー医師よ。《ニューヨーク・タイムズ》紙の特集記事に登場していたわ。彼女はドミニク・チン市会議員のフィアンセ」

なんてこと。とんだことになったわ……。

今回のパーティーでなわばり争いが勃発《ぼっぱつ》することをマテオは心配していた。ライバルの政治家ふたりが同席していれば一触即発の状態になるのではないかと彼は予想していた。彼の予想ははずれ、そして当たっていた。当人同士の醜い騒ぎは起きなかったが、それぞれの陣営に属する者同士のいさかいが起きた。

淡い色合いのサマースラックス、ノースリーブのブラウスという姿のチンのフィアンセは、感情を顔にあらわすまいとしている——ヘレンに生々しい怒りをぶつけられて感情的にならないのは、大変な試練のはず。

「それは罪悪感があるからかしら、ドクター・フィッシャー？　だからわたしに会うのを避けようとするの？」

フィッシャー医師はヘレンの問いかけを無視して、彼女を避けて進もうとする。けれども小柄な社交界の名士は彼女の前に立ちはだかる。

「質問に答えたらどうなの」ヘレンがいい募る。

「お話しすることはなにもないわ。わたしはあの件にはいっさい関係ありませんから――」

「いいわけなどききたくない！」ヘレンの口調はますますヒステリックになる。

ふたりがいる場所は会場の中心から離れているが、パーティーにあつまった人々の一部はいい争いに気づいたらしい。もっとよく見ようとフェンスのほうに移動している。そのなかにフリーランスのカメラマンがまじっている。

フィッシャー医師はやじ馬に気づいて声を落とした。ヘレンも小さな声になる。それでもなお口論は続き、とうとうフィッシャー医師が決定的なひとことを口にしたらしい。その内容はききとれなかったが、ヘレンの頬は赤く染まった。

ヘレンは言葉では返さなかった。人目があるというのに（見られているからこそ、だろうか）片手をあげて、すさまじいいきおいでグウェン・フィッシャーの頬に叩きつけた。

ひっぱたく音は銃声のようにあたりに響き、行き止まりの道、連棟住宅、金網のフェンスに反響する。フィッシャー医師がよろめいて後ずさりする。頬が赤くなっている。

ヘレンが一歩前に出た。さらに叩くつもりなのだ。

すでにカメラが複数、何度もシャッターを切っている。なにごとかと移動する人の数もどんどん増えている。

なにか手を打たなくては……。

正面のゲートの方向に走っていくと、軽食のテーブルのそばでマテオがコーヒーを飲んでいるのが見えた。口論にはまったく気づいていないようだ。くわしい説明をしている時間はない。

「なわばり争いが勃発したの。倉庫のカギをあけてちょうだい。そこで合流しましょう」

マテオはなにもきき返さないままカップを放り、行動を起こした。五秒後にわたしはゲートから出た。フィッシャー医師のところに着いた時には、すでにヘレン・ベイリー＝バークは黒いセダンに乗り込んでドアをバタンと閉めていた。

フィッシャー医師は屈辱にまみれて立ち尽くし、ヘレンの車は去っていく。見ている人々はぽかんとしている。フィッシャー医師は茫然自失の状態で、身動きしようにもできないようだ。震えている彼女の腕にわたしは触れた。

「いっしょにこちらに。人目につかないところに行きましょう」

28

倉庫のなかに入った。荷物の積みおろしをするスペースだ。コンクリートの建物は天井が高く、窓がない。味気ない空間を蛍光灯の灯りが照らす。午後の熱気はここには届かず、ひんやりしている。たちまち、Vネックの薄いTシャツでは寒くなってしまった。

「ご挨拶が遅れましたが、クレア・コージーです。ビレッジブレンドの者です。いまビジネス・パートナーにドミニクをさがしてもらっています。じきに来るでしょう」

「どうもありがとうございます」彼女が片手を差し出す。「グウェン・フィッシャーです。せっかくのパーティーでとんだ騒動を起こしてしまって。ごめんなさい」

「あなたのせいではないはず」

「いいえ。よけいなことを口にしてしまいました」

グウェンはコンパクトを取り出して、叩かれたところを点検する。頬に手の跡がついて、鼻にかけて肌の色が変わっているのを見て彼女の緑色の目が曇った。彼女が首を横にふりながらつぶやく。

「グレイシー邸で顔を合わせた時も、彼女は似たような愉快な騒ぎを起こしたわ。さすがに

市長の前でひっぱたくような真似はしなかったけれど。でも……市長は女同士のけたたましい喧嘩が大好きらしいわ」

彼女の自虐的なジョークでふたりいっしょに笑いだしてしまい、すっかり打ち解けた。グウェンは会話しながら化粧直しを始めた。

「市長の執務室でヘレンと鉢合わせ？」わたしはたずねた。

「市長の誕生パーティーで。とんでもない屈辱を味わったわ。『踊る市長たち』という出し物の直後に彼女はわたしに声をかけてきたのよ」

「『踊る市長たち』？」

「ロケッツ（マンハッタンのラジオシティミュージックホールを拠点とするダンスカンパニー）のダンサーたち十人あまりがゴム製の市長の顔の仮面をつけて登場して、『ニューヨーク、ニューヨーク』に合わせてハイキックのラインダンスをしたのよ。いま思うと、ミセス・ベイリー＝バークとの遭遇よりもあのダンスのほうがインパクトが強かったわ」

「ヘレンとあなたのあいだには確執があるということ？」わたしはずばりときいた。

「わたしではなく、亡くなったわたしの元夫とのあいだに」グウェンがページボーイのスタイルにカットした緋色の髪に櫛《くし》をいれる。「率直にいって、あの女性の精神状態は不安定のようね。怒らせたりしなければよかった。散々な気分よ」

「まさかあんなことになるなんて」

「情けないわ。ヘレンは数年前にお嬢さんを亡くしているの。わたしの元夫のハリーが彼女に手術をおこなった後に。わたしは彼といっしょに開業してはいないし、一度もいっしょに仕事をしたことはなかったわ。したいとも望まなかった。わたしは美容整形手術の研究を中心とした仕事をコロンビアでしているのよ。ヘレンにもそう話した。娘の死に対する怒りの矛先を誰かに向けたいのであれば、鏡を見るべきだと。わたしに子どもがいれば、本人が望んでいない美容整形手術を三つも受けさせたりしない。絶対に」

ドアがあいてマテオが市会議員ドミニク・チンを案内してきた。張りつめた様子のチンはグウェンの無事な姿を確認してふっと表情をゆるめた。ふたりは抱擁し、そのましっかりと抱き合っている。マテオとわたしは彼らをそっとしておくことにした。それにマテオにきいておきたいこともある。

「タニヤとどこにいたの？」

マテオが片方の眉をあげる。「やきもちか？」

「好奇心よ」

「じつは、ここに連れてきた」

「あなたたち、まさか――」

マテオが首を横にふる。

「タニヤはここでアンコールを期待していた。ぼくはいかにも期待を煽《あお》るようにふるまって時間を稼いで、彼女をヘレン・ベイリー＝バークから引き離しておいた。エスターが心置きなく発表をできるようにな」

それは無駄に終わった、とマテオにいうのは気が進まない。しかし、おそらく彼にも想像がついているにちがいない。

「最終的にあの女性から逃れることができたの？」

「頃合いをみはからって、タニヤにいったんだ。ぼくの妻は影響力のある雑誌の編集長で、たったひとつスキャンダルを暴露するだけでタニヤのキャリアを破滅させられる。ぼくたちが親密になっているのを妻が知れば絶対にそうするだろう、とね。そしてドアを指し示した」

「ブラボー」

「タニヤは相手を脅迫して楽しむ。でも、いざ自分が脅迫されると、とたんにあわてる。あいう連中にどう対処すればいいのか、ぼくは最高のお手本からしっかり学んでいる」

「あなたのお母さま？」

「もちろん」

「すみません、ミズ・コージー？　あなたにお礼を申しあげたい」

ドミニク・チンが握手を求めてきた。

「グウェンからききました。機転を利かせてくださって、わたしたちふたりとも、心から感謝しています。マスコミの関心がよそにいってしまうまでここでこうして待たせてもらえて、あなたとマテオになんとお礼をいったらいいのか。ところで、あなたたちのコーヒーは飛び切りおいしいですね」

市会議員のドミニクは夏用のスポーツコートを肩にひっかけ、白いシャツの袖をまくりあげている。彼は中国人とイタリア人のハーフで――リトルイタリーとチャイナタウンが近接していることから生じた結果といえるだろう。地元出身として選挙区ではとても人気がある。両方の世界に属していて、両方の食べ物が大好きで、ふたりの祖母のビスコッティと月餅で育ってきたことはよく知られている。

彼のシャツに明るいオレンジ色のものがついている――トゥー・ホイールズ・グッドのバッジ。闘うバービー人形はじつに精力的に動いているようだ。

「このコーヒー倉庫もじつにすばらしい」彼はくんくんとにおいをかぐ。「しかし、コーヒーのにおいはしませんね」

「生豆そのものは土くさい、草のような香りがします」わたしは彼に説明した。「豆をローストすると、いつも召しあがっているコーヒーの香りになります。ここではローストの作業はしていないんです」

彼のシャツについているバッジをわたしは指さした。

「トゥー・ホイールズ・グッドのバッジですね？　ジョン・フェアウェイをご存じですか？」

「ええ、ジョンとは何度かいっしょに仕事をしています。わたしの地元で自転車用レーンをつくるようにと、彼はずいぶん前から陳情しているんです。しかし道路がとても狭いので、彼の願いを叶えるには道の半分を完全にふさがなくてはならない」

「それこそ、まさに彼が望んでいることではないかしら。すべての自動車の通行を止めたいのでしょうね」

ドミニクが肩をすくめる。「彼の発想はなんとも極端で」

「フェアウェイのやり方についてはどうお考えですか？」

フェアウェイのグループが警察に情報を渡さず、独特の方法でデータをあつめ、自転車利用者の権利が侵害されたと感じるとグループのメンバーは極端な反応をする。それをドミニクに話した。どれもじっさいに午前中、自分の目で確かめたことばかりだ。

ドミニクは硬い表情になる。「ジョンは警察に対して批判的です。轢き逃げ事件においてずさんな捜査が横行している実情を彼は憂えているんです。じっさい、注意散漫なドライバーが人を轢き殺しても容易に罪を逃れられるというのが実態ですからね」

わたしはリリー・ベスの事件について話し、バックマン刑事のチームが熱心に手がかりをあつめていることを伝えた。

「おそらく警察は捜査方法を改めようとしているのでしょう。それでも轢き逃げ事件はまだまだ多い。ちょうど先々週、グウェンの元夫が轢き逃げで亡くなりました。いつものように日曜日の朝、自転車で走っている時に。目撃者はおらず逮捕者は出ていない。現場にフェアウェイの仲間がいたなら、と思いますよ。そうしたらドライバーは捕まっていたかもしれない」

「ドム」ドアのそばでグウェン・フィッシャーが呼ぶ。「いまがチャンスみたいよ」

ドミニクがうなずく。

「そうだな、もうおいとましたほうがよさそうだ。せっかく呼んでいただいたのに、ご迷惑をおかけしてしまって」

「気になさらないで」わたしは力を込めていった。

グウェンがこちらにやってきた。

「今度の金曜日におこなわれるレヴィン副市長のフード・トラック・ウェディングに、あなたたちも参加なさるの？　招待状の小さなカードにトラックのリストが載っていたわ。すてきなアイデアで、とても楽しみだわ」

「ええ、参加するわ」

「すてき。その時にまたお話しできるわね」

グウェンがあわただしくわたしをハグし、ドミニク・チンがもう一度わたしに感謝を述べるとマテオがドアをあけ、実直な市会議員と才気煥発なフィアンセは人ごみの中へと消えていった。

「きいていたでしょう？」わたしはマテオに向かって叫んだ。「二週間前にフィッシャー医師の元夫がリリーと同じように轢き逃げにあって、亡くなっていたのよ」

マテオがうなずく。

「大都市だから。そんな事故はひっきりなしに起きているんだろう」

「ジョン・フェアウェイがいいそうなセリフ。でもね、どちらの犠牲者も政治の世界と無縁ではない。市庁舎のそばで見かける頻度の高い人たちの関係者でしょう?」

29

三十分後、そろそろパーティーは終わりにちかづいていた。駐車場におおぜいあつまったゲストはすでに百人程度にまで減っている。ケイリーももっと儲《もう》かりそうな場所へとすでに移動していた。

ほぼ全員がマフィンミューズを囲んでいる。ジョシュとダンテがロープのついた幕で車体を隠して、彼らの最高傑作の発表の時を待っている。

「うれしいことにオットーがローラン・ペリエ・グラン・シエクルのボトルを用意してくれました！」マダムの声が響く。

それをきいてマテオが反応する。「シャンパンか？　なにかのお祝いか？」

「わたしたちの新しいベビーの洗礼の儀式よ。しかるべき船の進水式にはシャンパンがつきものでしょう」

「一本百ドルのボトルを割るのか。それはまた値の張る儀式だ」マテオは不満げだ。

わたしは元夫を肘で軽く突いた。

「飲ませてもらえる時には値段のことにいっさいケチをつけないくせに」

いよいよ幕があく。もっとそばに寄るようにとマダムが一同に呼びかける。

喝采とともに幕があいた。車体に描かれた絵の意味を理解した観客から笑いと拍手が湧き起こった。

ダンテの作品は美しく、驚くほどに細密に描かれていていている。サイズも細かさも、見る者を圧倒する。しかも気が利いていて遊び心があって想像力に富んでいる。でも、それはわたしをぞっとさせる絵だった。マダムも同じ反応を示している。マテオはうめき声を漏らしている。

ダンテ、ジョシュ、ナディンが制作した絵はアンドリュー・ワイエスの絵のパロディだった。もとになっているのは写実主義の画家の最高傑作『クリスティーナの世界』。若い女性が低い丘のふもとで座り込んでいるところを描いたものだ。彼女は両脚を曲げて腕で上半身を支え、黄褐色の草に覆われた丘の上の農家のほうを見ている。

ダンテの作品はワイエスと同じ構図で、丘全体がコーヒー豆でできている。農家はビレッジブレンド、その上空にはマフィンとエスプレッソの入ったデミタスカップが湯気をあげて浮かんでいる。女性は素朴なワンピースではなくデニムとTシャツ姿。黒っぽい髪の毛は今風のポニーテールだ。

わたしは目をそらした。昨夜見た光景にあまりにもよく似ている――両脚を轢かれたリリー・ベスが起きあがろうともがいている姿が頭のなかに焼きついている。

マダムがわたしの腕をつかんだ。

「ダンテはオリジナルの絵について、なにも知らないのかしら？」

わたしは学生時代に美術史を専攻していたので、マダムがなにをいいたいのかはわかる。でも、なんとも返事のしようがない。ワイエスのオリジナルはニューヨーク近代美術館に常設展示されているので、きっとダンテはそれを観ているはず。しかしこの絵のモデル——クリスティーナ・オルソンという女性——はじつは野原に座ってくつろいで農家を見ているのではないと、彼は知っているのだろうか？　これは実際にはクリスティーナが自宅に向かって〝這っている〟姿を描いている。クリスティーナは小児麻痺が原因で腰から下が麻痺していた——医師の話ではリリー・ベスが同じ状態になる可能性は高いらしい。

わたしは視線を落として額をこすった。どうしたらいいの。ひどすぎる。この絵を見るたびに、リリーが轢かれた夜のことを思い出してしまう。それは耐えられない。

その時、鋭い銃声が周囲の建物に反響した。悲鳴があがり、駐車場のゲートに飾ってあったマフィンの形の風船が割れた。

そして二発目。すでにほとんどの人はかがみ込み、なかには地面に這いつくばっている人もいる。さすがに熟練の都市生活者だ。わたしは突っ立ったまま——どうにも腑に落ちなかったから。銃声がきこえてきた方向と、弾が飛んできた方向が一致していない。

なぜ？　これはどういうこと？

三発目の銃声に耳を澄ました。が、方向を確認することはできなかった。わたしが立っているのに気づいたマテオが無理矢理ひっぱって地面に腹這いにさせ、その上にがばっと乗ってかばってくれたのだ。

すぐそばにはマダムが身を伏せている。目が合った。マダムの目には恐怖も、驚きもない。そこには怒りと強い意志があった。わたしは奥歯をぐっと嚙みしめ、マダムに倣《なら》って力を奮い起こした。

長い沈黙に続いて、命令口調の大きな声がした――ハイウェイ・パトロール隊のギフォード巡査だった。全員そのまま動かずにいるように、負傷者がいたら知らせるようにと彼は指示した。ギフォード巡査はそのままゲートの警備に立ち、やがて警察車輛のサイレンがきこえて彼の援軍がやってきた。

30

　奇跡的に負傷者は出なかった。そして実質的な被害もゼロだ。ビレッジブレンドのイメージはダメージを負ったかもしれないが、いまは確かめようがない。

　レッドフック分署から駆けつけた警察官がギフォード巡査から現場を引き継いで捜査を開始した。わたしはフィデル・オルティズ巡査部長に事情をきかれた。ケイリーとバックマン刑事のことも含め、時間をかけてくわしく話をした。話を終えたところで誰かが肩を軽く叩いた。

「まもなく勤務時間が終了します。あなたを別の場所に移すようにと上司から指示されています」ギフォード巡査だった。

「店のオーナーの車でいっしょにベス・イスラエル・ホスピタルに行きます。お見舞いのために」

　ギフォード巡査がうなずく。「オートバイで護衛します」

　オットーの運転手が車を出すのを待つあいだ、マダムの隣でわたしはあくびをこらえた。長くハードな、危険に満ちた一日は、いつになったら終わるのだろう。

リリー・ベスの容態はあいかわらずだった。まだ意識が戻らず、彼女の家族は不寝《ねず》の番をしていた。マダムとわたしはリリーの母親、息子、にぎやかな親戚たちといっしょに一時間あまり過ごし、それから自宅に向かった。ようやく帰ってくることができてほっとしていた。しかし自宅では思いがけないことが待っていた。

ビレッジブレンドの従業員用階段を一歩あがるごとに、新しいアロマの香りに包まれた。ガーリックの甘い香り。クミンの土臭い香り。ぐつぐつと煮込んでいるトマトの酸味の利いたさわやかな香り。そして大本にあるのは、豚肉がジュージューと焼けるおいしそうなにおい。イタリア人の血が流れている者はこのにおいだけでごくりと喉が鳴る。

何者かがわたしの住まいのなかで料理をしている。

殺し屋につけ狙われて銃撃されるかもしれないと警告されているのだから、心配すべきなのかもしれない。でも暗殺者がわたしのために最後の晩餐《ばんさん》を調えてくれるとは思えない。それよりなにより、キッチンを勝手に占領している人物の正体はとっくにわかっている。嗅覚《きゆうかく》の記憶がほぼ瞬時に相手を特定していた。

カルニタス――「小さな肉」という意味のスペイン語――はマテオ・アレグロとわたしの新婚時代に欠かせない彼の得意料理だった。豚肉のゴロゴロした塊を蒸し煮にしたやわらかくジューシーな料理はお財布にやさしく、懸命に奮闘する新米の母親を支えてくれた。

つくり方はとてもかんたんで、鍋ひとつでこれさえつくっておけばアレンジして一週間分のごちそうになる。みじん切りのオニオン、フレッシュサルサ、香り高いコリアンダーといっしょにコーン・トルティーヤで包めばおいしいタコスに、マテオ流に特別な黒豆とひとすくいの米といっしょに炒めればブリトーの中身になる。

娘のジョイの大好物は、わたしのお手製のタコス・カップに入れて食べる方法だ。ライター時代に『クレアのキッチンから』というコラムで紹介したレシピのなかでも、これはとても人気が高かった（小麦粉でつくったトルティーヤを四分割したものをパイ皮代わりにしてタコスの中身の残ったものを詰める。ちょうど小さなキッシュのようなもの）。

料理にまつわる思い出はそれだけではない。

カルニタスにホウレンソウとバナナ・ペッパー（黄緑色の唐辛子）を加え、硬い皮のイタリアのロールパンにのせて食べれば、ローマの街角で味わった飛び切りおいしいポルケッタのサンドイッチを思い出す。市場の店でカットしてもらったばかりの熱々でジューシーな豚肉を挟んだサンドイッチを食べた頃は、まだマテオとは数えるほどしかいっしょに食事をしていなかった。

昔のわたしたちはカルニタスの鍋底にこびりついたもの（シェフをしている愛娘は「オ・フォン」と呼ぶ）すら捨てはしなかった。赤ワインでそれをゆるめ、サン・マルツァーノのトマト缶（イタリアの火山の山肌でできたトマトは甘みがあってふっくらとしている）、オレガノ、湯通ししたオニオンを加えて三十分もすれば、滑らかでリッチなパスタ用グレイビーになる。わたしの祖母が六時間かけてつくった日曜日のディナーのソースに負けないほどおいしかった。

いまわたしを包んでいるにおいはたっぷりのカルニタスだけではない。信じられないくらいおいしくて心もお腹も満たされるパスタソースのにおいもする。マテオはいつまでここにいるつもりなのだろう。

玄関のカギをあけてキッチンに行ってみた。煉瓦造りの壁のこぢんまりして心地よいキッチンではマテオが長い脚つきのクリスタル製のゴブレットを手にして、ソースづくりに使ったワインを飲んでいる。

「マテオ、なにをしているの？　これだけの料理、いったい誰が食べるの？」

「きみだ。やつが戻ってくるまで、きみはこの建物から外に出られない――そしてぼくもだ」

断固たる口調で表情も険しい。いつもの楽天的で無頓着なマテオとはまるで別人のようだ。

「警察から電話があったの？」そうにちがいない。「銃撃についてなにかわかったの？　発砲した人物がわかったとか？　警察は誰かを拘束したのね。それとも有力な手がかりが見つかったとか」

「その件ではない。別件だ。ぼくに関係していることだ。とにかく、ぼくの口から説明させてくれ……」

一瞬、とても幼い頃のジョイを思い出した。なにかいたずらをして見つかった時、おかしいくらいマテオにそっくりだった。反省するよりも、ばれてしまったことを悔しがる。彼女の父親はいままさに、そんな表情を浮かべている。

「マテオ、なにをしたの？」

彼はわたしの問いかけを無視し、座れと促し、ボウルをひとつ出してジューシーな赤いソースをまとったスパゲッティを盛った。

「食べろ、まずは」

「でも――」

彼はわたしの手にフォークを握らせ、首にナプキンをくくりつけた。

「なに？　わたしは三歳児？」

「いいから食べろ」

それ以上いわれるまでもなく、わたしはフォークにパスタを巻きつけた。彼がわたしのためにワインを注ぎ、自分のグラスの中身を飲み干してお代わりを注いだ。三杯目かもしれない。パスタとソースを味わった――酸味がきいて香り豊かで旨味《うまみ》もたっぷり。食べ始めたらもう止まらない。

マテオはわたしの向かい側に座る。

「きみが病院にいるあいだ、ブルックリンの銃撃事件を担当している刑事と話をした。彼らはまだ銃弾を回収していない。弾のかけらすら見つかっていない。捜索は中止だそうだ」

「ほんとうに？　銃撃した人物の手がかりはないの？」食べながらたずねる。

「そもそもオルティズはカップケーキ対マフィンのなわばり争いのことなど眼中にない。きみの『説明』をきいていたのは、あくまでも礼儀としてだったんだろう――マテオが小さく引用符のジェスチャーをする――「同じことを話したら、オルティズに笑われたよ」

「じゃあ、いったい誰が狙われたの？」

「誰も。オルティズは、あれは流れ弾だったと確信している。おおかた地元の小競り合いがあったんだろうと。あの倉庫からそう遠くない場所には公共住宅《プロジェクト》があるし、レッドフックはギャングの抗争で昔から知られている。彼によれば、あの界隈ではああいう発砲は日常茶飯事だそうだ」

「でもバックマン刑事からいわれたことを話したのよ。わたしが何者かに命を狙われている可能性があると、オルティズ巡査部長の部下の警察官たちにもいったわ。彼はバックマン刑事に連絡して確認しないのかしら？」

「連絡はしたそうだ」マテオがうなずく。「しかしふたつの事件が関係しているという根拠をバックマンはオルティズに示せなかった。オルティズの考えは頑なで、きみの命が狙われるとしたら犯人は自動車を凶器として選び、銃撃という手段は取らないだろうと信じている」

　空になったボウルを脇にどかし、ワインをもうひとくちいきおいよく飲んでからマテオを問いつめた。

「嫌に後ろめたそうな顔をしているのね。なにか考えがあるんでしょう？　話して」

「きみの仲良しのバックマンの考えは正しい。何者かがきみの命を狙っている。ぼくにはその心当たりがある」

「心当たりがある？」わたしは彼をまじまじと見つめた。「いつから隠していたの？」

「隠してなどいない。今日の午後、発砲事件の後に思いついた。だからオルティズに電話して最新の情報を確認した」

「ねえ、まさか今回もあなたがパーティーでひっかけてふった女の子のしわざなら、つけ狙うのは現在の奥さまにしろといってちょうだい――」

「事はそれよりもっと深刻だ……心当たりというのは……うまく説明できないな。いろいろと込み入った事情がある」

「話して。さっさと要点をいってちょうだい」

「わかった。ブラジルに行った時に国内最大級の麻薬密売組織のボスに会った。いま彼はきみの死を望んでいる」

31

　持っていたワイングラスが滑り落ちてテーブルに転がり、真っ赤な筋がつく。

「ブラジルの麻薬密売組織のボスがわたしの死を望んでいる？　このわたし？　人畜無害な、グリニッチビレッジの小さな店のマネジャーのわたし？　どうして？」

「いっただろう、込み入った事情がある」

　わたしは頭を抱えた。「説明して、マテオ。なにもかも話してちょうだい。時間を遡《さかのぼ》って最初から」

　マテオはテーブルを挟んで向かい側に座り、深呼吸をひとつしてから話し始めた。

「すべてはコーヒーから始まった」

「コーヒー？」

　彼がうなずく。

「サンパウロで飛行機の乗り継ぎを待っている時にばったりニーノ・デュアルテと出くわした。ニーノとは昔リオでいっしょによく遊んだものだ。懐かしい〝カリオカ〟の友人だ——」

「ニーノなら憶えているわ。一度、あなたに紹介してもらったことがある」

「ニーノはテラ・ペルフェイタに招いてくれた。彼のコーヒー農園だ」

「ゴールデン・バレーね？」

ゴールデン・バレーというよりカルモ・デ・ミナスといったほうがわかりやすい。とても肥沃《ひよく》な土地で、峡谷にはバナナ、マンゴー、ライム、レタス、トマトの農園があり、なだらかに起伏する丘陵にはおよそ千六百キロにわたって百万本のコーヒーノキがしがみつくようにしっかりと根づいている。ブラジルのカルモ・デ・ミナスなら、わたしもくわしい。この業界にいれば自然とそうなる――だからマテオのつぎの言葉に驚いた。

「ニーノの農園はゴールデン・バレーではない。サンパウロとリオ・デ・ジャネイロの中間に位置するパライバ・バレーという場所にある。ブラジルのコーヒー産業発祥の地だ」

「知らなかったわ」

マテオがうなずく。

「かつては多くのプランテーションで栄えていた。しかし何十年も前から、見向きもされなくなった」

「その理由は？」

彼は自分の空っぽのグラスをちらっと見る。

「二世紀ものあいださんざん耕作をして、すっかり土地がやせてしまったと思ったんだ。たいていの人はな。しかしニーノはそんな考えに真っ向から挑んだ。そして賭けに勝った。土壌は驚くべき力を秘めていた。テラローシャ――『赤紫色の土』。かつてプランテーションを経営していたポルトガル人はこの土地をこう呼んだ。この土には独特の性質があるとニーノはいった。『ブラジルのコーヒー史上最高のカップ』をつくりだすことができたのは、ひとえにこの土のおかげだと彼はいっていたよ」

マテオはついに誘惑に負けてワインに手を伸ばす。わたしはその手を押さえた。

「よくきいて。これは生死がかかった問題なの。そしてあなたの話では、〝わたしの〟生死がかかっている。だからわたしにわかるように話をしてもらう必要がある。しらふで頭がクリアな状態でいてもらわなくては困るの。ニーノについてもっと話して」

マテオはうなずいてワインのボトルを脇に置いた。

「彼の自慢話だと思って適当に受け流していたんだ。ともかく彼の農園を見にいった。彼は自分がつくるイエローブルボン種をテラ・ペリフェイタ・ドウラダ――『完璧な土地がつくる黄金』と呼ぶ。まさにその通りで、神々の食べ物《アンブロシア》と呼んでもいいくらいだ。あれこそ神々の飲み物《ネクター》だ」

「それはいいから」

「いや、そうじゃない。決して誇張ではない。ニーノの言葉は正しかった。ブラジルのコーヒー史上最高のカップだった」

「サンプルはあるの？」

「やはり興味があるだろ……」マテオが立ちあがる。「きみのパーティーが始まる一時間ほど前に生豆が倉庫に到着した——うれしいことに予定より二日早かった。きみの反応を一刻も早く見たくて、店の地下の小ロット用のサンプルロースターで一ポンドだけローストした……」

マテオはフレンチプレスを持ってテーブルに戻ってきた。豆を挽き、沸騰してから少し冷めたお湯を注ぐ前に、黄金をちりばめたような粉の香りをかがせてくれた。

アロマはすばらしく、思わずうっとりしてしまう。それはまちがいない。ローストしたナッツを思わせる風味、大地の香りという表現では足りない——挽いた豆からは甘い香りを感じる。それも、舌でじかに感じているような力強さだ。

「どうだ、この香り！　このコーヒーはブラジルのカップ・オブ・エクセレンスの称号をかならず勝ち取る。そうなれば荒稼ぎできるぞ。なんといっても事実上、市場を独占しているからな」

わたしは身構えた。こんなふうにマテオがハイテンションになると、用心が必要だ。

カップ・オブ・エクセレンスとは、世界規模のきわめて厳しいコンペティションで、コーヒー生産国でその年に生産された最高のコーヒーに与えられる栄誉だ。すぐれたコーヒーであるというお墨付きであり、誰もが欲しがるその栄誉を勝ち取った生産者は世界規模で知名度が格段にあがる——時には、その豆を小売販売するロースターも知名度があがる。

ブラジル国内には世界でもっとも競争力のある生産者がたくさんいるだけあって、そこでカップ・オブ・エクセレンスの称号を得るのは途方もなく難しい。自分が調達したコーヒーが受賞すると宣言するのは、ハリウッドのプロデューサーがアカデミー作品賞でオスカーを取ると豪語するようなもの。いくら優れた映画をつくっても、負けず劣らず優秀な作品があらわれるものだ。だから勝敗の行方は最後までわからない。

「ニーノから仕入れられるマイクロ・ロットを目一杯買った。残りの豆は審判がくだされて受賞が決定後にオークションにかけられる。そうなったら価格は天井知らずだ」

「そしてあなたはその特権を得るために、いったい〝いくら〟払ったの？」

「ブラジルのプレミアムコーヒーの相場の約三倍だ。ニーノは昨年分の請求書の支払いのために早急に現金を必要としていた。だからこちらとしては大変なお買い得だ。帳簿上は大金に見えるだろうが、テラ・ペリフェイタ・ドウラダがオークションにかけられたら、ぼくが支払った額の八倍から十倍の値がつく――」

「もしもの話ね。もしもカップ・オブ・エクセレンスの賞を取ったら、入賞したら、出品されたらね！」

「かならず受賞する」マテオは澱《おり》が入らないように慎重にコーヒーをそれぞれのカップに注ぐ。「受賞以外は想定していない」

「それはどういう意味？」

「すでに今年の収穫の買い付け予算を使い切って、少々超過気味だった。ニーノのところに行った時点で。だからチューリッヒの銀行から追加融資を受ける必要があった」

「賭けのために借金したの？　どういうつもり⁉　わたしたちはカジノを経営しているわけ

ではないのよ！　いくらカップ・オブ・エクセレンスを受賞するに値するといっても、全額借金して買うなんて信じられない。あまりにもリスクが大きすぎる――」

「リスクが大きいというなら、フード・トラックを買うために借金するのも同じだろう？」

ようやく合点がいった。だからマテオはフード・トラックへの投資にあんなに腹を立てたのか。おたがいに、成功を信じて賭けに出ていたということか――賭けに負ける可能性もあるのに。

「あなたが手がけている仲買業務はビレッジブレンドの経営とは別物だとわかっているし、あなたはそういうリスクを負う権利があることもわかっている。でも、もっと早く教えてもらいたかったわ」

「なぜ？」

「だって、わたしたちは単なるビジネス・パートナーではないわ。友だちよ。あなたが窮地に陥っているのなら、そこから助け出してあげられるかもしれない」

マテオは懐疑的な表情だ。

わたしはため息をついた。

「トライするチャンスくらい与えてちょうだい」

「わかった。それならこのコーヒーを飲むところから始めよう。ほんとうに神々の飲み物というにふさわしい。ひとくち味わったら悩み事なんて消えてしまう」

マテオがテーブルにカップを滑らせて寄越した。熱い液体を鼻にちかづけて香りを吸い込んでみる。複雑な、そして魅惑的な香り。爽やかですっきりして、甘い。その甘い香りにこらえきれず、ひとくち味わう。そしてもうひとくち。さらにひとくち——。

「ああ……」

茫然と宙を見つめる。なにも目に入らない。目を閉じた。視覚的刺激に邪魔されたくない。

「とても滑らかで……すべてのレベルにおいてバランスが取れている……めくるめく風味で思わず恍惚《こうこつ》としてしまう」もうひとくち味わう。「そして、すごく刺激的。〝こりゃまたびっくり〟だわ。大量のカフェインがコカインみたいに身体に入っていく！」

マテオが顔をゆがめる。「痛い指摘だ」

「そうね。そういえば、まだ麻薬の密売組織についてきいていないわ」

「最初から話せといったのはきみだろう？」マテオがカップをトントンと叩く。「味の感想をきかせてくれ」

わたしはくちびるを舌でなめた。「最初にすっきりした味わい。ベリー……もちろんココアの風味も。ベルギー・スタイルのミルクチョコレートのような軽やかさも。そしてカラメルの甘さが感じられた。でもローストする過程で糖分がカラメル化しただけではなくて……これはトーストのような、バターたっぷりのカラメル。ショートブレッドみたいで、口のなかを複雑な味わいがころころと……」

「ぼくはブルーベリーの味わいを感じる。それにレーズンも……でも圧倒的にチェリー……」

「どちらかというとチェリーの〝ランビック〟（チェリーを漬け込んだランビックビール）ね」

「きみのいう通りだ。ほぼ発酵状態まで浸けたフルーティーな風味だ」マテオがさらにゆっくりと味わって、哀愁を帯びた表情を浮かべる。「シリージ・ソット・スピリット……」

「チェリーのお酒」彼のイタリア語を翻訳してうなずいた。彼もこの味で昔に引き戻されている――わたしたちが出会ったイタリアの特別な春に、グラッパと砂糖に浸けた甘い赤い実に。

「ショートブレッドの風味のおかげで、焼きたてのチェリーパイみたいだ。そう思わないか？」

わたしはうなずく。「チェリーパイに、わたしの祖母のリコリ・カサリンギ（チェリー酒）を散らしたものね」

マテオがにっこりする。「あの夏、きみがお祖母さんのレシピでつくってくれたチェリー酒」

「もう何年もつくっていないわね」つくろう、と唐突に思った。「この豆の精製法は？　セミドライ？」

「水洗式だ。それから天日干しする」

「やっぱりね。それでこんなふうに複雑な風味になる。野趣あふれるフレーバーでありながら、透明感があって澄んでいる」またひとくち飲んでみる。「風味に変化が起きている……」それは特にめずらしいことではない――たいていの良質なコーヒーは冷めていくにつれて新しいフレーバーへと移行する。

マテオがうなずく。「チェリーの風味がまろやかに、そして淡くなっている。まるで――」

「リンゴ。異国情緒のあるバニラもかすかに。そして甘くてバターのようなフレーバー。その味わいはまるで――」

「カラメル・アップルだ」

マテオと目が合った。彼はこのコーヒーを正しく評価している。ローストは行き過ぎているけれど――走りだしたら止まらないタイプのマテオはどうしてもそうなりがちだ。彼は生豆に、時間をかけてたっぷりと熱のキスを与えた。もう少しキスの加減を注意していれば、より高いレベルのエクスタシーを実現できたにちがいない。

「つぎの機会にはローストを少しだけ浅くするといいわね」

マテオが肩をすくめる。「きみはエキスパートだからな」

わたしはカップの中身を飲み干して、ふたたび口をひらいた。

「さて、コーヒーは極上だとわかったわ」

「ありがとう」

「でも、もっと説明を――」

「精製法か？」

「いいえ。そこではなくて、ブラジルの麻薬密売組織のボスについて。このコーヒーがどういうわけでわたしを〝殺す〟のかを教えて」

彼がうなずき、ふたり分のカップにお代わりを注ぐ。

「きみは自分でいっているよ。大量のカフェインがコカインみたいに身体に入っていくって。知らないうちに真実にぐいぐい迫っている」

「脅さないで」

マテオは首筋をこする。「どんな場所に行ってなにを見たのか、ぼくは一度も話したことがない」

「そんなことはない、話しているわ」

「そうだな。しかしきみに話しているのは、たいていいいことばかりだ。現実には、最高のコーヒーが栽培されているのは、地政学的にはこの地球上で最悪の地域だ。戦争、人殺し、テロ、革命……ありとあらゆることが起きている。ぼくはそれを目で見て、耳できいて、さまざまな影響を目の当たりにした……」

マテオはわたしのことを世間知らずだと思いたがる。でもコーヒーという茶色い黄金の忌まわしい歴史については、それなりに知っている。だからそういう地域に入っていく彼を尊敬している。今日の午後のマダムの言葉が浮かんだ——暗い鉱山から宝石を掘り出す苦労の数々。

「結婚した時、きみをこわがらせたくなかったから最悪のことについては口を閉じていようと決めた。以来、話さない習慣になってしまった。それを破るのはかんたんではない」

「あなたがひどい状況を経験してきたのは知っているわ」

「ひどい場所もたくさんあった……。最近ではブラジルもそういう場所になってしまった……」マテオが神々の飲み物の入ったカップを脇に押しやり、ワインに手を伸ばす。今回は止めようとは思わない。

「誤解しないで欲しい。いまもリオが好きだ。ブラジルの人々は温かくて寛大だ。しかしあの国ではひじょうにまずい事態が起きていて、急速な退廃が進行している」

マテオがワインをぐいと喉に流し込む。

「都市部の殺人件数は年間五万件以上。貧富の経済的格差が原因だ。暴力はエスカレートしている。仕事も希望もない若いブラジル人がおおぜい、新しい形のクラック・コカインを使用している。〝麻薬の売人《トラフィカンテ》〟はそれを売りさばいて金持ちになる。使う側の若者は命を落とす……とても若い年齢で」

「あなたはそういう〝トラフィカンテ〟のひとりと会ったのね？　どういうつもりだったの？」

「待ち伏せされた」

「どんなふうに？」

「オキシダードってきいたことあるか？」

「いいえ。スペイン語？」

「ポルトガル語だ。〝錆《さび》〟という意味だ。この麻薬はとてつもなく有毒で、肉体をほんとうに腐食させる。クラック2・0のようなものだ。一回でも吸ったらやみつきになる。ブラジルの警察によると、オキシダードの常用で一年に十人の中毒者のうち三人が死亡するそうだ。状況は悪化するばかりでサンパウロのスラム街のかなりの部分がクラコランディア——

クラック・ランド——といわれるようになり、警察は催涙ガスと警棒を使って麻薬常用者を建物から追い出した……」

マテオの話をききながら、ニューヨークの街がクラック・コカインで荒れていた最悪の時期の記憶がよみがえった。

「麻薬の乱用が蔓延すると、ありとあらゆることが起きてしまう。路上強盗、住居侵入、窃盗、強奪、なわばり争い、ギャング同士の銃撃……」

マテオがうなずく。

「さいきんはブラジルを訪れる時にはじゅうぶんに注意を払っている。オキシダードのディーラーにも、彼らに利用されている凶暴で絶望的な連中に巻き込まれるのもごめんだ。だからあの日の朝食にニーノがあるゲストを招いた時は愕然《がくぜん》とした。特別な人物だからぜひ会うようにといわれた」

彼は長い間を置いた。続きを忘れてしまったのかと心配になるほど——さもなければ、必死に忘れたがっているみたいに。

「話して。ニーノはあなたを誰に会わせようとしたの？」

「サンパウロで最大のコカイン・トラフィカンテだ」

32

　わたしはまた目を閉じた。が、今回はまったく別の理由から。さっきは自分の感覚を鋭くするために。いまはただ、ちかづいてくるものを見たくなかった。

「朝のコーヒーを飲みながら麻薬密売組織のボスと会ったのね？」

「自分の意志ではない」

　わたしは目をあけた。

「その麻薬密売組織のボスはニーノ・デュアルテに便宜を図っているの？　それともあなたの友だちのニーノが便宜を図る側？」

「ニーノとどういう関わりなのかは、よく知らない。おそらく、高利貸しなんだろうと睨んでいる。ニーノは土地の開拓に必要な資金を工面したんだろう――金ならたんまり持っている相手だからな。あの男はO・ディーラー《ネゴシアンテ》と名乗り、あくまでも礼儀正しい態度を通した」

　マテオは思い出すことに集中して、目の焦点が合っていない。

「一度見たら忘れられない人物だ。首は頭と同じくらい太い。金歯、傷跡、刑務所で入れられたたくさんのタトゥ。笑うと人食いザメ顔負けの迫力だ」

「彼からの要求は?」

「なんだと思う? 彼はある申し出をした。とうてい受け入れがたい内容だ。だから断った。九時間後に飛行機がサンパウロのグアルーリョス国際空港から離陸するまで、生きてブラジルから出られるかどうか自信はなかった。いったん飛び立ってしまえば、これでもう終わったものと思った。しかし今日の午後の発砲で、終わっていなかったのではないかと考えるようになった」

「O・ネゴシアンテはあなたに麻薬の密輸を持ちかけたのね?」

「そうだ」マテオがうなずく。「オキシダードを一ヵ月に二回運搬する。ブラジルの新しいコカインをニューヨークの街に持ち込む役目を依頼された。ぼくが何十年も積み荷を通関し、まっとうな輸入業者だと見られているのを彼は知っている。だから楽々運び込めるだろうと期待していた——場合によっては関係者を買収させるつもりで、その資金も提供すると持ちかけてきた」

「まあ……」

「彼は入念に下調べをして予備知識をたくわえていた。ぼくが資金繰りで苦労しているのも知っていた。金銭的な問題から永遠に解放されるように取りはからうことができる、などと揺さぶりをかけてきた。そして太っ腹ぶりを見せつけるために、ニーノのコーヒー豆の費用を自分が肩代わりするといいだした。交換条件は、ただちにぼくが彼に協力すること」

「あなたはなんてこたえたの?」

「ありのままを伝えたよ。まず、その申し出には興味がない――資金繰りの問題は季節的なもので、じきに解消される。しかし相手には通用しなかった。彼は本格的に圧力をかけてきたんだ。そこで……」

マテオの言葉がそこで途切れ、思わずわたしは身構えた。ふいに、彼がまたもや不良少年のようなふてくされた表情を浮かべる。

「なんといったの？」

「彼にいったんだ。いっしょに仕事をするのは自分にとってリスクが大き過ぎる。なぜなら……」

「なぜなら？」先をうながす。

「なぜなら、事業のパートナーであるビレッジブレンドのマネジャーはニューヨーク市の麻薬取締を担当する地位の高い警察官と交際しているから」

わたしは大声でわめきたかった。悲鳴をあげたかった。大好きな、鋳鉄製のフライパンを元夫の分厚い頭蓋骨めがけて投げつけてやりたかった。でもじっさいには頭を抱え、そのままテーブルにガンガンぶつける寸前までいった。

「つまりわたしを口実に使ったのね。マイク・クィンとの交際をいいわけにして！　だからO・ネゴシアンテが殺し屋を雇ってわたしの命を狙っている？」

「とっさに口から出た」

「とっさに！　マテオ、どうしてもっと頭を使わなかったの？」

「過剰反応はよそう、クレア」

「過剰反応ですって？　今日、何者かがわたしに向かって発砲したのよ！　それよりもっとひどいことが起きている。あなただってわかっているでしょう。リリー・ベスは昏睡状態のままよ。バックマン刑事の推理が当たっていたということ！　殺人を請け負った卑劣な人物は、彼女とわたしをまちがえた！　それなのに、わたしが〝過剰反応している〟というの？」

「この件に関しては、ぼくがかならずなんとかする。リリーを助けるためにあらゆる手を尽くす。きみの身に絶対になにも起こらないようにする。信じてくれ」

「麻薬密売組織を相手に？　アヴェ・マリア《マドレ・サンタ》！　よりによってブラジルの……」わたしはまた頭を両手で押さえた。「わたしはずっと、コロンビアにあなたが行くたびに心配で心配でたまらなかった」

「コロンビアはもう古い」マテオは否定するように手を揺らす。「ボゴタに圧力が加えられて、いまではブラジルだ。次世代のコカイン栽培者と密売人にとっての新天地だ。そしてビジネスの規模はどんどん拡大している。ブラジルのアマゾンのジャングルでは新しいメデジン・カルテル（コロンビアのメデジンに創設された麻薬密売業者の組織化されたネットワーク）が成長している」

「そんなアマゾンの麻薬組織のボスのひとりがわたしを殺したがっている」

わたしは首をふった。ミスター・ホンのいった通りだ。ルディ・ジュリアーニの心境がよくわかる。ただし人望の厚かった元ニューヨーク市長には、訓練されたボディガードがいた。

ギャングが雇った殺し屋に命を狙われても、彼らががっちりと身辺を警護していたのだ。

「マテオ、わたしはどうしたらいい？　政府高官みたいなわけにはいかない！　特殊部隊が警護してくれるような立場ではないし！　あるのはエスプレッソ・マシンだけよ！」

「きみはニューヨーク市警の警部補とベッドを共にする間柄で、彼は麻薬取引のエキスパートで司法省に複数の友人がいる。やつが戻ってきたら話をつけてくれるだろう」

「いますぐマイクに電話する」わたしは顔をあげ、電話に飛びついた。

マテオがそれを阻止する。

「だめだ。クィンがここに戻ってきたらいっしょに話そう。現実的に考えてみろ。この話をきいたら、あいつは絶対に〝反応〟する。その時、同じ部屋にいたほうがいいとは思わないか？」

「思う。でもあなたはどうかしら」

「どうして？」

「だって、マイクがこの話をきいたら、あなたをまんなかからへし折ってグチャグチャにするわ」

「いいとも！　やらせてやる――きみの身に危害が及ばないとわかった〝あかつきに〟」

一時間前はベッドに潜り込みたくてしかたなかった。いまは恐怖で鳥肌が立っている。

ダック・アラ・オランジュ（カモのグリルのオレンジソース添え）にされるカモの気分だ。

思い切って立ちあがり、材料をつぎつぎにそろえていく。確かにわたしは気が高ぶっている。絶品のコーヒーの影響もある。パブロ・エスコバール気取りの人物が雇った殺し屋に狙われていると知らされた衝撃もある。ともかく、動かずにはいられない！

「なにをしているんだ？」マテオがきく。

「特製のオートミール・クッキー・マフィンをつくるわ。マイクの大好物よ。ひどいニュースばかり彼にきかせるのはあんまりだもの。せめて彼のためにマフィンを焼いてあげたい。まずはたっぷり時間をかけてバターミルクに浸さなくては」

マテオがうめくような声を漏らす。自分の頭も浸けておきたいのだろう。そうさせてあげたいところだけど、バターミルクは足りないし、容器も小さ過ぎる。

だから無理ね。じゃあ、どうする？

すっかり元気をなくしたマテオがかわいそうになった。彼の肩をトントンと叩いた。「金塊が入った袋が地下にあるといったわね？」

テーブルに頰をくっつけたまま彼がつぶやく。

「百五十ポンド入りの袋が、ローストされるのを待っている」

「すてき。わたし、ぱっちり目がさめているの。焙煎機の火を入れるわ」

マテオが元気になった。テーブルにくっついていた頭も持ちあがった。

「いっしょにいくよ」

ビレッジブレンドの焙煎室は地下にある。石の壁、天井には太い垂木がある広々とした空間だ。コーヒーを愛する者にとって、ここのアロマは向精神薬のように効く。アレグロ家に代々伝えられてきた財産だ。

　このひんやりとした地下では何代にもわたってローストの作業がおこなわれてきた。マテオとわたしも、この先ずっと何代も続いていくことを望んでいる。今夜は、ドラムロースターで少量を一回だけ焙煎しよう。わたしはそんなつもりだった。

　マテオはピカピカ輝いている赤いプロバットのスタートボタンを押す。わたしはマテオの魔法のコーヒー豆を点検した。

　豆の入った麻袋には色あせた黒いインクのスタンプで『テラ・ペリフェイタ』の文字。その脇に小さな穴があいているのは、マテオが生豆を少し出すためにカットしたから。わたしはカッターナイフで袋の上の部分をあけた。小さなスコップで生豆をプラスチック製の容器に移していく。四分の一ほど移したところで、袋のなかに視線をやって、わたしは息を呑んだ。

　マテオはプロバットのガスの点火をしながら大きな声で呼びかけてきた。「どうだ、びっくりしただろう?」

「ええ、とても」事実、わたしは目を丸くしている。

「チェリーが、まるで小さな金塊みたいに見えるだろう?」

「塊は見えるわ、確かに」

「なにか異常はないか?　小石だの枝だのは入っていないか?」

「ええ。石が見える。白くて大きな石がたくさん。セロファンにくるまれた塊——街で六桁の金額で売れる代物！」

「クレア、いったいなんの話をしているのか――」

彼がようやく自分の目で確認した。平たい白い煉瓦のような塊がいくつも金色の豆に混じっている。彼の顔が紫色になる。おそらくテラローシャはこんな色だろうと思うほど。彼のくちびるがひくひくと動き、チャイナタウンのナマズがあえぐ姿を思い出した。

ついにマテオが怒りを爆発させた。コーヒーの香りのする垂木が呪詛《じゅそ》の言葉でガタガタと揺れるほど。その言葉の大部分は――すべてではないが――ポルトガル語だった。

「これは、わたしが思っているものにまちがいないのかしら？」茫然としたままたずねた。

ほんとうに現実の出来事なのだろうか？　一夜のうちに人はいったいどれだけのショックに耐えられるのだろう？

マテオはビニールで包まれた四角い塊をひとつ床に放り、カッターナイフで穴をあけた。何重にも厳重に梱包されているので、穴はどんどん深くなっていく。ついに、くすんだ黄色の粘土状のものに到達した。穴から灯油に似たにおいがたちのぼり、いかにも身体に悪そうだ。

「オキシダードだ」マテオが険しい表情を浮かべる。「石油のような悪臭は、この麻薬の精製方法と関係している」

「マイクに連絡する」わたしは階段へと向かう。

「待て！」マテオがわたしの腕をぐいとつかむ。「明るい面を考えた」

「きかせてもらうわ」

「これはテストなのかもしれない。つまりテストチャージみたいなものじゃないか？」

「なんですって？」

「ホテルにチェックインしてクレジットカードを渡すと、相手はそのカードが使用可能かどうか〝試しに〟二ドルくらい課金して端末に通す。この包みはそういう『試し』の意味なんじゃないかな」

　希望をたっぷり込めてマテオがいう言葉をわたしも信じたい。

「マイクにいう前に、いまの状況がどの程度悪いのか確かめたほうがいい」

「これ以上悪くなる可能性があるの？」

「きくな」

　彼の顔に両手を当てた。「答えて」

　マテオの目がわたしをじっと見据える。

「倉庫に同じものがあと〝十五〟袋ある。ことによったら、そのすべてにクラック・コカインが入れられている可能性がある」

33

マテオとわたしはフル装備の銀のＢＭＷを猛スピードで飛ばして夜の街を駆け抜ける。車はマテオの妻ブリアンのもの。だからマテオは自分が運転すると主張した。わたしの元夫は速度制限に違反している以外に、もうひとつ道路交通法を破っている――自動車のハンドルを操作しながらスマートフォンで通話している。

マテオがいらいらした口調で会話している相手はブラジルでコーヒー農園を経営している友だち。話しているのはピジン・ポルトガル語（現地の人と貿易商人が会話するためにできた混成語）で、おまけにマテオの発言しかわからないので会話の内容についていけない。

マテオは悪態をついてスマートフォンを車の天井に叩きつけた。やわらかなレザーを張ったシートに電話がバウンドする。ダッシュボードに当たって粉々に割れる前にわたしはそれをキャッチした。

「ニーノはなんていっているの？」

「まったく無関係だといい張っている。すべてＯ・ネゴシアンテのさしがねだと非難している！」マテオはハンドルを殴る。一度、二度――。

わたしは彼の腕に触れた。

「落ち着いて。そんなに興奮しないで」

マテオは眉にたまった汗をぬぐう。

「もしも、忌まわしい袋がたったひとつだけで、それをたまたまあけたとしたら、そして倉庫の残りの袋にはなんの異常もないのであれば、見つけたコカインをイーストリバーに捨ててしまえばすむ。誰にもばれやしない。そしてマイクは永遠に知らずにすむ」

「きっと見つかってしまうわ」わたしは反論した。「たとえばO・ネゴシアンテ。あるいはブルックリン橋からずっとこの車を追跡している車のドライバーが」

「なんだと！」

「ふり返らないで。バックミラーで確認できるわ。黒い車――」

「シボレー・インパラ？　確認した。少しだけスピードをあげてみる。やつもこっちに合わせて加速したら、厄介だな……」

マテオがアクセルペダルを踏み込むとBMWはよくしつけられたチータのようにエンジン音をたてた。インパラもスピードをあげる。

いい徴候ではない。

のろのろ走るフォードをすり抜けて追い越す。インパラも続く。一分ほど走ったところでマテオが悪態をついて減速した。追ってくるインパラもスピードを落とす。

「つぎの出口はアトランティック・アベニューだ。そこでやつをふり切る」

「でもランプはもうここよ！　車線ふたつを横切る時間はとてもじゃないけど――」

スピードを出したままマテオが急ハンドルを切り、隣のレーンのＳＵＶの進行を妨げた。相手の車のブレーキが踏まれタイヤが横滑りする音、クラクションの音が鳴り響く――夕飯に食べたパスタが口から出そうになる。

わたしたちのＢＭＷは法定速度の二倍のスピードで出口のランプを降りていく。そのまま交通量の多いアトランティック・アベニューに飛び込むと、ちょうど信号が青に変わったところだった――奇跡的な幸運だ。交差点の前で停止するなんて不可能だったはず。

「インパラはまだついてきているわ」シートベルトを握る手に力が入り、拳が真っ白になっている。

「いいだろう。あのいまいましい車に逆戻りってやつを見せてやろう」

「逆戻り――！」

マテオはブレーキを踏まずに交通量の多い反対車線に入り、そのまま横切ってファストフード店の駐車場に入った。わたしはあやうく助手席側の窓に激突するところだった。すんでのところでシートベルトが正しい位置に身体を戻してくれた。

オールナイトで営業しているハンバーガー店だ。インターコムのところに赤いキアが停車し道路への通行をふさいでいる。マテオはハンドルを切った。車は低い縁石に乗りあげ、乗り越え、植え込みを踏みつぶしながら小さな赤いキアの脇を通過した。

ブリアンのＢＭＷの助手席側のドアミラーがスチール製のメニューのディスプレーに激し

くぶつかり、大破した。マテオがまたギアを入れ替え、車は駐車場から飛び出した。

タイヤから煙とゴムの破片をまき散らし、BMWはアトランティック・アベニューへとふたたび入る。しかし今回はさきほどとは逆方向を疾走している。インパラはまだ逆のレーンにいる。あっという間に、またもやハイウェイに入っていた。

新鮮な空気が吸いたくて助手席側のウィンドウを少しあけた。夜の風がヒューヒュー音をたてて入ってきてコンパートメントのなかに満ちた。勝ち誇った鼻息の音がしてマテオを見ると、彼の白い歯にダッシュボードの光が反射して輝いている。

「ドライバーと対決すべきだったかもしれない」わたしはいった。「そうしたら、どういうことなのかわかったかもしれない」

「ああ、そうだな。ドライバーは銃を持っていたかもしれない。そこにはきみの名前が刻まれた弾が詰めてあるのかもしれない」

わたしは奥歯を噛みしめたまま、数分後にマテオの倉庫のゲートの前で停まるまで口をきかなかった。エンジンをかけたままマテオがドアをいきおいよくあける。

「ゲートをあけてくる」

午後の発砲の記憶がよみがえる。こんなに夜遅い時間、そして月の出ていない空。なにもかもが陰鬱《いんうつ》で不吉な色合いだ。工場地帯と住宅地が混在する地域はもはやボヘミアンにやさしいようには見えない。工場の建物は巨人のようにぬっとそびえ立ち、それを取り囲む家々の窓は薄暗い。角の食料雑貨店にも灯りはなく、歩道には人っ子ひとりいない。

マテオはフェンスのゲートのカギをあけて、入り口に十字に張られた警察の黄色いテープを破った。ＢＭＷを駐車場に停めてエンジンを切り、ゲートを閉めた。

ふたりで表玄関に歩いていくと人感センサー付きのセキュリティライトがつき、マテオとわたしは白っぽいハロゲンランプの光を浴びた。これでは標的にしてくれというようなものだ。マテオは急いでキーパッドに暗証番号を打ち込んでライトを消した。

マテオはカギをしっかりと握り、別の暗証番号を打ち込む。小さな赤いライトが緑色に変わるのを確認してカギを差し込んでひねり、重いスチール製のドアを内側へと押した。

高い天井に埋め込まれた蛍光灯がついた。荷物の搬出入用の窓のないスペースは味気ない光に照らされている。

なかに足を踏み込むと塗り立ての塗料のにおいがした。その理由はすぐにわかった。この数ヵ月間、このスペースは日中は搬出入用のスペースとして、夜はビレッジブレンドのコーヒー・トラックの車庫として使われていた。色を塗ったばかりのマフィンミューズはいまもここに停まっている。味気ない明るさのなかで、車体が輝いている。

マテオはいつもの習慣で気温と湿度を示すデジタル式の測定計をチェックする。満足そうな様子でうなるような声を出し、別のカギを出して両開きのドアをあけた。コーヒーの保管スペースだ。入る際、冷たく乾いた一陣の風が吹いて肌がひやっとした。

入ってすぐのところにテラ・ペリフェイタ・ドウラダの袋が積まれている。配送された時の木製のパレットに載ったままだ。マテオは鉄製のフックを握っていちばん手前の麻袋を鋭い刃で裂く。麻薬を見つけるのにたいして時間はかからなかった。

マテオは膝をついて必死につぎの袋を裂く。さらにつぎの袋を。結局すべてにオキシダードの包みが入っていた。マテオはよろよろと立ちあがり、ふらつきながら後ずさりした。手から力が抜けて鉄製のフックが落ち、コンクリートの床に当たって大きなカーンという音をたてる。

わたしはハンドバッグのなかに手を入れた。

マテオがぐったりと頭を垂れる。

「警察か麻薬取締局に知られたら、ぼくたちは破滅だ。文字通り、破滅だ。FBI捜査官がこの倉庫を差し押さえ、おそらくビレッジブレンドも差し押さえるだろう」彼が首筋をこする。「マイク・クィンに電話してくれ。洗いざらい彼に話そう」

すでにわたしの手に電話が握られている。短縮ダイヤルを押した。

「やあ、きみか」マイクの眠そうな声がきこえた。「そろそろ真夜中だ。わたしの様子が心配なのかな？」

「マイク」声が震える。「あなたの助けが必要なの。一生のお願いだから、助けて……」

「クレア、なにがあったんだ」マイクの鋭い声だ。

「マテオが麻薬を見つけたの。コカインを。買い付けたコーヒーのなかに」

「きみはいまどこにいる？」

「マテオといっしょに倉庫にいるわ、ブルックリンの。マイク、大量のコカインがあるの……」

搬出入用のスペースで大きな衝突音が鳴り響き、コンクリートの床を駆けてくるブーツの音がする。

マテオがフックをつかみ、くるりと向きを変えて両開きのドアのほうを向く。甲高い声が響いた。

「麻薬取締局だ。麻薬取締局だ。入るぞ。令状がある」

「マイク！」

「きこえたよ、クレア。彼らのいう通りにするんだ、そうすれば怪我はしない。わたしがきみをこの件から救い出す」

両開きのドアがいきおいよくあいた。光沢のある青い防弾チョッキに『DEA（麻薬取締局）』というステンシルの文字。銃がわたしの心臓に向けられている。まぶしい光で照らされて目をあけていられない。

「床に伏せなさい、いますぐ！　さっさと伏せなさい！」女性の声だ。「伏せて、電話を置きなさい」

マイクの声を最後にききたかったけれど、彼の指示を思い出して電話を手放した。

「顔を床に向けなさい！」女性の声に従って顔を伏せた。

そばで元夫が悪態をついている。

「マテオ、わたしのいうことをきいて。彼らになにもいってはだめ。彼らになにをいわれても。きっとひどいことをいうだろうけれど、弁護士を呼ぶように依頼したら後は黙っているの。なにをいわれても強い意志を持って、くれぐれも――」

「黙りなさい！」女性が命じる。左右の手首を荒っぽくつかまれるのを感じた。

混沌《こんとん》としたなかで、抑揚のない口調で告げられた。

「われわれはあなたを逮捕した。あなたには黙秘する権利がある。あなたが口にすることは、裁判所であなたに対して不利に使用される可能性がある……」

34

彼らはわたしたちをただちに引き離した。

麻薬取締局の捜査官ふたりがマテオをバンの後部に押し込む寸前、彼が抗議の叫びをあげるのがきこえた。わたしは別の車に乗せられ、長い時間をかけて到着したのはハイラインの下の名も知れない建物だった。周囲の様子はちらっと見えただけですぐにガラスのドアから押し込まれてエレベーターに乗せられ、暗く窓のない狭苦しい部屋に連れていかれた。

これまでに見たことのある取調室そっくりだ。三方の壁は防音装置が施され、一面はマジックミラー。椅子が二脚にテーブルがひとつ。以前にこういう場所に連れてこられた時と同様、固定されたものに手錠でつながれた。今回は金属製の椅子に。

捜査官たちのこれからの行動は、予想がついている。マイク・クィンはニューヨーク市警で指折りのタフで有能な取調官だ。その彼から、取り調べの折にどう考え、どう仕事を進めるのかをピロートークで何度となくきいている。

マイクが取調室に入る時には、弁護士が裁判の初日に法廷に出かける時と同じ状態で臨む——ブラジルの麻薬密売組織のボスがコーヒーのブローカーを転身させようとする時も似た

ようなものだろう。容疑者について可能な限りすべてを調べあげる。容疑者がこの世でいちばん重視しているものはなにか、なにが彼らをもっとも傷つけるのかも、なにもかも。

それが不明な場合は、マイクは容疑者を厳しく追及して突き止める。それがあきらかになったら、容疑者が音をあげるまでそこを攻撃する。容疑者が供述したことは、容疑者を有罪に持ち込むための材料となる。真実であっても嘘であっても、警察と検事は容疑者を起訴し有罪判決を勝ち取るために最大限に活用する。

いまそれが自分の身に起きようとしている。

わたしは目をつむり、心の準備をする。いま自分にできるもっとも賢明なことは、弁護士を要請する以外は口をつぐむこと。

彼らになんといわれても、絶対に根をあげない。そう誓った。なにを仕掛けられても、ひとことだってしゃべるものか……。

自分の手を見た。捜査官に私物をすべて取りあげられてしまったのを忘れていた。腕時計も、マイクから贈られたクラダリングも。自分のバッグ、財布、いつも持ち歩いている写真を彼らが調べているところを想像した。娘、愛猫、マイクの写真……。

ドアがあいた。目をあけたが、やはり光はない。

「あら、いやだ」女性の声だ。「こんな真っ暗ななかに放っておかれた?」

ええそうですとも。偶然を装ってね。

突然、蛍光灯の光が部屋中に満ちた。まぶしくて何度もまばたきをし、涙がにじむ。ようやく目が慣れると、ホワイトブロンドの髪、薄い青い目、マニッシュなジャケット、真っ黒なワイドパンツが見えた。

その女性は茶色っぽいファイルをテーブルに叩きつけるように置いて、わたしと向き合って腰をおろした。

「さて」彼女が左右の手のひらを合わせる。

わたしが反応しないので、彼女の言葉は宙ぶらりんのままだ。

「なにか、いかが?」

「弁護士を」はっきりと大きな声でいった。「弁護士を呼んでください」

「水を一杯いかが?　ソフトドリンクは?　販売機があるわ」

わたしは黙っている。

「そうですか。クレア……クレアと呼んでいいかしら?」

なんとでもお好きなように。でも最初に弁護士を呼んでちょうだい。声には出さずにこたえた。

「それはそうと、美しい名前ね……」

よけいなことはいわないで。

「わたしはバージニア・ブランコ。麻薬取締局の特別捜査官です」

テーブルの向こうから彼女がこちらに身を寄せる。

「おたがいに、なぜここにいるのかという理由はわかっていると思うわ。でもひょっとしたら、すべてまちがいなのかもしれない。それをここではっきりさせられるかもしれないわ。いまここでね」

ままあバージニアったら。そんなあり得ないことを……。

ブランコ特別捜査官はファイルをあけてページをめくっていく。のぞき込んでみたい誘惑を懸命に封じた。

「あなたはコーヒーハウスを経営しているのね？」

わたしのくちびるはぴたりと閉じたままだ。

「クレア、あなたが口をきかないつもりなら、わたしはあっちの取調室に戻ったほうがいいかもしれないわね。あなたの夫が」――元夫です！――「驚くべき話をしているのよ。あなたについて。すべてあなたについての話よ」

マテオは話していない。ちゃんとわかっている。あなたはここで嘘をつくことが許されている。いま、あなたは嘘をついている……。

「もちろん、話したくないのであれば話さなくてもいいわ。ここでこうして黙って座っていてもいいし――」

すばらしいアイデアね。だから黙っているのよ、さっきから。

「それともわたしの話をきいてもらおうかしら」

ブランコ特別捜査官がファイルを閉じる。

「この仕事の研修を受けた時に心理学のインストラクターから教わったのよ。無口で陰気くさい相手の口を割らせるのがいちばん苦労するって。やさしくない表現で失礼」

彼女は自分の指の爪をしみじみと観察する。

「小学校の子どもたちに覚せい剤《クリスタル・メス》を売る女とか。いかにも清廉潔白そうなくせにブラジルのコカインの密輸に手を染めるコーヒーハウスのマネジャーとか」

それは真実ではない。わたしはいっさいなんの罪も犯していない！　ほんとうのことを大声で叫んでしまいたい。でも頬の内側を噛んでこらえた。

ブランコ特別捜査官は眉をひそめてテーブルの向こうから身を乗り出す。あまりにも接近するので彼女のシャンプーの香りがする。

「わたしはあなたの口を割らせるわ、クレア・コージー。絶対にね」

いってくれるじゃないの。どうぞやってごらんなさい。

「インストラクターは正しいことをひとつ教えてくれたわ。だんまりを決め込むあなたたちみたいな人は、モンスターそのものだとね」

ええ、そうよ。エプロンをつけたゴジラよ。

「社会病質者《ソシオパス》と、彼なら呼ぶでしょうね」

わたしはレディだから、そんなふうに思ったままを相手にいったりできないわ……。

「ソシオパスは共感する能力がない。人を傷つけてもなんとも思わない。相手が友人、恋人、わが子でもね」

ブランコ特別捜査官が人さし指でファイルをトントンと叩く。

「ところで、あなたの娘のジョイが先週マルセイユを訪れているわ。ご存じ？　ヘロインの密輸で有名な街ね。自分の娘を使って別の麻薬の密輸ルートを開拓しているの？」

娘を巻き込まないで、このクソ――。

「実の娘を利用して重罪を犯すなんて、ソシオパスにしかできない。ソシオパスだからマイケル・ライアン・フランシス・クィンみたいな優秀な警察官を意のままに操ることができるのね。巧妙に彼を操って、麻薬のディーラーと親密になったという事実に気づかせない」

いい加減にして！

「ほんとうに口が堅くてしぶといんだから。いつから計画を立てていたの？　時系列で見ると、たいしたものよね。まず、最初の夫と離婚して十年以上別々に暮らした。そして突然コーヒーハウスに舞い戻って店の上階で暮らし始めた。そのコーヒーハウスの事業には、もちろん元夫が関わっている。すべて計画通り？」

計画なんてないわ。それがわたしの人生。一つひとつの選択の結果。計画を立てていたなら、十九歳で妊娠などするものですか！

「あなたには脱帽だわ、クレア。ほんとうに見事なものね。元夫のこともうまく手玉に取ったの？　それともミスター・アレグロは進んで加担したの？」

たとえ神だろうと彼を手玉に取ることはできない。彼を操るなんて考えはみじんも抱いたことはない。

「そしてマイク・クィンは？　彼をまんまと利用してニューヨーク市警での彼のキャリアを

台無しにした以外にも、あの刑事に対してなにか目論んでいたんでしょう？　汚職？　殺人？」ブランコがふたたび身を乗り出す。「ほんとうは彼のこと愛してなどいないんでしょう？　愛せるはずがないわよね。ソシオパスは愛する能力などないのだから」

彼を愛しているわ。ずっと彼を愛し続けている……。

「ダイヤモンドではなく感傷的な『友情の指輪』というのは、そういう意味？　マイクは二の足を踏んでいるのかしら。それともあなたのほうが逃げ腰なの？」

あなたはわかっていない。愛情さえあればいいというわけではない。二度と過ちを繰り返したくないのよ。

「あなたがほんとうにマイク・クィンを愛しているなら、質問にひとつ答えなさい。マイクが街を留守にしている時に、なぜ元夫と一夜を共にしたの？」

なんてことを……。

「まだ黙っているつもり？　クィン刑事にも同じ質問をして、彼がどんなふうに答えるのか確かめてみなくてはね」

なんてことを……なんてことを……顔がカッと熱くなるのを感じ、心臓が早鐘を打つように鼓動が速くなる。マイクには話していない。リリーが轢き逃げされた後、あまりにも疲れてしまって……半分ねぼけて……忘れてしまった。そんなこと問題ではないと思っていた。でもいま……。

喉になにかが詰まってそれが膨張していくようだ。飲み込もうとすると、熱い涙がこみあげてくる。最初の一粒が頬を伝い落ちるのに気づかないふりをした。涙でぼやけた視界で、バージニア・ブランコ特別捜査官の勝ち誇った笑顔が見えた。わたしは泣きじゃくり始めた。

もう駄目……わたしの負け……。

ドアがひらく音がした。髪の生え際が後退した恰幅《かっぷく》のいい男性が顔をのぞかせた。「クィン警部補が到着した」

思わずはっと息を呑んだのをブランコに気づかれた。彼女が浮かべていた笑みはもはや不快などという生易しい表現ではすまない。

「まあ早いこと。その警察官はとことんこの女に骨抜きにされているのね……」

ブランコはファイルをつかんで部屋を出た。ドアはあけっ放しだ。わざとそうしているにちがいない。マイクにどんなひどいことを話すのかを、わたしにきかせるつもりだ。

だが、彼女にどういう目論みがあったにせよ、それは砕かれた。麻薬取締局の特別捜査官が話すチャンスはほとんどなかった。会話を独占したのは、そして優位に立ったのはマイケル・クィンだった。

そして、マイケル・ライアン・フランシス・クィンが〝爆発〟するところを、わたしは初めてきくことになるのだった。

35

「わたしの関係者がここに拘束されている」マイクは冷ややかな口調で始めた。「いますぐ彼らに会いたい」

「あなたの関係者？」ブランコ特別捜査官がぴしゃりといい返す。「それはどういう意味で――」

「関係者といっているだろう、この能なしめ！　きみたちの組織の専門用語では〝情報提供者〟という意味だ。マテオ・アレグロとクレア・コージーは〝わたしの〟管轄下にある。彼らは〝わたし〟のために働いている！」

　いまや彼はライオンだ。完全に吠えている。

「彼らを襲撃して、きみたちは〝なにもかも〟台無しにした！」

「どういうことですか？」今度は男性の声だ。

「耳の穴をかっぽじってよくきくんだ、ワイス特別捜査官。あの倉庫にきみたちがうっかり踏み込んでしまったために、おとり捜査が台無しになった可能性がある。何千人もの人間が膨大な時間をかけて準備万端整えたものを！」

「なんですって？　そんな情報、どこからも知らされていませんよ！」

「ではきみたちがあの愚かな強制捜査をおこなう前に、わたしの班の人間に情報を伝えたというのか？」

「わたしたちは細部に至るまで完璧に準備を整えています」ブランコがこたえた。「書類は月曜日にはあなたのデスクに届くはずです。いいですか、クィン警部補。わたしたちは釈放など――」

電話のルルという呼び出し音がしてブランコの言葉が途切れた。それから沈黙が続いたのは、三人が電話に注目しているからだろう。

「きみへの電話だ、ワイス」マイクがすました声でいう。

ふたたび電話のルルという音。

「出たほうがいいんじゃないか」

「ワイスです……」

長い沈黙が続く。そしてうやうやしい口調で「はい」と「ありがとうございます」、きびきびとした「失礼いたします」という声。そしてワイス特別捜査官が電話を切った。

「さて……」マイクだ。

「誰から？」ブランコが張りつめた口調でたずねる。「長官？」

「いや」ワイスがいう。「もっと高いところからだ」

「もっと高いって、どういう意味？　どれくらい高いの？」ブランコがいい募る。

「神からの電話だ」

しんとした沈黙が続く。

神？　誰が神なの？　本物ではない。本物の神さまが真夜中に麻薬取締局の捜査官に電話してくるはずがない。

ワイスがふたたび口をひらいた。さきほどまでとはちがい、すっかり腰が低くなっている。

「状況を立て直すためにわれわれにできることを教えてください、クィン警部補」

「アレグロの倉庫から可能な限りすみやかに職員を立ち退かせてもらおう」マイクがこたえる。「麻薬取締局が周辺をかぎまわっているとわたしのターゲットが気づいたら、彼らはあっという間に撤収するだろう。そんなことになれば、マチェーテ（中南米でサトウキビの伐採などに使われるなたに似た山刀）を持ってここに来て片っ端から首をはねてやる」

「ほかには？」

「わたしの関係者の電話に盗聴器をつけているなら、そのすべてをはずすこと。一刻も早く。きみたちの部下による張り込みは終了だ。きみたちがこれから彼らとどう過ごすのかは知ったことではない――セントラル・パークに連れていってメリーゴーラウンドにでも乗せてやればいい。とにかく即刻、彼らの任務を中止させろ！」

「さっそくそのように」

「よし。ではこの女性に、クレア・コージーを連れてこさせるように」

「連れてこさせる?」ブランコが吐き捨てるようにいい返す。「あなた、いったい自分を何さまだと――」

「この人のいう通りにするんだ、バージニア」

特別捜査官バージニア・ブランコは苦り切った表情でわたしの手錠をはずした。じっと見つめるわたしとは目を合わせようとしないまま。わたしも彼女を無視した。ひりひり痛む手首をさすりながら、ふらつきながらも立ちあがる。

重しが取り除かれたような解放感をおぼえてもいいはず。なんといっても、無事に救い出してもらったのだ。あんなにひどい目に遭ったのだ。けれどもじっさいのところ、事態は必ずしもよくはなっていない。ひとまず麻薬取締局は引っ込んだというだけのこと。いよいよクレイジー・クィンと向き合わなくてはならない。

マテオ、クィン、わたしがビレッジブレンドの上階の住居に着いた時、キッチンの時計は午前四時二十三分を示していた。わたしがさっそくコーヒーをいれてポットに移し替える作業に取りかかったのは、習慣のようなものでもあったけれど、たぶん、そうする必要があったからだ。

「いらない」マイクはわたしの手からポットを取り上げて脇に置いた。

「座るんだ、クレア。話したいことがある。きみもだ、アレグロ」

濡れた手を拭いて椅子に座りテーブルに向かった。マテオはわたしの向かいの椅子にどさりと座り込む。髪は乱れ、左目の下の傷は赤く腫《は》れている（傷について彼はなにも語らなかったし、わたしもなにもきかなかった。手荒な取り調べで負った傷かもしれない。が、マテオのことだから合法的な逮捕に物理的に抵抗したために負った可能性もある）。

十番街の麻薬取締局の本部からわたしの住まいがあるビレッジブレンドまでの短い道中、車内の空気は張りつめて誰も口をきかなかった。

「クレイジー・クィン」はもういない。けれども、やはりいつものマイクではない。近寄りがたくて、いままでに知っている無口な彼とはまるでちがう雰囲気だ。彼はなにかを溜め込んでいる。それはもしかしたら、どうしようもない激しい怒りなのだろうか。

マイクの石のような冷たい顔を観察し、彼と目を合わせようとした。でも彼の意識はどこか別の場所にあるようだ。わたしは息を吸い、吐き出し、毅然としろと自分にいいきかせた。マイクとは何日ぶりかの再会だ。それがこんな形になるとは夢にも思わなかった。でもこうなっていなければ、今夜わたしとマテオはとんでもないことになっていただろう。

「よくきいてくれ、アレグロ」マイクがテーブルに身を乗り出す。険しい声だ。「きみはまだ危険な立場にある。危機を脱したわけではない。あの倉庫も、事業も失う可能性はまだある。場合によっては連邦刑務所で服役する可能性も――」

マテオがテーブルを強く叩く。

「いいか、こっちはこの件では被害者だ」

「きみたちが被害者？　なるほど。では、ホテルの女性相続人十人のうち九人はコンパクトにまちがった白い粉が入っていて現行犯で捕まる時の、『それはわたしのコカインではない』という有名な抗弁で闘うのか？」

「ほんとうに無実なんだ！」

「黙ってきけ。きみのいい分は後できく。まずは三人とも睡眠をとって、それからだ。しかし眠る前に、いくつかルールを決めてそれに従ってもらう。それが嫌だというなら、今夜の事態はさらに忌まわしい状況を引き起こしてわれわれは窮地に立たされる」

　マテオが椅子の背に体重をかけ、椅子が軋《きし》む。

「きみたちのいまの立場は、わたしの任務の協力者だ。スパイ、情報提供者、密告者だ。この件の捜査に関して全面的にニューヨーク市警に協力する立場にある。それは了解しているだろうね？」

　わたしは素直に首を縦にふるが、案の定、マテオは抵抗する。

「協力とは、どういうことだ？」

「わたしがきみにやれといったことを〝すべて〟実行するということだ。わたしが不在の時には〝わたしの班〟の指示に従ってもらう。麻薬のディーラーがきみにコンタクトしてきたら、それに応じてもらう。調子を合わせるふりをするんだ。必要であるとわたしが判断したら、盗聴器をつけて会いにいく」

「《ウォールストリート・ジャーナル》紙の記事を見てないのか？　ネクタイをきつく締めると脳への酸素の供給が著しく妨げられると書いてあった」

「わたしへの協力を拒むようであれば、ワイス捜査官とブランコ捜査官に引き渡すこともできる。後は自力で彼らと渡り合えばいい」

マテオは椅子に座ったままうなだれた。

「長年の野望がようやく実現するってわけか。とうとうニューヨーク市警のスパイになれた」

「よろこべとはいわない、アレグロ。しかしわれわれ全員のために、きみはやるしかない」

マテオはうなずき、とうとう同意した。「わかった」

「今日、班の捜査官を招集して新しい任務を割りふる。わたしが指揮をとって全員がひとり残らずこの件に取りかかる。令状を取ってきみの電話には仕事用とプライベート用両方に盗聴器をつける。そして倉庫とここビレッジブレンドに監視カメラを設置する。正午までにはすべて整うだろう」

「えらく仕事が速いな」

「その必要があるからだ。最大の理由はなんだと思う？　この件を解決するための時間はせいぜい一週間。最大でも十日。上の人間とわたしとで取り決めた。その時までにまともな手がかりをつかめなければ、きみは拘束されるだろう。そしてわたしはおそらく部内調査にかけられる」

その夜初めて、マイクの氷のような青いまなざしがわたしに注がれるのを感じた。

「きみも関係者だ、クレア。バックマンから轢き逃げの情報が入った。麻薬取締局からは発砲の情報だ——彼らがあんなにすばやくきみたちを拘束したのは、それが関係している。ブルックリンの地元署が捜査に関わってきたのを見て、いち早く逮捕に踏み切ったんだろう。ともかく、きみの生命は危険にさらされているということだ。だからこの件が解決するまでエマヌエル・フランコ巡査部長をビレッジブレンドのスタッフとして常駐させる」

マテオがうめき声をあげる。「なんだと……よりによって、あいつを」

「フランコを鍛えてくれ、クレア。どこからどう見てもバリスタに見えるように仕込んでやって欲しい――」

「ひと晩で素人をバリスタに変えるなんて無理よ。トレーニングには最低でも三ヵ月かかるわ！」

「最善を尽くそう。バリスタが無理なら皿洗いでもかまわない。モップを持たせて床掃除をさせてもいい。なんだってかまわない。とにかくここの従業員に見えればいい。椅子に座ってテーブルに向かっているだけではだめだ。彼はきみが行くところにかならず同行する。勤務時間中でも時間外でも、彼はきみの影で盾だ。単独で行動するな」

「おい、クィン。なんでわざわざあいつなんだ？」マテオが不満をぶつける。

「ひとつには、きみをいらいらさせるためだ」

「いい加減にしてくれ！」マテオが弾かれたように立ちあがる。「帰るぞ」

「きみはどこにも行くわけにはいかない。あの密売業者はきみにコンタクトをとってくるはずだ。クレアではなく、きみに。もちろんわたしでもない。その連絡が入った時にハンプトンでパーティーのさいちゅう、ソーホーのクラブにいる、というのは困る。きみはここで待機していてもらいたい」

「これから三人でベッドを共にするのか？　『ゴッドファーザー』みたいに」

「明るい面に目を向けましょう」カルニタスがあることを思い出した。「少なくとも、食べ物はたっぷりあるわ」

「わかった。で、ぼくはどこで寝ればいいんだ？」

「客間にベッドがある」クインがいう。「きみにいうまでもないが」

36

マテオがいなくなると、部屋のなかがしんとした。マイクとわたしは座ったまま、なにを話すでもなく時間が過ぎる。とうとう耐えきれなくなってわたしが口をひらいた。

「それで……出張はどうだったの？」

マイクはわたしを見る。でも彼の気持ちは読み取れない。彼が椅子から立ちあがり、ネクタイを緩めてぽつりといった。

「もう寝よう」

わたしの手を取り彼が先に立って上の階に行く。

主寝室は暗い。半分ほどあいているカーテンのあいだから灰色の陰気な光が入ってくるだけ。マイクはランプをつけようともしないし、ベッドカバーをめくろうともしない。四柱式のベッドにどさっと腰をおろし、わたしを引き寄せた。彼の腕のなかにすっぽりとおさまって彼の力強さを感じながら息を吸い込む。

「ありがとう」息を吐き出しながら、ささやいた。

「礼なら、この悪夢が終わった時にきくよ」

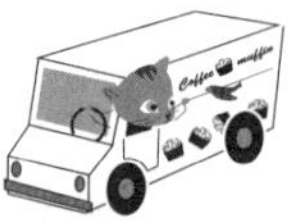

「あの取調室からあなたは出してくれた。とても痛快だったわ。だからいわせて欲しいの。ありがとう」

ベッドに座ったままわたしは身体の位置を変えて痛む両手首をさすった。でも、それ以外にも、左右の上腕に傷があった。

「ああ、あの人たちのせいでこんなに」

黒っぽくなったミミズ腫れをマイクが点検して、静かに悪態をついた。

「手錠をかけられた後、きみの足は床から離れたということか。そうだろう?」

「少しだけ。なにもかもあっという間のことだった。両手首を背中側にまわされて、両方の上腕を吊りあげられて、半分抱えられるように、半分引きずられるようにして駐車場のバンのところまで連れていかれた。なぜあんなやり方をするのかしら。時間を短縮するため?それとも取り調べで口を割らせるプロセスの始まり?」

「両方だ」

「ひどい……」

彼が念入りに傷を調べる。やさしく触れるだけなのに、まだ痛む。

「痛っ」

「大丈夫か、クレア」彼の声はまだ硬い。気遣いは感じられるけれど、なんだかよそよそしい。それがどうしても気になるけれど、ぐっと我慢する。待とう……。

マイク・クィンは辛抱強くわたしを待ち続けてくれている。だからダイヤモンドではなくクラダリングをわたしに贈ってくれた。わたしを急かしたり、こわがらせたくないと思って。あくまでもわたしの気持ちを優先して、気遣ってくれた。だからいまはわたしがそうしてあげたい。

わたしは咳払いをした。

「ねえ、今夜のあなたは見事だった。いったいどういうことだったのか説明してもらえる？」

「電話がかかってきたのが、そもそもの始まりだった――たくさん、かかってきた」

「それが説明？」

「いまのところは」

「せめてひとつだけ教えて」

「なにを？」

「〝神〟って誰のこと？」

マイクがしばらく間を置いてからこたえた。

「哲学的な質問だな、コージー。わたしにはそれに答えられる資格はないと思うよ」

「とぼけないで」

「じきに話すよ。今夜はだめだ」

「正確には、もう朝よ」わたしは窓のほうを指し示す。部屋に差し込んでいた灰色のわびしい光が、太陽の薄い黄色に変わっている。大昔からこうしてかならず夜明けはやってきた。

夜に覆われていた地球を温め、闇を加熱して追い払う。

「ひとつ、ききたいことがある」

「マテオのことなら、客間に泊まったとはっきりお答えするわ。直接会っていおうと思っていたの。でも――」

「会えなくて寂しかった？　それが質問だ」

彼の目をじっと見つめた。〝ええ、寂しかった。いまもまだ……〟。そういいたかった。

ひと晩じゅうマイクの目は極寒の地の凍った池のようだった。わたしは無言のまま片手を彼の頬へと移動させた。無精髭が生えてざらざらした感触だ。見る見るうちに氷が溶けだした。わたしたちの部屋でふたりきりになってようやくマイクの凍った仮面は溶け去り、彼はわたしのもとに戻ってきた……。

「もう一度きいて」わたしはささやいた。

彼の目はいまキラキラして、青い池は金色の光に包まれている。

「会えなくて寂しかった？」

もう言葉はいらなかった。

37

「オー……フィガロ！　フィガロ！　フィガロ！」

　わたしは目をこすった。カーテンのあいだから差し込む光で、太陽が高くのぼっているのがわかる。ベッドサイドの時計を見ると午前十一時五十二分。マテオはシャワーを浴びているにちがいない。

「オー……ラ、ラ、ラ！　ラ、ラ、ラ！　ラ、ラ、ラーー！」

　頭が痛い。両腕の打撲の痕は青黒く変色し、両手首の擦り傷はひりひりしている。寝返りを打つと、剝《む》き出しの筋肉の壁にまともにぶつかった。一瞬、また夢を見ているのかと思った。でもちがう。本物のマイク・クインがいる――うんざりした表情で。

「アー《ああ》、ケ　ベル　ヴィーヴェレ《すばらしい人生》、ケ　ベル　ピアチェーレ《すばらしいよろこび》」

「あれはきみのいまいましい元夫がギャーギャー鳴いている声か？」

「ええ」あくびをしながらこたえた。「ロッシーニを歌っている。わたしたちへのメッセージだと思う……」

「わたしたちへの？」マイクがぶつぶつ不満をもらす。「いったいなんのメッセージだ？」

「あれは『セビリアの理髪師』のアリア『私は町の何でも屋』ね。〝理髪師〟のパートがわたしへの、リブレットがあなたへの……」

「イタリア語はわからない」

「プロント　ア　ファル　トゥット！」マテオが口ずさむ。「ラ　ノッテ　エ　イル　ジョルノ！　ヴィタ　ピュ　ノビレ、ノ、ノン　シ　ダ！」

「なんでもやるぞ、夜も昼も、こんなにすばらしい人生はない」マイクのために訳した。

「それが彼からわたしへのメッセージか？」

「あきらかに皮肉ね」

「アー……フィガロ！　フィガロ！　フィガロ！　アー　テッ　フォルトゥーナ　ノン　マンケラァ」

「ああ、フィガロ。きみはいつだってツイている」

マイクがうめき声をもらす。なにを考えているのか、手に取るようにわかる。これは長い一週間になりそう。

あきらめとともにため息を漏らし、マイクにぴったりくっついて彼の広い背中に頬を乗せた。とても頑丈で温かくて心地よい。そう、マイクは心地よい。彼との関係はいろいろな意味でとても心地よい……それなのに、昨夜の取り調べの不愉快な記憶がなぜかひっかかっている。

「ほんとうは彼のこと愛してなどいないんでしょう？……ダイヤモンドではなく感傷的な

『友情の指輪』というのは、そういう意味？　マイクは二の足を踏んでいるのかしら。それともあなたのほうが逃げ腰なの？」

わたしだ。それはわかっている。でもマイクからダイヤモンドを受け取ることを躊躇《ちゅうちょ》するのは、彼への愛とは関係ない理由から。わたしは心からこの人を愛している。

ではなぜ、いっしょになると彼にいわないの？

答えははっきりしている。マイクの愛情にはみじんも疑いを抱いていない。けれども、どうしても信用できないことがある……先々のことを思うと、どうしても――ふたりのあいだになにか起きたらどうしよう、それが原因でおたがいの絆が弱まったらどうなるの？　マテオといっしょになって苦しんだ経験を繰り返したくない。神の前で誓いを立てても、なにもかも崩れてバラバラになってしまう可能性があるのに、もう一度誓うなんてできるの？

やわらかな声がきこえるような気がした……。

「こういう時はね、リスクをとらないことが最大のリスクなのよ、クレア」

店の経営で難しい問題に突き当たると、マダムはそんなふうにアドバイスしてくれる。愛にはまた別の難しい問題がある。いまベッドのなかでマイクを隣に感じながら、頭のなかで自問していた。〝彼とこのままの状態を無難に続けていくこと自体、ちがう種類のリスクをつくり出すのだろうか？　結婚を遅らせれば、いつかわたしたちの関係は終わってしまうの？〟

そう考えただけで、両腕の紫色のミミズ腫れよりもはるかに強い痛みをおぼえた。

気がついたら片方の腕でマイクのがっしりした身体をぎゅっと抱きしめていた。もっとそばにいたい。そう思って彼の首にくちびるを押し当て、撫でながら手を移動させていく。反射的に彼がぴくっとしてはっと息を吸い込む。三十秒後、彼が寝返りを打ってこちらを向いた。眠る前にわたしたちは甘く愛し合いそのまま寝間着も着ないで眠ってしまったので、いまわたしの身体のカーブを覆っているのはベッドのシーツ一枚だけ。

わたしはマイクの目をじっとのぞき込んで、胸のなかで誓った。

〝この件がすべて片付いたら、自分の気持ちを打ち明ける。先のことを考えると不安や疑心暗鬼、おそれも湧いてくる。でも、そんなのはどうでもいいこと。あなたを失うリスクにくらべたら。だって、あなたはわたしのためにあらゆる犠牲を払ってくれた……〟。

半分ほどあいているカーテンの隙間から差し込むふわりとした光のなかで、マイクはわたしの密やかな笑顔を見つめる。目覚めたばかりのすっきりとした彼の顔に激しく貪欲《どんよく》な表情が浮かぶ。

「オー……ラララ、ラララ、ラララーーー！」

マテオのうるさい声はもう耳に入らなかった――少なくとも、それからの二十分間は。

「そうだ、サリー。フランコを見つけてくれ。彼に当面任せたい任務がある。ポリスプラザ一番地《ワンポリスプラザ》（本部庁舎）での会議に関しては後で概要を伝えればいい……そうじゃない。二十四時間態勢ではない。わたしが不在の時だけ、バリスタを装ってクレアについているんだ……ああ、ああ。とにかく彼をここに寄越してくれ。一時間以内に。そうしたらわたしとバトンタッチする……」

「シャワーをどうぞ」

テリークロスのバスローブに身を包んで主寝室に戻った（マイクとおそろいだ。彼のバスローブはいつもバスルームのドアにかかっているのだけれど、いまはどうやら行方不明らしい）。

マイクはわたしに向かって一回うなずいてサリーとの通話を終えた。サリーはOD班の彼の右腕だ――厳密にいうと班というわけではない。ニューヨーク市警の特別なタスクフォースで、これはあくまでも呼称だ。

数年前、処方薬の過剰摂取による死者が異常な数となって市長は危機感を募らせた。警察委員長は解決策を見つけるように依頼され、OD班が結成された。マイクは指名されてその責任者を引き継ぎ、てこ入れを図った。腹心の部下を加え、積極的に手がかりを追求し、ニューヨーク市警有数の有能なチームに育てた。

彼が手がけた事件の一部は注目を浴びたので、アメリカ司法省のVIPの目に留まったのも不思議ではない（必ずしも称賛ではなかったにしても）。マイクの出張はうれしいものではなかったけれど、彼がワシントンに呼ばれたことはよかったのだと認めるしかない。そうでなければ昨夜の麻薬取締局への電話はあれほどのインパクトがなかったのではないか。

「今朝も神さまに電話しているの?」

マイクがにっこりした。「日曜日だ。神は忙しい」

「わたしはしょっちゅう神さまと話をしているわ。とりわけ、日曜日にはね。なにか欲しいものはない?」

彼がわたしを自分のほうに引き寄せ、頬に触れた。「じゅうぶんに身辺に気をつけて欲しい」

「また弾が飛んできたら、かならずよけるわ」

マイクの笑顔はもう消えている。「きみにいっておきたいことがある。秘密事項だ」

「なに?」

「昨夜アレグロとキッチンにいた時、わたしは嘘をついた。きみの生命は危険にさらされてはいない。ほんとうに危険にさらされていると思ったら、テネシーのどこか安全な家にさっさときみを押し込める」

「それならメンフィスにしてもらえる? メンフィスにはおいしいコーヒーがあるそうだから」

「まじめな話だ。重要なんだ。ああいうディーラーがほんとうにきみの死を望むのであれば、いま、きみはここにこうして立ってはいない」

「轢き逃げについてはどうなの?」

マイクが首を横にふる。「金で雇われて殺しをする人間は仕事を完遂するための報酬を得る。暗殺者がきみを轢こうと計画して失敗したら、翌朝には失敗を取り返すだろう。麻薬密売組織のボスに知られる前にな。そしてその時には、マフラーのついていないバンよりもっと信頼のおける手段をとるはずだ」

「発砲は？」

「あれはきみを狙ったものではない」

「なぜそういい切れるの？」

「麻薬のディーラーは暗殺する時は近距離から撃つ。ほぼ例外なしに。ほかにも理由はある。オルティズ巡査部長と時間をかけて話をした。きみは昨日、大きなトラックの前に立っていたんだな。もしも暗殺者がきみを狙っていたなら、警察の鑑識班《CSU》は銃弾や破片をそのトラックの周辺で見つけているはずだ。しかし彼らはなにも発見してはいない。さらに証人は、銃声がトラックの後方からきこえたといっている。しかし風船はトラックの前で割れている」

「それはわたしも同感。銃声と弾の軌道が一致していない。どういうこと？」

「偶然の一致なのかもしれない。公共住宅《プロジェクト》の抗争からの流れ弾と、たまたま風船が割れたタイミングが同時だったのか」

「事件を捜査する場合、偶然の一致というものは存在しないとあなたはわたしにいったわ」

「確かにそういった。そして昨日の出来事の背後には、ほんとうはなにか周到な計画があるのかもしれない。しかしそれがなんであろうと、きみの命を奪う企てではない。それでここからが秘密の話だが、アレグロにはきみの命が危険にさらされていると思い込ませておきたい。そう信じている限り彼は離れないだろう。彼にはどうしてもわたしの、そしてＯＤ班のそばにいてもらう必要がある。彼が引き続き協力してくれなければ、ディーラーへとつながる手がかりをつかむチャンスを失う。ブラジルの新手のコカインを手に入れてばらまいているやつらの尻尾をつかめなくなる」

「わかったわ。わたしはカモのグリルのオレンジソース添えではなかったということね。でも、フランコはなんのため？　形だけのため？」

「ディーラーがきみにアプローチしてきた場合に彼がきみを援護する。昨夜はああいうふうにいったが、彼らがきみと話すことを望む可能性はじゅうぶんにあるとわたしは考えている」

「わたしと話す？　このわたしと？　いったいなにを？」

「その麻薬密売組織のボスがきみの死を望んでいたなら、きみは死んでいただろう。そうなっていない唯一の理由は、麻薬取締局の捜査官たちが昨夜きみを拘束した理由と同じだ――きみはわたしとの架け橋になる。この新しいコカインには新しい関係者、新しいネットワークが関わっている。だから彼らはなんとかしてアレグロをはめて手先にしようとしている。そして利用価値のある悪徳警官を欲しがるようになる。そうなるときみはターゲットとは逆のものになる。つまり、きみは貴重な人材ってことだ」

「でもわたしはあなたの情報提供者よ」

「彼らはそのことを知らない……そしてフランコがついていれば、きみは怖がる必要はない。なにをいってどうふるまえばいいのかを迷わずにすむ。われわれがすべてチェックする。きみのこれまでの活動はよく知っている。わたしと同じで、悪いやつを倒すのが好きだ。今回、司法省のお偉方をうまく説得できたのは、きみのこれまでの活躍が大きく影響している」

「また、わたし？」

「すべて記録として残っている。彼らの関心をとらえた事件できみの活躍が記録されている」

「インターネットの薬販売を阻止するのに協力した時のこと？」

マイクがうなずく。

「あの時、きみは主要な証人という以上の存在だった。アレグロがいま連邦刑務所への道のとちゅうにいない主な理由は、きみだ」

わたしは目を閉じる。

「消化するにはあまりにも多すぎる情報だわ、マイク。わたしにはコーヒーが必要よ。ものすごく」

彼がわたしをそばに引き寄せ、額にくちづけする。「下で会おう」

38

「クレア、問題が起きた……」

キッチンでオートミール・クッキー・マフィン二ダースをオーブンから取り出しているところに、マテオがずかずかと入ってきた。行方が知れなかったマイクのバスローブを巻きつけて（謎が解決した）。

「ぼくのはダメになってしまった！」

「あなたのなにが？」もしや、タニヤはわたしの予想を超える荒々しさだったの？

「スマートフォンだ！　あの麻薬取締局のファシスト連中が壊したにちがいない」

「マテオ、憶えてないの？　〝あなたの〟はあなたがブリアンのＢＭＷの天井に投げつけたのよ。麻薬のディーラーに追いかけられている時に自分で壊したの」

「ディーラーがどうかしたって？」

　マイクがのんびりした足取りで入ってきた。シャワーを浴びたばかりで短く刈ったライトブラウンの髪はまだ湿っている。スレートグレーのスラックス、白いワイシャツ、シルバーブルーのネクタイという姿。ネクタイはコバルトブルーの虹彩をよく引き立てている。けれ

どもわたしの関心を引いたのは、彼がベルトに装着しているもの。彼の職業を象徴するいつものアイテム――ゴールドシールドと手錠――はわかる。それ以外に、予備の弾倉、催涙スプレー（唐辛子スプレーともいわれる）、そして多機能ツールのポーチ。ポーチにはいかにも物騒なナイフも入っている。これは戦闘に臨む装備だ。そう思うと、気持ちがふさぐ。

「ディーラーに追跡されていたのか？」

マイクはショルダーホルスターをキッチンの椅子の背にかける。

「ええ。マテオが見事なハンドルさばきで振り切ったわ」

「車の型式は？」

「シボレー・インパラ。最新モデル。黒だ」マテオがこたえる。

クィンのくちびるの端が少し持ちあがる。

「連邦法執行機関の七十パーセントはシボレー・インパラの最新モデル、黒を使用している」

「つまり、振り切った車は麻薬取締局の連中だというのか？」

「一時的に振り切っただけのようだ」

マイクがわたしの肩に触れ、頭にキスした。

「すばらしいにおいがする」

わたしはにっこりした。

「シナモン、ブラウンシュガー、レーズン、バターミルクに浸したオートミール。あなたのためのおいしいマフィンが焼きたての熱々よ……」

オーブンから取り出して冷ましているマフィンをジェスチャーで示す。

「うむ……好きなものばかりだ。母親のオートミール・クッキーと同じ香りだな」

「ええ、真似してつくったの」

マフィンに手を伸ばそうとする彼に、椅子に座るようにうながす。

「これはあなたの班の会議のため。別のお気に入りを朝食用に用意してあるわ」

マテオがカウンターにもたれたまま口をひらく。

「どうもわからないんだ、クィン。じっくり考えてみた。きみはあの麻薬取締局の連中の一部と仕事で組んでいるんだろう？　昨夜あの倉庫を襲撃するという内部情報がなぜきみに届かなかったんだ？」

「単純なことさ」マイクが椅子の背にもたれる。「彼らは、わたしとクレアが交際していると知っていた。だからわたしにも、わたしの班にも情報を流そうとしなかったんだろう。ブランコ特別捜査官の主張は噴飯ものだ。どんな『書類』もわたしのデスクに届くことはない。あの捜査官たちは、取り調べできみたちから自供を引き出して、きみとクレアとともにわたしを逮捕するつもりでいた。それが彼らのプランというわけだ」

「そういうことなら、きみはほんとうにこちら側にいるってことか」マテオのにやにやした表情が消えた。

「わたしたちはいまチームだ、アレグロ。われわれ三人だ。沈むのも泳ぐのも三人道連れだ」

「それなら答えて欲しい。彼らがどうやって麻薬のことを突き止めたのか。昨夜までこっちはなにも知らなかったんだ」

「彼らはわたしには話さなかったが、考えられるとしたら情報提供者からのなんらかの情報を入手したということだろう――きみたちのような情報提供者だ。麻薬密売組織のボスに関する情報だけに特化した協力者もいる。司法省……NSA（国家安全保障局）、CIA（中央情報局）、DEA（麻薬取締局）――」

「全部『A』か。なるほど」マテオがいう。

「彼らは世界中に情報提供者を確保している。情報を入手してきみを見張っていた。そうしてあの麻薬がどこに行くのかを知ろうとした。誰が引き取り――どこに、どうやってばらまくのかを」

「きみもそれを知りたいんだな？」

「神が知りたがっている。われわれは彼のためにそれを突き止める」

「神、か。いったい誰なんだ？」

わたしはぴたっと動きを止めて、マイクの返答に期待した……。

「それはプライバシーに関わる質問だ。スピリチュアルな領域に関わることであって、きみだからといってこたえられるものではない……」

マテオがいい返す前に、わたしはマイクの顔を指さした。

「顎になにかついている……」（小さな赤い点が五、六個、そして白いティッシュも点々とついている）。「どうしたの？」

「何者かにシェービングクリームをすべて使われてしまったらしい。だからアイリッシュ・スプリングを泡立てて試してみた。おまけに剃刀の刃はまったく切れない……」

彼がマテオを睨みつける。マイクの髭剃り道具のおかげでマテオの顎髭は激減して、朝の無精髭がかすかに見られる程度だ。「使い捨ての剃刀をひとつだけではなく、もっとたくさん用意しておくべきかもしれないな」マテオがいう。「シェービングクリームの予備もあったほうがいい。公務員の給料ではカツカツなのはわかるが、いざという時のための備えておいたほうがいいぞ」

「アレグロ、今日ひとつ頼みがある」

「なにかな？」

「理由はなんでもいいから逮捕させてくれ」

「さあさあふたりとも、喧嘩しないの。食べなさい！」

声をかけて、わたしはバスケットを置いた。ナプキンを敷いて焼きたてのブルーベリー・マフィン・トップ——パンケーキよりヘルシーでずっと手軽に食べられる——を盛ってある

（パンケーキはすばらしいけれど料理するには時間がかかる。コンロを使って一度に数枚だけ、しかもフライ返しを使いながらつきっきりでいなくてはならない。それに引き換えこのマフィン・トップは、オーブンの天板に生地を落として一度に全部焼くことができる）。

生地は基本的なクイックブレッドに良質なヨーグルトを加えてかすかな酸味をプラスする。それからヘルシーなキャノーラ油。レモンの皮の香りと酸味も絶対に欠かせない——た

だし酸味が際立ちすぎないように、バニラを少し加えて甘くしてバランスを取る。

ケーキ生地にファーマーズマーケットで手に入れたまるまると太ったブルーベリーをそっと置く。オーブンの熱で愛情のこもったハグをされたブルーベリーは、すっかりリラックスして滋養たっぷりの青みがかった甘い果汁を生地に滲《し》み込ませていく。

二ダース焼いて冷ましたマフィン・トップが朝食だ。あとは仕上げだけ。まだ痛む手首を使ってパウダーシュガーをまんべんなく散らす。それから空のカップ三個をテーブルに持っていき、いれたてのモーニング・サンシャイン・ブレンドを注ぐ。ナッツのような風味のしゃきっとした味わいだ（すでに正午は過ぎているけれど、よりライトなローストでたっぷりのカフェインをわたしたちは必要としている）。

ふたりはいきおいよく食べ始め、わたしは幸せな静けさを楽しんだ——きこえる音といえば熱くて小さなブルーベリー・ケーキをむしゃむしゃと食べる音、熱いコーヒーを飲む音、そして時折の、味覚のよろこびに舌鼓《したつづみ》を打つ低い声だけ。

「今日のきみの予定は？」ようやくマイクが口をひらいた。

「ハンプトンでパーティーがある。それからソーホーのクラブに行く」

マイクの冷ややかなまなざしに気づいてマテオが肩をすくめる。

「いや、やめておこうかな。仕事があるし。日本とドイツの取引先が船積みの最新情報を待っている。メールやメッセージの返事も書かなくてはならないし」

「PDAは壊れたのに、どうやってそれをこなすつもり？」わたしがきいた。

「後できみのコンピューターを貸してくれ。いいかい？　明日、新しいスマートフォンを買う」

「アドレス帳は？」

「バックアップにクラウドを使っている」

「クラウド？」

マイクは神と話ができるし、マテオは雲にデータを載せているの？

「クラウドというのはバックアップのサービスだ、クレア。コンピューターのデータを保存しておける。サーバーから自分のファイルをダウンロードして――」

マイクが話を遮った。

「その前に、いっしょにダウンタウンに行ってもらおう」

「ダウンタウンに？」

「そうだ。1PPでわたしの班と、それから給与等級でわたしよりも上の人間にきみから報告してもらいたい」

マテオの顔ににやにやとした意地悪そうな表情が復活した。

「いったいなんの話かな、クィン？　PPがどうかしたか？　トイレに行きたいのか？」

「〝ワン・ポリス・プラザ〟の略だ。ニューヨーク市警の本部を指す。わたしなら生意気な口を慎むだろう。ゴールドシールドを持つ者がすべてわたしみたいに我慢強いわけではない」

「そうよ、マテオ……」（あなたが警察という組織に我慢ならないのはわかるけれど……）。

「憶えておいて。厳重に武装している人ばかりよ」

「いったん自宅に帰っていろいろとそろえてきたいものがある——着替え、洗面用具、自分の髭剃り道具」

「それはいい。わたしたち〝全員〟にとって、きみが自分専用の髭剃り道具を用意することは朗報だ」

「じゃあ、まずひとっ走り——」

「ひとりで行かせるわけにはいかない、ここ当座は。サリーに同行させよう」

「誰だ？」

「フィンバー・サリバン、部下のひとりだ」

「アップタウンに行って帰ってくるだけだ。アイルランド系の警察官のベビーシッターは必要ない」

「彼か、さもなければフランコだ」

「なるほど」

マテオが立ちあがり、マイクのバスローブをわざとらしい芝居がかったしぐさでぎゅっと身体に巻きつけ、キッチンのドアに向かって歩きだす。

「同行するのはレプラコーン（アイルランドの妖精）だ」

マイクはわたしを見てからマフィンをもうひとつつまみ、携帯電話をひらいた。そして食べながらサリーに指示を出す。マテオのボディガードをしてサットンプレイスに行き、そこから直接ワンポリスプラザに行くようにと。

「それから、いちおういっておく。くれぐれも彼にまるめ込まれないようにな」

彼が電話を切ってふうっとため息をついた。そしてゆっくりとコーヒーを飲む。

「あのふたりがソーホーのバーで輸入ビールを飲むなんてことにでもなれば、〝あの〟レプラコーンはそれだけでは足りないといって、もっと強いものが欲しくなるだろう」

気を揉むマイクをよそに、頭のなかでメモを取った。〝アイリッシュコーヒー・マフィンのレシピを修正……ウィスキーの量を二倍に〟。

「わたしはワンポリスプラザに行かなくてもいいのね？」

「ああ。きみには、ふだん通りの生活を再開してもらいたい。今週のスケジュールは？」

「大部分はビレッジブレンドにいるわ。水曜日はマフィンミューズに乗ってドラゴン・ボート・フェスティバルに。金曜日はセントラル・パークでフード・トラック・ウェディング」

「わかった」マイクが腕時計を確かめる。「フランコはじきに着く。どこに行く時でもかならず彼といっしょだ。それを忘れないように。そして彼がこの店のスタッフに見えるように。頼むよ」

「わかったわ。バリスタ入門ね。それも短期集中コース。エスプレッソ・マシンからのショット以外はなにも起こりませんように」

39

不均等なタンピングとお粗末な抽出。エスプレッソの味はコクがない、酸味が強すぎる、苦すぎる、薄すぎる。そんな三十分が過ぎた。すっかり筋肉が硬直しているフランコは細心の注意を払って、さらにもう一ショット抽出しようとしている。

覆面捜査官兼バリスタは、今回はコーヒーの粉を均等にタンピングした。これは期待ができそうだ。トロトロと蜜《みつ》のように流れ出る申し分のないおいしいショットになりそうだ。ところが彼はポータフィルターの装着をしくじり、それを受け止められず床に落としてしまった。

「ああ！　失敗だ！」

「腐るな」タッカーがレジから呼びかけた。「わたしはずっと昔からエスプレッソを抽出しているが、先週同じ失敗をしたよ」

タッカー・バートンは生まれてから一度もポータフィルターを落としたことはない。ひょろっとした体格でモップのような髪の毛の、俳優兼アシスタント・マネジャーのタッカーはひじょうに優秀だ。寛大でチームスピリットにあふれている。だからこんなふうにフランコ

のプライドを守ってやろうとする。

「ほうきを持ってくるわ」ナンシーが歌うようにいって小麦色の三つ編みをぴょんぴょん揺らす。

不可能へのわたしの挑戦をタッカーは辛抱強く見守ってくれている——バリスタに必要な三ヵ月の訓練をたった一日、午後の時間に凝縮するという挑戦を。しかしポータフィルターの落下はもはや限界であることを示している。タッカーがわたしの肘をつかんでひっぱっていく。

「ボス、もしかしたら彼がエスプレッソのサヴァン症候群《イディオ・サヴァン》ではないかと希望をつないでいるかもしれませんが、どう見てもあの調子ではせいぜい——」

「それ以上いわないで。いまはどうしてもショットの名手が必要なの。エスプレッソではなく射撃のほうのね。フランコはそのためにいるの。昨日ブルックリンで発砲があったから、ここの警戒が必要なのよ」（いかにもマイクがしそうな発言だ。嘘ではないけれど、あえて誤解を招くようなニュアンス）。

「しかしあれではお客さまが！　まさかあのまんま彼を——」

「落ち着いて。お客さまに出すエスプレッソを抽出させたりはしないわ。ただプロセスを知っておいてもらいたかっただけ。店になじむためにも」

「いいですか、わたしはブロードウェイとオフ・ブロードウェイで演出の腕を磨いてきましたから、フランコを仕込んでエスプレッソ・マシンの後ろで有能そうに見える演技はつけられます。しかし彼は刑事であって役者ではない」

「あら、優秀な刑事は役者としても〝一流〟なのよ、タッカー」

麻薬取締局の前で見せたマイクのパフォーマンスはゴールデングローブ賞のノミネーションに値する。

肩にずしりと誰かの腕の重みを感じた。作戦会議に突如三人目が加わった。

「で、つぎは俺をどうする？」フランコがたずねる。

「レジはどうかな？」タッカーが提案する。フランコに肩をむんずとつかまれて、身体が少し床にめりこんだような気がする。「なにしろ警察官なんだし。まちがっても盗みなんてことはしないと信頼が置けるからね」

「おそろしく信用されたものだ」フランコがいう。

レジをやらせてみるという案はすでに検討済みだ。「うまくいくとは思えないわ」

「賛成だ」フランコがいう。「釣り銭が合っているかどうかひやひやするし、まちがえて男性客と揉めたらえらいことになる。それでは本来、警戒すべき相手に目を光らせていられない。それに、おたくのあまりにもややこしいコーヒーメーカーの陰に身を潜めるのも、いいアイデアではないな。視界が遮られてしまう」

「ここの仕事について少しでもあなたにわかってもらおうとしただけよ」

「なるほど」

フランコがぎゅっと腕に力を込めたので、わたしたち三人は顔がくっつきそうに接近する。「いまこそ、新しいことを試すべきだ」

「新しいことは大歓迎だ」タッカーがすぐに同意した。

「いいわね。でもなにを？」

「エヘン、みなさん」ナンシーが、わざとらしいささやき声でわたしたちに呼びかけた。

「わたしに解決策があります」

店でいちばん若いバリスタのナンシーがわたしとタッカーを手招きした。

「おふたり、こちらに来てください……」

フランコが意外にもあっさりと力を緩めてわたしたちを解放したので、よろけてしまった。そのままナンシーのほうにちかづく。彼女はフランコをじっと見つめる。

「お願いがあります。男性用のトイレに行ってください」

「なんだと？」

「とにかく、そうして。あなたが戻ってくるまでに、わたしは解決策を出していますから」

フランコは肩をすめ、向きを変えて行ってしまった。彼が歩いていったところで、ナンシーが静かな声で店内の向こう側の隅のテーブルを注目するようにといった。日曜日の午後、独身の女性たちがあつまってテーブルを囲んでいる。にぎやかなおしゃべりが突然、やんだ。フランコがその脇を通り過ぎると、彼女たちは黙ったまま彼をじっと見つめる。覆面捜査官兼バリスタを追う視線はまるで脱走者を追うサーチライトのようだ。

「疑似恋人体験か」タッカーがつぶやく。「フランコはウェイターの助手なら務まるな。テーブルを拭きながら、おしゃべりでお客さまを楽しませることができる」

いまさっきの三人の作戦会議を思い出して心配になった。

「彼をあのままでフロアに出すわけにはいかないわ。コーヒーハウスの短期集中マナーコースが必要ね。タッカー、彼に教えてあげてもらえるかしら。微妙なさじ加減を」

「頼む相手をまちがえていますよ」タッカーが歩道のテーブルに向かって親指をぐっと伸ばしてみせる。そのテーブルではタッカーのボーイフレンドのパンチが《バラエティ》誌に鼻をつっ込むようにして読みふけっている。

「男女両性を虜《とりこ》にするエキスパートをお望みなら、ダンテに頼んだほうが……」

「三人でなにをひそひそ話しているのかな？」

ふいにフランコの声がしたので、わたしたちは思わず飛びあがった。

「あなたの新しい仕事を決めたわ。きっと楽しんでやれると思う」

ところが内容を説明するとフランコは困惑したようなつくり笑いを浮かべる。

「ここはなにを売っている店なんだったかな、コーヒー・レディ？」

「コーヒーと笑顔」きっぱりとこたえた。「イタリアの伝統では、バリスタというのは社交的でフレンドリーで、気さくに話せる人と決まっているわ。一人ひとりのお客さまに対し肯定的で、明るい気分を運ぶことに務める。たとえば、うちの店のダンテはチャーミングでフレンドリー。特に女性の常連客には愛想がいいのよ」

「すごいテクニックなんだから」ナンシーが意味ありげにいう。

「ダンテはアイコンタクトをするわ。相手を会話に引き込んでしまう。独特の方法で、特別に親密な間柄であるように錯覚させてしまう。わたしたちはそれを『疑似恋人体験』と呼ぶの」

「若い愛人に利用するつもりか？　いい気持ちはしないな」

「落ち着いて、巡査部長」タッカーがなだめる。「このコーヒーハウスは妙なダンスとか、いっさいありませんからね」

「前半部分はまちがいなくやれる」フランコはまじめな口調だ。「ガキのころにバーでテーブルを拭いたりしてウェイターの助手をしていた——」

「バーで子どもが労働を？」タッカーがぞっとした表情だ。「それは合法なんですか？」

「いや。しかしたっぷりチップをもらえた」

「そうですか、では飲食業のサービスの経験が〝多少〟ある、と。では始めますか……」

タッカーとフランコがフロアに出た直後、フレンチドアのそばのテーブルのカップルに気づいた。

トゥー・ホイールズ・グッドの代表、ジョン・フェアウェイ弁護士がネクタイを緩めて電子ブックリーダーをなにげなくスキャンしている。肘の傍らには半分ほど飲んだラテ。弁護士の隣にいるのは闘うバービー人形だ。長い脚を折りたたむようにして座っている。小柄な彼女は、今日もサイクリング用のショートパンツとスポーツブラだが、銀色ではなく、パステルブルーだ。縮れたブロンドの髪はポニーテールにしないでそのままおろしている。ボトル入りの水を飲みながら、ちらちらとわたしのほうをうかがっているようだ。

ふたりそろって、ここでなにをしているのかしら？　さぐるためにちかづこうとした時、ダンテがドアからいきおいよく入ってきた。そのままわたしのほうにまっすぐやってくる。

「ツィッターでやられました！」ダンテが大きな声とともにｉＰａｄをふりかざす。「これを見てください」

画面にはすでに彼のツィッターのアカウントが出ている。検索に使われたハッシュタグは「都会の暴力」。〝KittyKatKlubette（キティキャットクルベット）〟という名前のユーザーが、わたしたちの新しいフード・トラックを痛烈に批判している。

マフィンミューズのそばで発砲があった。嫌な体験。もうちかづきたくない。
過激で攻撃的な歌詞《ギャングスタ・ラップ》とパサパサしたマフィンは合わない。

「背後にケイリーの存在を感じてしまうのはなぜかしら？」わたしはいった。

「それはたぶん、実際にそうだからでしょう」ダンテがこたえる。

「このアカウントにリンクするメールアドレスは公表されているの？」

「あるはずです……」

ダンテが見つけたので、〝捕まえる〟ためのささやかなコツを伝授した。メールアドレスをグーグルで検索すると、そのメールアドレスが含まれている項目が表示された。見ると、派手なピンクの子ネコをメインキャラクターにしたアニメーションのサイトだった。

ピンクのネコを手がかりに、とうとう、あるファンのプロフィールに添付されている小さな写真を見つけた。有望な鉱脈を掘り当てたのだ。キティキャットクルベットは、チャイナタウンのベーカリーでダンテにうっとりしていたティーンエイジャーの少女だ。

「ケイリーかビリーがやらせたにちがいない。さもなければ、あの少女のアカウントを彼らが利用した」ダンテがいう。

「どちらにしても、ケイリーとのつながりがわかればじゅうぶんね」

「どうします？」

「いまのところは、なにも。でもケイリーを止めなくては。かならず止める……」

すでに銃弾は用意されている。いつでも引き金を引ける状態だ。あとは適切な機会をとらえるだけ。

タッカーがわたしの肩をトントンと叩いた。

「新入り君が仕事に取りかかりました。なんとフランコは、使用済みのラテのカップを満載したトレーを肩に乗せてバランスを取るという、すばらしい才能に恵まれています」

フランコがひとつのテーブルを片付けてつぎのテーブルに移るのを観察した。せっせと働くのはいいけれど、愛想をふりまくのはいささかやり過ぎなように感じられる。

熱心になにかを読んでいる若い女性にジョークをいって邪魔している。あつかましいだけで相手を魅了できていない。彼女はいらいらした様子でうなずき、持ち物をまとめるとそそくさと出ていった。

ダンテはただちに問題を呑み込んだ。

「あの愛想のふりまき方はマンハッタン以外の区なら通用するんですが、マンハッタンの女性には別のアプローチが必要です。心配いりません、ボス。わたしが彼を矯正しましょう」

「ボス、電話です！」ナンシーが店の電話の受話器を持ってふっている。「バックマン刑事からです。日曜日のディナーについての件だそうです……」

わたしは二階のオフィスで電話に出た。

「ちょうど電話しようかと思っていたわ。ディナーの件というのは、いったい？」

「つぎのカラスの餌の時間だ」太くて低い声が、彼のGTOのエンジンのようにゴロゴロ響く。おもしろい冗談ですこと。「ビリー・リーの指紋のことね？」

「そうだ、コージー。がっかりする知らせで申し訳ないが、きみが送ってきた指紋は、われわれがバンで発見した指紋とは一致しなかった。ケイリーの指紋も、彼女のスタッフの指紋も採取する必要はない。わたしの部下の調べで、彼らがリリーの轢き逃げには関わっていないことが判明している」

「どうやって？」

「前々週の日曜日の朝、ケイリーと彼女のトラック、スタッフ全員はガバナーズ島行きのフェリーに乗り、その日はファイブボローズ・リトルリーグ・サッカー・プレーオフの観客にカップケーキの販売をした」

「理解できないわ。どうして二週間前のそのことでケイリーが潔白と判明するの？」

「リリーを襲ったバンは、ケイリーらがガバナーズ島へのフェリーに乗った後、別の轢き逃げに使われた。ケイリーと親しいジェフリー・リーもやはりトラックとスタッフとともに同じフェリーに乗船していた。盗まれたバンが一度轢き逃げに使われ、犯人が乗り捨てたものを二番目の事件の犯人がまたもや轢き逃げに使った、という仮説は成り立つが、われわれとしては、それにはおおいに疑問を抱いている」

確かにそうにちがいない。しかし、なんという知らせなのか。

わたしとしては、リリーを負傷させたのはケイリー、あるいは彼女といっしょに働くビリー・リーにちがいないとずっと思っていた。でもたったいまバックマンはそれが誤りであると証明した。ほかにはなんの手がかりもない。思い当たる動機も、ほかの容疑者も。ききたいことは山ほどあるけれど、車好きのこの刑事はきっと答えてくれないだろう。

「また後ほど。気をつけて」

電話を切って階段をおりた。さいわいジョン・フェアウェイと闘うバービー人形がいま店にいる。そう思ってほくほくしていた。

これは絶好のタイミング。もう一件の轢き逃げについて彼らがなにを知っているのか、問いつめることができる。

しかしメインフロアに着くと、彼らがいたテーブルは無人になっていた。フェアウェイと闘うバービー人形はすでに店を出ていたのだ。

がっかりしてため息をつきながらカウンターのなかに入った。仕事に取りかかろうとすると、ダンテ、タッカー、ナンシーがぴったりくっついている。

「どうかしたの？」

タッカーがにっこりした。「新人君はすっかり成長しています」

女性たちの笑い声がどっとあがる。タッカーが指さした方向を見ると、混み合ったフロアにフランコの姿が見えた。さきほど彼に見とれていた独身の女性たちとおしゃべりしている。わたしの護衛に当たる覆面捜査官兼バリスタは見るからにリラックスして自然体でフレンドリーで、魅力的だ――つまり完璧な疑似恋人体験を提供している。

「驚きだわ……」わたしはダンテのほうをふり向いた。「いったい、どうやってここまで？」

彼が肩をすくめる。

「女性に愛想をふりまくことは、コーヒーを注ぐのと同じ要領だと教えたんです。熱いと相手に火傷させてしまう。温度が低いと捨てられてしまう。温度と刺激のバランスがちょうどいいところで注げば、もっと飲みたくなって足を運んでくださる」

ダンテはフランコを正しく導いてくれた。うれしくてダンテの肩をぱたぱたと叩いた。それにしてもマックス・バックマンはいったいどこに向かおうとしているのだろう。

彼はどんな手がかりを追っているの？　なにを知っているの？

もう一件の轢き逃げの被害者の身元について、わたしはかなり確信を抱いている。でもバックマン刑事からもう一度連絡があるまでは絶対とはいえない。

わたしはため息をついてギブアップした――いまのところは。

フランコは追い風を受けて走っている。マイクは麻薬のおとり捜査の準備をし、マッド・マックスは殺人ドライバーを懸命に追跡している。わたしもふたたびコーヒーの仕事に全力投球するとしよう。

40

一日また一日、時間が過ぎていく。マイク・クィンからは引き続き、ふだん通りに過ごすようにといわれている。そう見えるように最善を尽くした——でも隣にいるお客さまがブラジルの麻薬密売人かもしれないと思うと、リラックスしていつも通りにふるまうのは難しい。

それでも月曜日と火曜日は問題なく過ぎた。発砲は一度もなく、麻薬取締局の急襲はなく、誰も轢かれなかった。しかしながら、わたしは厳しい状況に置かれていた。職場とも身近で起きた犯罪とも関係のないところで。

家のなかのことでわたしは頭を痛めていたのだ。

マイクとマテオはあいかわらず、バスルームを使う時間から夕飯のお代わり、わたしの特製の〝メルト・アンド・ミックス〟ダブルチョコレート・エスプレッソグレーズ・ローフケーキの最後のひと切れの奪い合いまで、ありとあらゆることでひっきりなしに揉めている（彼らが一日まるまる一個のペースでケーキを消費するとわかっていたなら、ふたりを溶かして混ぜてしまえばよかった）。

そして水曜日、トラック・ペイント・パーティー以来初めて、わたしは公共の場に出た。

正確にいうと、フラッシング・メドウズ・コロナ・パークのまんなか。違法な密輸業者にいつなれなれしく話しかけられても不思議ではない場所だ。

予定通りマフィンミューズでクイーンズに来て、ドラゴン・ボート・フェスティバルに参加した。これは別名、端午の節句のお祭りで、中国と世界中の中国系コミュニティで毎年開催されている。ニューヨークでは例年、八月におこなわれるが、初夏の今日のイベントは、訪問中の外交団のためのエキジビションということで参加者が多い。

歓声とドラムの軽快な音がメドウ・レイクを渡ってきこえてくる。船首がドラゴンの形の船が何艘《そう》も水面をすいすいと進む。岸には見物客、そして林のように立ち並ぶ色鮮やかなテント。テントには幟《のぼり》がはためいて、それぞれのチームのロゴが描かれている。

日が落ちると中国の提灯がともされ、それに照らされて武術のデモンストレーション、音楽の生演奏、エスターが率いる子どもたちの中国の詩の朗読がおこなわれる。そして締めくくりは午後九時の花火。

マフィンミューズは池の隣の広々とした草地に停まっている。フード・トラックが半円形を形づくるように並び、まるで味の国連のよう。韓国の焼き肉、メキシコのタコス、エルサルバドルのププサ、アジアのかき氷。わたしはちゃっかりフローズンヨーグルトを半ダースも食べてしまった。マンゴー、グリーンティー、ライチといったエキゾチックな風味のものばかり。

いまいましいことにケイリーのカップケーキ・カートも出店している。おたがいの距離はほんの六キロほど。クイーンはこの二時間というもの、ずっとわたしを睨みつけている。

日曜日の不愉快なツィートを見つけた後、さらに「#DragonBoat」というハッシュタグでもっとたくさんのツィートがみつかった。ケイリーは凝りもせずにバタークリームの染みのついた手で悪ふざけをたくらんでいるにちがいない——今回のこのイベントのために。これ以上彼女の砂糖衣にまみれた恐怖支配を許すわけにはいかない。そこで助っ人としてフランコに協力を求めた。

「なにか不審な点はみつかった？」彼にきいてみた。

フランコが低いうなり声を漏らす。

「まだだな。ビリー・リーはきっと、指紋を採取した時に俺のことを記憶しているだろう。あの連中はゾウみたいに記憶力がいいからな。少しでもやつらの女にちょっかいを出したら、決して忘れない」

「わたしたちが監視しているのはわかっているから、ビリーだってそうかんたんになにかをやらかそうとはしないでしょうね」

「どうかな。紙の王冠をつけた冷酷な目のあのブロンドがいっしょだからな。ところで、いってておくが彼女がカップケーキをこっちに寄越したら、食べないほうがいい」

「ケイリーのことだからきっと平気で毒を盛るわ。なにしろ彼女はなわばり争いのつもりなんだから。でも売上を拡大するチャンスはいくらでもあるのよ。だからこんなことをやっている場合ではないわ」

フランコが肩をすくめる。

「それならケイリーを納得させることだ。ギャング対策に取り組んでいた時には、そうするしかなかった。すべてのギャングを拘束することはできないからな。時には折り合いをつけるってことも必要だ」

わたしはにっこりして、彼の大きな肩をぽんと叩いた。

「すっかりファミリーの一員みたいな発言ね……」

まちがいなく彼はマダムのファミリーだ。

ナンシー・ケリーが憤慨した様子で声をあげたので、わたしたちは話を中断した。「こりゃまたびっくり！　ダンテがまた〝別の〟女の子としゃべっているわ！」

店でいちばん若手のバリスタのナンシーは、いまもダンテに一方的に熱をあげている。わたしたちは彼女の職場恋愛をなんとか思いとどまらせようとしている。その彼女はむくれた表情で頭をくいと動かして示した。

「この一時間で彼にいい寄る女の子はあれで五人目ですよ」

ダンテはマフィンとコーヒーカップの形の風船をトラックのまわりに固定する作業を続けている。それが周囲の関心をひきつけていたのだが、お目当てが彼自身であるとはわたしは考えていなかった。

「今回はダンテ目当てではないわ。あの女の子たちはジョシュ・ファウラーがつくったハンドペイントの風船についてたずねているのよ。わたしも一ダースくらいの人から、風船はいくらなのかきかれたわ。こうなったらあの風船を売るべきね」

「あの若い女性は、風船を見るふりをしているだけですよ」ナンシーがいい張る。「わたしにはわかるもの。ダンテの身体にさわるための卑劣ないいわけですよ」

フランコが腕組みをする。「いいか、ナンシー。このトラックに乗っているつるつる頭のセクシー・ガイはひとりだけじゃないぜ」

「まあ、あきれた」ナンシーが目玉をぐるりとまわす。「あなたに決まった相手がいるということは誰でも知っているわ。ジョイにすごく夢中で、こわいくらい」それから彼女のしかめっ面がほどけて夢見るような笑顔になる。「でも、すごおおおくロマンティック……」

どやどやとお客さまが押し寄せてきた。大多数はオフィスから直行しているようで、一刻も早くカフェインを補充したがっている。ブルーベリーパイ・バーもほぼ売り切れた。アジア系アメリカ人のお客さまには、リリーの〝禁断のチョコレートマフィン〟と〝ブラックビーン・ブラウニー〟が大人気だ。

混雑が少し収まった頃、年配の男性がトラックのウィンドウにちかづいてきた。しわの目立つ顔は元気いっぱいでニコニコしている。

「マップ・レディ！　また会えましたね！」

「ミスター・ホン！　今夜はタクシーの運転はしていないようね」

「そしてあなたはドラゴン・トラックの追跡をしていない！」ミスター・ホンが笑う。

「トラックの追跡はしないわ。でもね、ここだけの秘密なのだけど、まだあのドラゴンのタトゥのある少年を追いかけているのよ。ほら、あそこのカップケーキのトラックのなかに彼はいるの。よからぬことをたくらんでいるらしいのよ」

ミスター・ホンが顔をしかめ、首を横にふる。

「少年がトラブルへと向かっている時には正しい道に連れ戻す必要があります。正しい道、大事ね。今日のこのお祭りみたいに。端午の節句は、正しい道を生きるためのもの」

「ドラゴン・ボート・フェスティバルにはどなたか知り合いが出場していらっしゃるの?」

「ええ、そうですとも……」ミスター・ホンがうなずく。「従兄弟がふたり、姪が三人、甥がひとり。皆で後であつまります。花火を見て、粽《ツォンズ》を食べます」彼がにっこりする。

ミスター・ホンを手ぶらのままで行かせたくはなかった。コーヒーを一杯サービスして渡し、リリー特製のブラックビーン・ブラウニーをひとつプレゼントした。彼はうれしそうに頬張りながらのんびりと歩いていった。

「ボス、あそこにいる人を見てください」ダンテが叫ぶ。「マザー・オブ・ジ・イヤー――ジョシュは彼女をそう呼ぶんです」

彼が示す先には、正装姿の男性の集団がいて、フード・トラックのエリアへとちかづいてくる。中国から訪れている要人たちにちがいない。彼らの周囲にはシャッターチャンスを狙う地元の政治家がおおぜいいる。ダンテが指さしているのはそのなかの唯一の女性――ヘレン・ベイリー＝バーク。

ミセス・ベイリー＝バークはもう一度会いたいと思う相手ではない。エスターの助成金の申請をあんなふうに冷たく却下し、寛容なグウェン・フィッシャー医師を人前でひっぱたいた人物だ。彼女のお友だちでソロリティの仲間タニヤ・ハーモンにも好意は抱けない。

しかしタニヤはどこだろう（淫《みだ》らな手を持つ彼女の姿は）？　どこにも見えない。今日はいないらしい。どうやらヘレンは別の政治家に接近しているようだ。相手はアフリカ系アメリカ人のハンサムな州議会議員、ウィルソン・シークリフ。

大学時代にテニスのスター選手だったシークリフは歴史学の教授から政治の道へ、そしていまでは市長の座を狙っている。ドミニク・チン、タニヤ・ハーモンと同じくグレイシー邸の住人になるため市長選への出馬を宣言したばかりだ。

ＶＩＰの集団がちかづくに従って、ヘレンに関しての予想が当たっていたとわかった。彼女はシークリフにのぼせあがっているだけではない。彼のキャンペーンのバッジまでつけている。

〝どうやらソロリティのシスターたちは仲たがいしたらしいわね。でもどうしてヘレンはタニヤを見放したのかしら？　いまになってなぜ？〟。つぎに思い浮かんだことを声に出した。

「なにかあったのでは……」

「俺もそう思うよ」フランコがうなるような声で相づちを打つ。

「わたしの頭のなかが読めるの？」

「ビリー・リーについて考えているのであれば。彼は消えた」

「なんですって？」

「きみがあの小柄な老人と話しているあいだにビリーはトラックの奥に入って見えなくなった。それからというもの、いっさい姿をあらわしていない。後部からそっと抜け出したのかもしれない」

あたり一帯をぐるりと眺めた。

「まずいわ。彼は絶対になにかをたくらんでいるはず。彼の姿を見失うわけにはーー」

「あそこだ！」フランコが叫ぶ。「ドラゴンファイアーの絵がついたテントのなかにひょいと潜《くぐ》って入った」

わたしは目をぱちぱちさせた。

「どのテントにもドラゴンの絵がついているわ！」

「あの黒いテントだーー」

バンという大きな音がして、驚いて鳥たちが木から飛び立った。ふわふわしたマフィンの形の風船がわたしの頭のちょうど脇でポンと割れ、とたんに周囲の人々が怯えてパニック状態になった。身をかがめ、多くの人たちは草地に腹這いになっている。でもわたしはパニックにはなっていない。銃声の音がしたら身をかがめるとマイクには約束したけれど、けっきょく嘘をついたことになる。なぜならフランコがサービス用の窓から飛びおりてビリーのいるほうに走りだすと、わたしもすぐに彼らを追いかけたから。

草地に着地して駆けだした。と、その瞬間二発目の銃声がメドウ・レイクの向こうから響いた。今回は風船は割れない。ビリーの計画は中断を余儀なくされたのだ。

猛然と走っていくフランコに気づいたドラゴン・タトゥの少年がテントから飛び出した。手には長いチューブのようなものを握っている。彼は左右の足を高くあげて駐車場へと全速疾走し、そのとちゅうで人々をなぎ倒していく。

ビリーは速い。しかも有利なスタートを切って最初からフランコを離している。フランコが差を縮めて追いつく可能性はなさそうだ。そう思って絶望感に襲われた瞬間、見覚えのある人物がビリーの行く手に立ちはだかった。ミスター・ホンだ！

年配のタクシー運転手に勝ち目はない。ビリーは彼に激突しようとしている。

「どけ、じいさん――」

ビリーの叫びがうめき声に変わった。「じいさん」はすばやい身のこなしで武術の技をふたつ組み合わせて見事に彼を倒した。少年は宙で両脚をばたつかせ、そのまま草地に仰向けに落ちた。

〝ウッ！〟

フランコとわたしが彼らのところに着いた時には、ビリーはすっかりノックアウトされていた。ミスター・ホンはまだ足で彼を地面に押さえつけている。

「あなたはこの少年をさがしていた。そうですね、マップ・レディ？」

「いったいどこでそんな技を習得したんだい、おじさん」フランコがたずねる。

「少林拳。もう長いことやっています。黒帯ね」ミスター・ホンが答える。

「そんな小さな身体なのに――」

「小さな人、大きな人。サイズは関係ない。強い人は相手の力を利用して倒す方法を知っています」

フランコはビリーが持っていたプラスチックのチューブを拾いあげて調べる。「手製のスーパーパチンコだな。すごくクールだ。そしてこれはなんだ？」

フランコはビリーのベルトについている袋からビニール袋をひっぱり出した。中身は麻薬だとわたしは予想したが、はずれた。

「氷だ」

信じられない。「小さなつらら……」

「賢いな」フランコが不良仲間に向けるような笑顔でいう。「パチンコを使ってとがった氷で風船をパンと割る。バン、バン、という音をつけ足せば、群衆は取り乱して発砲だと考える。警察がやってくるが、銃弾もペレット弾も見つからない、その時にはすでに証拠は溶けてしまっている」

わたしは立ったままビリー・リーを見おろし、彼の視線がこちらを向くのを待って話しかけた。

「ケイリーにいわれてやったのね？　わたしたちのパーティーでも、こんな汚い手を使ったのね？」

彼が二度うなずく。

「音響効果はどこから？」

「スピーカー」ビリーがあえぎながらいう。「テントのなかで」

フランコを見ると、彼は携帯電話を握っている。いますぐでにも公園を管轄する警察を呼んでビリーをライカーズ刑務所に連行させる指示を出そうとしている。けれどもわたしは彼と目を合わせて首を横にふった。それから視線をミスター・ホンに移す。彼はビリーの胸から足をどけて、わたしがなにかいうのを待っている。

少年が身を起こし、うめき声を漏らしたところでわたしは咳払いをした。

さて、始めましょうか……。

「よくききなさい、ビリー。あなたが闇市場でコピー商品を売りさばく仕事に関わっているのはわかっている――たったいま、あなたの身柄をこのすてきな刑事さんに引き渡すこともできるのよ。でもね……今日、あなたとわたしとケイリーとで話をして決着をつけるという選択肢もあるわ。愚かななわばり争いに、これっきり永遠にピリオドを打つという決着。あなたはどう返事をする？」

ビリーはフランコを見て、それからミスター・ホンを見る。そして首筋をこすり、頭をふって肩をすくめた。

「わかったよ。コーヒー・レディ。話をする」

41

翌日は気分爽快だった。こちらから提示することを相手が全面的に受け入れるなんて機会は、そうそうあるものではない。ビリー・リーとケイリー・クリミニはわたしの「エッグタルト停戦」を受け入れ、なわばり争いは完全に終わった。

わたしは今後ミセス・リーのおいしいエッグカスタード・タルトを売る。マダムに協力してもらって、ミセス・リーのためにアップタウンにたくさん販売先を開拓する。ただしビリーはデザイナーズブランドのコピー商品の商売に今後タッチしないこと、そして彼の祖母のペストリーの配送をして収入を得るということが条件だ。

ケイリーにも合意を取りつけた。彼女のカップケーキのうち、人気の高い数点をビレッジブレンドで売る。それと引き換えに彼女のトラックはビレッジブレンドから立ち去ること（フランコは店で扱う商品のなかにかならずメイプル・ベーコンを入れるようにわたしを説得した）。

ケイリーは現在のコーヒーの仕入れ先との取引をやめてビレッジブレンドのコーヒーを売ることに同意した（もちろんいれたてのコーヒーを）。ただし、適切にいれてお客さまに出

す方法を学ぶためのレッスンを何度か受けてもらう。

問題がひとつ解決した。だが、まだいくつか残っている。そのうち少なくともひとつはコーヒーに関する問題だ——マテオのコーヒーの問題。

マフィンミューズは明日の夕刻から、セントラル・パークでの結婚パーティーでケータリングを担当する。選び抜かれたフード・トラックが何台も参加する予定だ。このすばらしいパーティーを催す花嫁と花婿はビレッジブレンドの長年のお得意さまだ。週明けにわたしは彼らに、アンブロシアと名づけた特別なコーヒーを味わってもらっていた。

そう、マテオが買い付けた、あの特別なブラジルの〝コカイン〟コーヒーだ。結婚式のゲストにもこの極上のコーヒーを出してみてはどうかと提案した。ふたりはとてもよろこんでぜひにと乗り気で、法外な価格もまったく意に介さない（彼らは裕福なのだ）。というわけで木曜日はほぼ一日じゅう、地下の焙煎室にこもりっきりだった。

日が落ちると従業員用階段をのぼって店のメインフロアに向かった。フランコがすぐにちかづいてきた。

「なにもかも順調か、コーヒー・レディ？」

「それはこちらが知りたいことよ」

彼がにっこりして、なにもかも順調であると報告した。麻薬のディーラーも発砲も、影も形もない——ショットと呼べるのはエスプレッソのシングル、ダブル、トリプル・ショットだけ。

わたしがローストの作業に入ると、いつでも売上がぐんとあがる。豆がカラメル化して出てくる甘い豊かなアロマは、それが届く範囲にいるカフェイン欠乏の船乗りたちにはアロマのサイレンのような効き目を発揮する。その結果、店の前の歩道に置いたテーブルは満席、メインフロアは混み合い、カウンターはてんてこ舞いになる。そのすべてを、完璧に調整されたマッスルカーのエンジンのようにすばらしく有能なタッカーは手際よく取り仕切る。

わたしの思考にこたえるかのように、ヴィンテージのGTOのブルーンというういなりが響いた。コーヒーハウスにいる人の半分が、その音の源をさがすように通りに視線を向ける。

ブルックリンでの銃撃と麻薬取締局の捜査官の地獄顔負けのすばらしい取り調べを経験した後では、マッド・マックスの旧式の車の音がわくわくとしたものに感じられるから不思議だ。

チェリー・レッドのスチールの輝きと銀色に光るクロムがビレッジブレンドの前で停まったかと思うと、いきおいよくドアがあいてバックマンがあらわれた。今回も私服だ。そのままのんびりした足取りで店に入ってきた彼を、わたしは手招きした。

バックマン刑事はかんたんな挨拶の後、周囲を見まわして、「ふたりだけで」とひとことそっぱりといった。

わたしはうなずき、ふたりのためのドリンクを用意すると彼を導いて錬鉄製のらせん階段をのぼり、静かな二階のラウンジへと案内した。あけ放した大きな窓のそばに座ると夕暮れのやわらかな風とともにローストしたばかりのアンブロシアのアロマと、コーヒーハウスの一階のざわめきが流れ込んでくる。

「きみをさがすにはここに来るべきか、連邦刑務所に行くべきか迷った」バックマンがそこで間を置いたのは、快適なイージーチェアに沈むように腰かけたから。向き合う位置でわたしも椅子に座った。

「マイク・クィンから話をきいたのね？」

「わたしは情報源を決して明かさない。厳密にいうと、ほとんど、だが。要するに、きみが無事でうれしいということだ」彼はアメリカーノの味見をするように口に含み、満足そうに飲み込む。

「麻薬取締局の過酷な取り調べからよく逃れられたものだ。彼らを甘い言葉でいいくるめたのか？」

「ええ、彼らを甘言でかどわかしたわ。それからマイクが甘い言葉で彼らをいいくるめた。彼らの耳にはいまでも彼のやさしい口調が残っていると思うわ」

　バックマンが声をあげて笑う。「容赦なかったか？」

「容赦なかったわ」

「ついに、〝クレイジー・クィン〟と対面したんだな？」

「ええ、〝解き放たれた〟マイクと」

「いまのきみは情報提供者の立場にある、と受け止めていいのかな？　なんらかの取り決めをしなければ、ＦＢＩ捜査官も黙ってはいないだろう」

「ノーコメント」

「それなら、きかずにいよう。今日はわたしからきみに話がある」

わたしは身を乗り出す。「リリーの事件で進展があったのね？　なにか手がかりが？」

バックマンがカップをわたしのカップにコツンと当てた。

「偶然ではない偶然に乾杯」

彼は長いひとくちを飲んで深く座り直し、足を組んだ。

「リリー・ベスに襲いかかったバンは二週間前に別の轢き逃げ事件に関係していると、確か話したね？」

「ええ、憶えているわ」

「残忍な犯行だった。そして被害者は大物の医師だった――」

聞き捨てならない言葉だった。確信を持って、彼に質問した。

「その人物はひょっとしたら形成外科医？　姓はわからないけれど、あなたがいっている人物の名はハリーね。ドミニク・チン市会議員の婚約者グウェン・フィッシャーの元夫」

バックマンの片足がもう一方の足から滑り落ちた。

「おいおい、なんて有能なんだ。クィンがきみを情報提供者にしたがるのも納得だな」

「たいしたからくりではないわ。先週の土曜日のわたしたちのパーティーで、たまたまその人の死について知ったばかりなの。この二週間で車に轢かれた形成外科医はそう何人もいないでしょう？　被害者のフルネームは？」

「ハリー・ランド医師、ブロードウェイ七十五丁目で『ベター・ユー・美容整形《コスメティック・サージェリー》センター』

を経営していた」

「そのバンがランド医師とリリー・ベスの両方の轢き逃げに使われたのなら、二つの事件にはなんらかのつながりがあると考えているのでしょう？」

「すぐにそう考えましたとも、警視正殿。ただ、ひとつだけ問題がある。なにも出てこないんだ」

バックマンがわたしをじっと見つめる。その理由は察しがつく。わたしを〝彼の〟情報提供者にしようとしているのだ。だからこうしてすべてを明かしている。仮説についてのわたしの意見を求めているわけではない。それなら、いくらでも同僚がいる。

「もっと話して」

「リリーは管理栄養士になる前は看護師として働いていたのはわかっている。しかし轢き逃げに遭った形成外科医のところでは勤務していない。美容整形センターの雇用記録にはタンガという名はいっさい出てこない」

「つまりリリー・ベスの職歴を調べたということね？」

疲労の浮かんだバックマンの顔が曇る。

「入手できる限りの記録とデータベースで調べたところ、リリー・ベスが看護師として最後に勤務していたのはベス・イスラエル・ホスピタル。深夜勤務だった。彼女はそこを六年前に辞めている」

「リリーからは看護師は三年前に辞めたときいているわ。学位を取ってフリーランスのコンサルティングの仕事を始めて、それから市長のプロジェクトの一員として働くようになった」

「はっきりしているのは、リリー・ベス・タンガの人生にはブラックホールがあるということか。その部分を埋める必要がある」

バックマンはコーヒーカップを指で軽く叩く。

「リリーとランド医師とのあいだにはつながりがあると思えてならない。白いバンの運転者はふたりの死を望んだ。なぜだ？　それを知りたい。リリーの雇用記録からはふたりの関係は浮かびあがってこない。ということは、純粋に個人的なつながりであった。わたしはそう考えている」

「恋愛関係？」

バックマンがうなずく。

「リリーの人生の空白の期間、この医師には妻がいた。だから彼の側にとっては不倫の関係だ。これまでにわかったことから判断して、これはとっぴな想像とはいえない。ランド医師はレディに人気が高く、彼の魔法の手にかかりたがる患者には有名人もおおぜいいた。わたしがいう意味がおわかりだと思うが」

「市のアドボケートのタニヤ・ハーモンもそういう特別な患者のひとりだったのかしら？」

「まいったな、どうしてそれがわかったんだ？」バックマンはふたたび驚いている。

「確実な情報をもとに推理してみたの。彼女はわたしたちのパーティーに来ていたのよ。いかにもボトックス中毒という感じだった。そして彼女の親しい友人は娘の手術をランド医師に……」わたしは肩をすくめた。

「見事に的中している、コージー。タニヤ・ハーモンはランドの患者リストに載っていた。彼のガールフレンドのアドレス帳にも載っているかどうかは、われわれはまだつかんでいないが」

わたしにもわからない。でも興味深い発想だ。まったく思いつかなかった。タニヤが嫉妬にかられてランド医師を殺した？　ふたりの関係がこじれたから？

タニヤのように男性に対して支配的な人物がそういう感情を抱くだろうか。そこははっきりしないけれど、別の動機があったのかもしれない。ヘレン・ベイリー＝バークの便宜をはかったという可能性はあるだろうか。金持ちで政治的な援助資金供与者である友人のために。あのふたりは長いこと親密だった――さいきんはどうか知らないけれど。ヘレンはランド医師の前妻グウェンにあからさまな敵意を示した。人目のある場所でひっぱたいたのだ。それなら、メレディスという娘の死をめぐってランド医師にはもっと激しい怒りがあったはず。ではタニヤとヘレンのどちらかがリリーのことも狙ったのだろうか？　それはどうにもつじつまが合わない。

「ランド医師が死亡し、リリーは意識が戻っていないという状況では、彼らが恋愛関係にあったのかどうかを確かめることはできない。しかしふたりのあいだになんらかの関係があったかどうか、われわれはなんとしても突き止めなくてはならない」

「われわれは」（思った通りね）。「ということは、わたしにも捜査に加われということかしら？」

バックマンがわたしと視線を合わせ、じっと見つめる。

「病院で長い時間を過ごした——」

「とても長くいたときいているわ」

「そしてリリー・ベスの母親アミナ・サライセイと話した。すてきなレディだ。しかし彼女の娘の過去についてたずねようとするたび、なにも知らないといい張る」

彼がまた身を乗り出す。「なにかを隠している。ミセス・サライセイは娘がしたことに関してなにか恥じているのかもしれない。あるいは合法的ではないのかもしれない。違法だから、警察に打ち明けるのがこわい。その内容をどうしても知る必要がある。だから……」

「だから？」

「だから、リリーの母親に接触してきき出すのは女性のほうがいいだろうと考えた。アプローチするのは警察官よりも、彼女と知り合いで信頼関係のある人物がいい。きみならミセス・サライセイから話をきき出せるとわたしは踏んでいる」

バックマンはそこで口を閉じて両目をごしごしこすった。昔、近所に住んでいた男性のことをふと思い出した。妻に先立たれた彼はそれから毎日ヴィンテージのキャデラックの整備をしていた。妻が亡くなって最初の夏の終わりには、その車は傑作といっていいほど見事なものになっていた。わたしの祖母ナナはそれを見て、とても悲しいことだと口癖のようにいっていた。ありったけの愛情を注いでいた妻を失ってしまった彼は愛車に没頭するしかなかったのだ。

バックマンとその人物が重なって見えてしかたない。

彼にとってリリー・ベスはどういう存在なのだろう？　轢き逃げされた妻の代わり？　熱中できる新しいプロジェクト？　それとも、もっと重要な意味を持つのだろうか？

バックマンの苦渋に満ちた顔を見たら、答えなんてどうでもいいと思った。少なくとも、いまは。わたしの問題はまだ解決していないけれど――それに関しても情報提供者となっている――バックマン刑事に協力すると決めた。彼がわたしに力を貸してくれたように、彼がリリー・ベスを助けようとしているように、わたしも彼に協力しよう。

「やるわ……」彼の手をぎゅっと握った。「明日の朝、ミセス・サライセイに会いにいって話をしてみる。わかったことをすべて伝えるわ」

それをきいてバックマンの疲れた表情が少し持ち直したように見えた。彼に少し質問し、リリーの容態についてもきいた。いい知らせだった。彼女のバイタルサインの数値は良好で、医師も手応えを感じているという。

バックマンはカップに残っていたコーヒーを飲み干し、立ちあがった。

「じゃあまた、コージー。コーヒーをごちそうさま」

42

「マイク？」物音がしたので、わたしは枕から頭をあげた。

「灯りはつけなくても大丈夫だ。見えるから……」

愛する男性が、キラキラした銀色の月の光を浴びてちかづいてくる。彼がショルダーホルスターをはずしながら歩いてくるのでなければ、とてもロマンティックで幻想的な光景に見えただろう。でも、わたしは残忍な轢き逃げ事件について話すために彼を待っていた。

眠気を払うために目をこすった。

「あなたのためにカルニタス・ブリトーを置いておいたの」

「電子レンジで温めたよ。おいしかった、ありがとう」

わたしは少し身を起こした。マイクはホルスターのストラップを銃に巻きつけてドレッサーに置き、弾薬クリップをはずし、金のバッジ、ナイフ、催涙スプレーをはずす。

「それで……」わたしはあくびをかみ殺しながらたずねた。「マテオは大丈夫なのかしら？」

マイクがベッドの端に腰かけると、がっしりした身体の重みでぐっと沈み込む。彼が靴ひもを解く。

「あんな目に合わされたことを思うと、きみの元夫はよく耐えてがんばっている……」

マテオの連日の苦労は並大抵のことではない。マイクのおかげで麻薬取締局がマテオの倉庫（そしてわたしのコーヒーハウス）を破壊する事態はまぬがれたけれど、わたしたちを拘束した捜査官は倉庫に届いていたアンブロシアの袋を引き裂いて豆をすべて出した。その際に豆の一部を粉砕してしまったのだ。

さいわい、大部分の豆は無事だった。マテオはボディガード付きでレッドフックに出かけては、極上の豆をかきあつめプラスチックの容器に保管する作業を何日間も――クィンの班、ニューヨーク市警の上層部、精鋭のＦＢＩ捜査官から延々と事情をきかれるのに時間を取られるので――続けていた。

「きみも知っている通り、わたしはアレグロのことを好きというわけではない。しかしこれほどのプレッシャーにさらされた状況に置かれたら、たいていの男はとっくに潰れている」

「マテオは強靱にできているから。長く第三世界で過ごして過酷な現実をたくさん見てそうなったのよ」

「そうだな……」クィンがネクタイをはずし、シャツのボタンをはずす。「彼が見た国には行ったことがないが、似たような場所はよく知っている……闇だな。意味はわかるだろう？」

「ええ……たぶんマックスも知っている」

「マックス・バックマンか？」

「今夜、店に来たのよ」

「そうか」

身体の位置をずらしてマイクの広い肩のためにスペースをつくる。彼がカバーのなかに入って身体を伸ばし、いつものように小さな声をふうっと漏らした。わたしがひそかに「横になるよろこびの賛美歌」と名付けている声だ。

「こっちにおいで……」

彼はもう一度いう必要はなかった。わたしは彼の傍らに潜り込み、たくましい胸に頭を預けた。今回の彼の吐息は、深いよろこびの吐息。硬い指が、わたしの剝き出しの腕に甘くまるい円を描き始めた。

思わず目を閉じて吐息を洩らす。マイク・クィンが軽く触れるだけで全身にしびれるような電気が――ベンジャミン・フランクリンとはまた別の電気が――走る。でも、心配事が頭から離れない。だから大きく息を吸い込み、説明した――。

「マックスが立ち寄った理由は……彼はわたしに頼み事があったの」

おいしい愛撫が止まった。「それはコーヒーとマフィンについての頼み事であることを期待する」

「それ以外にもあったわ……」わたしは咳払いした。「リリー・ベスのお母さんと話をして欲しい、と。彼女は警察に対して口が堅い。リリーの人生には空白部分があって、わたしが協力すればそれを埋められる。彼はそう考えている」

「うむ……」(この声は、彼がハッピーではない時の声)。

「明日の朝、クイーンズに行ってみる」

「フランコも同行させる。それは譲れない」

「心配しないで。わたしたちはフランコに運転してもらって行くわ」

「きみとバックマンか?」

「わたしとマテオのお母さま。わたしひとりよりもマダムがいっしょのほうが、リリーのお母さんは心を許してくれると思うの」

「その努力が実を結ぶことを祈っている。しかしいいか、それはあくまでもバックマンの事件だ」

「じつは、それで気になることがあって」

「気になる?」

「彼は形成外科医が死亡した轢き逃げ事件とリリーの命を狙った事件を結びつけようとしている。でもね、ほんとうに事件を解決したいだけなのだろうか、ほかに彼を動かす動機があるのではないかと思えてしまうのよ」

「というと?」

「一つひとつ積み上げていくとそうなるの。彼はリリーの人生を一年刻みで調べることに取り憑かれているように見えた。ああ、この人はまだどこかで、妻の命を奪ったドライバーを追跡し続けているのだと感じたわ。彼が刑務所に叩き込めなかった犯人をね」

「ちがうな」マイクが即座にいった。「それはちがう」

「どうして断言できるの？」

「なぜなら、クレア……」マイクはためらい、そしてようやく続けた。「マックス・バックマンは妻を殺した男を刑務所に送った」

「なんですって？」わたしは身を起こし、髪を後ろにかきあげた。「どうやって？」

「それを明かすわけにはは――」

「話して！」

マイクがふうっと息を吐き出す。

「事件にまで遡って話を始める必要がある……サラの命を奪った事件だ。二番街のバーで酒を飲んで酔っぱらった保険ブローカーが、歩道沿いに駐車しておいたSUVを急発進してマックスの妻をはね、逃走した。サラ・バックマンは内臓損傷、頭蓋骨損傷、全身打撲を負った。事件でマックスはすっかり憔悴《しょうすい》してしまった。二週間、彼女は病院で寝たきりの状態だった。目を覚ますことはないだろうと医師は彼に告げた。しかし彼は希望を失わず祈り続けた――彼女を葬る瞬間まで」

「ひどい……」

「妻の死後六週間でマックスは仕事に復帰し、現場検証がいかにずさんにおこなわれていたのかを知った。ドライバーが見つかった時には、すでに飲酒検知器による検査ができなかった。犯人は最高の弁護士を雇い、証拠不十分で自由の身だ」

「それでマックスは自分で犯人を追ったのね？」

「ああ。彼は妻のために夢のマイホームを建てようと貯金していた。もうその金は必要ではない。彼は分署から休暇をとって、保険ブローカーをいとなむ男の会社に近いアパートに引っ越した」

「そこでなにを？　ふたたび相手が飲酒運転するのを待ったの？」

「ちがう。単なる飲酒運転以上のものを望んだ。男の会社は何百万ドルもの価値があった。顧客は隣接三州全体にいた。マックスは一年がかりの捜査で興味深い事実をつかんだ。この男が作成した保険証書の三分の一は不正なものだった。顧客を加入させて彼らが支払った保険料を保険会社に渡さず着服していた。そして偽物の保険証書をつくって客に渡していた。なんの価値もない、ただの紙切れをな。マックスは立件した。その卑劣漢は三つの州で同じことをやっていたので、州際取引における不正行為だ」

「彼はＦＢＩに持ち込んだの？」

「ああ、マックスはすっかり準備を整えてＦＢＩに電話した。後はＦＢＩが片付けた。その男は二十五年の刑期を宣告された」

「彼はわたしを自警団的な気質の持ち主だと表現したわ」

「ほんとうか」あきらかにおもしろがっている口調だ。「バックマンがなんといおうと彼の勝手だが。わたしにいわせれば、きみは高い関心を寄せる市民だ。平均的な納税者にくらべると若干〝知りたがり屋〟の度合いが高いかもしれないが、きみは善良な女性だ、クレア。

温かい心の持ち主だ」

「バックマンとわたしは似た者同士なんですって」

「それならわたしも加わって三人似た者同士だ。三人とも、悪いやつを捕えたいと考えている。正義がおこなわれるのを見たいと望んでいる」

「教えてちょうだい。いまの話はどこからきいたの？　バックマン刑事は確かによく話す人ではあるけれど、そういう内容を洗いざらい打ち明けるようには思えない」

「なぜ経緯を知っているかといえば、バックマンは休暇中に時折助けを必要としたからだ——背景調査をおこなったりナンバープレートから住所を割り出したり、といったことで」

「あなたは自分のキャリアを危険にさらすと知りながら協力したの？」

「わたしと、友人が数人だ——警察内外のな。われわれはマックスの手先となって動いた。密かに行動する実情調査員を務めた」

「コードネームは？　コミックブックみたいな暗号名？」

「マックスは傷ついていた。放っておけなかった」

わたしは視線をはずし、室内に差し込む月の光を見つめた。

「バックマンは妻を殺した人物に裁きを受けさせ、事件は解決した。それなら、なぜ彼はリリーの事件にあれほどのめり込むの？　つらい記憶がよみがえってしまったから？　病院で見たリリーの姿にサラを重ね合わせているの？」

「それはちがう。リリーが妻ではないことは、彼はわかっている」

「でもそれ以外に説明がつかないわ。未知の相手と恋に落ちるなんてあり得ない話よ」

「いわせてくれ。彼は彼女を知っている」

「いいえ、彼は——」

「彼はリリー・ベス・タンガを知っている。彼女のことを調べたからだ。いままでに彼女の母親、息子、親戚、同僚と話をしている。いろいろな方面での友人から話をきいている。家族が知らないことまで知るほどくわしくなった。何枚も写真を見て、いろいろなエピソードに接した——」

「そして病院の彼女の枕元に座っている。毎晩そうして彼女の顔を見ながら、収集した情報を組み立てているのね」

「そうだ」

「リリーが目を覚ましたらどうなるの？　彼女の命が助かることはまちがいないといっていいわ。知らない男性が自分の虜になっていると知ったら、彼女はどうするかしら」

「それはなんとも答えようがない。きみも、わたしも」

マイクが自分の胸をトントンと叩く。

「横になろう、クレア。頼む。数時間でも休息を取ろう。わたしにはそれが必要だ」

「そうするわ……」わたしはふたたびベッドに横になり、彼にくっついた。「ところで、ようやくカルニタスをすべて食べきったわ」

「それはよかった。あとひとつブリトーを食べたらソンブレロが生えてきそうだ」

「リリーのお母さんのところを訪ねた後、フランコに買い物に寄ってもらうつもり。週末にチキンはどう？　まるごとローストして外側は金色にカリッと焼きあげて肉はしっとりとジューシー。ローズマリーとライムの風味でいかが？」

「おお、それはうまそうだ」マイクの硬い指先がふたたびわたしの腕に触れる。

「それからフル装備のコルカノン（茹でたキャベツやケール、牛乳をマッシュポテトに混ぜたアイルランド料理）……」（これはマイクの好物のひとつ）。「あなたがアイルランド出身のお母さまにいつもつくってもらっていたみたいに、レッドポテト、キャベツ、オニオンを使ってね。炒めるのにオリーブオイルとベーコンの脂を使ってガーリックを加えると、わたし流に少しイタリア風になる。とろりと溶けたチェダーチーズとスモーキーなベーコンを刻んでトッピングすれば、これぞアメリカンスタイル……」

「よだれが垂れてしまいそうだ」

「あなたのためにとても軽いカプチーノ・シフォンケーキを焼くわね。マスカルポーネは使わずにホイップクリーム・フロスティングにしようかしら。ひとくち食べたらこの上なく繊細な風味が口のなかに広がって、舌の上で溶けてしまう。まるで天国の雲のかけらを噛んだみたいにね。ホワイトチョコレートのガナッシュの層を余分に加えて、もっと退廃的にしてみようかしら。ホワイトチョコレートを温めてコクのある生クリームを泡立てて、ふわふわにしてたっぷりと——」

「ストップ！」クィンがうめく。「これ以上きいていられない！　きみのフード・ポルノは人を狂わせる。しかし、わたしのために料理する必要はない。きみはやるべき仕事を山ほど抱えている。テイクアウトならいつでも注文できる」

「わたしが料理好きだと知っているでしょう。いわばオアシスみたいなものよ。料理をすることは安らぎにつながるの。人生で自分がコントロールできる数少ないものが料理。でもなにより、わたしのつくったものをあなたが食べる時の音が好きなの」

「おもしろいな……わたしもきみの音が好きだ」

「あら、どんな時？」

彼の硬い手がわずかに位置を変えて、わたしは彼の言葉の意味を理解した。

月の光のなかで戯れながら、マイクの熟練の指がわたしの身体を奏でるのにまかせ、やがてわたしの身体がよろこびのハミングを歌いだす。彼の腕のなかで向きを変えて彼のくちびるをわたしのくちびるで覆う。わたしたちのくちびるはふたたび動きだした。でもこのオアシスでは言葉はいらなかった。

43

翌朝、フランコが運転するセダンでマダムとわたしはガラスとスチールだらけで陰の多いマンハッタンの峡谷を移動しながら、わたしのブレックファスト・ブレンドをゆったりと味わった。朝のラッシュで車の流れはゆっくりだったが、じきにウィリアムズバーグ橋に到達し、視界がひらけて青く輝く空が広がった。

イーストリバーのきらめく三角波の上を渡りながら車のスピードがあがり、フランコはリラックスして毎日お決まりの質問をした。

「で、コーヒー・レディ、今朝は？」

「またもやシェービングクリーム」

わたしはチャコールグレーのパンツから糸くずを払いのけた。足元はスタックヒールのパンプス。上腕に傷があるのでブラウスは肘の下まで届くベルスリーブにした。光沢のある真珠色のブラウスだ。

今朝は目が覚めたらいきなり——服も選んでいないうちに——マテオが大声で文句をつけている声がした。彼が持ってきた髭剃り道具には顎髭を柔らかくするフランス製のクリームの小型の缶が入っていたらしい。ブリアンからの贈り物で小売価格は五十五ドルという目の玉が飛び出そうな高級品。缶にいっぱいあったそのクリームが、数日間のうちにほぼ空っぽになった。

「ぼくの輸入品を勝手に使うなんて！」マテオがマイクに抗議している。

わたしが仲裁に入らなければ平和は訪れていなかっただろう（試練に満ちたこの一週間、毎朝この調子なのだ）。

マイクはとぼけた態度だけれど、口の片方の端がかすかに持ちあがっている。彼がなにをいいたいのかわかった。こういうのをしっぺ返しというんだ、アレグロ。悔しかったらアリアでも歌ってみろ。

フランコは今日の三人のドタバタぶりをきいて鼻を鳴らし、ハンドルを切って橋から降りるとブルックリン・クイーンズ・エクスプレスウェイに入った。

マダムが甲高い声をあげた。

「ねえ、クレア。メナジ・ア・トロワ（夫婦と愛人の三人の生活）を成功させるのは大変なチャレンジだそうよ」

思わずコーヒーにむせてしまった。

「ちがいます、ちがいますよ！　それはとんだ誤解です。マイク・クィンとわたしとマテオは、メナジ・ア・トロワではありません。もう一度いいます。ちがいますから」

「あら、そんなことありませんよ。今週の初めにマテオからきいているわ。サットンプレイスのアパートはブリアンがリフォームをしている真っ最中で、当の彼女はいま出張中だそうよ。――彼女のいない隙に……」

　マダムはいかにもフランス人らしく、小さく肩をすくめる。

「マダムがそんなことを考えるなんて、信じられません！」

「落ち着きなさい。メナジ・ア・トロワは『三人の世帯』というだけの意味よ。あなたたち三人はあそこの住居をシェアしている、まちがいないでしょう？　そして食事も……」

「それからバスルーム」フランコがフロントシートから加わる。

　マダムは内巻きにした銀髪をふわりと揺らして、手をひらひらさせる。

「ほかになにをシェアしているのかなんて、いわなくてもよろしい」

「祖母の口癖を思い出すなあ」フランコが叫ぶ。

「なに？」マダムが前に身を乗り出す。

「オンドリが二羽とメンドリが一羽では卵は産まれない――そしてすったもんだの揉め事ばかり」

　ふたりは笑い、わたしは顔をしかめた。

「卵ならあるわ、フランコ。でもマイクには夕食にチキンを約束したの。帰り道に食料品の買い物に行きましょうね」

「はい、母さん」フランコが歌うようにこたえた。

　マダムはコーヒーカップで顔を隠している。笑いが止まらないらしい。

奥歯を噛みしめて耐えた。三人の暮らしをずるずる続けるつもりはない。ドラッグのディーラーがマテオにコンタクトを取ってこなければ、ぐずぐず待っていないでわたしがリオに飛ぶ。そしてO・ネゴシアンテと直接対決する。

やっと高速道路を出ると、ジャクソン・ハイツ方面に向かった。ここはクイーンズの多言語《ポリグロット》の地域で、東に行けばヒスパニック系移民、西に行けば新しく住み着いたアイルランド系アメリカ人が暮らしている。その中間のリトルインディアに到着した。あたりに漂う香りだけでそれを言い当てることができる。

カレー、コリアンダー、ターメリックのスパイシーなにおい、タンドリーチキンのおいしそうなにおい、ナンの香ばしいにおいが渾然《こんぜん》一体となっている(一回吸い込んだだけで、朝食を抜いてきた身にはこたえる)。

車窓から眺めると歩道には直火焼きのラムのカバブのカート、野菜の市場には珍しい長い豆が見える。タージ・マハールのような店構えの商店はサリー、金の腕輪、ボリウッド音楽の専門店だ。

角を曲がってルーズベルト通りに入り「インターナショナル・エクスプレス」と呼ばれる七号線の高架の下を進む。列車が線路をガタガタいわせて走る姿は遊園地のジェットコースターみたいにどこからでもよく見える。コンクリートに覆われた地下鉄ではなくここでは頭上を走る列車は、機械仕掛けのドラゴンが連なっているように轟音を響かせて走っていく。

車はさらに進んでウッドサイドに入った。リリー・ベスがホームと呼ぶ界隈で、漂うアロマはがらりと変わる。ルーズベルト通りのこのあたりは、この区の「リトル・マニラ」だ。リリーによれば東海岸全体でいちばんフィリピン人の多いコミュニティなのだそうだ。

フィリピン料理のレストラン、パンや菓子を売る店がその一帯を乗っ取っている。そしてフィリピン人が経営する会社や店も立ち並ぶ。なによりも当惑させられたのは、航空貨物を取り扱う業者と配送業者の多さだ。看板に「バリック・バヤン・ボックスの発送を承ります」という文字を見て納得した。リリーからきいた通りだ。

「なんてすてきな香りなのかしら！」マダムが興奮した声でいう。

この地域独特のアロマがわたしたちをまるごと包み込んでいる。最初にわかったのはアミナ・サライセイ特製の豚肉入り肉まん、それからチャンポラードのチョコレートのにおい、そしてついに——。

「ブリオッシュです」わたしはマダムにいった。イーストで発酵させた生地のにおいをマダムは楽しんでいる。バターと卵がたっぷり入ったブリオッシュだ。

マダムはわくわくと心躍らせているが、少し困惑しているようだ。

「ここにフランスのパン屋さん？」

「いいえ。この香りはフィリピン版の〝エンサイマーダ〟です。ブリオッシュの生地を応用するんです。中で味見をしてみましょう……」

アミナズ・キチネットのガラスの大きな窓が見えたので、フランコにいって車を停めてもらった。ビルの一階が二十四時間営業の小さな飲食店になっている。隣は旅行代理店、もう一方の隣は美容院だ。

「熱々のプト？」（スペイン語で同性愛者の意）

日よけの文字を読んでフランコが運転席からこちらをふり返る。

「これはジョークかな？」

「あなたが想像しているものとはちがうわ。フィリピンでは、プトとは米粉を蒸したマフィンみたいなものを指すの」

「それをきいて安心した。ヒスパニック系の世界で〝熱々のプト〟を売ったりしたら、風紀犯罪取締班が押しかけてくる」

フランコはわたしたちのためにドアをあけて幸運を祈ってくれた。

「俺はついていかないほうがいいだろうからな」

「ありがとう。リリーのお母さんは警察官の前では話しにくいこともあるでしょうからね」

そこのところをフランコはよく理解している。とりわけ移民の多い地域で暮らす人々のそういう感情をよく呑み込んでいるのだ。彼はうなずいて車に乗り込む。マダムとわたしは店に足を踏み入れた。

44

ミセス・アミナ・サライセイは娘のリリーと同じく、小柄で魅力的な女性だ。肌は浅黒くエキゾチックなアーモンド形の目。リリーよりも体重があり黒い髪の毛には白髪が多く交じっているけれど、移民してきた土地で生きるたくましさとおおらかさはリリーにそのまま受け継がれている。

わたしたちが挨拶すると大歓迎して椅子を勧めてくれた。店内の壁は明るい黄色だ。フィリピン諸島のカラフルな写真が飾られ、キュリオ・キャビネット（小ぶりの棚）には小さな像やお土産が並んでいる。おもちゃの小さな「ジープニー」もいくつかある——かつてアメリカ陸軍が使っていたジープをフィリピン人たちはジープニーと呼び、カラフルに塗装して島の公共の輸送手段として使っている。

リリーの愛らしい息子パズがこんにちは、と手をふる。そして、食べかけのチョコレート・ライス・プディング——フィリピン人の朝食として一般的な〝チャンポラード〟——をまた口に運ぶ。

フィリピンの料理は東洋と西洋が出会って溶け合った独特のもので、アミナ・サライセイ

の店のメニューを見てもスペイン、中国、アメリカの要素が入り交じって、まるでメルティング・ポットのよう。アミナはこの二十四時間営業のキチネットのオーナーだ。それは前にここを訪れた時に知った。

リリー・ベスが入院していても、アミナは朝に一度、夜に一度店に来て名物料理をつくる。スパイシーで甘い味つけのポークの入ったシオパオという肉まんや、すばらしくおいしいエンサイマーダなどを。

どのテーブルでもお客さんが朝食をとっている。店内のざわめきには英語とタガログ語が交じっている。給仕スタッフがわたしたちにコーヒーと、焼きたてのブリオッシュが入ったバスケットを運んできた。このブリオッシュのにおいが通りに漂っていたのだ。

マダムが興味津々で味見をする。エッグブレッドは軽くてやわらかく、てっぺんにはたっぷりとバターが塗ってある。ベタベタしているのは、たっぷりのチェダーチーズが溶けたところに軽く砂糖を散らしてあるから。独特のこんもりとした形のリッチなペストリーには、まさにリリーの母国の料理の心があらわれている。

「甘くて風味がいいわね」マダムがやさしくささやく。「とてもユニークな組み合わせで、楽しくてたまらないわ」

わたしたちは軽食をとりながらリリーの母親とおしゃべりしていたが、頃合いを見計らってわたしは改まった口調で切り出した。

「今日はご挨拶したくてうかがいました。でもそれだけではなくて、わたしたちはリリー・

ベスを病院に送り込んだ人物をどうしても突き止めたいと考えています」

「そうなんですよ」マダムが相づちを打つ。「そのためには、お嬢さんの昔のことについてできるだけ多く知っておく必要があるのです」

「リリーはいい娘です」アミナの表情ががらりと変わって悲しげだ。

「それはよくわかっています。じつは、もしかしたらリリーはランドという名前の形成外科医となんらかのつながりがあったのではないかと調べているんです。彼女はその医師のもとで働いていたことがあったのかしら？」

アミナは首にかけた金の十字架に触れた。

「リリーはいつだっていい娘で、働き者でした。でも余分な支払いのせいで……」

彼女のうちひしがれた様子を見て、バックマン刑事と同じ印象を受けた。〝なにかを隠している、打ち明けるのをおそれている〟。

「リリーはわたしを助けようとしてくれました。それもこれも余分な支払いのせい。そしてこんなことに……率直にいって、いったいこれからどうなってしまうのか全然わからない。どうやって〝支払い〟をしていったらいいのか」

マダムとわたしは視線を合わせる。

「支払い？　病院の費用の支払いのことかしら？」わたしはたずねた。

アミナがため息をつく。

「いまはその負担もあります。保険があるけれど、あのやさしい警察の方が――」

「バックマン刑事ですか?」

「ええ。その人が、リリーの治療費がかなりかかるかもしれないと教えてくれたんです。それに毎月の余分な支払いがあるし。娘のことが気がかりで。ここがなくなったりしたらと思うと、胸が張り裂けそう。でもそれよりもリリーが心配で心配で」

余分な支払い? わたしはまたちらっとマダムを見た。どういう意味なんでしょう?

もう一度アミナにきいてみた。けれど彼女は説明しようとしないので、どうにもならない。それ以上の追及はやめておこう。わたしたちにはいざという時のための切り札がある。リリーのコンピューターだ。

おそらくバックマンはすでに彼女のコンピューター・ファイルとメールを当たっているだろう。ランド医師に関係するものがあるかどうか、脅迫の証拠となるものがあるかどうか。まずはそれを調べるはず。そして、とうに作業を終えているだろう。

いっぽう、アミナはリリーのプライベートなことに関しては口を閉ざしているようだ。そしてリリーのコンピューターは彼女の自宅にある。アミナはバックマン刑事がコンピューターに触れるのを許さなかったかもしれない。彼は彼で、令状にものをいわせて強引にコンピューターを操作しようとはしなかったのではないか。

彼女に対して強硬な手段に訴えたくないからこそ、彼はわたしに一縷《いちる》の望みを託したのだろうか。たぶん、そうだろう。だから、いちかばちか切り出してみた……。

「ミセス・サライセイ、じつはリリー・ベスからいくつかレシピを送ってもらう予定でした。でもあんな事故にあってしまって。それで彼女のコンピューターをチェックしてみてもかまわないでしょうか？　そのファイルさえ見つかれば、フリーランスの仕事として支払いができます」

　アミナ・サライセイはうなずき、腕時計で時間を確認した。

「パズを学校に送っていかなくては。それから病院にも行かなくては。リリーを診てくださるお医者さまたちと毎日話をしているんです」

「ええ、わかります」

「でもあなたに協力したい……」彼女は一瞬考え、それから、なにかを決断したようだ。ポケットに手を入れてカギの束を取り出し、輪から一本をはずした。

「これは自宅のカギです。リリーのコンピューターは彼女の寝室にあります。あなたが必要なものを手に入れてください。終わったらカギをかけて、ここのレジの女の子に渡しておいてください」

　わたしたちは彼女とパズに挨拶をして、用意してきた贈り物を渡した。幼い少年にはトランスフォーマー（ロボットアニメ）、リリーの母親にはローストしたばかりのコナを二ポンド。

「リリーのためにわたしたちはずっと祈り続けます」わたしはふたりに約束した。

　アミナとパズから礼をいわれた。パズはおもちゃをとてもよろこんでいるようだ。興奮した口調で、不思議なことをいいだした。

「豆を」パズがわたしのブラウスの袖をぎゅっとひっぱる。

「豆？」彼のやわらかな頭を撫でながらきき返した。

彼がコーヒー豆を指さす。

「ママのために祈る時には、豆を瓶に入れるの。〝オポ？〟（タガログ語で丁寧ないい方の「はい」）。ママはきっとよろこぶよ」

アミナのほうを見た。彼女はにっこりして肩をすくめただけ。

それ以上踏み込んで確かめるのもなんとなく気が引けて、丁寧に挨拶をしてドアからそっと出た。

フランコの運転で、十区画先にあるミセス・サライセイの住まいに向かった。二階建ての連棟住宅だ。質素だがよく手入れが行き届いて静かな場所だった。リリーの寝室は壁がアプリコット色に塗られている。デスクにノートパソコンがあるのを見つけて起動させてみた。そのあいだ、マダムは室内を動きまわって写真立てや小物などを見ている。

リリーのコンピューターに入るのはかんたんだった。手始めに〝ランド〟〝ランド医師〟〝ハリー〟といったキーワードで書類を検索した。

うまくいかなかったので、リリーのドキュメントライブラリを調べてみることにした。すべてを日付順にソートし直した。けれども、いちばん古いフォルダーといってもたいして古くはない。

「これよりも古いものはここにはないわ！　リリーの人生のブラックホールの手がかりにな

るものが、なにもない――」

「クレア……」マダムが鋭い声で呼ぶ。「これを見てちょうだい」

わたしは画面に集中して視線をあげずに答えた。「なにかありましたか?」

マダムはわたしの背中側にいる。ドアがスライドする音がして、そのまま全開したようだ。マダムはなにをしているのだろうかと、回転椅子をぐるりとまわした――そして息を呑んだ。

リリーのクロゼットの右側は服が整然と吊るされて、その下には靴が並んでいる。左側半分は上から下まで全部、棚だ。そしてすべての棚にずらりと瓶が並んでいる。大きな瓶や小さな瓶が。かつてはピクルスやペッパー、あらゆる種類のソースが詰められていたものだ。しかし色とりどりだったはずの中身はもうなくなっていて、どれもこれもすべてが黒い。

「これはいったい?」わたしはそばに寄ってこの異様な光景をしげしげと観察した。

「瓶にはどれもコーヒー豆が詰まっているわ」マダムがふたをひとつはずしてわたしに見せた。

「すべての瓶にラベルが貼ってある。一月、二月、三月……」

「リリーの坊やがあなたにいったこと、憶えている?」

わたしはうなずいて、パズの言葉を繰り返した。

「ママのために祈る時には、豆を瓶に入れるの……」

「つまり、豆は祈りということね。でも、リリーはなにを祈っていたのかしら?」マダムがいう。

「この日付はどこまで遡れるのかしら?」

確かめるためにふたりで瓶を並べてみて、あっと思った。ラベルの日付はちょうどリリーの人生のブラックホールの時期から彼女がバンに轢かれる時まで、ぴったり重なっていたのだ。

あの時のことを思い出した。リリーが殺されそうになったあの晩、彼女は意識を失う前にわたしになにかをいおうとしていた。

〝彼女はなんといった? 思い出すのよ……〟。

「クレア? どうかしたの?」

「ちょっと時間をください」

リリーのベッドの端に腰かけて目を閉じた。深呼吸して、ほんの一週間前のあの無惨な光景を頭のなかに呼び出した。

頭のなかで、リリーはふたたび道に横たわっている。彼女の身体は傷つけられ、ねじ曲がり、けいれんしている。わたしは友のもとに駆け寄り両膝をついて、彼女にまだ意識があることを確認した……。

「わかっていた……こうなると、わかっていた……」

「車が走ってくるのを見たということ?」

「そうじゃないの。あなたは知らない。こうなって当然なの。わたしがそれを招いた。わたしの過ち……わたしのせい……わたしは大きな過ちを犯した……」

「クレア？　どうしたの？」

震えが止まらない。片手でリリーのベッドカバーをつかんでくしゃくしゃにしている。

「彼女は終油の秘跡を求めていたのではなかった。いま、それがわかりました」

「なんのことか、わからないわ？」

「カトリック教徒は司祭に罪を告白して、祈りという形で償います。司祭は『アヴェ・マリアの祈り』と『主の祈り』を唱えるように、あるいはロザリオの祈りを一環唱えるように指導します――」

「ロザリオは祈りに使う数珠のことね！」

「ええ。回数を数える方法があります。すべてを足していくんです」

「それがいま目の前にある、そうでしょう？　パズはわたしたちに、この豆が祈りをあらわすのだと教えてくれたわ」

「ただの祈りではない。これは懺悔です」

「なんに対する懺悔？　リリーはなにをしたというの？」

「手分けしていちばん古い日付の瓶を見つけましょう……いったいいつから始まっているの？」

見つけたのはマダムだった。持ちあげた瓶の底になにかが埋まっているのが見えた――白くて小さな四角いもの。

「なかになにかあるわ！」

濃い色の豆をふたりでリリーのきれいなベッドカバーにあけ、四角くたたまれた白いものを取り出した。わたしの両手はまだ震えている。マダムが紙をわたしから受け取ってひらき、読書用のメガネをかけた。

「これはカルテよ」マダムがその書類をざっと眺める。「十八歳の少女のことが書いてある……彼女のバイタイルサインについてのコメントがある……」

「患者の名前は？」

「まあ」マダムが小さく声をあげる。「クレア、わたしはこの少女を知っているわ。そしてあなたも……」

書類のいちばん上の、患者の名前をさがした。マダムのいう通りだった。患者は、ヘレン・ベイリー＝バークの娘、そしてジョシュ・ファウラーの親友だった。

「でもメレディス・バークは亡くなっているわ」

「なぜリリーはこの記録を持っているのかしら？」

「わたしも、それが知りたい」

45

マンハッタンへの帰り道、リリーの長年の友人である看護師テリー・シモーネに電話をした。ごく簡潔に、話があるのでビレッジブレンドに立ち寄って欲しいと頼んだ。午後一時に会うことになった。

バックマンに電話しようかと思ったけれど、もう少し待つことにした。テリーならきっと、わたしが発見したものについての答えを知っている。その答えは、バックマンが捜査に費やす時間を大幅に短縮してくれる。だからわたしはふたたび頭を仕事に集中させて時計を無視しようとした。

ひと息ついたところで、店の隅っこにマテオがひとりで座っているのに気づいた。彼の前のテーブルには空になったデミタスのカップ。彼の視線は新しい〝それ〟の高性能の画面に釘付けだ。

ダブルエスプレッソをふたり分抽出してフロアを横切って彼のテーブルに行った。マテオがカップを受け取り、椅子の背にもたれて満足そうに飲む。

「ありがとう」

「どういう状況なの？」わたしは向かい合わせに座り、エスプレッソを飲む。

「レッドフックの倉庫はすっかり片付いた。そうなるとつぎはニーノの豆を売らなくてはならない」彼が弱々しく首を横にふる。「こんな状態では、とうてい……」

「あの豆の販売を先送りするつもりはないわ。今夜、あなたの名刺をひと包み持っていく。アンブロシアを初めて世間の皆さんに味わっていただく機会よ——」

「そう呼ぶことにしたのか」

「気に入らない？」

「気に入ったさ。それにやる気を出してくれるのもありがたい。しかし、きみはブローカーではない。結婚パーティーに五十ポンド出荷しても、バケツのなかに一滴垂らすようなものだ」

「〝スターリングシルバー〟のバケツよ。今夜は影響力が大きい裕福な人たちがおおぜい顔をそろえるわ。シェフ、ジャーナリスト、レストラン・チェーンのオーナーといった人たちよ。完璧な一杯にふさわしい完璧なショーケースになると思う」

「カップ・オブ・エクセレンスは？」

「来年があることをお忘れなく。事実と向き合いましょう。すぐにまたリオに出張したいとは思わないでしょう？」

「まあな」

「とにかくやってみましょう。アンブロシアは極上ものよ。称号なんかなくても、きっと売れるはず」

　彼はもうひとくちエスプレッソを飲む。彼の視線は真珠色に輝くわたしのブラウスを見ている。

「今日のきみは、すてきに見える」

「じつはね、いいたくないけれど、あなたのお母さまはあなたとわたしとマイクが……」自分の口からいうなんて、とうてい無理だ。

「ぼくたちが？」

「メナジ・ア・トロワだと」

　彼が否定するように片手をふる。

「きみはからかわれているんだよ」

「いいえ、マダムは本気で——」

「おふくろは知っているよ。なにがどうなっているのか。ぼくがすべて打ち明けた」

　まさか。けれどもマテオは平然としている。

「ぼくの母親は、きみも知っての通り地獄を見てきた。戦争を生き延び、愛した男につぎつぎに先立たれ、全盛期にはドラッグディーラーと渡り合ったこともある——そして彼らに勝った。おふくろは真実を受け止めることができる。だいいち、まだれっきとしたオーナーだ。なにが起きているのかを知る権利がある」

「どんなことになるのか、マダムはどう予想をしているのかしら？」

「根っからの楽天家だからな。それに、きみのクィンがわれわれを守ると信じている。危険にさらしたりしないだろうと。彼を高く買っているんだ」

「それはわたしも同じ。じつはね、マイクはあなたを高く買っているわ」

「ほんとうか？」

「昨夜、彼から直接きいたの」

「ぼくにはわからない。自分がそれに値するとは思えない」彼は片手で顔を拭くような仕草をする。「きみを傷つけようだなんて、一度も考えたことはない。絶対にそんなことは望まない。すべてが終わった時、それをきみが憶えていてくれたらと思う」彼が首を横にふる。

「ゆるしてはくれないだろうな」

「マテオ、落ち着いて」手を伸ばして彼の手をぎゅっとつかんだ。「これはあなたのせいなんかじゃない。卑劣な悪いやつらがわたしたちをはめようとしているのよ」

「そうかもしれない。しかしぼくが仕事上であんな判断をしたからだ。それなのにいま、きみが犠牲を払わされるなんて。そんなつもりではなかった。そのことをわかってくれ。どうかわかって欲しい」

「いったいなんの話？　どうしてそんな目で見るの……」

頭のなかで論理的な答えをさがし始めた。マテオとマイクは長時間を費やして話し合い、戦略を編み出している。それだ。マイクはマテオになにかを話しているにちがいない。そしてマテオには口止めしている。わたしが犠牲を払わされる……〉

「あなたとマイクはなにをわたしに隠しているの？」

「クレア！　クレア！」

テリー・シモーネは最悪のタイミングでわたしたちのテーブルにやってきた。マテオは、わたしの気が散ったとみて席をはずし、そのまま逃げてしまった。

「話って？」テリーはきゃしゃでエネルギッシュな女性だ。黄色い髪は短く刈り込み、薄いブルーの医療着を身につけているのはシフトに備えているからなのだろう。

わたしは奥歯をぐいと噛みしめ、無理矢理にギアを入れ替えた。

「どうぞ座って、テリー……」

ナンシーにコーヒーを運ぶように合図をして事情聴取を開始した。

「そういえば」明るい口調で切り出した。「病院のリリーのベッドのそばによくいる警察官とは話をしている？」

「バックマン刑事？」テリーの声は朗らかとはいい難い。「いいえ、……最初に話したきりよ」

「あらそれは不思議ね。だってあなたはあのベス・イスラエル・ホスピタルで働いているし、バックマン刑事はああしてずっとあそこにいるのに。てっきり、知り合いになっているものと思ったわ」

テリーはあまりにも激しく首を横にふるから、いまにもイヤリングが飛んでしまいそうだ。

「昨夜、彼を見かけたけれど、わたしは勤務中でとても忙しくておしゃべりどころではなかったわ」

「ということは、リリーの過去についてバックマン刑事からきかれていないのかしら？　看護師をしていた頃の勤務先が不明の時期について、問いただされなかった？　リリーがベス・イスラエル・ホスピタルを辞めて以降、管理栄養士として収入を得るまでの期間よ」

「リリーは学校に通っていたの、それだけよ」

「形成外科医のハリー・ランド医師のところで働いていたのではない？」

テリーの神経質そうな動きがぴたりと止まった。彼女は無言のまま首を横にふり続ける。こんなふうに否定されるのは、想定外のこと。バックマンがテリーからすべてをきき出していたら、わざわざわたしに頼んだりはしないはず……。

「どちらでもいいけれどね、そんなことは。別の件であなたの力を借りたいの」

テリーは話題が変わってほっとしているようだ。

「ええ、なんでもいってちょうだい」

折りたたまれてリリーの瓶のなかに収められていた紙を取り出し、カフェテーブルの大理石の天板に広げた。長い年月でついたしわを伸ばす。

「もちろんわたしは医療関係者ではないけれど、どうもこれは重要な記録に思えてならないの。わたしには理解できない言葉がたくさんあるわ。どういう意味なのか、教えてもらえるかしら？」

テリーは両手を紙に置いて最初の数行をさっと読む。患者の名前を見た瞬間、彼女は驚いて目をぱちぱちさせた。

「これはいったいなに？」

「あなたが教えて。リリーのアパートで見つけたものよ。なぜ彼女がメレディス・バークのカルテを持っているの？」

テリーが紙をわたしのほうに押し戻す。

「どういうことを知りたいのか、わたしにはさっぱりわからないけれど、約束するわ。リリー・ベスは悪いことはなにひとつしていない。あの気の毒な少女を助けようとしたのよ。あれはあの医師の過ちなの。そしてリリーとランドとの取り決めのせいで——」

「どんな取り決め？　彼らは恋愛関係にあったの？」

「いいえ！　リリーはあの男が個人で経営しているサージェリー・センターでもぐりで働いていたのよ。帳簿外で。学費をまかなうために、パズのために、彼女のお母さんのお金のトラブルを助けるために現金が必要だった——」

「ではリリーはメレディスを担当した看護師だったの？」

テリーは顔をしかめ、視線をそらす。これは彼女にとっておそろしい岐路だ。彼女が自分自身の倫理基準と必死に闘っているのがわかる。ここでどちらに行くべきなのか、自分の友を助けるのか、それとも傷つけるのか。

マイクならこういう場合、テリーにどんなふうに働きかけるだろう。おそらく彼なら、彼女の感情に訴えるボタンをすでに見つけているだろう。彼女にとって決定的なボタンを。皮肉にもわたしは同じボタンを持っている。だからなにをいえばいいのか、わかった。

「テリー、わたしのいうことをよくきいて。バックマン刑事はリリーを処罰しようなどといっさい考えていないわ。若くしてメレディス・バークが亡くなったことにリリーがどう関わっていたとしても、すでにそのことで彼女の心は苦しんでボロボロになっていた。リリーは、自分は罰を負うべきだと思い込んでいた。でも、彼女を危うく殺しかけたドライバーも罪を負うべきなのよ。〝危うく〟というのがキーワードなの。リリーが病院のベッドから出たら、あの轢き逃げ犯は待ち構えていてふたたび彼女を轢くかもしれない。その時には、その人物は確実にリリーを遺体にしてその場を去るでしょうね」

わたしが描く残忍な絵にテリーは青ざめた。どうしても彼女に理解してもらうためには、やむを得ない。

「リリーを轢いた人物を突き止めるために、真実を知る必要があるの……」

テリーは目を閉じた。ほぼ一分間、彼女は頭を垂れたままでいる。祈っているのだと直感的にわかった。もはやここでわたしがなにをいっても、どうにもならないだろう。ただ座ったまま、彼女が決断するのを待った。

ついに彼女が顔をあげた。

「わかったわ」テリーが静かにいった。「わたしが知っていることをなにもかも話します……」

ハリー・ランド医師はメレディスに、一度に三種類の手術をしたという。彼はそれをスリー・イン・ワンと呼んだそうだ。美容整形センターで手術から回復するのを待つあいだ、少女は不安そうで、怯えている様子だった。彼女は頭のふらつきと息切れを訴えた。その日、麻酔専門医はすでに引きあげていた。勤務についていた看護師のリリーはメレディスのバイタルサインの変化をランド医師に報告した。けれど彼はリリーの懸念に耳を貸そうとしなかった。ほかの患者にボトックスの治療をするので忙しく、廊下を横断してメレディスのバイタルサインを自分で確認する手間を惜しんだ。

「信じられない、ランド医師が心配しなかったなんて」わたしはいった。

「メレディスは病院に到着した時からすでに緊張して不安におそわれて苦しんでいたのよ。あの少女には情緒的な面の病歴があって、別の医師から向精神薬を処方されていた。術後にメレディスはふつうに飲食をした。それでランド医師は順調であると考え、退院を指示した。リリーが確認したバイタルサインは問題が生じている徴候を示していたというのに。少女が亡くなったことをリリーが知ったのは、翌日になってからだった」

「死因は？」

手術中にメレディスの体内で血栓が発生したのだとテリーは説明した。

「そういうことは起きるものなの、誰の落ち度でもない。ランド医師の過ちは、血栓による症状を〝不安〟によるものだと決めつけたこと。メレディスには確かに病歴があったけれど、ランド医師は慎重さに欠けていた。もしも彼が適切に行動していたら、もっと慎重であったなら、メレディスは血栓の治療を受けていたでしょう。それが肺に到達するまでにね。

そうしたら命は助かっていたかもしれない」

　テリーはカップの中身を飲み干した。

「リリーは職場に戻ってメレディスのカルテを再確認したところ、差し替えられていた。彼女が手書きで記入した文字も、サイン代わりに最後に書き入れる小さな〝L〟もなかった。ランド医師は息切れの症状すべてを抹消してバイタルサインの数値を正常なものに書き換えていた。それは嘘だとリリーにはわかる。オリジナルはゴミ箱のなかにあったそうよ」

「リリーはなぜそれをずっと保管していたの？」

「彼女は正しい行動をとって告白したかった。けれどもランド医師が彼女をいいくるめた。事実があきらかになれば、自分もリリーも専門家としては終わりだ、経済的にも破滅だ、と。リリーはまちがったことなどなにもしていなかった。でもけっきょくランド医師に説得されて姿を消すことにした。彼が費用を持って彼女とパズは短い休暇を過ごしがてらマカティの親戚を訪れた。彼女が雇用されていた記録は残っていない。記録にはほかの看護師数人しか載っていないわ。ランド医師は人材サービス会社を通じて、とっかえひっかえ看護師を雇っていた。彼は楽観的だった。でも彼が思うほどかんたんにはすまなかった。なぜならヘレン・ベイリー＝バークが……」

　テリーによると、医療事故の訴訟の際にヘレンは、「スペイン系あるいはフィリピン系の看護師」が娘を退院させたと主張した。ただ、その看護師の名前を思い出すことができず、その女性がスペイン系かフィリピン系か断言できなかった。ランド医師は嘘をつき、自分がメレディスを退院させたと主張した。

ヘレンは敗訴した。陪審はランド医師の処置は適切であったと結論を出した。でもそれは、彼らがすべての事実と証拠を手に入れていなかったから。ヘレン・ベイリー＝バークはランド医師が嘘をついていること、過失を伏せていることを知っていた。彼女は探偵を雇ってリリーをさがしまわった。

「四ヵ月のあいだにわたしのところに三人の探偵がやってきてしつこくきいたわ！」

「なにも知らないと主張したの？」

「友だちを守ろうとしたのよ」

その動機は理解できる。でも果たしてそれはリリーを守ることになっただろうか。彼女はいま病院で横たわっている。もしかしたら二度と歩けないかもしれない。

「リリーがあのおぞましい職場で帳簿外の仕事をした理由はたったひとつ。収入を少しでも早く増やしたかったからよ。彼女はお母さんを助けようとしていた。じっさいに、助けていたわ。かなり長い間」

リリーの母親がしきりに「余分な支払い」といっていたのを思い出した。どういう意味なのか知っているかとテリーにきいてみた。

「あのレストランにいったでしょう？　ウッドサイドのアミナズ・キチネットに」

「ええ、すてきなお店だったわ」

「アミナズ・キチネットは二十年ちかくあそこで営業していて、熱心な常連客がたくさんいるわ。ほんとうの家族みたいなものよ」

「わかるわ、とてもよく理解できる」

「もともと家主とは口頭での契約であそこを借りていたの。家主はフィリピン人の男で、ルーズベルト通り沿いにたくさん不動産を所有していた。数年前に彼が亡くなると若い未亡人が引き継いだ。彼女は家賃統制システムの仕組みにとてもくわしいの。所有する建物の廊下にペンキを塗って、『大掛かりな改築』の費用をまかなうために家賃をあげたり、新しいゴミ容器を買って『外部整備』のためにふたたび家賃をあげたり。あなたはこの街で長く暮らしているでしょう、クレア。こういうタイプの人間を知っているわね」

そういう人間をわたしは知っている。さいわい、いまわたしたちが座っているこのタウンハウスはマダムが所有している。けれどこの界隈では、たくさんの常連客がついて繁盛している店が強欲な家主の仕打ちに苦しむケースが後を絶たない。

リリーの母親に心から同情する。確かに新しい女性家主のやり方は横暴に感じられる。それに関してなにも手出しできないのはつらい。しかしもうひとりの女性に関しては、わたしにもできることがある――ヘレン・ベイリー＝バークに対して。

「彼女は娘のために正当な処罰がおこなわれるべきだと執念を燃やしていたわ。それを実行するためのお金もじゅうぶんにある」テリーがいう。

しかし、正当な処罰とは呼べない犯罪に手を染める意志はあったのだろうか？　ヘレンは復讐としてランド医師を殺し、リリーを殺そうと企てたの？　ほかの何者かがあのバンを運転していたの？　これは殺人教唆なのだろうか？　殺人を企てた犯人はふたたびリリーを狙うのだろうか？

「ごめんなさい……」テリーが腕時計を見る。「行かなくては。午後三時から十一時までの勤務なの」

わたしはテリーの協力に感謝して礼を述べた。たくさんの事実が解き明かされた。後はそれをバックマン刑事に知らせるだけ。さっそく携帯電話を取り出し、彼に電話をかけながら考えた……。

ランド医師はおそらく自分のキャリアを守ったのだ。テリーは友だちを守った。リリーは母親と息子を守った。けれどもメレディス・バークという名の十八歳の少女は誰にも守ってもらえなかった——それをどうしてもゆるせない人物が存在している。

少女の母親なのかもしれない。他の人物なのかもしれない。いずれにしても、バックマンはそれを証明する証拠を見つけなければならない。この紙をバックマンに渡せば誰かを有罪にすることになる。そう思うと、決してわくわくする心境ではない。しかしこれはパチンコを使った子どものいたずらとはわけがちがう。人の生死に関わっている。

ひとつだけはっきりわかるのは、マッド・マックスはリリー・ベス・タンガを守るためにはできる限りのことをするだろうということ。わたしにはそれでじゅうぶんだ。

46

ドライバーはカップからひとくち飲み、コーヒーハウスのなかをぐるりと見る。誰にも見られていない。今回はうまくいく。絶対にうまくいくはずだ……。

落ち着け。とにかく待て。よく注意して、待て。

今夜セントラル・パークでのパーティーにはふたたびターゲットとカモがいっしょになる。ドライバーもそこに行くことになっている。すべての計画は練りあげられた――きっとすばらしい成果が得られる。

ドライバーは揺るぎない自信を感じる。が、どこからか不安という名のクモがそろりそろりと姿をあらわした……。

ワイングラスは効果がなかった。ほかにも見込みちがいが生じたらどうなる？

今回、どうしてもやってしまわなければならない。しかし、もしも……。

だめだ。だめだ！　車線変更するな！

より大きな善のために、すでにスタートを切っている。誰が死ぬことになっても、もうタイヤは止められない……。

47

「まだ信じられないわ」ナンシーが何度もまばたきしている。「フォーマルウェアのフランコなんて」

「わかるわ」わたしが相づちを打つ。「彼ったら、今夜のウェディング・ケーキのてっぺんに飾ってもいいくらいステキよね」

「ボスの娘さんのウェディング・ケーキかしら？」ナンシーがささやく。

「まだわたしにはなんともいえないわね。写真を撮って娘に送ろうかと思っていたけれど、よけいな刺激を与えたくないし。だから葛藤しているというわけ」

「あら、フランコには葛藤なんてないけれど」エスターがこともなげにいう。

「どういう意味？」

「風船を飾っていたジョシュ・ファウラーをつかまえて携帯電話でスナップを撮ってもらっていましたよ。フランコはその写真をとっくにジョイに送っています」

ナンシーがうなずく。

「彼女はきっとフェイスブックにアップしていますよ！」

ため息が出た。世界はあまりにも速いスピードで動きすぎている……。

フォーマルウェアはフランコ自身が提案したものだ。わたしはローヒール、透明のストッキング、リトルブラックドレスという姿で、二ヵ所のコーヒーのサービスコーナーを監督している。彼はわたしといっしょに行動すると主張し、どこにでもぴったりくっついてきて結婚式のゲストのなかに溶け込んでいる。

パーティー会場はセントラル・パークの南西部分にあたる。巨大な白いテントのなかにはVIPのゲストたちがいる。シャンパンがふんだんにふるまわれ、端から端まで新鮮な魚介類を提供するカウンターが用意されている。キャンバス地のテントの外では、木から木へと張り巡らされた線に灯りが点り、きらめく天蓋のようだ。その下にフード・トラックが並んで裕福な人々が料理を楽しんでいる。

マフィンミューズも路上の移動販売の精鋭――シュニッツェル・アンド・シングス、コリア・BBQ、ソルバー・ププサ、パティーズ・タコ、かき氷のウーリーズ、これは驚きのおいしさだ――とともに並んでいる。

この二時間、わたしは大きなテントの外のマフィンミューズとテントのなかを行き来している。テントのなかではタッカー・バートンがアンブロシアと笑顔をゲストにサービスしている――何層ものチェリー・バニラのウェディング・ケーキの隣で。

外のマフィンミューズの前には配膳用のテーブルを複数を用意して〝新郎のケーキ〟を並べている。カフェをテーマにしてわたしたちが用意したものだ。エスプレッソのグレーズをかけたダブル・チョコレート、オレンジバニラ・クリームシクル、ヌテラのマーブルパウンド。カラフルなプラスチック製のプレートに載せて、ゲストに自由に取っていただいている。カラメルラテ・カップケーキもある。これはコーヒー用のマグをかたどった特注の紙製ホルダーに入っている。小さなマグには小さな取っ手もちゃんとついている。

ジョシュの協力を得て今回も風船を飾っている。今日は花嫁と花婿の顔の形の風船にハンド・ペイントしたもの——むろんキスをしている形だ。

エスターとナンシーはケーキのサービスを担当している。ダンテはトラックのなかで注文に応じてエスプレッソ・ドリンクをつくっている。

「忘れないでくださいよ、レディの皆さん」フランコの正装についてのわたしたちのおしゃべりにダンテが入ってきた。「彼はあの黒いジャケットの下に銃を携帯しているということをね」

「わあ、ジェームズ・ボンドみたい」ナンシーだ。

「ボンド?」エスターがにやにやする。「どちらかというと、ボウリングのピンがレンタルのタキシードを着ているみたいだけど」

ナンシーが顔をしかめる。「あなたの目には彼がスーパーホットなスーパースパイに見えないの?」

「ステキなコードネームのあるスパイなら、別だけど」

「ああ、エスター、わかるわ……」ナンシーがロマンティックなため息をもらす「あなたはボリス以外は目に入らないのね！」

「確かに、ここは結婚パーティーの会場ですけどね。お願いだから、その夢見る夢子ちゃんを暴走させないように押さえていてちょうだい。それでなくても周囲はケーキだらけなんだから。いまにもインシュリンショックに陥りそう」エスターがナンシーに懇懇といってきかせる。

よし、完璧ね。ここはなにもかも通常通りでなにも問題ないわ。

マフィンミューズのスタッフから離れて、わたしたち専用のおめかししたボウリングのピンにちかづいた。そのあいだも周囲に注意を払うのは怠らない。

「来た？」

フランコは小さく頭を横にふる。「なにも《ナーダ》」

パーティーが始まる少し前フランコからきかされていた。O・ネゴシアンテの組織の末端に属するニューヨークのディーラーが、ついにマテオに最初のコンタクトをとってきた。メールで、今夜遅くに会う準備をしておけと警告がきたのだ。

指示は追って送る。

「なぜいっぺんにすべての情報を送ってこないの！」腹立たしさが募る。

「悪いやつらはとにかく有利な立場に立ちたがるんだ、コーヒー・レディ。場所がわからなければ、こちらは見張りや警備の配置ができない。彼らは優位に立っているんだ」

「それはそれは、すごく心が安らぐわね」

「こういう時はリラックスだ。きみの大事なクィンは経験済みだ——百回も二百回も」

「ええ、知っているわ。でもわたしにとってこれは一回目……」

おおぜいのゲストに交じって立つフランコは、気弱な笑みを浮かべた。

「そもそも会うことすら今夜ほんとに実現するかどうかわからない」

「なるほど。あなたが本気でそういっているのなら、わたしも信じるわ」

黒いディナージャケットで覆われた肩をフランコはすくめてみせる。

「少しでも安心させようと思ってね」

彼なりの思いやりだろうけれど、ドン・ペリニヨンのボトルの一気飲みをして酔いつぶれでもしなければ、なにがどうなるのか気が気ではない。

またテントのなかに入ろうと歩いていくと、誰かが肩を強く叩いた。ふりむくと、どこからともなくあらわれたマックス・バックマンがこちらを見おろしている。今夜の彼はチノパンではない、DIYのベルトもつけていない。マイクのようなタイプの刑事が好みそうなスーツ姿だ——灰色のジャケットとスラックス、白いワイシャツ、銀色のネクタイ。文句なしに魅力的だ。

「持ってきてくれたか?」

わたしはうなずく。「ついてきて」

彼を案内してわたしたちのトラックの後部から入った。バッグからメレディス・バークのカルテを取り出して彼に渡す。マックスが礼をいって向きを変えて出ていこうとするので、彼の腕をつかんだ。

「そんなに急がなくてもいいでしょう。どうなったのか、状況をきかせて」

こちらが入手した情報については、バックマンには電話で知らせていた。彼は腕組みをしてわたしを見おろしてじっと見つめる。

「あなたはよくやってくれた、コージー。ほかになにを知りたい？」

「ヘレン・ベイリー＝バークを逮捕するつもり？」

バックマンが立ったまま重心を移す。

「すばらしい成果をあげてくれたおかげで、わたしのチームは猛然とやる気になっている。ほんとうだ。われわれは立件の準備をしている。おそらく二十四時間以内に、彼女を容疑者として指名手配する用意が整う」

「彼女は今夜ここにいるわ。あなたがいま捕まえるわけにはいかないの？」

「きみからそんな発言が出るとはな。あの女性はやり手の弁護士をつけるだろう。われわれにはミスは許されない。アリバイはすべてチェックする。彼女を監視する必要もあるかもしれない」

「なぜ？」

「よく考えてみればいい。彼女が何者かを雇って汚い仕事をさせている可能性がある。その場合、両者のつながりを立証し、支払いを立証する必要がある――あるいは、両者のあいだで約束が交わされたことを。さもなければ実行犯だけを確保して、彼女は自由の身のままだ」

支払い、あるいは約束。その言葉でわたしの頭が働きだす……。

市のアドボケートのタニヤ・ハーモンとヘレンのあいだで約束は確実に交わされているはず。それは単に政治的なもの？

「それから、格子柄の短パンの男性だが。少し前にきみのコーヒーハウスでバリスタが気づいた。それで直接話をきいたんだが、金曜日の夜はかならずビレッジブレンドに立ち寄っているようだ」

リリーが車にはねられてから一週間が経ったのだと気づいて、ぞくっとした。

「その男性はドライバーを見たのかしら？」

「ああ。女性だったと彼は述べている。印象に残っているのは彼女の表情だったそうだ。リリーを轢くと強く決意して顔が凍りついたようだった。仮面のように、表情はまったく変化しなかった」

仮面？「それはもしかしたら、ボトックスの注入のしすぎのような表情？」

「どうかな。われわれはいま彼を似顔絵画家に会わせている」

「確固たる表情で女性が運転していたのね」わたしは念を押した。「それがヘレンであってもおかしくないようにきこえるわ、そうじゃない？」

　バックマンは、同意しかねるようだ。そう結論づけるには、なにかひっかかるものがあるということだ。

「とにかく彼女を避けたほうがいい。あの女性は殺人者か、あるいは殺人者を雇っている。今夜はくれぐれも冷静さを失わないように。よく憶えておいてくれ――」

「じゅうぶんにカフェインを利かせているから大丈夫。あなたと初めて会ってから、いまがいちばんぱっちり目が覚めているわ」

「その調子だ。ワイングラスを見つけたと話したのを憶えているかな？」

「白いバンのフロントシートにあったもの？」

「ああ。それを辿ったらどこに行き着いたと思う？」

「ちょっと考えさせて。アイルランドのウォーターフォード郡？」

「グレイシー邸」

「冗談でしょう？　市長公邸？」

　バックマンがうなずく。うれしそうではない。

「あのグラスが最後に使われたのは、市長の誕生日のどんちゃん騒ぎの時だった」

「使える指紋は採取できたの？」（フランコの入門講座のおかげで、指紋の採取はそうそう容易いものではないと学んだ）。

「ワイングラスの指紋は不鮮明で、やっと読み取れる程度だった。が、研究所の報告書には有力な情報が記載されていた。ビニール製の食品保存袋から残留物が採取された」

バックマンとわたしはそこで目を合わせた。

「つまり、市長の誕生パーティーから何者かがグラスを一個持ち出してビニール袋に入れて安全に保管し、盗難車のバンを使って殺害を目的に轢き逃げを企て、そのフロントシートにワイングラスを置いた、ということ？」

バックマンがうなずく。

「濡れ衣を着せるために」

「あきらかに。そして失敗している」

いまようやく、バックマンがなぜ警戒を怠るなといったのかがわかった。このパーティーのゲストのリストは、市長の誕生パーティーの出席者とほぼ重なっている。

「ヘレン、あるいは彼女にちかい人物が、誰かに濡れ衣を着せようとした。それで合っている？」

「まさにそう解釈できる。質問をするなら『でも、わたしたちはそれを証明できるかしら、バックマン刑事？』であるべきだな、ミズ・コージー」

48

バックマンが去った後も、わたしは茫然としていた。

このパーティーは気分転換になるのではないかと思っていた。けれどバックマンから新事実を知らされて周囲を見る目が一変した。誰も彼もが怪しく見える。ヘレン・ベイリー＝バークはこのパーティーの出席者に殺人の罪を着せようとした可能性がひじょうに高い。

誰に？　なぜ？　そして――バックマンが指摘したように――どうやってそれを証明したらいいの？

フード・トラックのエリアを通り抜けてテントのなかに戻った。タッカーがコーヒーのスタンドでアンブロシアをサービスしている。今日はこのために来ているのだから、わたしもそこに加わった。しかしじっさいには「容疑者」をさがしてきょろきょろと視線を動かす。

黒いディナージャケットとデザイナーズブランドの床までの丈のドレスの人々のなかに、次期市長をめざす候補者たちの姿がある――タニヤ・ハーモン、ウィルソン・シークリフ、ドミニク・チンの三人だ。ファイブ・ポインツのメンバーもあちこちに散っている。紫色の髪のジョシュ・ファウラーもいる。今回も彼はわたしたちのために特製の風船で飾りつけを

してくれた。

トゥー・ホイールズ・グッドのメンバーもいる。ジョン・フェアウェイは時折、わたしのほうを見ている。なぜ？　ドミニク・チンは彼の友人だ。わたしがトゥー・ホイールズ・グッドの組織を警戒していることがドミニクからフェアウェイに伝わったのだろうか？　ほかにもいくつか気づいたことがある。フェアウェイは今夜、闘うバービー人形と腕を組んであらわれた。彼女はセクシーなドレスをまとって――色はもちろんメタリックシルバーで、自転車用の服と変わらない――とても美しい。彼女がタニヤ・ハーモンと熱心に話し込んでいる。あれはどういうこと？　ふたりは友だち同士？　政治活動を通じた知り合い？

コーヒーのスタンドではタッカーがなにもかも順調にこなしている。アンブロシアは大人気で、ゲストから絶賛されている。きっとマテオはよろこぶにちがいない。著名な料理店主、市長専用のシェフ、高級ホテル・チェーンのオーナーらがタッカーからマテオの名刺を受け取っている。

やがてわかってきた。アンブロシアの最大のファンがふたり、彼らに熱心に売り込んでくれていたのだ。

「このコーヒーは群を抜いているわ」グウェンは満面の笑みを浮かべている。「特徴のあるさまざまなフレーバーが渾然一体となって魔法のように魅惑的ね」

「完璧なコーヒーとは、まさにアンブロシアのことですね」ドミニクは片腕をグウェンのほっそりしたウエストにまわしている。「これはライトローストですね？」

「ええ。コーヒーを愛する人にはやはり、ほんのちょっと多めのカフェインが好評なんです」

グウェンがもうひとくち飲む。緑色の目を閉じて味わいを堪能している。

「じつはね、今日はさんざんな一日だったのだけど、このコーヒーはそれを見事に埋め合わせてくれたわ。そもそも発端となったのはあるコーヒーハウスでの出来事なのよ」

「わたしの店ではないといいのだけれど」

グウェンはページボーイにした赤い髪をふって、指に少しくるんと巻くようにして耳にかけた。

「コロンビア大学のそばのちっぽけな店よ。スマートフォンでメッセージをチェックしている隙に、椅子の背にかけておいたバッグを盗まれてしまったの」

「それは災難だったわね」

「それだけではすまなかったのよ。外に愛車のボルボを停めておいたのだけど、キーはバッグのなか。だからその泥棒はわたしの車まで盗っていったわ」

彼女に同情した。

「もちろん保険には入っていたのでしょうね」

「ええ、たっぷりと。でもドミニクのお母さまの話では、運が悪いことは三つまとめてくるんですって。だから覚悟して最後のひとつを待つしかないわね」

「そんなことないさ」ドミニクがいう。「明日はいい日になる、そうだろう？」

とんだ災難について話しているというのに、グウェンはとても朗らかに笑っている。

「だからこうしてここにいるというわけ。アンブロシアで悲しみを紛らわすため……生のオイスターもお目当てなの。パシフィック・ノースウェスト産の選りすぐりのオイスターですもの」

「おふたりは美食家なのね」

「わたしは食べることが大好き。ドミニクは料理をつくるのが得意なのよ。ふたりのおばあさまのビスコッティと月餅でこの人は育ったの――彼は両方のつくり方もちゃんとマスターしているわ」彼女はフィアンセの腕に触れる。「大学時代に彼がつくったイタリア風ローメンを食べたのがきっかけで、わたしは恋に落ちてしまったのよ。大学院はわたしが医学、彼が法律と進路が分かれて、そしてわたしは愚かにもまちがった相手と結婚した。でもふたたび正しい相手と出会えた」

「とてもロマンティックね――イタリア風ローメンというのはどういうものかしら。想像がつかないわ」

「イタリアのスパゲッティでつくったローメン、というだけです」ドミニクがいう。「きっかけは中華風マリネです」

「あなたの秘密を披露してみたら」グウェンが促す。

「そもそも、わたしの中国人の祖母は紹興酒ですばらしいマリネをつくります。しかしニューヨークやロサンゼルス以外の場所で紹興酒を手に入れるのは難しい。そこでホワイトライス・ワインとグレープフルーツで代用することを思いつきました」

「彼は化学者になるべき人だったのかもしれないわ」グウェンがジョークを飛ばす。

「それをいうなら、シェフになるべきだった」ドミニクがいい返す。

ドミニクの料理の話をきいているうちに、思い出した。「おふたりはドラゴン・ボート・フェスティバルにはいらしていなかったのね。市長候補にとっては絶好のアピールのチャンスかと思ったけれど」

グウェンがドミニクの腕をぎゅっとつかむ。

「彼が参加しなかったのはわたしのせいだと思うわ。あの晩、わたしはスマイル・トレインの基金あつめのイベントに出席しなくてはならなかったから、ドミニクはわたしの予定に合わせてくれたの……」

スマイル・トレインはそれに値する意義ある慈善活動だ。さらに話がはずみ、グウェンが形成外科医としての技術を生かしてその活動に貢献していることもきかせてもらった。

このふたりをダンテは「パワーカップル」と表現していた。それはたぶん正しいのだろう。ただし彼らは自分たちの力を良いことのために役立てているようだ。ドミニクが選挙戦を懸命に戦って次期市長に選ばれるように、わたしも応援したくなった。

ふいにグウェンの表情がこわばった。朗らかだった彼女とは別人のように表情が凍りついて仮面のようだ。その理由はすぐにわかった。ヘレン・ベイリー＝バークがテントに入ってきたのだ。

ヘレンには今夜、連れはいないらしい。市の関係者やおおぜいの人々と握手をしている。

ドミニクは巧みに位置を移動してグウェンの姿をヘレンの視線から守ろうとしている。

「あの女性がこちらに来ないことを願うわ」わたしはつぶやいた。

グウェンにきこえたらしい。「あなたも彼女から訴えられているの？」

わたしも、訴えられている？

「あなたは訴えられているということ？　なぜ？」

ドミニクが咳払いをした。

「あ、ごめんなさい……」グウェンはあせった様子で首を横にふる。そしてなんとか微笑みを浮かべた。「よけいなことだったわ」

けれどわたしは確かにきいてしまった。レッドフックでのトラックのペイント・パーティーでヘレンがグウェンをひっぱたいた時のことがよみがえる。グウェンとふたりきりになってきいてみたいことがある。彼女のほうも鬱憤を晴らしたがっている。ドミニクを引き離せば、きっと彼女から有益な情報が得られるはず。

グウェンのスマートフォンに電話がかかってきて、話が中断した。グウェンは少し離れて電話に出て、まもなく戻った時にはすっかり憔悴しきっていた。

「ドミニクのお母さまのいう通りだったわ。運が悪いことは三ついっしょにやってくる」

「なにかあったのか？」ドミニクがたずねる。

「研究室からの電話。火が出たそうよ。わたしの研究は被害を受けたかもしれない。行かなくては」

「車で送るよ」

「よしてちょうだい。あなたはまもなく乾杯の音頭を取ることになっているのよ。セントラル・パーク・ウエストでタクシーを拾うわ」

ドミニクともう一度ハグをしてから彼女は急いでテントから出ていった。その彼女の姿をドミニクは心配そうに見送る。

「さあ、仕事に取りかからなくては」彼がわたしに微笑みかけた。「あともう少し、握手をしてきますよ……」

そうだ、わたしもダンテに手を貸さなくては。十分後、ふたたびマフィンミューズのほうに向かった。

控えめな音量の音楽と笑い声が夜の微風に運ばれてくる。しかしテントから出たとたん、車が高速で走る轟音が響いて静かな雰囲気が破られた――マックスのGTOの音ではない。ウエスト・ドライブはセントラル・パークの西側の端に沿って走り、芝生広場《シープ・メドウ》と結婚パーティーの白いテントはちょうどその脇に当たる。四車線の道路は、週末は車の乗り入れが禁じられ、結婚パーティーのあいだも通行止めになっているはずなのだ。けれど、なぜか車が一台走っている。法定速度の二倍のスピードで疾走し、歩道に乗りあげ、結婚パーティーのゲストのひとりをはねた。正装のロングドレス姿の被害者は衝突のいきおいで投げ出された。

車がカーブの向こうに消えていき、被害者は舗装道路に横たわっている。悲鳴と叫び声がいっせいにあがり、わたしはその女性の傍らに飛んでいった――ひと目で誰なのかわかった。

ヘレン・ベイリー＝バークは苦しげで息も絶え絶えだ。まだ意識があり、自分の命が絶えようとしていることを自覚している。

「フィッシャーよ、わたしは彼女を見た」ヘレンはあえぎ、泡状の血液がぶくぶくと口からあふれる。「彼女はわたしを狙った。逃げる間がなかった。わたしをこんな目にあわせたのはフィッシャー。グウェン・フィッシャー……」

ヘレンのきしるような声が途絶えた。衰弱してもう口がきけない。彼女の傍らにイブニングドレス姿の年配の女性が膝をついて心肺蘇生術をおこなう。それを取り囲むように、心配そうな表情の人々があつまった。

ついにヘレンは目を閉じて、息を引き取った。見つめるわたしたちに衝撃が走る。すっぽりとなにかに覆われたような静けさが訪れ、そこに唯一きこえてきたのは、ちかづいてくる救急車の悲しげなサイレンの音だった。

49

ダンテは折りたたみ椅子を重ねた最後のひと塊をマフィンミューズに積み込むと、ひと息ついてココナッツウォーターをごくごくと飲んだ。

「これで全部です」彼が首の汗をぬぐいながらいう。

「あなたひとりにまかせてしまって、悪かったわね。フランコは捜査担当の警察官と話をしてもらっているの。そろそろ戻ってくる頃だと思う」

視線を移すと、何台ものパトカー、ウエスト・ドライブの犯罪現場で作業している制服警官の姿が見える。すでに黄昏時から夜になり、非常用の照明の光が木々を明るく照らしている。

「フランコは警察官が真犯人を突き止める手伝いをしているということですね。グウェン・フィッシャーがヘレンをはねたりするはずがない。警察はまちがっています」ダンテがいう。

「でも、ヘレンは確かに彼女を名指ししたのよ。わたしだけじゃない、ほかの人もそれをきいていた。死に瀕《ひん》した人の証言を否定するのは難しいでしょうね」

ダンテがかぶりをふる。

「それでもわたしは信じない」

「ヘレンがグウェンに嫌がらせをしていたのはあなたも知っているわね。訴訟と肉体的な暴力行為。あれは殺人の強力な動機となるわ」

「しかしグウェンはスマイル・トレインの資金調達者ですよ、ボス！」ダンテが叫ぶ。「彼女とは何度も話をしています。彼女もドミニクも、あんなにいい人たちはいませんよ」

「わたしだってグウェンが犯人だなんて信じてはいないわ。ただ、警察官の立場で論理を展開すればそうなってしまう」

苦悩に満ちたダンテの顔は、鏡に映ったわたし自身でもある。ヘレン・ベイリー＝バークという容疑者がいなくなれば、バックマンとわたしはゼロに逆戻りだ。わたしたちは彼女が犯人であると考えていた。娘メレディスの命を医療事故で奪われたのが動機だ。

ヘレンを犯人と考えたバックマンとわたしはまちがっていた。でも依然として、真相に迫るカギはメレディスの死であるはずという思いは変わらない。たとえ今夜こんなことになっても。

「フランコですよ」

ダンテといっしょにわたしは彼に駆け寄った。

「警察官はまちがいに気づいてグウェンを解放したんですか？」ダンテがたずねる。

フランコが顔をしかめる。「残念だが、担当刑事はグウェン・フィッシャーが犯人だと信じている。それを証明することもできる」

「ヘレンが名指ししたから？」

「それ以外にもいろいろある。殺人事件の起きるおよそ十分前に七十七丁目の警察のバリケードを犯人が抜けていったことを刑事はつかんでいる。目撃者がいるんだ」

「誰が見たの？」

「交通課の警察官が車と運転者をはっきり見ている。運転していたのは赤毛の女性でスカーフとサングラスをしていた、とその制服警官は述べている。その女性は結婚パーティーの出席者の飾りピンをちらっと見せた。そのぼんくら警官は彼女と言葉を交わさないまま、手をふって通行を許可した」

「その車は見つかったの？」わたしはたずねた。

「セントラル・パーク・サウスで乗り捨てられていた。池のそばで。刑事たちはいまそれをくまなく調べている」

「よかった！　きっとグウェンの潔白を証明できる指紋が見つかるわ」

「あいにくだが、コーヒー・レディ。あれは彼女の車だ。Ａ２０１１　ボルボ３６０、グウェン・フィッシャーの名で登録されている」

「ドミニクのことを思うとたまらない。頭がどうかしてしまうにちがいない」ダンテが嘆く。

「これはまちがいなく濡れ衣よ。グウェンは今日車を盗まれたといっていた」

「彼女は刑事にもそう述べている。しかし刑事はそれを、計画的な殺人であると立件するための材料として使おうとしている」

「まあ、そんな……」

「彼らがグウェンを見つけて事情をきくと、彼女の説明はつじつまが合っていなかった。自分の研究室で火事が発生したと連絡が入った、だから公園を出てタクシーを拾おうとしたと」

「その通りよ。その電話が入った時にわたしは彼女の隣に立っていたわ！」

「しかし火事は起きていない。もしかしたら、いたずら電話だったのかもしれない。ほんとうにかかってきているなら、発信元を辿ればいい。しかしその刑事は、グウェンが嘘をついていると頭から信じているから、彼女の身の潔白を証明する証拠を見つけることには消極的だろう」

「わたしたちで彼女を助けなくては」

「せっかくのきみの風船を割りたくはないが、この事件は一見、あまりにも明白な事実がそろいすぎている。容疑者は医師。場所は公園。凶器は車」

風船を割る……それよ！

「風船よ！」わたしは叫んだ。「特注の風船！　それが手がかりよ」

フランコはダンテの耳に顔を寄せた。「彼女は自制心を失っている」

「わからない？　ジョシュがあの風船をつくったのよ。ジョシュはメレディス・バークと仲がよかった。でも彼は彼女の母親へレンにはあまり好感を抱いていない」

ダンテが鼻を鳴らす。「そうです。ジョシュは昨年へレンを訴えた。まだ裁判は進行中です」

「訴えた？　理由は？」

「彼とメレディスはいっしょに漫画の作品をつくっていた。彼女が文を、彼が絵を担当していたんです。それはメレディスの自伝で、いわゆるエモ系の作品です。メレディスが亡くなった後ジョシュはそれを出版したいと考えた。が、作品はヘレンの手にあり彼女はそれをジョシュに返すことを拒んだ」

「風船とのつながりが、まださっぱりわからないよ」フランコがいう。

「ジョシュがこの結婚パーティーのためにつくった風船を見たでしょう」わたしが解説する。「花嫁と花婿そっくりの風船。もしもジョシュが仮面もつくれるのであれば――」

「ジョシュは仮面をつくりますよ」ダンテだ。「市長の誕生パーティーのために市長そっくりの仮面を一ダースつくっていました。ロケッツはそれをつけてダンスをしたんです。なんだか気味の悪いショーだったとジョシュはいっていました」

「ジョシュはその場にいたの？　グレイシー邸に？」

ダンテがうなずく。

「ファウラー判事は招待客のリストに載っていましたから。ジョシュは家族として出席していたんです」

「彼の父親は判事なの？　わたしはてっきりジョシュのこと、ファイブ・ポインツのワーキングクラス出身の若者だとばかり思っていたわ」

「まさか」ダンテがこたえる。「ジョシュはイーストサイドに住んでいますよ。彼はメレディスが通っていたのと同じ私立の学校の出身です。〈ヴァシュロン〉の腕時計を持っていますよ。たぶんグウェンのボルボよりも高いんじゃないかな」

「仮面に話を戻しましょう。どうやってつくるの？　どこで型取りをしているの？」

ダンテが肩をすくめる。

「ファイブ・ポインツです。必要なのは写真二枚。それだけで彼は誰の仮面でもつくってしまいますよ。彼のコンピューターには３Ｄグラフィックのソフトとデジタル・スカルプティング・プログラムが入っていて、ほぼそれだけで作業がすんでしまうんです。ジョシュは成形機も持っています。ワンマンの工場みたいなものです」

わたしの頭が猛烈ないきおいで情報を処理していく。ジョシュは仲良しのメレディスを不《ふ》憫《びん》に思った。その度合いが強すぎた。彼はヘレンと形成外科医を非難した――メレディスの死のことで。彼としては関わった者すべてが憎かったのだろう。メレディスの担当だった看護師リリー・ベスのことまで。

たぶんジョシュはグウェン・フィッシャーも憎かったのだろう。自分の友だちを殺した男とかつて結婚していたから。だから濡れ衣を着せてもかまわないと思った。それでグレイシー邸での市長の誕生パーティーの席でグラスを盗んだにちがいない。グウェンが使ったグラス。彼女の指紋が至るところについているはずのグラスを。彼はリリー・ベスと形成外科医を殺してグウェンを真犯人に仕立ててあげようとした。ところがグラスを適切に保管しなかったので指紋は不鮮明になってしまった。

だからジョシュはもう一度トライした。今回はグウェンの車を盗んでヘレンを殺した。これなら警察は犯人の身元についてなんの疑いも抱かないだろう。

「ジョシュはまだここにいるの？　彼を見かけたのはずいぶん前だったわ」

「七時頃に、もう帰るからとマフィンミューズに立ち寄りました」ダンテがこたえる。「やることがあるから、ここは早く切りあげるといっていました」

人を殺して無実の女性に罪をなすりつけるために？

「彼はいまファイブ・ポインツかしら？」

ダンテが肩をすくめる。「たぶん。彼はしょっちゅうあそこでうろうろしていますから」

「ジョシュにいくつかききたいことがあるわ。彼に電話はできる？」

ダンテは自分のｉＰｈｏｎｅを使ってかけたが、メッセージを残すしかなかった。ジョシュはつかまらなかった。

「それなら――」

わたしがいいかけたところで、着信音がふたつ同時に鳴った。わたしの携帯電話が歌っている。フランコの携帯電話も。わたしにかけてきたのはマイク・クィン。

「クレア、会合がおこなわれることになった。それを知らせておこうと思って」

「いつ？　どこで？」

「九時半。待ち合わせの場所はチャイナタウンのレストランだ。いま班の人間が現場で準備を整えている。サリーのチームはマルベリー通りに停めた張り込み用のバンに乗っている。コロンバス・パークのそばだ。彼らはマテオが麻薬のディーラーたちと会っている時の会話をきく。まずい事態が生じないように、そこで待機する」

「わたしもそこに行きたい」

「その考えには同意できない」

「これはディベートではないのよ。いまから向かうわ」

「いいだろう。運転はフランコにさせるんだ。ただし、ここではサリーのいう通りにしてくれ。ひとつの失敗も許されない。このすったもんだを終わらせるための、最初で最後のチャンスだ」

わたしは電話をたたんでダンテと向き合った。

「フランコとわたしはここを出るわ。こちらも緊急な用件なの」

「なにかわたしにできることは？」ダンテがたずねた。

「あなたはファイブ・ポインツに行ってちょうだい。もしもジョシュがそこにいたら、わたしがあなたに連絡するまで彼をそこにとどめておいて欲しい。彼がいなければ、彼のコンピューター、ロッカーを調べてみて。あらゆるものを」

ダンテが頭を掻く。「なにをさがせばいいんですか？」

「ジョシュがグウェンの仮面をつくったという証拠。彼が殺人犯であるという証拠を」

50

コロンバス・パークのマルベリー通り沿いにバンが一台だけ駐車している。濃い藍色で窓がない。誰も乗っていないように見える。後部にまわってドアを手で叩くと、あいた。

「入って」フィンバー・サリバンがなかにひっぱってくれた。背後で仕立のいいスーツの男性がドアを閉めた。

　バンの内部は薄暗く、空気がよどみ、嫌なにおいがする。小さな扇風機が空気を循環させようとしているが、まったく役に立っていない。

　慣れ親しんだニンジン色の髪のサリーのそばに若いアジア系の警察官がいて、わたしに向かってうなずいて挨拶する。彼のことは知っている。でも三人目の人物はいままでに見たことがない。彼はコンピューター機器に向かって背中をまるめ、キーを叩いてヘッドセットのマイクに向かって夢中でささやいている。あまりにも熱中していて、わたしが入ってきたのにも気づいていない。

「フランコはどこに?」サリーがたずねる。

「車でここまで送ってくれたの。いま駐車スペースをさがしているわ」

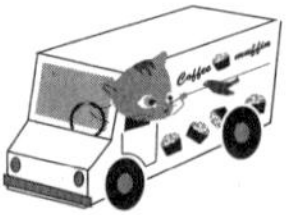

「チャイナタウンで？　幸運を祈るしかないな」サリーが厳しい目つきでわたしを見つめる。「ここでなにをしようというんですか？」

「どうしても来る必要があったのよ」身をかがめた拍子にシーリングライトに頭をぶつけた。「マテオはわたしのビジネス・パートナーで、わが子の父親なのだから」

サリーの表情がゆるむ。折りたたみ椅子を滑らせるようにしてわたしのほうに出してくれた。

「どういう状況なのか教えて、お願い」わたしは腰かけた。

「指令があればすぐに動ける態勢を整えています。さいわいホン刑事がこの地域にくわしくて、指定されたレストランをよく知っているんです。チャーリーとは初対面ですか？」

「いいえ、前にもお目にかかっているわ」わたしは彼に片手を差し出して握手を求めた。

「以前フランコの相棒だった方でしょう？」

彼がにっこりした。

「チャイナタウンの偵察ということで、誰がわたしを推薦したかおわかりですね」

「ルー警部補です。彼です」サリーはキーボードに向かっている男性を指すように親指をくいっと動かす。「彼はペル通りにいる相棒と無線通信回線の接続を確立しようとしています。相棒はパラボラアンテナでステーキハウスの音を拾おうとしているんです」

「パラボラアンテナ？　それで盗聴するの？」

「レーダーみたいなものです。盗聴器を使わない盗聴というか。レストランで会合がおこなわれれば、その会話をきくことができます」音を拾える範囲からはずれてしまうの？」

「密売業者がマテオを奥の部屋に引きずっていったら、

サリーの答えはわたしの不安を払拭してくれた。「心配いりません。ふたりの捜査官を送り込みますから。男性と女性のカップルに見せかけて。マテオが到着する前に彼らはレストランにぶらりと入り食事を注文します。彼らは話の内容に耳を傾け、観察し、不測の事態に備えます」

「密売業者がマテオを車で連れ出そうとしたら？」

「追跡します」ホン刑事がこたえる。「クィン警部補はペル通りの端に停めた追跡用の覆面パトカーに乗り込んで待機しています。ほかにもモット通りで刑事が待機しています。この通りを出る者は追跡を逃れられません」

彼らの説明は理解できる。でも、どうしても安心できない。どうにも気がかりだ。マテオはきっと無事だといくらマイクとサリーとチャーリー・ホンが主張しても、わたしはそれを鵜呑みにはできない。

「画像が出た」ルー警部補がワイド画面を示す。

ホップ・シン・チョップハウスはあまり高級というイメージではない。はめ殺しの大きな窓越しにダイニングルームが見える。壁際には赤いビニール張りのブースが並び、フロアの中央にはメラミンのテーブルが複数。壁には色あせた竹とアジアの風景の印刷物が貼ってあり、隅にはプラスチック製の造花の植木鉢。あまり繁盛はしていないらしく、ひとつのブースに客がいるだけだ。

「チャイナタウンの料理は例外なくうまいのに、なぜレストランはこんなに殺風景なんだろう」サリーがホンにたずねる。

「それはだな、きみのような小うるさいアイルランド系の人間を撃退するためだ。が、それはあくまでもわたしの考えであって、ほんとうのところはわが同胞は飾り立てた場所を信頼しないからだ。レストランが内装に金をかけていると、料理に金をかけない店だと思われてしまう」

　彼らの話はほとんど頭に入ってこない。なぜ、わたしみたいに心配にならないのだろう？　サリーがちらっとわたしを見た。気が気ではない様子のわたしを心配しているようだ。

「クレア、このあいだごちそうになったオートミール・マフィンをまた食べたかったな」

「マフィンを？」最初は中華料理、今度はマフィン？

「ええ、警察本部でも大人気でしたよ。大ヒットだな。ポパイがむしゃむしゃ食べているのをこの目で見たくらいですから――」

「警察委員長が？」

「彼は食べながら、にこにこしていたんです――くちびるの端が少しだけ曲がっていましたからね。彼にしてみれば、それは満面の笑みだ」

「音声が来た」ルー警部補がいう。バンのなかに広東語の話し声が広がる。いまきこえているのは食事をしている客の声だ。

「いま来たのは観光客に扮したおとり捜査官です」サリーが解説する。

ふたりの私服警察官はどちらもアジア人で、店の外に貼ってあるメニューを読むふりをする。いよいよホップ・シン・チョップハウスに入る。ウェイターが彼らを席に案内し、お茶を運ぶ。

「入りました」女性のささやき声だ。

「これはパラボラアンテナ経由ではありません」サリーが説明する。「おとり捜査官は盗聴器をつけています。必要があれば、わたしたちと直接やりとりができるように」

「よし、皆、いよいよショータイムだ！」ホン警部補が宣言した。

マテオが画面に登場した。普段着のままでジャケットは着ていない。彼はチョップハウスの前までぶらぶらとした足取りでやってきて、ドアを押して入ってきた。おとり捜査官を案内した時と同じウェイターがマテオを迎え、奥のテーブルへと案内する。プラスチック製の植物の鉢のそばだ。

マテオがまだ席に着かないうちに厨房から男性があらわれて彼の向かい側に腰をおろす。マテオと同じように身体が大きく筋骨たくましい男だ。目が小さく、顔にはあばたがある。薄いくちびるの周囲は墨のように黒々とした濃い口髭が覆っている。

マテオがメニューから視線をあげてつくり笑いをする。

「今夜のおすすめは？　ぼくは広東風ロブスターに惹かれているんだが」

「あの女はどこだ？　おまえのパートナーだ」顎髭の男が口をひらいた。

マテオがメニューを傍らに置く。

「きみにいったはずだ、彼女をここに連れてくる気はないと――」

「彼女がいなければ、この会合は無意味であるといったはずだ」

「いいか」マテオがテーブルに身を乗り出す。「ビジネスの話をする時には女をそばに置く必要はない。徹底的に話し合って決着をつけようじゃないか。一対一でな」

顎髭の男は両肘をテーブルについて左右の手を重ね、そこに顎を乗せてマテオを凝視する。「それは不可能だな」

わたしはサリーをまじまじと見つめる。薄暗いバンの車内でも、彼が後ろめたそうな表情を浮かべているのがわかる。

「彼らはこの会合にわたしが同席することを要求したの？」

それをわたしに隠していたなんて、信じられない！

「どうしてわたしは知らされていないの？　わたしを排除しておくというのはマイクの考えなの？」

「マイクだけではない。あなたの元夫も、あなたを行かせることを望まなかった。彼らはあなたを守ろうとしているんです、クレア――」

「では誰がマテオを守るの？　どうして彼をたったひとりで行かせたりできるの？　殺されるかもしれないのに！」

「マテオはそんななまっちょろい男じゃありませんよ。世界各地で過酷な状況を経験しています。今回の相手も、うまくかわしてみせるといったんです」サリーがいう。

「まずい」ルー警部補が画面に視線を向けたまま、ぽつりと漏らす。

顎鬚の男が脅迫めいた低い声で話している。

「いまは十時十分前だ、ミスター・アレグロ。十時までにあんたの女が到着しなければ、わたしは席を立ってここから出る。それ以降、二度目のチャンスはない。それ以上の交渉はない。ふたつの大陸で怒りにかられた男たちは力ずくで……」

レストランの前を一群の人々が通りかかってパラボラアンテナの邪魔になる。

「あの男の要求に応じなくては！」わたしは叫んだ。「彼らが呼びつけているのはマテオではなく、わたしよ。彼らはわたしに利用価値があると考えている。わたしがあそこに行かなければ、会合は決裂する」

わたしは勢いよく立ちあがった——そして低い天井に頭をぶつけた。目の前に星が飛び散ったが、かまわずドアを押してあけた。

「クレア！」サリーに腕をつかまれた。「マイクになんと報告すればいいんです⁉」

「『クレイジー・クィン』をやっているのだと伝えて！」

車から飛び出すと、そのまま舗装道路を駆け出した。

51

張り込みのバンのなかでわたしは汗をかいていた。いま夜の冷気のなかで、そして激しい恐怖のためにガタガタ震えている。

黒いドレスのすそを揺らしてモスコ通りを全力疾走する。とうとうおかしくなったとサリーは思っているだろう。元夫のためになぜ命懸けで危険を冒すのかと思われているだろう。でもマテオはわたしにとって単に元夫というだけではない。もっとずっと大きな意味のある存在なのだ。おたがいに若い時に出会って結婚した。愛し合い、憤りを抱え、いい争い、支え合い、一人娘を育て、事業をいとなみ、二十年以上いっしょにやってきた。喧嘩したりゆるしたり、心が通じ合う時も心がすれ違う時も、円満な時もぎすぎすした時もあった。そのなかでわたしたちは家族になった。その家族がいま炎に巻かれようとしている。それを突っ立ったまま見ているなんてできない！

角を曲がってペル通りに入り、本物の観光客にぶつかって押し倒しそうになった。スピードを落とし呼吸を整えていると、携帯電話が鳴った。肩にかけたバッグを手に取った。ダンテからだ。電話に出なくては！

「ジョシュはいた?」

「彼の気配はありません。でもパーティーの前にここにいたことは確かです。彼のコンピュータ―の中身をすっかり消すだけのあいだは」

「すべてのファイルを?」

「なにもかもすべてです。コンピューターは空っぽです。彼は射出成形と加工のソフトウェアすら消去しています。私物も引きあげています。ここには戻らないつもりでしょう」

わたしは目を閉じた。「天におられる神よ、どうかお助けください」

「ボス?」

「天に……」そうよ! 罪を消去することはできない。真実は高いところにあるのだから――雲のなかに。

「ダンテ、きいて! ファイブ・ポインツのコンピューターは定期的にデータをよそに転送してバックアップしているの? たとえばクラウドにバックアップされているかどうか調べることはできる?」

「たぶん。ナディンならわかります」

「彼女に電話してそこに来てもらって。そういうシステムになっているのならデータをダウンロードして。ジョシュのコンピューターを復元してみてちょうだい」

電話をたたんで深呼吸をひとつした。それからホップ・シン・チョップハウスに入ると、ダイニングルームをつかつかと歩いてマテオがいるテーブルまで勢いよく進んだ。

おとり捜査官たちは唖然《あぜん》としている。しかしマテオの反応はそんなものではなかった。隣にわたしが腰かけるのを見て、彼は目を剝き、すぐに困惑しきった表情に変わり、さらにまぎれもなく恐怖の色が浮かんだ。

〝あなたがどう思っているのか、全部わかっている。でも我慢して。あなたひとりにやらせたりしない。わたしがついている限りはね〟。

わたしは自分の中の奥深くにまで手を伸ばして、ある人格を取り出した。この一週間ずっとわたしの影としてぴったりと寄り添っていた、タフでうぬぼれの強い人格。顎髭の男としっかり目を合わせ、わたしはフランコ巡査部長になりきった。

「で？」いらだたしそうに歯切れよく話しかけた。「あたしに会いたがっているっていうのは、あなた？」

髭に覆われたなかで、男の口の両端が動くのが見える。疑り深そうな渋面へと表情が変わる。わたしたちは押し黙ったまま睨み合う。心拍がゆっくりになり、そのまま長い時間が過ぎるように感じた。

「話す気があるのかしら。その気がないのなら、あたしはここを出るわ。あんたはもうオキシダードはいらないってことね」視線を固定したまま、強気でいい放つ。

顎髭の男がひと呼吸置いて、立ちあがった。「ついてこい」

この会合に向けて、マイクはマテオとわたしにこういう場合は相手に従うようにと指導していた。彼らの計画に従い、彼らの言葉に同意するふりをするようにと。しかし、わたしはすぐに自分の決断を後悔した。顎髭の男はあわただしい厨房を迂回《うかい》して地下へと続く木製の階段を指し示したのだ。

あの穴に入ったら、サリーと彼のチームのメンバーはわたしたちの状況がつかめなくなる。わたしのためらいはすぐに顎髭の男に伝わったようだ。彼は大きすぎるサイズの〈アイゾッド〉のシャツの下に手を伸ばし、とても大きな銃を取り出した。

「下におりろ」彼が命じる。

マテオがさっとわたしに向けたまなざしの意味を汲み取るのはかんたんだった。

〝やっとわかったか、クレア。だからきみはここに来るべきではなかった。もしもいまなにかが起きたら、ふたりいっぺんにやられる。そうしたらジョイは両親をなくすことになる！〟

マテオはそれだけを伝え、わたしは受け止めた。彼が押されてわたしの横を通って階段をおりていく。わたしはその後に続き、顎髭の男が最後尾につく。

地下は長細いスペースで、裸電球が天井にはめ込まれてスペースを明るく照らしている。崩れかけた煉瓦の壁に沿ってたわんだ段ボール箱が半ダース積みあげられている。その隣の傷のついた缶はどれも料理用の油だ。

「まっすぐ前に進め」顎髭の男がうなるようにいう。マテオがのろのろと進むので彼は銃身でマテオの腎臓のあたりを突く。

「どこを突いているんだ。気をつけろ。食いたいのなら、俺の腎臓を無理矢理食わせるぞ」

マテオがうなるようにいい返す。

顎髭の男の顔が紅潮し、くちびるが持ち上がってところどころ抜けている歯並びが見える。もはやここまでか、彼は引き金を引くつもりだわ。

殺気立つふたりの男のあいだにわたしは割って入った——この一週間というもの、なにかというとこの繰り返しだ！

「雄同士のいがみ合いはもううんざり」精一杯強気な態度に出る。「話をしようじゃないの。いまここで——」

「だめだ。話はほかの人間がする」顎髭の男がこたえる。

さらに数段で地下室への階段をおり切った。が、そこはまだ終着点ではなかった。古い煉瓦の壁にはいびつな形の穴があいている。その穴の向こうは細く長いトンネルだ。先のほうは暗がりに消えている。ネコほどの大きさの動物がトンネルの床をさっと横切ったので、思わず悲鳴をあげそうになった。

〝ネズミ!!!〟

顎髭の男がスイッチをつけた。地下通路の天井に走る裸電球が弱々しい光で照らす。トンネルは湿った土のにおいとカビ臭さ、そしてもっと不快なにおいも漂っている。

マテオはわたしの片腕を取り、先に立って歩いていく。またもや顎髭の男がいちばん後ろからついてくる。

歩数を数えて距離を測ろうとしたが、トンネルは曲がりくねってあちこちに角があり、いかにも有害物質だとわかる滴が落ちるのをよけたり、水たまりを飛び越えたり、ネズミを避けたりしなければならなかったので、早々に断念した。すでにペル通りからはかなり離れている。マイクも彼の班のメンバーも、絶対に尾行してこられない。

トンネルの終わりは薄暗い地下のガレージだった。停まっている車は一台のみ、窓のないバンがオイルの汚れがついたコンクリートのフロアのまんなかに駐車している。

顎髭の男はわたしたちのほうに向かって傷だらけのアルミ製のゴミ容器を蹴って滑らせる。

「そこにすべてを入れろ。財布。金。携帯電話。腕時計。宝飾品。ひとつ残らず」

「なんだ、はるばるこうして地球の中心まで来たと思ったら、けちな武装強盗か？」マテオがぶつくさいう。「それならレストランで金品を奪ったほうが、よっぽど時間の節約になるんじゃないのか？」

「カギも渡せ」顎髭の男が片手を突き出す。肉づきのいい頑丈そうな手だ。

いわれた通りにした。男は銃を持ったまま、わたしたちを壁に向かって立たせる。暗がりから人の足音がきこえてきた。人数は、おそらくふたり。

衣服の上からのボディチェックは手荒なものではなかったが、徹底していた——そして少々屈辱的だ。顎髭の男はこの手厳しい扱いの理由をいわなかったが、盗聴器、録音機、ＧＰＳ装置、その他あらゆる種類の追跡手段の機器をさがしているにちがいない。

「俺の麻薬にさわるなよ」マテオが警告する。

ボディチェックは終わった——と思ったとたん、背後から荒っぽい手がわたしをつかんだ。抵抗したが目隠しをされて視界が真っ暗になった。そして手錠をかけられた。痛みがあった手首に冷たいスチールが容赦なく当たる。

マテオが早口で悪態をつき続けている。人が殴られる音がしてそれがやんだ。

「マテオ？」叫んだ瞬間、身体が持ちあげられ（今回も）、待機していたバンの車輛の後部に放り込まれた。マテオもわたしの横に放り込まれ、フロアに当たって彼の身体がバウンドした。ドアがバタンと閉まり、エンジンがうなりをあげた。皮肉なものだと思わずにいられない。麻薬の売人ふたりに誘拐されるのも、麻薬取締局に拘束されるのも大差ない。ネズミがいるかいないかのちがいくらいだ。

「大丈夫？」わたしはささやいた。

「すてきな気分だ」マテオの簡潔なこたえが返ってきた。

「しゃべるな」顎髭の男が警告し、トラックは突然揺れて走りだした。

目隠しをされたまま、ガタガタ揺れる貨物室のフロアに転がり、どこに向かっているのか見当をつけようとした。いちばん避けたい目的地はレッドフック の倉庫。オキシダードを取り戻すつもりなのだろうか。すでにＦＢＩが押収しているのに。

麻薬がなくなっているのを顎髭の男が発見したら、わたしたちにはどんな運命が待っているのか、甘い幻想を抱くつもりはない。

でもマイクは警察官たちに倉庫を見張らせている。それを思い出した。彼らはわたしたちが到着するのを見るだろう、そして救出するために踏み込んでくるだろう——ただしチョップハウスの張り込みに駆り出されてすでに倉庫を引きあげているという可能性はある。その場合、わたしたちの行方をつかめずに頭を掻きむしっているかもしれない。

バンはすぐに橋にさしかかった——路面に当たる車輪がシューシューという独特の音をたてるのでわかる。マンハッタン橋かブルックリン橋のはず。ほかの橋まではもっと時間がかかる——つまり車はブルックリンへ、そして倉庫へと向かっている。やがてブルックリン・クイーンズ・エクスプレスウェイに入り、わたしは覚悟した。マテオもわたしも万事休すだ。

バンはどれくらいの時間ブルックリン・クイーンズ・エクスプレスウェイを走行しただろう。高速を降りたところで渋滞に巻き込まれたらしい。アイドリングしているあいだに車内の温度が上昇し、顎髭の男かドライバーのどちらかが窓を少しあけた。

冷たい空気が吹き込んできた。そしてよく知っているにおいも——コリアンダー、ターメリック、カレー。インド料理の基本的なスパイスだ。

あきらかにここはレッドフックではない。あそこのアロマはこれとはほど遠い。南下してブルックリンに来たのではなく、北上してクイーンズに来たのだろうか？

そう考えた直後、頭上で音がとどろいた。高架をガタガタと揺らして電車が走り、振動でバンが揺れる。この凄まじい音はまちがいなく、露出した軌道を走る七号線の音だ。

この推理を裏づけるようにブリオッシュの甘い香り、イーストで発酵させた香り、かすかなチョコレートの香り――午前中に香りを味わったチャンポラードのような香り――がした。最終的な決め手となったのは、甘く、ツンとくる独特のアロマ。よく知っているにおい。これはアミナ・サライセイ特製の豚肉入りの肉まんだ！

ここがどこなのかわかった！　ルーズベルト通りのアミナズ・キチネットのそば。リトル・マニラだ。

突然車が角を曲がり、わたしはマテオのほうにごろごろ転がった。バンが縁石に乗りあげてブレーキがかかった。三つのクラクションが同時に鳴り、続いてガレージの戸がガラガラとあく音。エンジンオイルと古いタイヤのにおい。車はガレージのなかに入った。

エンジンが止まり、ドアがあいた。身を起こすと何者かの手で目隠しがはずされた。いきなり明るくなって思わず目をぱちぱちさせてしまう。手錠がはずされる。わたしは抵抗しない。そのままバンから降ろされた。

ようやく目が慣れてくると、目の前に若者がいる。背が低くずんぐりした体形で、黒い髪、黒っぽい目。まちがいなくフィリピン人だ。それを確信したのは、彼の赤いＴシャツの前面に『バリック・バヤン・ボーイ』という文字があったから。

52

　バリック・バヤン・ボーイに連れていかれたのは狭くて窓のない簡易台所《キチネット》だ。壁は白く、床は色あせた堅木張り。テーブルの前の椅子にわたしたちを座らせると彼はガレージに戻っていった。顎髭の男の姿はどこにもない。

「ひどい状態よ、マテオ」彼の腫れあがった目を見てわたしはうめいた。

「大丈夫だ」マテオは押し殺した声でいまいましそうにいう。「いったいどういうつもりであのレストランに来たんだ？」

「あなたのことが心配で――」

　くぐもったような歓声がきこえたので、わたしは口を閉じた。壁越しに漏れてきているのか、上からきこえているのかはわからないけれど、パーティーがひらかれているような物音だ。

「少なくとも週末を楽しんでいる奴らがいるってことだ」マテオはふてくされている。

　よく知っているポップ・ミュージックのサビの部分がきこえてくる。

「ピーリング……ウォウウォウウォウ……ピーリング……ウォウウォウウォウ……」

「カラオケ？」

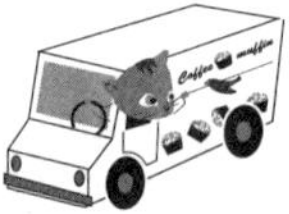

マテオがきょとんとしている。「『ピーリング』ってどういう意味なんだろう？」

「フィリピン系の人が歌っているのよ」わたしはいった。「リリー・ベスからきいたのだけど、フィリピンでは『P』と『F』が入れ替わることがあるそうよ」

マテオにいいたくて仕方ない。いまいる場所は謎でもなんでもないのだと。外の様子が見えなくても、自分がどこにいるのかわかる。でももし誰かに会話をきかれていたらと思うと、どうしてもいえない。

「ちくしょう」マテオがいらだちをぶつける。「これ以上焦《じ》らされたら――」

別のドアがあいて顎髭の男がふたたびあらわれた。今回はボトル一本とショットグラス三個を手にしている。ボトルは背が高く、薄く色がついている。それをテーブルに置き。無言で出ていく。ドアがあけっ放しなのでパーティーのざわめきがさらによくきこえる。

マテオがボトルに手を伸ばす。

「ランバノグ。どおりであんなに陽気なわけだ」

「アラックね……ココナッツでつくった蒸留酒でしょう？」

マテオがうなずく。

「酒に真実あり《イン・ヴィーノ・ヴェーリタス》　ワインのなかにこそ真実がある　酔った時にこそほんとうのことをいう……」

「真実を見よう。この酒は90プルーフで強烈な効き目がある」マテオがラベルをまた見る。

「バブルガム風味だと？」

堅木の床にハイヒールがカツカツと当たる音がして、彼は瓶を置いた。戸口から見事なブルネットの髪の女性がゆっくりと歩きながら入ってきた。小柄でスタイル抜群の彼女は黄色い薄い生地のサンドレスを着ている。きれいに日焼けした肌がいっそう引き立っている。靴と小物でフェティッシュなテイストを加えているのが特徴だ。

自己紹介もないまま彼女はわたしたちと向き合うように座り、絹のようにすべすべの脚を組む。入念なアイメイクをした目がバタバタとまばたきする（彼女の身体の大部分は本物に見えるけれど、この睫毛はフェイクにちがいない）。

「わたしたちのテストチャージのご感想は？」

彼女は脚を組んだまま、片足をもういっぽうの膝にポンポンと軽く当てながらたずねる。テストチャージ？　マテオとわたしは驚いて顔を見合わせた。

ついこの間の土曜日に、これと同じ会話をした。

「気に入らなかったね。O・ネゴシアンテのオファーは断ったはずだ」

「わたしの従兄弟はノーという答えを受け付けないのよ。なにしろ押しが強くて」

「ということは、あなたはブラジル人なのね？」

「半分だけ」彼女は暗色のマニキュアをした指をぱちんと鳴らす。「ブラジルの豊かな血を引いているわ」

「あなたは何者？　名前は？」

彼女は身を乗り出し、膨れっ面をするように口をきゅっとすぼめる。

「わたしは女性実業家として成功しているわ。不動産、デリバリーサービス、バーを数軒、上階のパーティー・スペースを所有している。そこで働く女の子たちも雇っている。まだまだささやかなスタートだけど、これからさらに手広くやっていくつもり」

このドラゴン・レディが所有する不動産にはアミナズ・キチネットが入っている建物が含まれている。そうにちがいない。なんということだろう。ミセス・サライセイの家賃をペテンまがいの方法で吊りあげている強欲な家主がいま、テーブルを挟んでわたしの前にいる！

彼女は三人分のショットグラスに瓶から酒を注ぐ。

「まず一杯、話はそれから」

どうぞと勧める声を待たず、わたしはショットグラスをつかんで中身を一気に飲み干した。ランバノグは滑らかな喉越しで、ウォッカを連想させる。ただ、バブルガムの後味はいただけない。九十プルーフの部分がゆっくりと燃え始めて喉が詰まりそうになった。

咳をしたいという欲求を、グラスをテーブルにいきおいよく置くことでごまかした。

「いいわ。さあ、話しましょう」わたしは髪をいきおいよく後ろにふり払う。「それから、参考までにいっておくわ。あなたの交渉相手はこのあたしよ」

ドラゴン・レディが目を大きく瞠る。

「へえ、なかなか勇ましいじゃないの。で、こちらは？」彼女がマテオをジェスチャーで示す。

「娯楽のためのおもちゃよ。あたしを満足させられるあいだは置いておくの」

「家にもうひとりいるときいているわ。コーヒーの事業というのはずいぶんとホットなのね」

ドラゴン・レディはグラスの中身をぐいっと飲み干し、肩までの長さの髪をさっとひとふりする。

「気に入ったわ、あなたのこと。確かクレイジーな名前だったわね。なんていう名前だったかしら?」

「コージー。あたしのことが気に入ったのなら、あたしの人脈はもっと気に入るわよ。裏の汚い仕事をする小さなネズミたちがいっぱいついているのよ。警察本部の内部にもね。警察委員長だって、わたしのマフィンで骨抜きなんだからね!」

マテオがランバノグにむせる。

わたしはひと息ついてから、ふたたびフランコになり切ってテーブルに身を乗り出した。

「よくききなさい。あなたのうだつのあがらない従兄弟があたしの船積みのコネを利用したいなんて図々しいにも程があるわ。それなりの対価を支払う覚悟がなくてはね」

「それは支払うわ。長期にわたる輸送契約を結んだら、きっとあなたもお金持ちになるわよ。でもまずは今回のテストチャージを完了させるのが先ね」

「なんのこと?」情報処理能力のスピードが次第に鈍ってきている（マテオのいう通りだ。ランバノグはほんとうに強烈に効いた）。

「あのオキシダードを渡してもらうわ!」

「ああ、そうね。もちろんですとも。コカインはブルックリンの倉庫にあるわ。時間を取り決めて、そして――」

「たったいま。今夜」彼女が要求する。「あなたがおもちゃにしているそこの彼氏に取りにいかせるわ。そのあいだ、あなたとわたしで契約内容を詰める。わたしがオキシダードを受け取ったら、あなたは現ナマをたっぷり手に入れて車でチャイナタウンに帰る」

「それはできない」マテオがいう。

「あらあら、坊やはよけいな口出しをしないでね」ドラゴン・レディはからかうようにマテオの手首をぴしゃぴしゃ叩く。

「ちがうんだ。彼女が責任者だからだ。俺はあんたたちを入れてやることができない。倉庫の暗証番号を知っているのはボスのクレアだけだ」

マテオは嘘をついている。彼の考えはあきらかだ。ドラゴン・レディといっしょにここに残るほうが危険だとわかっているのだ。彼はわたしをその立場に置きたくない。倉庫に警察の見張りがついていれば、わたしが到着したらすぐに彼らが現場を押さえるだろう。果たしてマテオはそれを確信しているのだろうか（せめてそうであって欲しいと期待しているのだろうか）。

ドラゴン・レディは長くて真っ黒な爪をマテオの肘から手首にかけて走らせる。

「まあ、大変だわ！　どうする？　どうしたらいいと思う？」彼女が猫なで声を出す。

「わかった。あたしが取りにいく」わたしは立ちあがった。「ここでマテオと楽しんでいればいいわ。でも手荒に扱わないでね。後であたしが楽しめなくなるから」

娘の父親を、あの男たらしといっしょに残していくのは嫌でたまらない。けれどサリーがいったようにマテオはそんななまっちょろい男ではない。だいいち他にどんな選択肢があるというのか。まだ未解決の問題がこちらには残っている。

ふたたび空気のよどんだバンに乗せられ、目隠しをされて手錠をかけられた。ただし今回、ドラゴン・レディの子分のバリック・バヤン・ボーイは手荒ではなかった。一分ごとに不安が募る。

倉庫に到着したらなにが起きるだろう？　マイクの部下はまだいるだろうか？　それとも、顎髭の男とバリック・バヤン・ボーイとわたしの三人きりなのだろうか？

チャイナタウンのタクシー運転手ミスター・ホンを思い出した。彼は「サイズは関係ない」といった。しかしわたしは彼のように黒帯を持っているわけではない。それどころか黒い目隠しをされている。でも、まだ頭脳はなんとか働いている。要するにミスター・ホンは戦略的であれ、といったのだ。敵の力を敵自身に向けるにはどうしたらいいか、その方法を考えよう。

そうよ。誰かが救出してくれるのを待っているわけにはいかない。自分で自分を救出する！

ブルックリン・クイーンズ・エクスプレスウェイを走行中の車内で、わたしの敵の力とはなにかを考え続けた。相手に対して優位に立とうとする者は、こんなふうに相手を闇に置いてコントロールする――だから、それを逆手に取って彼らを倒す。

計画を立てて頭のなかで十回以上、実行してみた。歩数を数えて距離を測った。バンがマテオの倉庫の駐車場に入った時にはすっかり準備が整っていた。

エンジンが止まり後部のドアがあく。手錠がはずされ目隠しがはずされた。ぼやけた目をごしごしこすった。視線をあげて、このとても長い一日で初めて幸運をつかんだと実感した。顎髭の男は車に残る。わたしはバリック・バヤン・ボーイとふたりきりだ。彼は小柄だけれど筋肉質のがっしりした体格だ。それでも顎髭の男の手強さにくらべれば、たいしたことはない。

「行くんだ」バリック・バヤン・ボーイがピストルをふって命じる。

彼は銃を持っている。一歩後退か。しかし決定的ではない。とにかくやってみるしかない。自分自身のために、なによりマテオのために。

バンからぴょんと飛び降りた。ドレスのすその乱れを直すふりをして、警察が張り込んでいる気配はないかどうか視線を走らせた。見えたのは、しんと静まり返った建物の暗い壁と油が浮いた湾の黒い水面だけ。

バリック・バヤン・ボーイもどうやら緊張しているようだ。彼が引き金を引きたくてうずうずしていませんようにと祈った。陰になった駐車場を横切る前に、わたしは片手を差し出した。

「カギをちょうだい」

バリック・バヤン・ボーイはマテオの所持品を持っている。それを使ってフェンスのゲートの南京錠をあけたのだ。彼はきついデニムのポケットに片手を入れてごそごそとさぐる。もう一方の手で握ったピストルが揺れる。

彼はわたしの手に数本のカギの束を押しつけた。これからがいよいよ難関だ。時間を正確に測り、距離を完璧に測らなくてはならない。自分の命が懸かっている。

バリック・バヤン・ボーイはわたしの後ろからついてくる。そのままスチール製のセキュリティ・ドアに向かって歩く。順調だ。この計画の肝《きも》は彼がどこに立つのかではなく、どこを見るかだ。さらに慎重に歩幅を調整して数歩進む。露で湿ったコンクリートにわたしの靴が当たってコツコツと音をたてる。

〝タイミングを正確に合わせる……あと一秒……あと一歩……〟。

「あそこの上!」わたしは叫んで指をさした。「屋根に誰かがいる!」

バリック・バヤン・ボーイが上を見る。その視線の先には、いまは点《つ》いていないがハロゲン電球が取りつけられている。わたしは視力を守るために目を閉じた。そして最後の一歩を進んだ。あとは人感センサーにおまかせだ。バリック・バヤン・ボーイの悲鳴があがる。突然、明るい光に照らされて、それをブロックしようと片手を大きく動かして顔を覆っている。どう、気に入った? あなたは暗くしてわたしに目隠しをした。これは光の目隠しよ! 銃が落ちて

彼がふたたび吠えるような声を出したのは、わたしが彼の急所を蹴ったから。

コンクリートに当たる音をきいて、わたしはゲートへと無我夢中で駆け出した。

二メートルも行かないうちに筋肉の壁に遮られた。それを両手で激しく叩き、死にものぐるいで揺さぶった。けれども黒っぽいシルク、染みひとつない真っ白なシャツ、ボウタイが見えて、手を止めた。

「落ち着け、コーヒー・レディ！」フランコがわたしの両手をつかんだ。「大丈夫だ！　もう無事だ」

制服姿の警察官の一群がこちらにわっと駆け寄ってきた。ハロゲンライトの明るいスポットライトを浴びて、ふたりの警察官がバリック・バヤン・ボーイを無理矢理立ちあがらせ、三人目が彼の権利を読みあげる。

「急がなくては。マテオはまだ彼女に拘束されているわ」

「彼女とは？」

「ドラゴン・レディよ！　彼女がマテオを人質にしている！」

フランコが険しい表情を浮かべる。バリック・バヤン・ボーイは警察官に引きずられて駐車場を横切り、待機しているパトカーへと連れていかれる。フランコが彼らを止めた。

「この女性のパートナーはどこにいる？」ドスのきいた声がとどろく。

バリック・バヤン・ボーイがせせら笑う。

「教えるものか。やつの居場所は絶対に突き止められない」

「マテオの居場所なら、わかっているわ。リトル・マニラのルーズベルト通りにあるカラオケ店の地下よ」

フランコはバリック・バヤン・ボーイの首根っこをつかんでぐいと引き寄せた。

「よくきけ。俺がおまえなら、ふてぶてしい態度は取らないぞ。判事たちは協力を惜しまないチンピラが好きだ。誘拐、人質犯、麻薬の売買となれば、どんな判決が待っているだろうな」フランコは首を横にふる。「知ったら絶望するだろうよ」

「まっぴらだ。そんな腰抜けじゃない」バリック・バヤン・ボーイがいい張る。

「どうだ、こいつは従犯なんかにしないで主犯として逮捕したらどうだろう」フランコがほかの警察官たちに呼びかける。

「今回の麻薬の件はすべてあなたが仕組んだものだとわたしが証言するわ」わたしはバリック・バヤン・ボーイにいう。

「ということは、これで永遠のお別れってことだ」

若者の首根っこをつかんだまま、フランコがもういっぽうの手で空を指す。

「月を見るのはこれで最後になるから見ておけ。完全警備の独居房からは空は見えないからな」

「わかった。わかったよ」バリック・バヤン・ボーイが哀れな声を出す。「いうことをきくよ。話す」

「お利口さんだな」フランコがようやく彼を放した。「まず住所からだ」

53

ブルックリンからクイーンズに向かう車中は、ある地点に行きたいのにまったく進めないという悪夢のような時間となった。

ＳＵＶに乗り込む前にフランコはジャクソン・ハイツの分署に電話をかけた。会話はそのまま続いて車がブルックリン・クイーンズ・エクスプレスウェイに入り、ブルックリン橋を渡るあいだも続いた。

そこで最初の渋滞にはまった——複数の車を巻き込んだ事故が発生したのだ。

「あなたの電話を貸してもらっていいかしら」フランコに頼んだ。

最初の呼び出し音でダンテが出た。

「ボス！　もう三十分もずっと電話をかけ続けていたんですよ！」

「携帯電話が手元にない状態なの。なにか見つかった？」

「クラウドについて、ボスのいった通りでした。ナディンがリモート・ダウンロードをして——」

「それで」

「なにもかも見つかりました。ジョシュはグウェン・フィッシャーの仮面をつくっていましたよ。そしてほかにも、見つかったものがあります」

「なにがあったの？」

「ジョシュは『車線変更』という漫画《コミック》があったんです。ジョシュが絵と文を担当した漫画があったんです。『ザ・リベンジャー』というタイトルで、主人公の男は仮面をつけて警察を煙に巻き、悪者たちに復讐するんです。だがこれは物語ではない。ボス、これは殺人の詳細な計画ですよ。

ここにはトラックを盗む方法、形成外科医とリリー・ベスを轢くプランが書いてあります。ヘレンの殺害すら絵コンテで描かれている。医師に変装した『ザ・リベンジャー』が実行するんです。これさえあれば、ジョシュを捕まえてグウェンの潔白をあきらかにできます」

「バックマン刑事に電話してちょうだい。彼に知らせて」

この情報はふたつの意味でマッド・マックスにとって朗報だ。リリー・ベストをはねた真犯人を突き止めたこと。そしてその人物が裕福であるとわかったこと――民事裁判となった場合、リリーと彼女の家族に与えた苦痛に対し彼はじゅうぶんに金銭的な償いができる。

電話を切ると、車はまだダンテと話し始めた地点から三センチも動いていない――リトル・マニラまではまだ何キロもある！

わたしがパニックに襲われるのをフランコは気づいたようだ。彼は言葉でなだめようとはしなかった。車のルーフにマグネット式の回転灯を叩きつけるように置く。そしてサイレンのピッチをあげた。すると、海面が左右に割れるようにみるみるうちに前方の車が左右に避けた。まるで魔法のようだ。

ルーズベルト通りで二度目の渋滞につかまった。アミナズ・キチネットは一区画先だ。点滅する非常灯が壁のように連なって行く手を阻んでいる。半ダースほどの警察車輌があちこちに駐車し、消防車も二台見えた。

サイレンを鳴り響かせて救急車が反対車線を駆け抜けた時には、心臓が止まるかと思った。大混乱の現場は一区画先だ。わたしはシートベルトをはずしてドアをいきおいよくあけた。

「もう少し待つんだ、コーヒー・レディ！」フランコが叫ぶ。

けれどすでに、わたしは騒然とした現場に向かって全力で駆けだしていた。警察の規制テープが張られているが、それを突破した。若い警察官が叫んで止めたが、そのまま走り続けた。その直後、警察官と消防士に取り囲まれた。

カラオケ店の正面のドアから煙が漏れている。かすかなにおいが鼻を刺激してヒリヒリする。催涙ガスだ。店の脇のガレージのドアはひらいており、なかから警察官があらわれた。彼らに押されるようにして、手錠をかけられた男たち、半裸にちかい状態の若い女性たちが出てくる。

「マテオ！　マテオ、どこにいるの？」わたしは声を張りあげた。

涙で視界がぼやける。目をこすって懸命にさがす——そしてついにパートナーを見つけた。彼は毛布にくるまれ、消防車の脇の縁石にひとりで座っていた。

「マテオ！　ここよ！」

ようやくわたしの声がきこえたらしく、彼が立ちあがる。わたしたちは通りのまんなかでしっかりと抱き合った。

「無事だったのね！　ああ、ありがとうございます、神さま！」

彼は充血して痛そうな目をそっと押さえる。

「きみの身が心配で、気が狂いそうだった、クレア。無事なのか？」

「この通りぴんぴんしている」彼にしがみついたままこたえた。「いつものようにニューヨークの金曜日の夜を楽しんできたわ」

突然、上から力強い腕の重みがかかるのを感じた。前回、フランコがこうして円陣を組んだ。顔をあげると、そこにいたのはマイク・クィン。彼はわたしとマテオを胸に引き寄せ、わたしたち三人は固く抱き合った。

54

それから少し後、三人そろってわたしのキッチンでコーヒーを飲みながら〝花婿のケーキ〟の残りを食べた。マイクの班は徹底的な現場検証をおこない、ドラゴン・レディの一味の身柄を拘束するなど一連の作業を担当した。ただ、マイクはわたしとマテオを無事に帰宅させることを優先させた。

マイクは重要事項の確認が取れるのを待っているといっていたが、その連絡が入るとほっとした様子だった。

「きみに朗報だ、アレグロ」電話を切ってからマイクがいう。「今後もパスポートにブラジルの入国スタンプの数を増やしていけるぞ」

「からかっているんだろう?」

「たったいま確認が取れた。麻薬取締局のチームが例の麻薬密売組織のボスと彼が率いるギャングを速やかに拘束した。この一週間、きみからの情報をもとに準備を進めていた。そしてきみの友人のニーノ――」

「ニーノはちがう！　彼は無実だ。ただの貧乏なコーヒーの栽培農家だ。まさか彼を――」

「落ち着け。ニーノはわれわれに全面的に協力してくれている」

マテオがしばらく間を置いて、たずねた。

「それは暗号か？　彼は〝情報提供者〟なのか？」

「囚人になるよりはましだ」

「これですべて終わったというわけか。とにかくよかった」マテオが立ちあがる。「きみたちふたりにはなんのわだかまりもないが、早くサットンプレイスの自宅に帰りたくてたまらない。ブリアンは明日の飛行機で戻ってくる。空港にはとてつもなくでかくて、あきれるほど高価な花束を持っていくつもりだ」

「おやすみ、アレグロ。きみが満足してくれてうれしいよ」クィンが立ちあがり、片手を差し出す。

「ありがとう」マテオがいい、クィンの手をしっかりと握る。「本気だ。ありがとう。きみの新しいボスもきっとハッピーにちがいない」

「新しいボス？」思わず、わたしはきき返した。

マテオが凍りつき、室内がしんと静まり返った。マイクと目が合う。わたしの気持ちは地下の焙煎室よりももっと低いところまで落ち込んだ。

その夜のマイクの愛し方はいつもとはまったくちがっていた。わたしに触れる手、わたしを見つめるまなざし、彼の表情。すべてがちがっていた……わたしも彼も、涙を流した。だから、どこかでわかってはいた。でも知りたくなかった。彼にきこうとも思わなかった。

翌朝、まだベッドでマイクの腕のなかにいると、夜が明けてつかの間のオアシスが終わりを告げた。わたしが直視したくなかった過酷な真実に光が当たった。いよいよマテオの言葉が現実のものになる。わたしはこれから犠牲を払うことになるのだ。

マイクの説明は簡潔で明快だった。彼にワシントンDCでの仕事をオファーしていた連邦検事は、特別なタスクフォースにマイクをどうしても起用したがっていた。それを実現するために一計を案じた。

深夜、マテオとわたしが麻薬取締局に拘束されていた時に、その連邦検事は雲の上に行って直談判した。マイクがわたしたちを助けられるように協力を要請したのだ――ただしマイクにはひとつだけ条件が出された。ワシントンDCでその連邦検事のチームに加わるという条件だ。

「つまり、あなたはわたしから去っていくのね」わたしはささやいた。

「きみから去っていったりしない。正しく理解してくれ」

「でもワシントンでの仕事に就くのね」

「それ以外方法がなかった……」

「そんなのいいわけよ」

マイクがそこで押し黙り、ひと呼吸置いた。「あの真夜中に電話してきた人物が誰か、わかるか？　あの捜査官たちをびびらせた人物は誰だと思う？」

「誰なの?」

「司法長官だ、クレア」わたしはざらついた声を出した。「アメリカ合衆国の? 司法長官が率いるのはNSA、CIA、DEA――」

「そうだ、すべての『A』だ」

「司法長官が、あの捜査官たちに、わたしとマテオを解放してあなたの保護下に置くように要求したの?」

「そしてその通りになった。だが神は無条件で恩恵を与えるわけではない。かならずなんらかの貢ぎ物を求める」

「あなたが貢ぎ物!」

「一年限りの特別な任務だ。わたしの班の日々の業務はサリーが引き継いでいる。上司の警部の同意も取り付けてある。警察はわたしのポストをそのままにしておいてくれる。できる限りひんぱんにこちらに来るつもりだ」

「それが、あなたが考えるわたしたちの将来なのね」ほとんど声にならない。「わたしがいっしょに行くことを望まないの?」

「クレア。きみの人生すべてはここにある。きみという人間のすべてがある。ここから離れたりできるものか。きみがわたしにそう話したはずだ」

「でも、マイク――」もうこらえきれない。涙があふれた。

「一年なんてあっという間だ。約束するよ」彼はわたしの身体にまわした腕にぎゅっと力を込め、わたしの頭にくちびるを押しつけた。

「できる限りひんぱんにきみのところに戻ってくる。そしてきみは好きなだけ、わたしのところに来ればいい。これから一年の任務が終了するまでは、それがわたしにできる精一杯だ」

言葉がみつからない。すると彼がわたしに思い出させてくれた――。

「きみは確か、こういっていただろう。もう少し時間が必要だと」

わたしは目を閉じた。ああ、なんてことを。

「その時間がいまできたということだ……」

これはいわゆるマーフィーの法則？　欲しいと思っていたものは、もう欲しくなくなった時に手に入る。

こんな状況になってしまった経緯に目をやると、なおのことつらい。マイクが条件を呑んだのは、わたしを大事に思っているから。わたしと離れて仕事をすることを選んだのは、おたがいが親密だからこそ。

これほど強い思いでも、時が過ぎ距離が離れれば徐々に冷めていくものなのだろうか。そんなことになって欲しくない。心からそう願う。でも現実にはいくらでもそういうケースはあるのだ。マイクはその点についてわたしに確かめようとしているのだろう。

自分のなかを深く掘り下げてみた。こんなつらい状況に対する答えなど、見つかるのだろうか。神さまはいつでもマイペースで、謎めいて見えることもおこなう。それでもわたしはいつでも神さまのプランを信じてきた。自分自身の選択の結果で苦しむことになっても、それもきっと神さまのプランの一部だ。

「人生のある時点から」ようやく、わたしは口をひらいた。「親はわが子から学び始めるのよ」

「われわれはもうその時点にいるのか？」

「ジョイとフランコは、あなたとわたしをこれから隔てる距離よりもはるか遠くに離れているわ。といっても、あなたはツイッターをしない。フェイスブックすら登録していない」こんなに涙が出ても、わたしはちゃんと微笑みを見つけられた。

彼がわたしの濡れた頬に触れる。「愛しているよ、クレア・コージー」飾り気はないけれど心のこもった言葉。

「ずっとそう思い続けて」

「そうするよ。それから、列車はワシントンＤＣからニューヨークだけではなく逆からも走っているのを忘れないでくれ」

エピローグ

つぎの木曜日、ペンシルバニア駅のプラットフォームで、わたしはマイク・クィンにさよならのキスをした。彼を乗せた列車が出発するのを見届けて涙を拭くと、ビレッジブレンドに戻った。

リリー・ベスはすでに意識を回復してICUから出ている。テリーからのメールによれば、リリーはおいしいコーヒーに飢えているそうだ。保温ポットにアンブロシアをたっぷり用意して街を横断して病院に向かった。

彼女の枕元の椅子に座っていたのは、もちろんバックマン刑事だ。戸口で足を止めて、ふたりを興味津々で見つめた。

リリーは胴体から足首までギプスに覆われている。ベッドを垂直にしてベルトで固定され、ほぼ立っている姿勢で吊られている。両腕は自由になるけれど点滴の針で傷だらけだ。そんな状態にもかかわらず彼女はニコニコしている。

マックスはリリー・ベスのためにウベ・シフォンケーキをカットしている。うんと厚切りにして。リリーの母親のお手製の、雲のようにふわふわのケーキだ。

「いやあ、真っ青のケーキを見るのは生まれて初めてだ。そういえば、これと同じ色のビュイックに乗っていたことがある。ところでユービーというのはなんの頭文字かな？　ウルトラブルーか？」

リリーの笑い声はわたしには歌のようにきこえる。

「前に教えたでしょう、バックマン刑事――」

「わたしも前に教えたはずだ。わたしの名前はマックスだ」

「ユービー・ケーキではないわ、マックス。ウベ・ケーキ。ウベというのは紫色のヤムイモで、ケーキの青い色はその色なのよ」

「ユー・ベー・ケーキか」彼がケーキをひと切れ彼女に渡す。

「ウー・べーよ。そろそろ憶えてもいいんじゃないかしら。もう五回は繰り返しているでしょう」

「ああ、そうだな」彼が恥ずかしそうにいう。「きみがそれを発音するところを見ているのが、好きなんだ」

リリー・ベスはそれをきいて目をまるくしている――そして、ようやく戸口にわたしがいるのに気づいた。わたしは涙を拭い、友のそばに行ってそっと抱きしめた。それから一時間、彼女とマックスとわたしはアンブロシアとラベンダー・ブルーの甘いふわふわの雲を味わった。

医師たちがリリーの診察にやってきたので、マックスとわたしは席をはずし、患者用のラウンジで話すことにした。

「クィンはけっきょくワシントンＤＣの仕事を受けたそうだな」バックマンがわたしをじっと見つめる。

「ええ」

「きみは大丈夫か？」

「まったく大丈夫よ」

「そうか？」

「そうよ……」わたしは腕時計をトントンと叩いて見せた。「三時間十一分経ったけれど、まったく問題ないわ。真夜中に同じことをきかれたら、同じ返事ができるかどうかわからないけれど」

「どうしているかと気になっていた。まるまる二日間、事件の最新情報はどうなったかというきみからの連絡が途絶えていたからな。もはや関心の範囲外かと絶望する男もいるだろう」

わたしはにっこりして、そんなことはないといった。事件に関心がなくなったのではない。信じていたのだ。彼なら決着をつけるまで徹底的にやるだろうと。まさにその通りで、彼にはそうするだけの強い動機があった。土曜日の夜、バックマンは制服警官の援護を受けながら、ジョシュ・ファウラーをＪＦＫ国際空港で捕えた。ジョシュはパリ行きの夜行便に搭乗しようとしたところだった。すでにバックマンのチームはファイブ・ポインツのコンピューターから回収した情報を徹底的に調べて、それを証拠として確実に立件できるだけの準備を整えていた。

バックマンは仮説を裏づける証拠だけでは満足していなかった。彼がめざしたのは、あくまでも自白を引き出すことだ。病院のラウンジにはわたしたち以外誰もいないので静かだ。そこで彼はどうやって自供させたのかを話してくれた。

当初ジョシュは潔白を主張した。バックマンが共感的な警察官の役割を演じても、その主張を変えなかった。

「親友メレディスを失った苦痛を理解できるだのなんだの、あの若造にたっぷり話した。が、それでも彼は口を割ろうとしなかった。しかしこちらには切り札があった」

切り札とは、ジョシュの漫画『ザ・リベンジャー』だった。そのなかで彼はランド医師殺害、リリーの轢き逃げ、ヘレンをセントラル・パークで殺すことまで詳細に計画を立てて物語として描いていた。

「その劇画をわれわれはプリントアウトしておいた。それを彼に見せて、傑作だと感想をいった。もしも『ザ・リベンジャー』の出版が許可されれば、まちがいなく歴史に残る作品となるにちがいない」

そこまでいうと、バックマンは押し黙った。なぜなのかはわかる。

「そしてあなたはとどめの一撃を加えたのね」

バックマンがうなずく。彼はジョシュに、『ザ・リベンジャー』は決して出版されないだろう、それどころか破棄される運命にあるのだと教えた。むろんジョシュは逆上し、警察はなぜそんなひどいことをするのか知りたいと主張した。

「その漫画を破棄するのは、きみにつく被告側弁護人だ」バックマンは断言した。「彼らはきみの作品をアートではなく証拠と見なすだろう。だから葬り去ることを望むだろう」

『ザ・リベンジャー』はジョシュの感情のスイッチだった。バックマンはそれを取調室で強く押した。実際にはジョシュの漫画は証拠として保管され、破棄されることはない。バックマンはそれを知っていた。ジョシュはバックマンの言葉を信じて自分のアートを守ろうと必死になり、弁護士の立ち会いのない状態ですべてを自供した。「轢き逃げ殺人」というおぞましいインスピレーションを得たいきさつについてもくわしく——ジョン・フェアウェイが主催するトゥー・ホイールズ・グッドの集会に参加したのがきっかけだった。

「もうひとつだけ教えて。ジョシュはどうやってリリー・ベスを突き止めたの？　ヘレンが雇った探偵はけっきょく彼女をさがし出すことができなかった。なのに、なぜ彼が？」

「神の御業。あるいは悪運」バックマンが答えた。

ジョシュがダンテに会うためにビレッジブレンドに来た時に、たまたまリリーがカフェテーブルでわたしと打ち合わせをしているのを見て気づいたらしい。彼がメレディスに付き添ってランド医師の美容整形センターに行ったのは何年も前だ。道々、彼はずっと彼女の手を握っていた。その日に彼はリリーを見たのだ。ビレッジブレンドでジョシュはふたたび彼女を見かけた。それがリリーの運命を決定的に変えてしまった。彼はメレディスを担当した

「フィリピン人の看護師」を轢き逃げリストに加えた。

「これでジョシュの殺人のターゲットは三人になった。しかしまだ必要なものがある。それは――」

「逮捕される人物」わたしが最後までいった。すべてがぴったりと嚙み合う。その人物が誰なのか、なぜそうなったのかも見当がついていた。

「市長公邸のグレイシー邸でおこなわれた市長の誕生パーティーでメレディスの母親がランド医師の前妻グウェン・フィッシャーと口論していたのをジョシュは見た。そうなんでしょう？」

「そうだ。ジョシュはこう考えた。元夫を殺害することに警察は疑問を感じないだろう。パーティーでヘレンと口論していたことでふたりの不仲は周囲にもあきらかだ。リリーを殺す動機に関しては、元夫とフィリピン人看護師の交際に腹を立てたから――事実ではないが、わたしもきみも同じことを考えた――と警察は解釈するだろう」

バックマンの話では、パーティーの晩にジョシュはグウェンが使ったワイングラスを盗んだ。証拠として使うために。さらにスマイル・トレインのウェブサイトを見つけてグウェンの写真をダウンロードし、３Ｄスカルプティングのソフトウェアと持ち前の芸術的な才能を駆使して彼女に生き写しの仮面をつくった。襲う準備が整うとチャイナタウンの店からバンを盗み、それを使ってランド医師を轢いた。その車は駐車場に隠しておいた。

そのつぎにジョシュはリリー・ベスとヘレンを同じ日の夜に殺すという計画を立てた。

「ジョシュはリリーがその日の夕刻にビレッジブレンドを訪れると、なぜわかったのかしら？　ダンテが彼にいったのかしら？」

バックマンがうなずく。「憶えているか。あの晩、ジョシュは手伝うつもりで——」

「トラックに下塗り、もちろん！」

ダンテはジョシュに、金曜日のマフィンミューズのスケジュールを伝えていた。その日の夜遅くに彼らは下地塗りをする予定にしていたのだ——リリーとわたしがマテオにトラックを見せた後で。だからジョシュはリリーがどこにいるのか、いつ轢いたらいいのかがわかっていた。彼は、同じ晩にクーパーユニオンのそばでヘレンが資金あつめのイベントに出席しているという情報も得た、だからタイミングは完璧だった。

「ジョシュはミセス・ベイリー＝バークを、偽の電話で通りまでおびき寄せる計画を立てた。グウェンを結婚パーティーから誘い出すために偽の電話をかけたのと同じ手口だ。もちろん、そう都合よくはいかなかった」

ジョシュがリリーを轢いた後、計画は崩れたらしい。彼を阻んだのは渋滞——こればかりはニューヨークの誰もが平等にひっかかる——だった。トンプソン通りの角からパトカーがあらわれて、ジョシュはびっくりして逃げ出した。その場に乗り捨てたバンの車内には、警察の目をくらましてグウェンに罪を着せるためのワイングラスを置いておいた。ヘレンは別の日に別の方法で殺害することにした。

あいにくグラスの指紋は不鮮明で、グウェンは逮捕されなかった。ブルックリンのトラック・ペインティング・パーティーではヘレンが人前でグウェン・フィッシャーの顔をひっぱたいた。ジョシュは再度トライしてみようとひらめき、より大胆な計画を思いついた。彼はグウェン・フィッシャー医師のバッグを盗んだ。そのなかにあった車のキーを使って彼女の車も盗んだ。ヘレンに偽の電話をかけてセントラル・パークの絶好のポイントまでうまくおびき寄せ、轢いた——グウェンにも同じように偽の電話をかけてパーティーを抜け出すように仕向けた。

ジョシュはふたたび自作の気味の悪いグウェンの仮面をつけた。今回は罪を着せる相手の車を使い、目撃者がいた。だからグウェン・フィッシャー医師は殺人罪で告発された。ジョシュは仮面を燃やし、ファイブ・ポインツのコンピューターから自分のファイルを一掃し、パリ行きの飛行機のチケットを購入した。

「なぜパリなの？　行き当たりばったりなのか、それともなにか理由が？」

「ひじょうに明確な理由がある。このすべての犯行がおこなわれた真の理由だ。ジョシュはフランスの雑誌と暫定的な契約を結んでいた。亡きメレディス・バークと合作した漫画《コミック》を出版するための契約だ。彼らは作品をコピー印刷したものだけを見てオファーしていた。出版するためにはジョシュは原版を提出しなくてはならない。そのためにはメレディスの法的権利をあきらかにしておく必要がある。

障害となったのはメレディスの母親ヘレンだった。彼女は作品を所有し、それが公表されることを拒否していた。その作品には娘が苦しんだ子ども時代が率直に描写されていたため、ヘレンはそれを恥だと考えていた」

わたしはため息をついた。ようやくわかった。ジョシュの動機は、単なる復讐よりももっと深いものだった。

「ヘレンが死ねば、彼は自分の問題が片付くと考えた。だから親友の仇討ちをした上に、作品を人質として握っている女性をも殺した」

バックマンがうなずく。

「少しでもましな場所に移る計画を立てていたとジョシュはわたしに打ち明けた。フランスに移ってコミックのアーティストとして有名になるつもりだった」彼はそこで銀髪のこめかみを掻いた。「あの若者は才能に恵まれている。メレディスと合作した作品は卓越しているといっていいかもしれない。しかし、あの気の毒な少女の死は彼のなかのなにかをねじ曲げてしまった」

リリーの瓶のように、ジョシュのなかの善なるものすべては空っぽになってしまった。

「なんという無駄遣いか。ジョシュ・ファウラーのアートは世界を啓発できたはずなのに、せっかくのクリエイティビティは怒りと嫌悪を――彼が抱える邪悪なものすべてを――まき散らすのに使われてしまった」

ジョシュが自分の過ちについて考える時間はたっぷり用意されている。バックマンのいう通りだ。刑務所を出る時には、ジョシュはいまより貧しくなっているだろう。ジョシュの逮捕以来、ジョン・フェアウェイ弁護士は連日リリーの母親と話を続けている。

「フェアウェイはあの女性を説得して、娘の代理として民事裁判を起こさせるだろうな」バックマンがいう。

「ということは、フェアウェイはけっきょく、儲かる訴訟を手がけるチャンスをずっと狙っていたということ？　道理でいつでもうさんくさかったわ」わたしは首を横にふった。「彼のトゥー・ホイールズ・グッドのメンバーは自動車事故というと熱心に偵察していたけれど、それは詰まるところ——」

「交通事故の被害者を追っかけて賠償金請求を持ちかける弁護士だったってことだ。救急車を追いかけて飯の種にしていたわけだ。さいわいジョシュは裕福だった。リリーは支出をまかなうために金を必要としている。ジョン・フェアウェイとリリーの家族には、満足のいく結果になるだろう」

「わたしがリリー・ベスの寝室でみつけた書類はどうなるの？」このことを持ち出すのはためらわれたけれど、やはり確かめておかなくては。

「メレディスのカルテ。警察はあれをどうするつもり？」

バックマンが肩をすくめる。「ファイルしておくさ。この先もずっとそのまま証拠のファイルに入っているだろう。いつか誰かがなにか行動を起こす日まで……」

ふたりとも、そこで黙り込んだ。

おたがいによくわかっている。ランド医師とヘレン・ベイリー＝バークはすでにこの世を去り、そうした記録を掘り起こして事件の立証に使う人物が登場する可能性は、まずないだろう。仮にあらわれたとしても、リリーは自分の過ちに対する罰はじゅうぶんに受けて苦しんだと、きっと誰もが思うだろう。

バックマンが腕時計を見る。

「医師はわたしのリリーの診察をそろそろ終えただろう。彼女はあの青いケーキの厚いスライスをもうひと切れ食べたがっているだろう。わたしもお相伴にあずかろう」

「ねえ、マックス」

「なんだい？」

「いま、〝わたしのリリー〟といった？」

「まいったな。きみの耳はなにひとつ聞き漏らすことはないんだな、コージー」

「クレア、ニュースがあるわ！」

バックマンと話してから三週間後、わたしは早起きして〈プルマン〉に荷造りすると、新鮮なコーヒーをたっぷりローストした。これだけあれば混み合う週末をカバーできるだろう。正午少し前に、マダムが顔を出した。お気に入りの歩道のテーブルに着くなり、わたしを手招きする。

マダムとわたしの顔に夏の太陽の熱い日差しが降り注ぐ。大西洋から吹いてくる微風がさわやかなキスのように心地よい。大きくあけ放したフレンチドアから風が店のなかへと入っていく。

アイスモカ・フラッペとわたしのお手製の焼きたてのコーヒーケーキ・シュトロイゼル・マフィンを味わいながら、元姑はようやくニュースを伝えてくれた。

「オットーとわたしは、エスターの夏の奉仕活動のプログラムのための新しい後援者を確保したのよ！」

わたしはにっこりした。でも驚きはしない。「すでにパトロンをふたりも見つけていますよね」マダムに念を押した。「トラックではオーディオ・ビデオが流れているし、つぎの土曜日にはビレッジブレンドの二階でエスターの初の詩の競技会《ポエトリー・スラム》を開催する予定です」

「ええ、そうね。待ち遠しくてたまらないわ！」ウベと同じ色のマダムの目がこんなにもキラキラ輝くのを見るのはいったい何年ぶりだろう。「でもね、今度わたしたちが見つけたパトロンは受賞歴のある映画製作者なの。エスターの豊かな才能と彼女が才能を引き出している都会の子どもたちを主題にしたドキュメンタリーの短編映画を撮ってみたいそうよ。それを『動いている詩』と名付けていろいろな国際映画祭に出品する計画なの。すばらしいでしょう？」

エスターがオスカーを取るかもしれない？　アカデミー賞の短編ドキュメンタリー部門で？　ああ、目に浮かぶわ……。

ガラス製のマグをコツコツと叩き、マダムとわたしはジョイとマテオの近況を語り合った。ジョイは秋の帰省を計画しているようだ。マテオは三週間かけてコーヒーの栽培地域を訪れるコーヒー・ハンティングの旅に出発したばかりだ。

マイクはブラジルでの身の「安全」を確約してくれたけれど、マテオは今回の目的地にインドネシアを選んだ（いい考えだと思う）。東ティモール、スラウェシ、パプアニューギニア、ジャワ島はいずれも収穫期を迎えている。オキシダードを売りさばく麻薬密売組織のボスが怨念《おんねん》を抱えてこの地域に潜んでいるという可能性はなさそうだ。

「やあ、ビリー！」

「どうも！」

マダムとわたしは会話を中断して、小さな奇跡を見つめた。ドラゴンのタトゥのある若者がビレッジブレンドにさっそうと入ってきたのだ。彼の祖母がつくった熱々のエッグカスタードタルトを届けるために（この新商品は店でいちばん売れ行きがいい）。ビレッジブレンドが誇る芸術家兼バリスタは彼と手を打ち合わせている。

マダムは内巻きにした銀髪の頭を傾げる。

「あのふたりはうまくいっているの？」

「とっても」

ビリー・リーが初めてタルトを配達してきた時には、ピリピリした空気が流れた。ビリーがダンテに、腕のタトゥのデザインについていくつか質問すると、緊張が解けた（フランコのいった通りだった。潜在能力のある非行少年少女の胸の内に到達するにはタトゥの話はとても効果的）。

ふたりは凝ったボディアートを自分でデザインする者同士だ。彼らの「タトゥ」談義が終わる頃には、ダンテはビリーにファイブ・ポインツ・アーツ・コレクティブに立ち寄らないかと招待していた。

ジョシュがいなくなった後（とてもとても長い不在になる）、ダンテは新しい人材を求めていたのだ。

「いまではビリーはダンテを手伝ってバッテリー・パークの壁画制作をしているんですよ。それから、つぎの旧正月に市庁舎の周囲の公園《シティ・ホール・パーク》で発表する『龍と獅子の舞』について企画を練っているそうです」

タッカーによると、ビリーはビレッジブレンドのコーヒー豆をお客さまに出す際のアドバイスも熱心にきいているそうだ。

「ではビリーがタルトの配達に飽きたら、カウンターのなかに入れてみましょう」わたしはタッカーに提案した。

祖母のDNAをしっかり受け継いでいるビリーは、けっきょく、とことん悪くなることはできなかったにちがいない。もしかしたら彼はわたしに豊かな恵みをもたらす存在になるかもしれない——たとえば彼が仲立ちとなってジミーズ・キッチンの熱々のカスタードソースのレシピを教えてもらえるかもしれない。

マダムはビレッジブレンドのバリスタのファミリーに芸術家が新しく加わる可能性を楽しんでいる。マダムは手を叩いて、〝もう一度〟トラック・ペインティング・パーティーを催しましょうと提案した。

「許可はわたしが取るわ。そして今回はビレッジブレンドの前で開催しましょう」

「ブロック・パーティー（ひとつの街区の住民でおこなうパーティー）ですね。すばらしいアイデアだわ……」

ケイリーとのなわばり争いはすでに過去のこと。ダンテはトラックの車体に少しずつ新しいパロディの絵を加えている。リリーを苦しめた凶悪な轢き逃げを連想させない絵を。

マダムがため息をついて、あのおそろしい金曜日以来の一連の出来事をふり返った。

「年齢を重ねるほどに、強く実感するわ……」

「なにをでしょう？」

「災い転じて福となる」

わたしは上空に広がる雲ひとつない青さを見つめた。轢き逃げにあって危うく命を落としそうになったことが福であったという発想は一般的とはいえないだろう。でもわたしはマダムに異議を唱えない。もしもリリーがあの時に轢かれていなければ、秘密を抱える重荷にいつの日か押しつぶされていたかもしれない。

この事件に関してバックマンが口にした言葉を、わたしは繰り返し考え続けている。

〝ジョシュがビレッジブレンドでリリーに気づいたのは、「悪運」だったのか、それとも「神の御業」だったのだろうか？〟

マックス・バックマンの人生が新しい方向に進路を取ったことを考えると、彼の答えは予想がつく。わたしの頭から離れないのは、リリーがコーヒー豆を満たしたあのたくさんの瓶だ。色鮮やかな中身が空けられて、黒一色となっていた——罪悪感を抱えて葛藤したリリーの心の内を満たした色。しかしリリーの闇とジョシュの闇には、決定的なちがいがある。それは祈り。光に戻っていく道をみつけたいという願い。

リリーが昏睡状態を抜け出してから数週間経つ。パズとマックスと彼女の母親に支えられてリリーは着実にその道を歩んでいる。

リトル・マニラでの出来事——髪をかきあげてランバノグをつきつけたドラゴン・レディとの遭遇——も、やはり「災い転じて福となる」と考えていいのだろうか。

あの女性の不動産と事業は政府によって差し押さえられた。リリーは民事訴訟で高額な賠償金を手にするだろう。アミナ・サライセイは二十年以上営んできた大事な小さなレストランごと、あの建物を購入できるにちがいない。

そう考えていくと、マテオとわたしの体験にも別の見方があるように思える。コーヒーの袋のなかに何百万ドルにも相当するブラジルのコカインを見つけてしまったことは神の御業と呼べるのだろうか？　さすがにそれは難しい。けれどもそれがきっかけとなって、この街にきわめて有害な薬物がまき散らされることを未然に防げた。そうでなければ、怪物のようなあのドラゴン・レディは偽物の睫毛をつけたままゴジラへと成長していっただろう。

マダムの好奇心は別の方向に移ったようだ。

「リリーの轢き逃げ事件は解決したわけだけれど」マダムが茶目っ気たっぷりの小さな声でいう。「あのすてきな刑事さんはまだ病院に通っているのかしら？」

「それ以上ですよ。マックス・バックマンとリリー・ベス・タンガはれっきとしたカップルです」

「ほんとうに？」

「ええ……」マダムに経緯を説明した。昏睡状態から回復したリリーが見たのは、見知らぬ男性が幼いわが子と「ゴー・フィッシュ（カードゲーム）」をして遊んでいる光景だった。その男性は彼女についてなにもかも知っているらしい。そしていまは五分に一回彼女を笑わせている。彼はどうやらピノイ・フード（フィリピンの食べ物）の虜になってしまったようだ（とりわけ、ウベ・ケーキに）。そして毎日彼女に花を持ってくるといってきかない。

「それに心を動かされない女性なんて、そうはいないでしょうね」マダムがいう。

「ひとつだけ、マイナス面がありますけど」

「まあ。なにかしら？」

「マックスのヴィンテージのＧＴＯはすっかりほったらかしなんです。彼はリリーの車椅子を改良するのにあまりにも忙しくて」

その後、タッカーにこれから二日間よろしくと最後の確認をした。これで安心だ。

「わたしたちは大丈夫です。さあ急いで急いで。乗り遅れてしまいますよ！」

ナンシーが腕時計をトントンと叩く。「タブーがいつもいうじゃないですか。『ユア・トレイン！　ユア・トレイン！』って」

エスターがナンシーの額をぴしゃりと叩く。「彼の名はタトゥで、セリフは『ド・プレイン、ド・ブレイン』でしょ」

「へ?」ナンシーは困惑した表情だ。

タッカーが彼女の手をトントンと叩く。「エスターのいう通りだ。きみはあの低俗な昔のテレビ番組『ファンタジー・アイランド』のオープニングを引用しようとしたんだろう?」

「こりゃまたびっくり。それがもとだったの? わたしずっと、アムトラックの広告だとばかり思い込んでいたわ」

まあ、ナンシーが完全にまちがえているわけではない。なぜならわたしが乗ろうとしているのはアセラ・エクスプレスだから。ペンシルバニア駅まではイエローキャブで向かう。マイク・クィンはホテルを予約してメールで部屋の情報を送ってくれている。

マイクは約束を守って連続して二回、週末にニューヨークに戻ってきた。しかし「恋愛」は動きに乏しく「愛している」は動きがあるというエスターの定義は、やはり正しい。言葉の上だけではなく、生き方そのものを決定的に変えてしまう。理論と実習が決定的にちがうみたいなもの。

今年はマイク・クィンとわたしの実習の年になる。今週末はわたしが努力する番だ——といっても愛する男性とリッツで会うことが努力のうちに入るのだろうか?

《ディナーはジョージタウンで。よく冷えたシャンパン》マイクからのメールだ。

《あなたに会うのが待ち遠しい》わたしはマイクに返信して、残していく子どもたちに行ってきますと手をふった。

「いい子にしていてね！」

彼らに呼びかけてから、声に出さずに祈りを唱えた。遠い昔から母親とマネジャー（そして公正な刑事）が繰り返し唱えた祈りを。

〝どうか殺し合いをしないで！〟

謝辞

本書『謎を運ぶコーヒー・マフィン』はコーヒーハウス・ミステリシリーズの第十一作目です。多くの皆さまがご存じの通り、本シリーズはわたしとマーク・セラシーニが共同で執筆しています。才能豊かなマークは少女が夢見る理想のパートナーを地で行くすばらしい夫といえるでしょう。著者ふたりより本書の版元に対し深い感謝を捧げます。つねに惜しみないサポートと卓越したプロ意識を発揮してくださる担当編集者ウェンディ・マッカーディに。そして本書のために気の利いたタイトルを提案してくれた彼女の息子アレックス・ショックに心からの感謝を。おかげでこの物語は完璧なものになりました。

ペンギン・グループのバークレー・プライム・クライム社の有能なスタッフ——アシスタント・エディターのキャサリン・ペルツ、プロダクション・エディターのミーガン・ゲリティ、コピーエディターのジェシカ・マクドネル、アート・ディレクターのリタ・フランジー——は、この物語を美しい本として世に送り出してくださいました。

本書の執筆にあたり、著者はニューヨークで何十年も暮らし、働いてきた経験と知識を核として、変化の目覚ましいいまどきの食の世界のリサーチを重ねてきました。それはまるで食の冒険の旅のようでした。出発点はガバナーズ・アイランドのヴェンディ賞——ニューヨークでもっともおいしい食べ物を提供する屋台のシェフに毎年贈られる賞。マンハッタンのチャイナタウンでは生き生きとしたアジア系コミュニティ、さまざまな要素が折衷しているブルックリンのレッドフック、クイーンズの多言語があふれる界隈、とりわけウッドサイドのリトル・マニラの温かく心地よいフィリピン系コミュニティまで、冒険は続きました。

本書に登場する料理に多くのインスピレーションを与えてくださった二〇一一年のヴェンディ賞のファイナリスト二十二名全員に心よりお礼を申し上げます。とりわけカップケーキ・クルーのトラック（cupcakecrewnyc.com）には大いに刺激を与えてもらいました。特に強調しておきたいのは、カップケーキ・クルーのスタッフは親切で気前がよく創造的で、本書に登場する架空のカップケーキ・クイーンとそのスタッフとは百八十度違うという点です。そこのところをどうぞ憶えておいていただきたいと思います。

ラ・ベラ・トルテのトラック（abellatorte.com）のおいしいイタリアン・ペストリーと、たっぷりのユーモアに拍手を送ります。彼らのトラックに描いてある格言もすばらしい。有名な映画からの引用だけでなく、「銃は置いていけ、カンノーリは持っていけ」という言葉にはコーヒーハウス・ミステリがめざすところが巧みに表現されています。

ロウアー・マンハッタンのチャイナタウンでのリサーチでは才能あふれるペストリー・シェフのジョン・ウーと、モスコ通りで彼が営んでいたエブリシング・フロステッドに大変お世話になりました。本書でケイリーとミセス・リーの厨房を描く際のインスピレーションを与えていただきました。

本書に登場するエッグカスタード・タルトのために、チャイナタウンのベーカリーから多くを学びました。特にバワリー通りのゴールデン・マンナ・ベーカリーと、グランド通りのラッキー・キング・ベーカリー、ナタリー・ベーカリーでのハッピーな体験、親切なおもてなしと極上のタルトに心から感謝します！

クイーンズのウッドサイドのリトル・マニラではフィリピン料理のすばらしいインスピレーションを得ることができました。レニーズ・キチネット・アンド・グリル、エンジェリンズそしてイーストコーストのレッドリボン・ベーカリーに感謝いたします。いずれもルーズベルト通りの上を走るニューヨークの七号線で行くことができます。

本書に登場するコーヒーに関して、マテオがブラジルで手に入れたアンブロシアのモデルとして参考にしたのは、サンフランシスコのリチュアル・コーヒー・ロースターズ（www.ritualroasters.com）の極上の二種類の豆です。サンタ・ルチアとサン・ベネディット。どちらもブラジルのペレイラ・ファミリーが生産を手がけています。バリスタについては今回も、わが国有数のコーヒーバー、ニューヨークのグリニッチビレッジに本店を構えるジョージ・アート・オブ・コーヒー（www.joeheartofcoffee.com）に示唆を与えていただきました。

ニューヨーク市警に、そして特にグリニッチビレッジの六分署に最敬礼いたします。本書は架空のニューヨーク市警の精鋭たちとの交流をわたしたちはいつも楽しみにしています。本書は架空のアマチュア探偵が活躍するコーヒーハウス・ミステリであり、警察の業務執行手続きについてはかならずしも正式な規則には従っていないことをお断りしておきます。

「連邦裁判所管轄事件」に関してはコーヒーハウス・ミステリの愛読者である「バーバラ・C」からアドバイスをいただきアイデアを膨らませることができました。大変感謝しております。

医療に関しては西部で指折りの医師、グレース・アルフォンシ医学博士に貴重な助言をいただきました（本書の内容に誤りがある場合はすべて責任は著者にあります）。

そして今回もまたコーヒーハウス・ミステリの愛読者ナンシー・プライア・フィリップスに感謝を伝えたいと思います。彼女のウィットと抜群のユーモアは引き続きわたしたちに活力を与えてくれています。そしてわたしたちのシリーズを愛読し、お手紙やメール、ウェブサイトの掲示板へのメッセージ、ソーシャル・ネットワーク・サービスへのメッセージをくださる皆さまにも厚く御礼申し上げます。皆さまの温かいお言葉に支えられて、わたしたちは執筆を続けることができるのです。

最後に、わたしたちの著作権代理人ジョン・タルボットに心からの感謝を捧げます。わたしたちが進んでいけるのは、彼がつねに親身なサポートと励ましを与えてくれるからです。

さらに友人、家族、そして多くの皆さまに御礼申し上げます。皆さまからいただくコメントと心のこもったメッセージはわたしたちを元気づけ、キーボードを打ち続ける力を与えてくれます。わたしたちのバーチャルなコーヒーハウスはいつでも開店しています。どうぞお気軽にお越しください。（www.CoffeehouseMystery.com）大歓迎です。

クレオ・コイル
ニューヨークにて

【作り方】

1. 材料を混ぜる

中力粉、砂糖、塩、ベーキングパウダー、重曹を量ってボウルに入れてよく混ぜる。ブルーベリーを加えて表面に粉類をまぶすように軽く混ぜる（ブルーベリーをつぶさないように注意する）。別のボウルに卵を割り入れてフォークで軽く混ぜる。そこに油、ミルク、ヨーグルト、バニラ、レモンの皮を加える。よく混ぜたら、さきほどのボウルに加えてそっと混ぜる。全体がなんとなく混ざるくらいでよい。混ぜすぎると、小麦粉からグルテンが出てマフィン・トップが固くなってしまう。ボウルを冷蔵庫に入れて約10分間冷やす。

2. オーブンを余熱して天板を用意する

生地を冷やしている間にオーブンを約175度に余熱する。天板にベーキングシートを敷く（ブルーベリーの一部から果汁が滲み出した場合に天板を汚さずにすむ）。オーブンの余熱が完了したら冷蔵庫から生地を取り出してベーキングシートに大さじでたっぷりと落とし、直径約5センチの丸い形に。焼けると倍の大きさになるので、間隔を充分に取る。

3. 焼く

オーブンとベーキングシートの種類によって異なるが、12分から15分焼く。丸く置いた生地は中央が盛り上がってマフィン・トップの形となり、こんがりとした焼き色がつく。熱々のマフィン・トップにバターを添えて、あるいはラックにのせて冷まして粉砂糖を振ってもおいしい。

［冷ます時の注意］ 熱い天板にのせたまま冷まさないこと。底の部分の水分が蒸発して固くなってしまう。ワイヤーラックにのせて冷ますこと。

クレア・コージーのマフィン・トップ

クレアのマフィン・トップはパンケーキとよく似ていて、基本的なクイック・ブレッドの生地にヨーグルトをプラスして酸味と栄養分を加えている。油脂に関してはクレアはヘルシーなキャノーラ油を選ぶ。フレーバーは、レモンの皮を削ったものの酸味とバニラの甘いキス、甘美でジューシーなブルーベリーでバランスよくしている。

【材料】およそ20個分

中力粉 …… カップ 1 ¼
砂糖 …… カップ ½
塩 …… 小さじ ½
ベーキングパウダー …… 小さじ 2
重曹 …… 小さじ ½
生のブルーベリー（粒の状態）…… カップ 1 ½
（冷凍を使う場合は最初に軽く小麦粉をまぶしておく）
卵 …… 大 2 個
キャノーラ油または植物油 …… カップ ⅓
ホールミルク …… カップ ½
プレーンヨーグルト …… カップ ½
バニラ …… 小さじ 2
レモンの皮（削ったもの）…… 小さじ 1
焼き上がって冷ました後に散らすアイシング用粉砂糖 …… お好みで

レシピのカップはアメリカサイズ　大さじは tablespoon 小さじは teaspoon

【 マフィンの作り方 】

1. 余熱、天板の準備、粉類を混ぜる

最初にシュトロイゼルのトッピング（レシピは次頁）を作る。それからオーブンを約175度で余熱し、マフィンカップ12個にペーパーライナーをセットする。

2. 1つのボウルで混ぜるメソッド

大きなボウルで、電動ミキサーを使い、室温に戻したバターとグラニュー糖とライトブラウンシュガーをクリーム状になるまで混ぜる。軽くふわっとなったら塩、シナモン、バニラ、卵、サワークリーム、冷ましたコーヒーまたはエスプレッソを加えて混ぜ、さらに1分間混ぜる。ミキサーを止めて、分量の中力粉を加える。ベーキングパウダーと重曹をその上から散らす。生地が滑らかになるまで全体を混ぜる。混ぜすぎると小麦粉のグルテンが出てマフィンが固くなってしまう。

3. マフィンカップに詰めて焼く

最初に作ったシュトロイゼルのトッピングを使う。ペーパーライナーを敷いたマフィンカップに生地をひとかたまり落とす。シュトロイゼルをそこに散らし、さらに生地を注ぐ。最後にまたシュトロイゼルをたっぷり散らす。18分から20分焼く。マフィンの焼き上がりを見るには、楊枝を刺して取り出した時に生地がついていなければ焼けたということ。オーブンから出してすみやかにマフィンを天板からおろす。そうしないと底の水分が蒸発して固くなってしまう。

シュトロイゼルのトッピングと、バニラグレーズの作り方は次頁へ ➔

クレア・コージーの
コーヒーケーキ・シュトロイゼル・マフィン

シュトロイゼルをトッピングしてバニラグレーズをかけたもの

これはまさにクラシックなマフィンであり、コーヒーといっしょに味わうと、とりわけおいしい。物語の最後で、クレアはワシントンDCへの列車に飛び乗る前に、焼きたてをマダムと食べて大変に幸せだった。

【マフィンの材料】12個分

シュトロイゼルのトッピング …… カップ1½（レシピは次頁）
バター …… カップ½（1スティック）→室温に戻しておく
グラニュー糖 …… カップ½
ライトブラウンシュガー …… カップ½
塩 …… 小さじ¾
シナモン …… 小さじ½
バニラ …… 小さじ1½
卵 …… 大2個 →フォークで軽く混ぜる
サワークリーム …… カップ¾
コーヒーまたはエスプレッソ* …… カップ¼ →冷ましたもの
中力粉 …… カップ2
ベーキングパウダー …… 小さじ1½
重曹 …… 小さじ½

＊ コーヒーの代わりにホールミルクまたはバターミルク（レギュラーまたはライト）を使うこともできる。

バニラグレーズ

【材料】

バター …… 大さじ2
粉砂糖 …… カップ1
バニラ・エッセンス …… 小さじ½
(より白いグレーズにする場合にはクリアバニラ)
ミルク …… 大さじ1(量は加減しながら)

【作り方】

小さな片手鍋にバターを入れ弱い中火にかけて溶かす。粉砂糖をふるいにかけて鍋に入れる(またはあらかじめ粉砂糖をふるって、それから加える)。粉砂糖がバターに全部溶けたら、火からおろしてバニラ・エッセンスを加えて混ぜる。最後にミルクを加えて混ぜる、一度に少しずつ加え、グレーズが、マフィンに散らすのに適切な濃度になるようにする。

【マフィンを仕上げる】

熱いグレーズの溶液にフォークを浸して冷めたマフィンの上で前後に揺らして散らす。

クレア・コージーの
コーヒーケーキ・
シュトロイゼル・マフィン

シュトロイゼル（クラム）のトッピング

各種マフィンとコーヒーケーキに使えます

【材料】およそカップ１½分

中力粉 …… カップ½
ライトブラウンシュガー …… カップ½
シナモン …… 小さじ１
バター …… 大さじ５（無塩がよい）→サイコロ状に刻む

【作り方】

材料をすべてフードプロセッサーにセットして、きめの粗いクラムになるまで稼働させる。
フードプロセッサーがない場合は、乾いた材料をボウルに入れ、バターを加えていって、きめの粗いクラムになるまで混ぜる。余ったものは冷蔵庫で保存が利く。

【作り方】

1. レッドポテトを調理する

レッドポテトをスライスして15〜20分蒸して中まで火を通す。クレアは深鍋に折りたたみ式の簡単なスチーマーバスケットを入れて蒸す。鍋ごと火からおろし、余分な水気を切って、ポテトが冷めないようにふたをしておく。

2. ベーコンの脂肪を溶かし、野菜をソテーする

ポテトを蒸している間に、ベーオンを幅約1.3センチに刻み、とろ火にかけて脂肪を溶かす。ベーコンがきつね色になったら鍋から取っておく。中火にしてベーコンの脂にオリーブオイルを加える。そこにニンニク、タマネギを入れてタマネギが透き通るまで約３分間炒める。キャベツを加えてさらに５分間炒める。炒めながらよく混ぜる。

3. ぐつぐつ煮る

火を弱火にする。ミルク、バター、塩、白コショウを入れて混ぜ、ふたをしてキャベツがやわらかくなるまで約８分間加熱する。

4. 仕上げ

３に1を加えて混ぜる。金属のポテトマッシャーまたは大きなフォークでつぶして、全体を混ぜる。チーズを混ぜ込んでふたをしてチーズを溶かす。さきほど取っておいたベーコンを散らして盛りつける。

クレアがマイクのために作る
フル装備のコルカノン

マイク・クィンはアイルランド系アメリカ人の大家族で育ったので、コルカノンはいつでも食卓にのぼっていた。伝統的なレシピはケールあるいはキャベツ、ジャガイモ、タマネギ（またはシャロット、チャイブ、リーキ）、クリームと（または）バターが材料だ。クレアはマイクのために伝統的なレシピでよく作るが、このレシピはオリーブオイルでキスを、ニンニクで温かなハグをしてイタリアの風味を、溶けたチェダーチーズのネバネバと刻んだベーコンのスモーキーな香りでアメリカの風味を加えて仕上げている。フル装備のベイクドポテトのように、彼女はほっとやすらぐ風味をマイクのコルカノンに搭載したのだ。

【材料】およそ6カップ分

レッドポテト …… 1ポンド（約450グラム）
ベーコンの厚切りスライス …… 2枚
（または通常の厚さのスライス4枚）→刻む
オリーブオイル …… 大さじ1
ニンニク …… 2片 →刻む
タマネギ …… 大1個 →刻む
キャベツ …… ½個 →細切り（およそ6カップ）
ミルク …… カップ1
バター …… 大さじ1
塩 …… 小さじ½
白コショウ …… 小さじ¼
チェダーチーズ　細切り …… カップ⅔

レシピのカップはアメリカサイズ　大さじはtablespoon 小さじはteaspoon

【作り方】

1. とろ火で煮込む

大きなダッチオーブンまたは均一に加熱できる分厚い鍋に豚肉を入れる。ニンニク、クミン、塩、白コショウを加え肉が浸るくらい水を加える。火にかけて沸騰したらすみやかに火を弱め、とろ火で煮込む。ふたをしないで２時間。豚肉に触らず、鍋のなかをかき混ぜることもしない。

2. 水分をとばす

２時間経ったら火を強めの中火にし、ほんの時折混ぜて豚肉を返す。約45分間加熱すると、液体がすべて蒸発して溶けた豚肉の脂肪だけになる。この脂肪のなかで豚肉をジュージューという音とともに加熱し、縁色が茶色になるまでそのままにして、必要な時だけそっと豚肉を返す。なるべく触らないようにするのは、簡単にバラバラになってしまうから。

3. 保存

出来上がったカルニタスを鍋から取り出して別のボウルに入れて冷ます。室温にまで冷めたら密閉容器に入れて保存する。必要に応じて再加熱して、タコス、ブリトーなどに。蒸し煮にして炒めた肉は最長２週間、冷蔵庫で新鮮さを保つ。

マテオ・アレグロのカルニタス

メキシコの伝統料理で、豚肉を蒸し煮にしたもの。スパイスがきいていて、コクがあっておいしい。そしてとても使い勝手がいい。いったん作ったら、カルニタスはたくさんの食べ方がある。細かく切ってチーズと混ぜればお肉たっぷりのケサディーヤ、卵といっしょに炒めればベーコンの素晴らしい代用になる。お好みのフィリングと一緒にタコスに、カルニタスだけを炒めてイタリアの硬いパン２枚の間に挟んでもよい。

【材料】12 人分

豚塊肉（肩またはお尻）…… 約 1 ～ 1.4 キロ
→約 5 ～ 8 センチ角に切る（脂肪は取らない）
ニンニク …… 8 ～ 10 片
クミン …… 挽いたものを小さじ 1
コーシャソルトまたはシーソルト …… 小さじ 1
白コショウ …… 小さじ ½

コージーブックス

コクと深《ふか》みの名推理《めいすいり》⑪
謎《なぞ》を運《はこ》ぶコーヒー・マフィン

著者　クレオ・コイル
訳者　小川敏子《おがわとしこ》

2014年3月20日　初版第1刷発行

発行人　成瀬雅人
発行所　株式会社　原書房
〒160-0022 東京都新宿区新宿1-25-13
電話・代表　03-3354-0685
振替・00150-6-151594
http://www.harashobo.co.jp
ブックデザイン　川村哲司(atmosphere ltd.)
印刷所　株式会社東京印書館

落丁・乱丁本はお取り替えいたします。
定価は、カバーに表示してあります。
 ISBN978-4-562-06025-2 Printed in Japan